ГОСПОЖА БОВАРИ

Провинциальные нравы

Гюстав Флобер

Госпожа Бовари

Гюстав Флобер

Перевод: Александр Ильич Ромм

«Госпожа Бовари» — великий роман французского писателя Гюстава Флобера. Главная героиня — Эмма Бовари — страдает от невозможности осуществить свои мечты о блистательной, светской жизни, полной романтических страстей. Вместо этого она вынуждена влачить монотонное существование супруги небогатого провинциального врача. Тягостная атмосфера захолустья душит Эмму, но все ее попытки вырваться за пределы безрадостного мира обречены на провал: скучный муж не может удовлетворить запросов супруги, а ее внешне романтичные и притягательные любовники на самом деле эгоцентричны и жестоки. Есть ли выход из жизненного тупика?..

ISBN: 978-1-7638476-2-0

ГОСПОЖА БОВАРИ

МАРИ-АНТУАНУ-ЖЮЛЮ СЕНАРУ,

члену парижского сословия адвокатов, бывшему председателю Национального собрания, бывшему министру внутренних дел.

Дорогой и прославленный друг!

Позвольте мне во главе этой книги и перед ее посвящением поставить ваше имя: не кому другому, как вам, обязан я в первую очередь ее выходом в свет. Сделавшись предметом вашей блестящей защитительной речи, мой труд для меня самого приобрел некий новый и неожиданный авторитет. Примите же здесь дань моей признательности; как бы велика она ни была, ей никогда не стать на уровень вашего красноречия и вашей преданной дружбы.

Гюстав Флобер.

Париж, 12 апреля 1857 г.

Луи Буйле

ЧАСТЬ ПЕРВАЯ

I

Мы готовили уроки, когда вошел директор, а за ним *новичок* в штатском и служитель, который нес большую парту. Задремавшие проснулись, и все вскочили, словно только что оторвались от работы.

Директор знаком велел нам садиться и вполголоса сказал воспитателю:

— Вот, господин Роже, рекомендую вам нового ученика. Он поступает в пятый класс, но, если заслужит своими успехами и поведением, перейдет в *старшие,* как ему подобает по возрасту.

Новичок стоял в уголке за дверью, так что нам был еле виден. Это был деревенский мальчик лет пятнадцати, ростом выше нас всех. Волосы у него были подстрижены в кружок, как у сельского певчего; вид степенный и очень смущенный. Хотя он был неширок в плечах, но зеленый суконный пиджачок с черными пуговицами явно жал ему в проймах. Из обшлагов высовывались красные, непривычные к перчаткам руки. Из-под высоко подтянутых на помочах панталон желтоватого цвета виднелись синие чулки. Башмаки были грубые, плохо вычищены, подбиты гвоздями.

Начали спрашивать уроки. Новичок ловил каждое слово и слушал внимательно, точно проповедь в церкви, не смея ни облокотиться, ни заложить ногу за ногу. В два часа, когда зазвенел колокольчик, воспитателю пришлось позвать его: сам он не стал с нами в пары.

У нас был обычай, входя в класс, бросать каскетки на пол, чтобы поскорее освободить руки. Кидать каскетку полагалось еще с порога, старались швырнуть ее под лавку и об стену, чтобы поднять побольше пыли. Такова была наша *манера*.

Но то ли новичок не заметил этого приема, то ли не посмел повторить его за нами, во всяком случае молитва уже давно кончилась, а он все еще держал свою каскетку на коленях. Это был сложный головной убор, соединявший в себе элементы и гренадерской шапки, и уланского кивера, и круглой шляпы, и мехового картуза, и ночного колпака, — словом, одна из тех уродливых вещей, немое безобразие которых так же глубоко выразительно, как лицо идиота. Яйцевидный, распяленный на китовом усе, он начинался ободком из трех валиков, похожих на колбаски; дальше шел красный околыш, а над ним — несколько ромбов из бархата и кроличьего меха; верх представлял собою что-то вроде мешка, к концу которого был приделан картонный многоугольник с замысловатой вышивкой из тесьмы, и с этого многоугольника спускался на длинном тоненьком шнурочке подвесок в виде кисточки из золотой канители. Каскетка была новенькая, с блестящим козырьком.

— Встаньте! — сказал учитель.

Новичок встал, каскетка упала на пол. Весь класс захохотал.

Новичок нагнулся и поднял каскетку. Сосед подтолкнул ее локтем, она упала; он поднял ее еще раз.

— Да отделайтесь вы от своей каски! — сказал учитель: он был человек остроумный.

Школьники так и покатились со смеху, а бедный мальчик совсем растерялся и уже не знал, держать ли ему каскетку в руке, бросить ли ее на пол, или надеть на голову. Наконец он сел и положил ее на колени.

— Встаньте, — повторил учитель, — и скажите, как ваша фамилия.

Новичок, запинаясь, пробормотал что-то совершенно неразборчивое.

— Повторите!

Снова послышалось бормотанье, заглушенное хохотом и улюлюканьем всего класса.

— Громче! — закричал учитель. — Громче!

И тогда новичок непомерно широко разинул рот и с отчаянной решимостью, во все горло, словно он звал кого-то, кто был далеко, завопил: «Шарбовари!» Оглушительный шум поднялся в ту же секунду и все нарастал мощным crescendo[1] со звонкими выкриками (мы ревели, выли, топали ногами, беспрестанно повторяя: «Шарбовари, Шарбовари!»), потом он распался на отдельные голоса и никак не мог улечься, то и дело пробегая по всему ряду парт, вспыхивая там и сям приглушенным смешком, словно не до конца погасшая шутиха.

Но вот под градом наказаний понемногу восстановился порядок, и учитель, наконец, разобрал слова: «Шарль Бовари», заставив новичка продиктовать себе это имя, произнести его по буквам и вновь перечитать, а затем приказал бедняге сесть на «скамью лентяев» у самой кафедры. Новичок двинулся с места, но тут же в нерешительности остановился.

— Что вы ищете? — спросил учитель.

— Кас… — робко начал было новичок, озираясь вокруг беспокойным взглядом.

— Пятьсот строк всему классу.

Этот яростный окрик, подобно грозному «Quos ego!»,[2] остановил новый взрыв.

— Да успокойтесь же наконец! — с негодованием добавил учитель и, вытащив из-под шапочки платок, отер пот со лба. — А вы, новичок, двадцать раз письменно проспрягаете «ridiculus sum».[3]

И более ласковым голосом сказал:

— Ну, найдется ваша каскетка. Никто ее не украл.

---

[1] Музыкальный термин, означающий постепенное усиление звучности (итал.).

[2] Вот я вас! (лат.).

[3] Я смешон (лат.).

Наконец наступила полная тишина. Головы склонились над тетрадями, а новичок просидел все два часа в самой примерной позе, хотя время от времени ему и попадали в лицо ловко пущенные с кончика пера шарики жеваной бумаги. Но он только отирал рукой брызги и продолжал сидеть совершенно неподвижно, опустив глаза.

Вечером, когда пришло время готовить уроки, он вынул из парты нарукавники, разобрал все свои вещи, тщательно разлиновал бумагу. Мы глядели, как добросовестно он работал, старательно проверяя все по словарю. Должно быть, только благодаря этому неподдельному усердию он и не остался в младшем классе: грамматические правила он знал неплохо, но в оборотах его речи не было никакого изящества. Жалея деньги, родители постарались отдать его в коллеж как можно позже, и начаткам латыни он учился у деревенского священника.

Отец его, отставной военный фельдшер, г-н Шарль-Дени-Бартоломе Бовари около 1812 года скомпрометировал себя в какой-то истории с рекрутским набором, был вынужден покинуть службу и воспользовался своими личными качествами, чтобы мимоходом подцепить приданое в шестьдесят тысяч франков, которое давал за дочерью владелец шляпного магазина. Девушка влюбилась в его фигуру. Красавец-мужчина и краснобай, он звонко щелкал шпорами и носил усы с подусниками; на пальцах у него всегда сверкали перстни, одевался он в яркие цвета и вид имел самый бравый, отличаясь при этом живостью и развязностью коммивояжера. Женившись, г-н Бовари два-три года проживал приданое: хорошо обедал, поздно вставал, курил длинные фарфоровые трубки, каждый вечер бывал в театре и часто ходил в кафе. Потом тесть умер и оставил сущие пустяки; г-н Бовари вознегодовал, увлекся *фабричным производством,* чуть не разорился и удалился в деревню, чтобы здесь себя проявить. Но так как в земледелии он понимал не больше, чем в ситцах, так как лошадей он отрывал от пахоты и катался на них верхом, а вместо того чтобы продавать сидр бочками, сам пил его бутылками; так как лучшую птицу своего птичника он съедал, а салом своих свиней смазывал охотничьи сапоги, то вскоре ему пришлось убедиться, что рассчитывать на хозяйство не приходится.

И вот за двести франков в год он снял в одной деревушке, на границе Ко и Пикардии, нечто среднее между фермой и барской усадьбой, и сорока пяти лет от роду засел там, снедаемый тоской и досадой, ропща на бога и завидуя всем на свете. Он говорил, что разочаровался в людях и решил доживать век на покое.

Жена когда-то была от него без ума. Она любила его рабски, и это только отдаляло его от нее. Смолоду веселая, оживленная и любящая, она с годами стала раздражительной, плаксивой и нервной: так вино, выдыхаясь, превращается в уксус. Сколько выстрадала она, не жалуясь, в первое время, когда муж бегал за каждой деревенской девчонкой, а по вечерам приходил домой из каких-то притонов, — приходил пресыщенный, пропахший вином! Но потом в ней пробудилась гордость. Тогда она умолкла, затаила злобу и замкнулась в немом стоицизме, который хранила до самой смерти. Вечно она была в бегах, в хлопотах. Это она ходила к адвокатам, к председателю суда, она помнила сроки векселей, добивалась продления; дома она гладила, шила, стирала, следила за работниками, расплачивалась по счетам. А в это время ее супруг, ни о чем не заботясь и постоянно пребывая в брюзгливой полудремоте, которую он прерывал только для того, чтобы говорить жене неприятности, спокойно сидел у камина, покуривая трубку и сплевывая в золу.

Когда у г-жи Бовари родился ребенок, его пришлось отдать кормилице. Когда же мальчугана взяли снова домой, то стали баловать, как маленького принца. Мать закармливала его сластями, отец позволял ему бегать босиком и даже, изображая из себя философа, говорил, что он мог бы ходить и совсем голым, как ходят детеныши животных. Наперекор нежным заботам матери, отец выдумал какой-то мужественный идеал детства, согласно которому и пытался развивать сына. Ему хотелось воспитывать мальчика сурово, по-спартански, закалить его здоровье. Он заставлял его спать в нетопленной комнате, приучал пить большими глотками ром и издеваться над религиозными процессиями. Но смирный от природы мальчик плохо вознаграждал отцовские усилия. Мать повсюду таскала его за собой, вырезывала ему картинки, рассказывала сказки, изливалась перед ним в нескончаемых монологах, исполненных грустного веселья и болтливой нежности. В своем вечном одиночестве она перенесла на ребенка все свои разбитые, рассеянные жизнью честолюбивые мечтания. Она придумывала для него высокие посты, он грезился ей взрослым, красивым, остроумным, отлично пристроенным в ведомстве путей сообщения или в суде. Она выучила его читать и даже петь два-три романса, аккомпанируя себе на стареньком фортепиано. Но г-н Бовари об учености заботился мало и говорил, что *все это ни к чему.* Разве у них когда-нибудь хватит средств, чтобы содержать сына в казенной школе, купить ему должность или торговое дело? К тому же *дорогу и так всегда пробить можно — только не плошай.* Г-жа Бовари молчала, закусив губы, а ребенок бегал по деревне.

Он уходил с работниками на пашню, гонял ворон, швырял в них комьями земли. Он рвал по оврагам тутовые ягоды, пас с хворостиной индюшек, ворошил сено, бегал по лесу, играл в дождливые дни на крытой церковной паперти в «котел», а по праздникам выпрашивал у пономаря разрешение позвонить в колокол и, повиснув всем телом на толстой веревке, уносился с нею в полете.

Так рос он, словно молодой дубок. У него были крепкие руки и румянец во всю щеку.

Когда ему исполнилось двенадцать лет, мать добилась, чтобы его начали учить. Это дело поручили священнику. Но уроки были так коротки и нерегулярны, что толку от них оказалось немного. Давались они урывками, когда выпадало время, в ризнице, стоя и наспех, в свободные минуты между крещениями и погребениями, а иногда кюре посылал за учеником после вечерней службы, — в том случае, если ему никуда не надо было идти. Он поднимался с мальчиком в свою комнату, оба усаживались за стол; мошки и ночные бабочки носились вокруг свечи; было жарко, дремота одолевала ребенка, а добродушный старик начинал похрапывать, разинув рот и сложив руки на животе. Иной раз господин кюре, возвращаясь со святыми дарами от какого-нибудь больного, замечал расшалившегося мальчика в поле. Он подзывал Шарля, читал ему длинное нравоучение и, пользуясь случаем, предлагал тут же, под деревом, проспрягать латинский глагол. Вскоре неожиданная встреча или начавшийся дождь прерывали урок. Впрочем, учитель был всегда доволен учеником и даже говорил, что у этого юноши отличная память.

Так дальше продолжаться не могло. Г-жа Бовари проявила большую настойчивость. Г-н Бовари, пристыженный или, скорее, утомленный, уступил ей без сопротивления, и с первым причастием мальчугана решили подождать еще год.

Прошло шесть месяцев, и в следующем году Шарля, наконец, отдали в руанский коллеж. В конце октября, во время ярмарки на святого Ромена, отец лично отвез его туда.

Сейчас никто из нас ничего не мог бы вспомнить о Шарле Бовари.

Это был мальчик уравновешенный: на переменах он играл; когда приходило время, готовил уроки; в классах внимательно слушал, в дортуаре крепко спал, в столовой ел с аппетитом. В отпуск он ходил к оптовому торговцу-скобянику на улице Гантери: тот брал его из коллежа раз в месяц, по воскресеньям, когда лавка была уже закрыта, и посылал на набережную погулять, поглядеть на корабли, а ровно в семь часов, перед ужином, приводил обратно в училище. Каждый четверг Шарль писал вечером матери длинное письмо, писал красными чернилами и запечатывал тремя облатками; потом он выправлял свои тетради по истории или читал истрепанный том «Анахарсиса», валявшийся в комнате для занятий. На прогулках он разговаривал со служителем, который был, как и он, из деревни.

Благодаря прилежанию он всегда держался в числе средних учеников, а один раз даже получил первую награду по естественной истории. Но в конце третьего года обучения родители взяли его из коллежа, чтобы он изучал медицину: они были уверены, что степени бакалавра Шарль добьется собственными силами.

Мать нашла ему комнату на улице О-де-Робек, на пятом этаже, у знакомого красильщика. Она договорилась с хозяином о пансионе, раздобыла сыну мебель — стол и два стула, выписала из деревни старую кровать вишневого дерева и, сверх того, купила чугунную печурку с запасом дров, чтобы бедному мальчику не было холодно. И через неделю уехала домой, снабдив Шарля тысячью советов вести себя как следует, — ведь теперь он предоставлен самому себе.

Программа занятий, с которой Шарль познакомился, произвела на него впечатление ошеломляющее: курс анатомии, курс патологии, курс физиологии, курс фармации, курс химии, и ботаники, и клиники, и терапевтики, не считая гигиены и энциклопедии медицины. Он не знал происхождения этих слов, и каждое казалось ему дверью в некое святилище, исполненное величественного мрака.

Шарль не мог во всем этом разобраться. Сколько ни слушал он профессоров, до него не доходило ни слова. И все-таки он продолжал трудиться — завел толстые тетради в переплетах, посещал все лекции, не пропускал ни одного медицинского обхода. Он выполнял свои скромные обязанности, словно рабочая лошадь, которая ходит с завязанными глазами по кругу и сама не знает, что делает.

Чтобы избавить сына от лишних трат, мать еженедельно посылала ему с почтовой каретой кусок жареной телятины. Этой телятиной он завтракал по утрам, вернувшись из больницы, и при этом, стараясь согреться, топал ногами. Потом надо было бежать на лекции, в анатомический театр, к больным и возвращаться домой через весь город. Вечером, после скудного обеда у квартирного хозяина, Шарль уходил к себе в комнату, снова садился за учение около докрасна раскаленной печурки, и пар поднимался от его отсыревшей одежды.

В погожие летние вечера, в час, когда улицы пустеют и служанки играют у ворот в волан, он распахивал окно и облокачивался на подоконник. Прямо под ним, между мостами и решетками набережной, текла река, то желтая, то лиловая, то голубая, превращавшая эту часть Руана в жалкое подобие Венеции. Кое-где у самой воды сидели на корточках рабочие и мыли руки. На жердях, высовывавшихся из чердаков, сушились мотки бумажной пряжи. А перед ним, над крышами, простиралось огромное безоблачное небо и заходило багровое солнце. Как, должно быть, хорошо на той стороне! Какая прохлада в буковых рощах! И Шарль раздувал ноздри, словно вдыхая милые деревенские запахи, которые до него не долетали.

Он похудел, вытянулся, лицо его приняло несколько грустное выражение и сделалось почти интересным.

Кончилось тем, что он совершенно естественно, по простой небрежности, изменил всем своим благим намерениям. Как-то раз он пропустил демонстрацию больного, на другой день — лекцию и, наслаждаясь праздностью, понемногу совсем перестал ходить на занятия.

Он привык посещать кабачки, пристрастился к домино. Садиться каждый вечер в грязноватом зальце питейного заведения и стучать по мраморному столику костяшками с черными очками казалось ему драгоценным актом независимости. От этого повышалось его самоуважение. Это было для него как бы вступлением в мир, первым прикосновением к запретным радостям; входя в кабачок, он брался за дверную ручку с наслаждением, — почти чувственным. И многое, что прежде было подавлено, распустилось в нем пышным цветом: он затвердил наизусть немало куплетов и пел их на дружеских пирушках, он проникся энтузиазмом к Беранже, научился делать пунш и, наконец, познал любовь.

Благодаря таким подготовительным занятиям Шарль с треском провалился во время выпускных экзаменов на звание санитарного врача. В этот самый день его ждали к вечеру дома, чтобы достойно отпраздновать успехи!

Он отправился домой пешком, остановился у околицы, послал за матерью и рассказал ей все. Она простила его, приписала провал несправедливости экзаменаторов, взялась сама все устроить и немного подбодрила сына.

Отец узнал истину только через пять лет; она успела потерять остроту, и г-н Бовари примирился с нею. Впрочем, он никогда не мог бы представить себе, что его отпрыск оказался тупицей.

Итак, Шарль снова принялся за работу и, уже не отрываясь, готовился к экзаменам. Он выучил все вопросы программы наизусть и получил довольно хорошие отметки. Какой прекрасный день для матери! Дома устроили званый обед.

Где же ему теперь применять свое лекарское искусство? В Тосте! Там был всего один врач, да и тот старик. Г-жа Бовари давно поджидала его смерти, и не успел еще добряк убраться на погост, как Шарль уже поселился напротив его дома в качестве преемника.

Но воспитать сына, дать ему медицинское образование и найти город Тост, где он мог бы применять его на деле, — это еще далеко не все: молодому человеку нужна была жена. И мать подыскала ему невесту — вдову судебного пристава из Дьеппа, женщину сорока пяти лет, но с годовым доходом в тысячу двести ливров.

Хотя г-жа Дюбюк была безобразна, суха, как палка, и вся прыщеватая, недостатка в женихах у нее не было. Чтобы добиться своей цели, г-же Бовари пришлось всех устранить: она ловко расстроила даже происки одного колбасника, которого поддерживали священники.

Шарль думал, что брак улучшит его положение; он воображал, что станет свободнее, будет сам располагать собою и своими деньгами. Но супруга прибрала его к рукам; ему пришлось взвешивать на людях каждое свое слово, поститься по пятницам, одеваться по жениному вкусу, донимать по ее приказу тех пациентов, которые задерживали плату. Жена распечатывала его письма, следила за каждым его шагом и, когда он принимал больных женщин, подслушивала у перегородки. По утрам ей непременно нужен был шоколад, каждую минуту требовались бесконечные знаки внимания. Она постоянно жаловалась то на нервы, то на боль в груди, то на плохое самочувствие; шума шагов она не выносила. Муж уходил — ее терзало одиночество; муж возвращался — уж конечно, он хотел полюбоваться картиной ее смерти. Вечером, когда Шарль приходил домой, она вытаскивала из-под одеяла свои длинные тощие руки, обнимала его за шею, заставляла сесть к ней на кровать и принималась изливать свои горести: он ее забыл, он любит другую! Ей предсказывали, что она будет несчастна!.. И кончала неизменной просьбой: немного какого-нибудь лечебного сиропа и чуть-чуть побольше любви.

II

Однажды ночью, около одиннадцати часов, супругов разбудил конский топот. Лошадь остановилась у самого крыльца. Служанка открыла на чердаке слуховое окошечко и вступила в переговоры с верховым, стоявшим внизу, на улице. Он приехал за доктором; у него было с собой письмо. Настази, дрожа от холода, спустилась по лестнице и стала отпирать замки, отодвигать засовы. Приезжий слез с лошади и, следуя за служанкой по пятам, вошел в спальню. Вытащив из шерстяной шапки с серыми кистями завернутое в тряпочку письмо, он почтительно передал его Шарлю. Тот оперся локтем на подушку и принялся читать. Настази стояла со свечкой у самой кровати. Барыня, застыдившись, повернулась к стенке, спиной к постороннему.

Письмо было запечатано маленькой печатью синего сургуча. В нем г-на Бовари умоляли немедленно приехать на ферму Берто и помочь человеку, который сломал себе ногу. Но от Тоста до Берто — через Лонгвиль и Сен-Виктор — было добрых шесть льё. Ночь стояла темная, хоть глаз выколи. Г-жа Бовари-младшая боялась, как бы с мужем не случилось чего по дороге. Поэтому было решено, что конюх, привезший письмо, отправится вперед, а Шарль поедет через три часа, когда взойдет луна. Хозяева вышлют ему навстречу мальчишку показать дорогу и отпереть ворота.

Около четырех часов утра Шарль, плотно закутавшись в плащ, отправился в путь. Еще не очнувшись от сна в теплой постели, он дремал, убаюкиваемый спокойной рысцой лошади. Когда она вдруг останавливалась перед обсаженными терновником ямами, какие выкапывают на краю поля, Шарль сразу просыпался, вспоминал о сломанной ноге и начинал восстанавливать в памяти все известные ему виды переломов. Дождь перестал; начинало светать, и птицы, взъерошив перышки под холодным ночным ветром, недвижно сидели на голых ветвях яблонь. Кругом уходили в бесконечность ровные поля, и только редкие, далеко разбросанные фермы выделялись фиолетовыми пятнами рощиц на этой серой равнине, сливавшейся у горизонта с хмурым небом. Время от времени Шарль открывал глаза; но усталость одолевала, дрема клонила его, и он снова впадал в какой-то полусон, в котором недавние впечатления перемешивались со старыми воспоминаниями: он ощущал какую-то раздвоенность, был одновременно и студентом, и женатым человеком; лежал в постели, как только что, и проходил по хирургической палате, как в прежние времена. Горячий запах припарок сливался в его голове со свежим запахом росы; он слышал лязг железных колец полога по медным прутьям над кроватями больных и дыхание спящей жены... Проезжая Вассонвиль, он увидел мальчика, сидевшего на траве у канавы.

— Вы доктор? — спросил мальчик.

И, получив утвердительный ответ, взял в руки свои деревянные башмаки и побежал впереди него.

По пути врач из рассказов своего провожатого понял, что г-н Руо весьма зажиточный земледелец, ногу он сломал накануне вечером, возвращаясь от соседа с крещенского пирога. Два года назад он овдовел. Теперь при нем осталась только дочка-*барышня,* которая и помогала ему по хозяйству.

Колеи дороги стали глубже. Врач подъехал к Берто. Тут мальчик, юркнув в какую-то лазейку, скрылся за изгородью, вынырнул во дворе и отпер ворота. Лошадь скользила по мокрой траве. Шарль нагибался, проезжая под нависшими ветвями. Псы заливались у конур, отчаянно натягивая цепи. Когда Шарль въехал во двор, лошадь испугалась и метнулась в сторону.

Ферма была в хорошем состоянии. В открытые ворота конюшен виднелись крупные рабочие лошади: они спокойно жевали сено из новеньких решетчатых кормушек. Вдоль строений тянулась огромная навозная куча, и от нее поднимался пар, а поверху, среди индюшек и кур, бродили, подбирая корм, пять или шесть павлинов — гордость кошских фермеров. Овчарня была длинная, рига высокая, с чистыми и гладкими стенами. Под навесом стояли две большие телеги и четыре плуга. И тут же висели кнуты, хомуты, вся сбруя с синими шерстяными потниками, осыпанными мелкой трухой, которая налетала с сеновала. Симметрично обсаженный деревьями двор отлого поднимался в гору, и у прудика раздавалось веселое гоготанье гусиного стада.

Навстречу г-ну Бовари из дома вышла молодая женщина в синем мериносовом платье с тремя оборками. Она повела доктора на кухню, где был разведен яркий огонь. Вокруг него в больших и маленьких котелках варился завтрак для работников. В камине сушилась промокшая одежда. Кочерга, каминные щипцы и горло поддувального меха — все это огромных размеров — сверкали, как полированная сталь, а вдоль стен тянулась батарея начищенной до блеска кухонной посуды, в которой неровно отсвечивали яркое пламя очага и первые солнечные лучи, проникавшие в окно.

Шарль поднялся на второй этаж к больному. Тот лежал под одеялами весь в поту, откинув в сторону ночной колпак. Это был маленький толстенький человечек лет пятидесяти, с белой кожей, голубоглазый, лысый со лба и в серьгах. На стуле рядом с кроватью стоял большой графин водки, из которого он время от времени наливал себе для храбрости по рюмочке. Но когда больной увидел врача, все его возбуждение сразу исчезло, и, перестав ругаться (а ругался он уже двенадцать часов подряд), бедняга принялся тихонько и жалобно стонать.

Перелом оказался самый простой, без малейших осложнений. Ничего лучшего Шарль не мог бы и желать. И вот, припомнив, как вели себя в присутствии раненых его учителя, он стал подбадривать пациента всяческими шуточками — хирургическим остроумием, подобным маслу, которым смазывают ланцеты. Из-под навеса, где стояли телеги, принесли связку дранок на лубки. Шарль выбрал дранку, расщепил ее на полоски и поскоблил осколком стекла; в это время служанка рвала простыню на бинты, а мадмуазель Эмма с величайшим усердием шила подушечки. Она долго не могла найти игольник, и отец рассердился; не отвечая ни слова на его упреки, она торопливо шила, то и дело колола себе пальцы и тут же подносила руку ко рту, высасывая кровь.

Шарля поразила белизна ее ногтей. Они были блестящие и узкие на концах, отполированы лучше дьеппской слоновой кости и подстрижены в форме миндалин. Однако руки у девушки были не очень красивы, — пожалуй, недостаточно белы и слишком сухи в суставах; да и вообще они были длинноваты, лишены мягкой округлости в очертаниях. Но зато действительно прекрасны были глаза — темные, от длинных ресниц казавшиеся черными, — и открытый, смелый и доверчивый взгляд.

После перевязки сам г-н Руо предложил доктору *закусить на дорожку*.

Шарль спустился в залу. Там на маленьком столике, подле кровати с балдахином и пологом из набойки, на которой были изображены турки, стояли два прибора и серебряные стаканчики. Из высокого дубового шкафа, помещавшегося против окна, пахло ирисом и свежим полотном. По углам стояли на полу мешки с пшеницей — излишек, которому не хватало места в соседней кладовой, куда вели три каменных ступеньки. На стене, выкрашенной в зеленую краску и немного облупившейся от селитры, висело на гвоздике украшение комнаты — голова Минервы в золотой рамке, рисованная углем. Вдоль нижнего края картинки шла надпись готическими буквами: «Дорогому папочке».

За закуской говорили сначала о больном, потом о погоде, о сильных холодах, о том, что по ночам в поле рыщут волки. Мадмуазель Руо очень невесело живется в деревне, особенно теперь, когда ей приходится вести одной все хозяйство. В зале было холодно, девушка слегка дрожала, и от этого приоткрывались ее пухлые губки. У нее была привычка прикусывать их в минуты молчания.

Белый отложной воротничок низко открывал ее шею. Ее черные волосы разделялись тонким пробором, спускавшимся к затылку, на два бандо, так гладко зачесанных, что они казались цельным куском; едва закрывая уши, они были собраны сзади в пышный шиньон и оттеняли виски волнистой линией; такую линию сельский врач видел впервые в жизни.

Щеки у девушки были розовые. Между двумя пуговицами корсажа был засунут, как у мужчины, черепаховый лорнет.

Перед отъездом Шарль зашел проститься с папашей Руо, затем вернулся в залу, где барышня стояла у окна и глядела в сад на поваленные ветром тычинки для бобов. Она обернулась и спросила:

— Вы что-то потеряли?

— Да, хлыстик, с вашего разрешения, — отвечал Шарль и стал разыскивать на кровати, за дверью, под стульями.

Хлыст завалился к стене за мешки. Мадмуазель Эмма увидела его первая и нагнулась над мешком пшеницы. Шарль любезно поспешил на помощь, потянулся одновременно с ней и вдруг почувствовал, как его грудь прикоснулась к спине наклонившейся впереди него девушки. Она выпрямилась и, вся покраснев, взглянула на него через плечо, подавая ему хлыст.

Шарль обещал навестить больного через три дня, но вместо того явился на следующий же день, а потом зачастил по два раза в неделю, да еще время от времени приезжал вне очереди, словно по забывчивости.

А между тем все шло отлично. Выздоровление подвигалось по всем правилам, и когда спустя сорок шесть дней дядюшка Руо попробовал ходить по своей *лачуге* без посторонней помощи, за г-ном Бовари стала утверждаться слава очень способного человека. Дядюшка Руо говорил, что лучше, чем он, не умеют лечить первейшие врачи в Ивето и даже в Руане.

Шарль и не пытался понять, почему ему так нравилось бывать в Берто. Если бы он подумал об этом, то, всего вернее, приписал бы свое усердие серьезности медицинского случая, а может быть, и надежде на хороший гонорар. Но действительно ли по этой причине посещение фермы было каким-то счастливым исключением из всех будничных занятий его жизни? Собираясь в Берто, он вставал раньше обычного, по дороге пускался галопом, погонял коня, а, не доезжая фермы, соскакивал с седла, вытирал сапоги о траву и натягивал черные перчатки. Он полюбил въезжать на широкий двор, плечом открывая ворота, полюбил пение петуха, взлетающего на ограду, и выбегающих навстречу батраков. Он полюбил ригу и конюшни, полюбил дядюшку Руо, который размашисто хлопал его по ладони, называя своим спасителем, он полюбил стук маленьких деревянных башмачков мадмуазель Эммы по чисто вымытым каменным плиткам кухонного пола. От высоких каблуков девушка казалась немного выше, и когда она шла впереди врача, деревянные подошвы быстро подскакивали кверху и сухо щелкали о кожу ботинок.

Она всегда провожала его до первой ступеньки крыльца. Если лошадь еще не была подана, они вместе ждали ее здесь. Они прощались в доме и больше уже не разговаривали; свежий ветер, обвевая девушку, трепал выбившиеся волоски на затылке или играл завязками передника, которые бились на ее бедрах, как флажки. Однажды, в оттепель, сочилась кора деревьев в саду, таял снег на крышах построек. Она стояла на пороге дома, потом пошла за зонтиком, открыла его. Пронизанный солнцем сизый шелковый зонт отбрасывал на ее белое лицо пляшущие цветные блики. А она улыбалась мягкому теплу, и слышно было, как падают капли на натянутый муар.

Когда Шарль только еще начал ездить в Берто, г-жа Бовари-младшая не забывала осведомляться о здоровье г-на Руо и даже отвела ему в своей приходо-расходной книге большую чистую страницу. Но узнав, что у него есть дочь, она навела справки; оказалось, что мадмуазель Руо обучалась в монастыре урсулинок и получила, как говорится, *блестящее воспитание,* что, следовательно, она танцует, рисует, вышивает, знает географию и немного играет на фортепиано. Это было уж слишком!

«Так вот почему, — думала г-жа Бовари, — вот почему он так и сияет, когда собирается к ней! Вот почему он надевает новый жилет и даже не боится попасть в нем под дождь. О, эта женщина! Эта женщина!..»

И г-жа Бовари инстинктивно возненавидела девушку. Сначала она отводила душу намеками, — Шарль их не понимал. Потом принялась за рассуждения, будто случайные, — Шарль, боясь бури, пропускал их мимо ушей. И, наконец, перешла к нападениям в упор; но Шарль молчал и тут, не зная, что отвечать. И зачем это он все ездит в Берто, когда г-н Руо уже выздоровел, а денег за лечение эти люди еще не заплатили? Еще бы, там ведь есть одна *особа,* она умеет поддерживать разговор, она рукодельница, она умница! Он это любит — подавай ему городских барышень…

— Дочка дядюшки Руо — и вдруг городская барышня! — начинала она снова. — Скажите пожалуйста! Дед ее был пастух, а какой-то родственник чуть не попал под суд за то, что во время спора затеял драку. Нечего ей так задирать нос и по воскресеньям ходить в церковь в шелковом платье, словно она графиня. Бедный дядюшка Руо! Не будь в прошлом году урожая на репу, ему бы никак не выплатить недоимки!

Шарлю надоело все это, и он прекратил визиты в Берто. После бесконечных слез и поцелуев Элоиза в великом порыве любви заставила его поклясться на молитвеннике, что он туда больше никогда не поедет. Итак, он покорился; но смелость желания бунтовала в нем против его рабского поведения. Простодушно лицемеря перед самим собой, он рассудил, что запрет видеть Эмму окончательно утверждает за ним право любить ее. К тому же вдова была сухопара, зубы у нее были лошадиные, во всякую погоду она носила коротенькую черную шаль, и кончик этой шали топорщился у нее между лопатками. Она скрывала свой костлявый стан старомодными платьями, напоминавшими покроем чехол, и такими короткими, что из-под юбки постоянно были видны лодыжки в серых чулках, на которых переплетались завязки неуклюжих туфель.

Время от времени супругов навещала мать Шарля. Невестка в несколько дней заставила ее плясать под свою дудку, и вот обе принялись сообща пилить его, донимая всяческими рассуждениями и замечаниями. Напрасно он так много ест. Зачем угощать вином всякого, кто бы ни пришел? Какое бессмысленное упрямство — никогда не носить фланелевого белья!

А весной ингувильский нотариус, у которого хранилось все состояние вдовы Дюбюк, отбыл с первым попутным ветром, захватив с собой все суммы, какие были у него в конторе. Правда, у Элоизы еще остались деньги — доля, вложенная ею в корабль, которая исчислялась в шесть тысяч франков, и дом на улице Сен-Франсуа, но в сущности она из всего своего хваленого состояния принесла в хозяйство только немного мебели да кой-какие тряпки. Пришлось вывести дело на чистую воду. Оказалось, что дом в Дьеппе заложен и перезаложен от крыши до фундамента; сколько увез с собой нотариус, одному богу было известно, а доля в судне никак не превышала тысячи экю. Словом, она все врала, эта милая особа!.. Г-н Бовари-отец сломал стул о каменный пол — так негодовал он на жену: ведь она своими руками погубила сына, спутала его с этой клячей, у которой сбруя не лучше шкуры. Старики явились в Тост. Последовало объяснение. Разразилась жестокая сцена. Элоиза, вся в слезах, бросилась Шарлю на шею, умоляя защитить ее. Ему пришлось вступиться. Родители обиделись и уехали.

Но *удар был уже нанесен.* Спустя неделю у Элоизы, в то время, когда она развешивала во дворе белье, пошла горлом кровь, а на другой день, когда Шарль отвернулся, чтобы задернуть оконную занавеску, она сказала: «Ах, боже мой», вздохнула и лишилась чувств. Она умерла. Удивительно!

Когда на кладбище все кончилось, Шарль вернулся домой; внизу никого не было; он поднялся в спальню, увидел платье жены, висевшее в ногах кровати. И тогда, облокотившись на письменный стол, в тяжелом раздумье он просидел до самого вечера. Все-таки она его любила.

III

Однажды утром дядюшка Руо привез Шарлю плату за свою вылеченную ногу — семьдесят пять франков монетами по сорока су и откормленную индюшку. Он слышал о несчастье молодого человека и стал утешать его, как умел.

— Я знаю, что это такое, — говорил он, хлопая его по плечу. — Со мной ведь было то же самое. Когда умерла моя бедная жена, я уходил в поля, чтобы только не видеть людей; бросишься там на землю у какого-нибудь дерева и плачешь, призываешь господа бога, говоришь ему всякие глупости. Увижу, бывало, на ветке крота — висит, а черви так и кишат у него в животе, — и вот завидую ему, хочу издохнуть. А как вспомню, что другие в это время обнимаются со своими милыми женушками, так и начну изо всех сил колотить палкой по земле. Совсем помешался, даже есть перестал: вы не поверите, от одной мысли о кофейне мне становилось тошно. И что ж, потихоньку да полегоньку, день за днем, за зимой весна, а за летом осень — и по капельке, по крошечке все ушло! Все утекло, все минуло… или, вернее сказать, утихло: ведь в глубине души все-таки что-то остается, вроде тяжести какой-то вот здесь, на сердце!.. Но раз уж такая наша судьба, то не стоит понапрасну изводить себя, не следует желать себе смерти из-за того, что умер близкий человек… Пора вам встряхнуться, господин Бовари. Все пройдет! Приезжайте к нам, дочка моя иногда, знаете, вспоминает про вас, говорит, что вы ее забыли. Скоро весна; мы с вами поохотимся в заказе на кроликов, вот вы немножко и развлечетесь.

Шарль послушался. Он поехал в Берто и застал там все то же, что и раньше, то есть как пять месяцев назад. Только груши были уже в цвету, и добряк Руо, которого он поставил на ноги, расхаживал по ферме, что придавало ей некоторое оживление.

Считая своим долгом окружить врача, как человека, перенесшего большое горе, всяческим вниманием, старик Руо просил его не ходить с открытой головой, говорил с ним шепотом, словно с больным, и даже притворялся, будто сердится, что ему не приготовили какого-нибудь отдельного блюда полегче, вроде крема или печеных груш. Когда Руо стал рассказывать анекдоты, Шарль поймал себя на том, что смеется, но тут же вдруг вспомнил о жене и нахмурился. Подали кофе, он перестал о ней думать.

Он думал о ней тем меньше, чем больше привыкал жить в одиночестве. Никогда не испытанная радость свободы скоро помогла ему переносить вдовство. Теперь он мог менять часы завтраков и обедов, мог когда угодно уходить и возвращаться без всяких объяснений, а если очень устанет, развалиться на кровати во всю ее ширь. И он нежился, баловал себя, принимал от знакомых соболезнования. А с другой стороны, смерть жены оказала ему немалую услугу в работе. Целый месяц все твердили: «Бедный молодой человек! Какое несчастье!» Имя его приобрело известность, клиентура возросла, и, наконец, он ездил в Берто, сколько хотел. Он ощущал какую-то беспредметную надежду, какое-то смутное счастье. Приглаживая перед зеркалом бакенбарды, он находил, что лицо его стало гораздо приятнее прежнего.

Однажды он попал на ферму около трех часов; все работали в поле. Он зашел на кухню, но сначала не заметил Эммы: ставни были закрыты. Солнечные лучи пробивались сквозь щели, вытягиваясь на каменных плитах тоненькими полосками, ломались об углы мебели и дрожали на потолке. По столу ползали мухи, они карабкались по грязным стаканам и с жужжанием тонули на дне в остатках сидра. Под солнцем, проникавшим через каминную трубу, отсвечивала бархатом сажа и слегка голубела остывшая зола. Эмма шила, сидя между печкой и окном, косынки на ней не было, на голых плечах виднелись капельки пота.

По деревенскому обычаю, она предложила Шарлю выпить. Он отказался. Эмма стала упрашивать и, наконец, смеясь сказала, что сама отведает с ним рюмку ликера. И вот она взяла из шкафа бутылку кюрасо, достала две рюмки, одну налила до краев, в другую только капнула и, чокнувшись, пригубила ее. Так как рюмка была почти пустая, то Эмма вся перегнулась назад и, закинув голову, напрягши шею, вытянула губы; она смеялась, потому что не чувствовала никакого вкуса, а кончиком языка, проскальзывавшим между белыми мелкими зубами, слизывала ликер со дна рюмки.

Эмма снова села и принялась за свое дело — штопку белого бумажного чулка; она работала, опустив голову, и не говорила ни слова; Шарль тоже молчал. Ветерок, поддувая под дверь, перегонял по полу пыль; молодой человек глядел, как она двигалась, и слышал только стук в ушах да дальний крик курицы, которая снеслась во дворе. Время от времени Эмма освежала себе щеки, прижимая к ним ладони, а потом охлаждала руки на железном набалдашнике огромных каминных щипцов.

Она пожаловалась, что с жаркой погодой у нее начались головокружения; спросила, не будет ли ей полезно морское купанье; потом стала рассказывать о монастыре, а Шарль о своем коллеже, и оба разговорились. Поднялись в комнату Эммы. Здесь она показала молодому человеку свои старые ноты, книжки, полученные в награду за успехи, венки из дубовых веток, валявшиеся в нижнем ящике шкафа. Она заговорила о своей матери, о кладбище и даже показала Шарлю грядку, с которой каждый месяц, в первую пятницу, срывала цветы на ее могилу. Но садовник ничего не понимает в своем деле. Ужасная вообще прислуга! Как было бы приятно жить в городе хотя бы зимой; впрочем, летом в деревне, пожалуй, еще скучней: дни такие длинные!.. И в соответствии со смыслом слов голос Эммы то звучал высоко и чисто, то вдруг становился томным и, когда она начинала говорить о себе, замедлялся в тягучих переходах, замирая почти до шепота; она то широко и радостно открывала наивные глаза, то слегка опускала веки, и взгляд ее туманился скукой, мысль смутно блуждала.

Вечером, по дороге домой, Шарль припоминал одну за другой все ее фразы, пытаясь точно восстановить, пополнить их смысл, чтобы самому принять участие в той жизни, которой жила девушка в те времена, когда он еще ее не знал. Но ему ни разу не удалось представить себе Эмму иною, чем он ее видел в первый раз или какой только что ее оставил. Потом он стал думать, что с ней будет, если она выйдет замуж. А за кого? Увы! Дядюшка Руо очень богат, а она… она так прекрасна! Но лицо Эммы снова и снова вставало у него перед глазами, и что-то монотонное, словно жужжание волчка, беспрерывно гудело в ушах: «А что, если бы жениться!» Ночью он не спал, саднило в горле, мучила жажда; он встал, напился воды из графина и открыл окно. Небо было усеяно звездами, дул теплый ветерок, вдали лаяли собаки. Шарль повернул голову в сторону Берто.

Считая, что в конце концов он ничем не рискует, Шарль дал себе слово при первом же удобном случае сделать предложение; но всякий раз, как такая возможность представлялась, у него немел язык от страха, что он не найдет нужных слов.

Дядюшка Руо нисколько не огорчился бы, если бы его избавили от дочери: она ничем не помогала ему по дому. Он на нее не сердился, находя, что она слишком умна для сельского хозяйства; это занятие проклято небом — на нем еще никто не нажил миллионов. Добряк и сам не только не богател, но из года в год терпел убытки. Если он очень ловко сбывал свои продукты, получая большое удовольствие от коммерческих хитростей, то для хозяйства в собственном смысле слова, для внутреннего управления фермой, он был самым неподходящим человеком. Он не склонен был утруждать себя работой и нимало не скупился на личные расходы: ему нравилась вкусная еда, жарко натопленная печь и мягкая постель. Он любил крепкий сидр, сочное жаркое, любил медленно потягивать кофе с коньяком. Обедал он на кухне, усаживаясь один у очага за маленьким столиком, который ему подавали уже накрытым, как в театре.

Итак, заметив, что в присутствии Эммы у Шарля краснеют щеки, — а это значило, что на днях последует предложение, — дядюшка Руо заранее обмозговал все дело. Врач казался ему немножко *замухрышкой,* и вообще не такого бы он желал зятя, но зато, по слухам, это был человек хорошего поведения, бережливый, отлично образованный и уж, конечно, не такой, чтобы слишком придираться к приданому. А так как дядюшке Руо пришлось недавно продать двадцать два акра своего *имения,* так как он много задолжал каменщику и не меньше того шорнику, а надо было переделывать вал виноградного пресса, то он решил: «Если он посватается, я выдам за него дочку».

Около Михайлова дня Шарль приехал в Берто на трое суток. Третий день, как и два предыдущих, протянулся в отсрочках отъезда с минуты на минуту. Дядюшка Руо пошел провожать Шарля; они шагали по наезженной дороге и уже собирались прощаться — время настало. Шарль дал себе срок до угла загородки и, наконец, миновав его, прошептал:

— Мэтр Руо, мне надо вам кое-что сказать.

Оба остановились. Шарль молчал.

— Ну, рассказывайте, что у вас там! Будто я сам всего не знаю! — тихо смеясь, сказал дядюшка Руо.

— Дядюшка Руо… дядюшка Руо… — бормотал Шарль.

— Я ничего лучшего и не желаю, — продолжал фермер. — Но хотя девочка, конечно, думает то же, что и я, надо все-таки ее спросить. Только смотрите: если она скажет «да», вам не следует возвращаться, а то пойдут сплетни, да и она растревожится. А чтобы вы не извелись вконец, я распахну настежь ставни: вы это увидите с задней стороны дома, если заглянете через забор.

И ушел.

Шарль привязал лошадь к дереву, побежал на тропинку и стал ждать. Прошло полчаса, потом он отсчитал по стрелке еще девятнадцать минут. Вдруг что-то стукнуло об стену — ставни распахнулись, щеколда еще дрожала.

На другой день Шарль в девять часов утра был уже на ферме. Когда он вошел, Эмма покраснела, хотя из приличия пыталась засмеяться. Дядюшка Руо обнял будущего зятя. Заговорили о денежных делах; впрочем, на это еще оставалось достаточно времени, потому что венчаться до окончания траура Шарля, то есть до будущей весны, было бы неудобно.

Зима прошла в ожидании. Мадмуазель Руо занималась своим приданым. Часть его была заказана в Руане, а сорочки и чепчики она шила сама, достав модные картинки. Когда Шарль приезжал на ферму, говорили о приготовлениях к свадьбе, придумывали, в какой комнате устроить обед, соображали, сколько нужно будет блюд и какие подавать закуски.

Эмме хотелось венчаться в полночь, при факелах, но дядюшка Руо никак не мог взять в толк эту выдумку. И устроили настоящую свадьбу: гостей прибыло сорок три человека, за столом сидели шестнадцать часов, а наутро пир начался снова и, постепенно замирая, продолжался еще несколько дней.

IV

Приглашенные стали съезжаться с раннего утра — в повозках, одноколках, двухколесных шарабанах, в старинных кабриолетах без верха, в крытых возках с кожаными занавесками; молодежь из ближних деревень приехала на длинных телегах, где парни стояли в ряд по краям и, чтобы не упасть, держались за поручни: лошади бежали рысью, на ухабах сильно трясло. Народ явился за десять льё из Годервиля, из Норманвиля, из Кани. Были приглашены все родственники жениха и невесты, хозяева помирились со всеми друзьями, с какими были в ссоре, вызвали письмами и таких знакомых, которых уже давно успели потерять из виду.

Время от времени из-за изгороди доносилось щелканье бича, тотчас распахивались ворота, и во двор въезжала повозка. Она во весь дух подкатывала к самому крыльцу, круто останавливалась и начинала разгружаться. Люди вылезали из нее с обеих сторон, растирая себе колени и потягиваясь. Дамы были в чепцах и платьях городского покроя с золотыми часовыми цепочками, в накидках, концы которых скрещивались на поясе, или в маленьких цветных косынках, скрепленных на спине булавкой и открывавших сзади шею. Мальчишки, одетые точно так же, как и их папаши, по-видимому, очень неудобно чувствовали себя в новых костюмах (многие в тот день впервые в жизни надели сапоги), а рядом с выводком ребят, не произнося ни слова, стояла в белом платье, сшитом к первому причастию и удлиненном для торжественного случая, какая-нибудь большая девочка лет четырнадцати-шестнадцати — кузина или старшая сестра, — вся красная, растерянная, напомаженная розовой помадой и боявшаяся запачкать перчатки.

Конюхов не хватало, и мужчины, засучив рукава, сами распрягали лошадей. Одеты они были сообразно своему общественному положению: кто во фраке, кто в сюртуке, кто в пиджаке, кто в куртке — все добротные костюмы, к которым в семье относились с величайшим почтением и извлекали из шкафов только по большим праздникам; сюртуки с длинными, разлетающимися по ветру полами, с цилиндрическими стоячими воротниками и огромными, как мешки, карманами; куртки толстого сукна, при которых обычно носили фуражку с медной кромкой на козырьке; коротенькие пиджачки с парой тесно — словно глаза — посаженных на спине пуговиц и с такими тугими фалдами, как будто их вырубил из цельного куска дерева плотник. Иные из гостей (но этим, конечно, пришлось обедать на нижнем конце стола) были даже в парадных блузах: откидной ворот лежал на самых плечах, спина, собранная в мелкие складки, перехвачена низко подпоясанным шитым пояском.

А крахмальные сорочки топорщились, как панцири! Все мужчины были только что подстрижены, так что уши у них оттопыривались; все чисто выбриты, а у тех, кто встал до зари и плохо видел, когда брился, заметны были даже косые царапины под носом или крупные, как трехфранковик, пятна срезанной по краю подбородка кожи. В дороге ссадины обветрились, и расплывшиеся белые лица были как будто разделаны под розовый мрамор.

От фермы до мэрии считалось пол-льё, и туда отправились пешком. Вернулись домой после церковного обряда тоже пешком. Сначала гости шли плотной вереницей — словно цветной шарф извивался по узкой меже, змеившейся между зелеными хлебами; но скоро кортеж растянулся и разбился на группы; люди болтали и не торопились. Впереди всех шагал музыкант с разукрашенной атласными лентами скрипкой; за ним выступали новобрачные, а дальше шли вперемешку родственники и знакомые. Дети далеко отстали: они обрывали сережки овса и втихомолку забавлялись играми. Длинное платье Эммы слегка волочилось по земле; время от времени она останавливалась, приподнимала его и осторожно снимала затянутыми в перчатки пальцами грубую траву и мелкие колючки репейника; а Шарль, опустив руки, дожидался, пока она покончит с этим делом. Дядюшка Руо, в новом цилиндре и черном фраке с рукавами до самых ногтей, вел под руку г-жу Бовари-мать. А г-н Бовари-отец, презирая в глубине души всю эту компанию, явился в простом однобортном сюртуке военного покроя и теперь расточал кабацкие любезности какой-то белокурой крестьяночке. Она приседала, краснела, не знала, что отвечать. Остальные гости разговаривали о своих делах или подшучивали исподтишка, заранее возбуждая себя к веселью; насторожив ухо, можно было расслышать в поле пиликанье музыканта, который все играл да играл. Заметив, что свадебный кортеж от него отстает, он останавливался перевести дух, долго натирал смычок канифолью, чтобы громче визжали струны, и снова пускался в путь, сам себе отбивая такт движениями грифа. От звуков его инструмента вдали взлетали птички.

Стол накрыли во дворе, под навесом для телег. На столе красовались четыре филе, шесть куриных фрикасе, тушеная телятина и три жарких, а по самой середине — великолепный жареный поросенок, обложенный печеночной колбасой со щавелевым гарниром. По углам возвышались графины с водкой. Сладкий сидр, разлитый по бутылкам, окаймлял пробки густой пеной, а все стаканы были заранее до краев наполнены вином. Желтый крем на огромных блюдах дрожал при малейшем толчке, на его гладкой поверхности красовались узорные инициалы новобрачных. Торты и нугу делал кондитер, выписанный из Ивето. Так как в этой местности ему приходилось выступать впервые, он старался как только мог и к десерту самолично подал такой фигурный пирог, что все ахнули. У основания его находился синий картонный квадрат, а на нем целый храм с портиками и колоннадой; в нишах, усыпанных звездами из золотой бумаги, стояли гипсовые статуэтки; выше, на втором этаже — савойский пирог в виде сторожевой башни, окруженной мелкими укреплениями из цуката, миндаля, изюма и апельсинных долек; и, наконец, на верхней площадке — скалы, озера из варенья, кораблики из ореховых скорлупок и зеленый луг, где маленький амур качался на шоколадных качелях, у которых столбы кончались вместо шаров бутонами живых роз.

Ели до самого вечера. Устав сидеть, гости уходили во двор погулять или на гумно поиграть в пробку, а потом снова возвращались к столу. К концу обеда многие уснули и захрапели. Но за кофе все опять оживились; тогда начались песни; мужчины стали хвастаться силой, таскали гири, пробовали поднять на плечах телегу, показывали фокусы, отпускали крепкие шутки, обнимали дам. Вечером, когда нужно было уезжать, раздувшиеся от овса лошади еле влезали в оглобли, брыкались, становились на дыбы, рвали упряжь; а хозяева ругались или хохотали. И всю ночь по всем дорогам округи мчались галопом при лунном свете обезумевшие повозки; они сваливались в канавы, перемахивали через кучи булыжника, застревали на подъемах, и женщины, высовываясь из них, подхватывали упущенные вожжи. Оставшиеся в Берто провели ночь на кухне за вином. Дети уснули под лавками.

Невеста упросила отца, чтобы ее избавили от обычных шуток. Правда, один из родственников, торговавший морской рыбой (он даже привез в качестве свадебного подарка две камбалы), попробовал было прыснуть в замочную скважину водой, но дядюшка Руо успел вовремя остановить его и объяснить, что такие непристойности несовместимы с солидным общественным положением зятя. Однако родственник нелегко поддался на его уговоры. Сочтя в глубине души, что дядюшка загордился, он тут же отошел в уголок, к четырем-пяти гостям, которым случайно попались за столом плохие куски, и потому они считали, что их нехорошо принимают, перешептывались насчет хозяина и обиняком желали ему разориться.

Г-жа Бовари-мать весь день не разжимала губ. С ней не посоветовались ни о туалете невесты, ни о распорядке празднества; она уехала очень рано. Супруг ее не последовал за нею, он послал в Сен-Виктор за сигарами и до самого утра курил, попивая грог с киршвассером — напиток, до тех пор неизвестный в здешних краях и потому явившийся для него как бы источником еще большего престижа.

Шарль не отличался остроумием и за ужином далеко не блистал. На все шутки, каламбуры, двусмысленности, поздравления и лукавые словечки, которыми его засыпали с первого же блюда, он отвечал довольно плоско.

Но зато с утра он стал другим человеком. Казалось, что он только вчера познал любовь; новобрачная ничем не выдавала себя; глядя на нее, нельзя было ни о чем догадаться. Самые лукавые остряки не знали, что сказать, и, когда она проходила мимо них, только поглядывали да тужились от непосильного умственного напряжения. Но Шарль не скрывал ничего. Он называл Эмму своей женой, говорил ей «ты», у всех спрашивал, как она им нравится, разыскивал ее повсюду и часто уводил ее в сад; и гости видели из-за деревьев, как он на ходу обнимает молодую за талию и, склоняясь к ней, мнет головой кружевную отделку корсажа.

Через два дня после свадьбы молодые уехали: Шарлю нужно было заняться пациентами, больше задерживаться он не мог. Дядюшка Руо дал им свою повозку и сам проводил их до Вассонвиля. Там он в последний раз поцеловал дочь и пошел домой. Сделав сотню шагов, он остановился и, видя, как вертятся в пыли колеса уезжающей повозки, глубоко вздохнул. Вспомнил он свою собственную свадьбу, былые времена, первую беременность жены. Да, он тоже был очень весел в тот день, когда увозил ее к себе из отцовского дома, когда она сидела за его седлом и конь трусил по глубокому снегу: дело ведь шло к рождеству, поля вокруг были белые; она одной рукой держалась за него, а в другой у нее была корзинка; ветер играл длинными кружевами нормандского чепчика, они иногда закрывали ей рот, и, оборачиваясь, он всякий раз видел у себя на плече, совсем рядом, розовое личико, молча улыбающееся под золотой пластинкой чепца. Время от времени она грела пальцы у него за пазухой. Как давно все это было! Теперь их сыну уже исполнилось бы тридцать лет!.. Он снова обернулся, но ничего не увидел на дороге. Старик приуныл, как опустелый дом; в отуманенной винными парами голове к приятным воспоминаниям примешались мрачные мысли, и ему захотелось пройтись в сторону церкви. Но, испугавшись, как бы от этого не стало еще грустнее, он пошел прямо домой.

Г-н и г-жа Бовари приехали в Тост около шести часов. Все соседи бросились к окнам посмотреть на новую докторшу.

Старуха служанка поздоровалась с барыней, поздравила ее, извинилась, что обед еще не готов, и предложила пока что осмотреть дом.

V

Кирпичный фасад тянулся как раз вдоль улицы или, вернее, дороги. За дверью на стенке висел плащ с узеньким воротником, уздечка и черная кожаная фуражка, а в углу валялась пара краг, еще покрытых засохшей грязью. Направо была зала, то есть комната, где обедали и сидели по вечерам. Канареечного цвета обои с выцветшим бордюром в виде цветочной гирлянды дрожали на плохо натянутой холщовой подкладке. Белые коленкоровые занавески с красной каймой скрещивались на окнах, а на узкой полочке камина, между двумя подсвечниками накладного серебра с овальными абажурами, блестели стоячие часы с головой Гиппократа. По другую сторону коридора помещался кабинет Шарля — комната шагов в шесть шириной, где стояли стол, три стула и рабочее кресло. На шести полках елового книжного шкафа не было почти ничего, кроме «Словаря медицинских наук», неразрезанные томы которого совсем истрепались, бесконечно перепродаваясь из рук в руки. Здесь больные вдыхали проникавший из-за стены запах подливки, а в кухне было слышно, как они кашляют и рассказывают о своих недугах. Дальше следовала большая, совершенно запущенная комната с очагом; окна ее выходили во двор, на конюшню. Теперь она служила и дровяным сараем, и кладовой, и чуланом для всякого старья: повсюду валялось ржавое железо, пустые бочонки, поломанные садовые инструменты и еще какие-то запыленные вещи непонятного назначения.

Сад вытянулся в длину между двумя глинобитными стенами, — их прикрывали шпалеры абрикосов, — до живой изгороди из колючего терновника; дальше начинались поля. По самой середине, на каменном постаменте, виднелся аспидный циферблат солнечных часов; четыре клумбы чахлого шиповника симметрично окружали участок более полезных насаждений. В глубине, под пихтами, читал молитвенник гипсовый кюре.

Эмма поднялась в жилые комнаты. В первой не было никакой мебели, но во второй, то есть в супружеской спальне, стояла в алькове кровать красного дерева с красным же пологом. На комоде красовалась отделанная раковинами шкатулка, у окна на секретере стоял в графине букет флердоранжа, перевязанный белыми атласными лентами. То был свадебный букет, — букет первой жены! Эмма взглянула на него. Шарль заметил это и унес цветы на чердак. А в это время молодая, сидя в кресле (рядом раскладывали ее вещи), думала о своем свадебном букете, уложенном в картонку, и спрашивала себя, что с ним сделают, если вдруг умрет и она.

С первых же дней она затеяла в доме переделки. Сняла с подсвечников абажуры, оклеила комнаты новыми обоями, перекрасила лестницу, а в саду, вокруг солнечных часов, поставила скамейки; она даже расспрашивала, как устроить бассейн с фонтаном и рыбками. Наконец муж, зная, что она любит кататься, раздобыл по случаю двухместный *шарабанчик,* — благодаря новым фонарям и крыльям из строченой кожи он мог сойти за тильбюри.

Шарль был счастлив и ни о чем на свете не тревожился. Обед вдвоем, вечерняя прогулка по большой дороге, движение руки, которым Эмма поправляла прическу, ее соломенная шляпа, висящая на шпингалете окна, тысячи других мелочей, в которых он ранее не предполагал ничего приятного, — все это теперь было для него источником непрерывного блаженства. Утром, лежа в постели рядом с Эммой, он глядел, как солнечный луч пронизывает пушок на ее бело-розовых щеках, полуприкрытых гофрированными фестонами чепчика. На таком близком расстоянии глаза Эммы казались еще больше, особенно когда она, просыпаясь, по нескольку раз открывала и снова закрывала их; черные в тени и темно-синие при ярком свете, глаза ее как будто слагались из многих цветовых слоев, густых в глубине и все светлевших к поверхности радужной оболочки. Взгляд Шарля терялся в этих глубинах, он видел там самого себя, только в уменьшенном виде, — видел до самых плеч, с фуляровым платком на голове, с расстегнутым воротом рубашки. Он вставал. Эмма подходила к окну взглянуть, как он уезжает; она долго стояла, облокотившись на подоконник между двумя горшками герани, и пеньюар свободно облегал ее стан. Выйдя на улицу, Шарль на тумбе пристегивал шпоры; Эмма говорила с ним сверху, покусывая цветочный лепесток или травинку, а потом сдувала ее вниз к нему, и травинка медленно, задерживаясь, описывая в воздухе круги, словно птица, опускалась на улицу, цепляясь за лохматую гриву старой белой кобылы, неподвижно стоявшей у порога, и только потом падала на землю. Шарль вскакивал в седло, посылал Эмме поцелуй, она отвечала ему кивком, закрывала окно; он трогался в путь. И он ехал по большой дороге, растянувшейся бесконечной пыльной лентой, по наезженным проселкам, затененным арками древесных ветвей, по межам, где хлеба колыхались у его колен, — и солнце играло на его спине, утренний воздух вливался в его ноздри, а сердце его было полно радостями истекшей ночи. Покойный духом, довольный телом, он переживал в душе свое счастье, как иногда после обеда человек еще смакует вкус съеденных трюфелей.

Что хорошего он знал в жизни до сих пор? Школьные ли годы, когда он сидел взаперти в высоких стенах коллежа и всегда был одинок среди более богатых или более способных товарищей, смеявшихся над его говором, издевавшихся над его одеждой, среди товарищей, к которым в приемную приходили матери и тайком приносили в муфтах пирожные? Или позже, когда он был студентом-медиком и безденежье не позволяло ему даже заказать музыкантам контраданс для какой-нибудь девушки-работницы, которая могла бы стать его подружкой? А потом он целых четырнадцать месяцев прожил с вдовой, у которой в постели ноги были холодные, как ледышки. Теперь же он на всю жизнь завладел очаровательной женщиной, которую обожал. Весь мир для него ограничивался шелковистым кругом ее юбок; он упрекал себя, что не любит ее, ему хотелось увидеть ее вновь; он очень скоро возвращался домой, с бьющимся сердцем взбегал по лестнице. Эмма сидела в своей комнате за туалетом; он входил на цыпочках, целовал ее в спину, она вскрикивала.

Он не мог удержаться, чтобы не трогать ежесекундно ее гребня, колец, косынки; он то крепко и звонко целовал ее в щеки, то легонько пробегал губами по всей ее голой руке, от пальцев до плеча; а она, улыбаясь и слегка досадуя, отталкивала его, как отгоняют надоевшего ребенка.

До свадьбы ей казалось, что она любит; но любовь должна давать счастье, а счастья не было: значит, она ошиблась. И Эмма пыталась понять, что, собственно, означают в жизни те слова *о блаженстве, о страсти, об опьянении,* которые казались ей такими прекрасными в книгах.

VI

В детстве она читала «Павла и Виргинию» и мечтала о бамбуковом домике, о негре Доминго, о собаке Фидель, но больше всего о нежной дружбе доброго братца, который рвал бы для нее красные плоды с огромных, выше колокольни, деревьев или бежал бы к ней босиком по песку, неся в руках птичье гнездо.

Когда ей было тринадцать лет, отец сам отвез ее в город и отдал в монастырь. Они остановились в квартале Сен-Жерве, на постоялом дворе; за ужином им подали разрисованные тарелки со сценами из жизни мадмуазель де ла Вальер. Исцарапанные ножами и вилками затейливые надписи прославляли религию, тонкость чувств и придворную пышность.

В первое время она в монастыре не скучала, — ей нравилось общество монахинь. Чтобы поразвлечь девочку, они водили ее в часовню, куда проходили из трапезной длинным коридором. Эмма мало играла на переменах и хорошо разбиралась в катехизисе; когда господин викарий задавал трудные вопросы, отвечала всегда она. Безвыходно живя в тепличной атмосфере классов, в кругу бледных женщин, перебиравших четки с медными крестиками, она тихо дремала в мистической томности, навеваемой церковными благовониями, прохладой святой воды, сиянием свечей. За обедней, вместо того чтобы вслушиваться в молитвенные слова, она разглядывала в своей книжке благочестивые картинки в голубых рамках; ей нравились и больная овечка, и сердце Христово, пронзенное острыми стрелами, и бедный Иисус, падающий под тяжестью креста. Умерщвляя плоть, она однажды попробовала целый день ничего не есть. Она придумывала, какой бы ей дать обет.

Когда надо было идти на исповедь, она нарочно уличала себя в мелких грешках, чтобы подольше постоять на коленях, сложив руки, прижавшись лицом к решетке, и слушать в тени шепот священника. Так часто повторяющиеся в проповедях слова: невеста, супруг, небесный возлюбленный, вечный брачный союз — будили в глубине ее души какую-то неведомую раньше нежность.

По вечерам, перед молитвой, в комнате для занятий читали вслух душеспасительные книги: по будням — краткие изложения священной истории или «Чтения» аббата Фрейсину, а по воскресеньям, для разнообразия, отрывки из «Духа христианства». С каким вниманием слушала она вначале эти сетования романтической меланхолии, звучащей всеми отгулами земли и вечности! Если бы детство ее протекло где-нибудь в торговом квартале — в комнатах позади лавки, ее душа, быть может, открылась бы лирическим восторгам перед поэзией природы, которую мы обычно воспринимаем впервые только через слово писателя. Но она слишком долго жила в деревне: ей знакомы были блеянье стада, вкус парного молока, плуги. Привыкнув к мирным картинам, она, по контрасту, тянулась к бурным явлениям. Море нравилось ей только в шторм, трава — только среди руин. Из всего ей надо было извлечь как бы личную пользу, а то, что не давало непосредственной пищи сердцу, она отбрасывала как ненужное: натура у нее была не столько художественная, сколько чувствительная, ее увлекали не пейзажи, а эмоции.

Каждый месяц в монастырь приходила на неделю и работала в бельевой одна старая дева. Ей покровительствовал архиепископ, так как она была из старинного дворянского рода, разорившегося в Революцию; поэтому она ела за одним столом с монахинями, а после обеда, прежде чем взяться за шитье, оставалась с ними поболтать. Пансионерки нередко убегали к ней с уроков. Она знала много любовных песенок минувшего столетия и за работой постоянно напевала их вполголоса. Она рассказывала разные истории и новости, выполняла в городе всякие поручения и потихоньку снабжала старших учениц романами, которые всегда носила в карманах своего передника. Во время перерывов в работе старушка и сама глотала их целыми главами. Там только и было, что любовь, любовники, любовницы, преследуемые дамы, падающие без чувств в уединенных беседках, почтальоны, которых убивают на всех станциях, лошади, которых загоняют на каждой странице, темные леса, сердечное смятенье, клятвы, рыдания, слезы и поцелуи, челноки при лунном свете, соловьи в рощах, *кавалеры,* храбрые, как львы, и кроткие, как ягнята, добродетельные сверх всякой меры, всегда красиво одетые и проливающие слезы, как урны. В пятнадцать лет Эмма целых полгода рылась в этой пыли старых библиотек. Позже ее увлек своим историческим реквизитом Вальтер Скотт, она стала мечтать о парапетах, сводчатых залах и менестрелях. Ей хотелось жить в каком-нибудь старом замке, подобно тем дамам в длинных корсажах, которые проводили свои дни в высоких стрельчатых покоях и, облокотясь на каменный подоконник, подпирая щеку рукой, глядели, как по полю скачет на вороном коне рыцарь с белым плюмажем. В те времена она поклонялась Марии Стюарт и восторженно обожала всех женщин, прославившихся своими подвигами или несчастиями. Жанна д'Арк, Элоиза, Агнесса Сорель, Прекрасная Ферроньера и Клеманс Изор сверкали перед ее глазами, подобно кометам, в безбрежном мраке истории, где, кроме них, местами выступали менее яркие, никак друг с другом не связанные образы: Людовик Святой под дубом, умирающий Баярд, какие-то жестокости Людовика XI, отдельные моменты Варфоломеевской ночи, султан на шляпе Беарнца и неизгладимое воспоминание о расписных тарелках, восхваляющих Людовика XIV.

На уроках музыки она пела романсы, где только и говорилось, что об ангелочках с золотыми крылышками, о мадоннах, лагунах и гондольерах, — безобидные композиции, в которых сквозь наивность стиля и нелепость гармонии просвечивала привлекательная фантасмагория чувствительной реальности. Подруги Эммы иногда приносили в монастырь кипсеки, полученные в подарок на Новый год. То было целое событие, их приходилось прятать и читать только в дортуарах. Осторожно касаясь замечательных атласных переплетов, Эмма останавливала свой восхищенный взгляд на красовавшихся под стихами именах неведомых авторов — все больше графов и виконтов.

Она трепетала, когда от ее дыхания над гравюрой приподнималась дугою и потом снова тихонько опадала шелковистая папиросная бумага. Там, за балюстрадами балконов, юноши в коротких плащах сжимали в объятиях девушек в белом, с кошелечками у пояса; там были анонимные портреты английских леди в белокурых локонах, — огромными ясными глазами глядели они на вас из-под круглых соломенных шляп. Одни полулежали в колясках, скользивших по парку, и борзая делала прыжки перед лошадьми, которыми правили два маленьких грума в белых рейтузах. Другие мечтательно лежали на оттоманках, держа в руке распечатанное письмо, и созерцали луну в приоткрытое окно, затененное темным занавесом. Наивные красавицы, роняя слезы, целовались с горлинками сквозь прутья готических клеток или, улыбаясь и склонив голову к плечу, ощипывали маргаритки заостренными кончиками пальцев, загнутыми, как средневековые туфли. И вы тоже были там, султаны с длинными чубуками, вы нежились в беседках, обнимая баядерок, и вы, гяуры, турки, ятаганы, фески; и прежде всего вы, бледные пейзажи дифирамбических стран, где часто в одной рамке можно видеть и пальмовые рощи, и ели, направо — тигра, а налево — льва, на горизонте — татарские минареты, а на первом плане — римские руины, близ которых лежат на земле навьюченные верблюды, — и все вместе окаймлено чисто подметенным лесом; широкий вертикальный солнечный луч трепещет в воде, а на темно-стальном ее фоне белыми прорезями вырисовываются плавающие лебеди.

И кинкетка с абажуром, висевшая на стене над головою Эммы, освещала все эти картины мира, вереницею проходившие перед девушкой в тишине дортуара, под далекий стук запоздалой пролетки, еще катившейся где-то там, по улицам.

Когда у Эммы умерла мать, она в первые дни очень много плакала. Она заказала для волос покойницы траурную рамку и написала отцу письмо, переполненное грустными размышлениями о жизни. В этом письме она просила похоронить ее в одной могиле с матерью. Простак решил, что дочь захворала, и приехал ее навестить. Эмма в глубине души была очень довольна, что сразу поднялась до того изысканного идеала безрадостного существования, который навсегда остается недостижимым для посредственных сердец. И вот она соскользнула к ламартиновским причудам, стала слышать арфы на озерах, лебединые песни, шорох падающих листьев, дыханье чистых дев, возносящихся в небеса, голос предвечного, звучащий в долинах. Все это ей наскучило, но она не хотела в том признаться, продолжала тосковать — сперва по привычке, затем из самолюбия — и, наконец, с изумлением почувствовала себя успокоенною; горя в сердце у нее осталось не больше, чем морщин на лбу.

Добрые монашенки, так хорошо предугадавшие ее призвание, с величайшим удивлением заметили, что мадмуазель Руо как будто уходит из-под их опеки. В самом деле, они столько расточали ей церковных служб, отречений от мира, молитв и увещаний, так настойчиво проповедовали ей почтение к святым и мученикам, надавали ей столько добрых советов, полезных для смирения плоти и спасения души, что в конце концов она уподобилась лошади, которую тянут вперед за узду; она осадила на месте, и удила выскочили из зубов. Положительная в душе, несмотря на все восторги, любившая церковь за цветы, музыку — за слова романсов, литературу — за страстное волнение, она восстала против таинств веры, и в ней самой росло возмущение против дисциплины, глубоко противной всему ее духовному складу. Когда отец взял ее из пансиона, о ней не пожалели. Настоятельница даже находила, что в последнее время она была недостаточно почтительна к общине.

Вернувшись домой, Эмма с удовольствием начала командовать слугами; но скоро деревня надоела ей, и она стала скучать по монастырю. Когда Шарль впервые приехал в Берто, она считала себя глубоко разочарованным существом, которое уже ничему новому не может научиться и никаких чувств не в силах испытать.

Но достаточно было беспокойства, вызванного переменой в образе жизни, а может быть, и нервного возбуждения от присутствия молодого человека, и она поверила, будто к ней снизошла, наконец, та чудесная страсть, которая до сих пор только парила в блеске поэтических небес, подобно огромной птице в розовом оперении; и теперь она никак не могла представить себе, что невозмутимая тишина, ее окружавшая, могла быть тем самым счастьем, о котором она мечтала.

VII

Иногда она вспоминала, что ведь это все-таки прекраснейшие дни ее жизни, — как говорится, медовый месяц. Но, вероятно, чтобы ощутить всю их прелесть, надо было уехать в те края с звучными названиями, где в такой сладостной лени протекают первые брачные дни! Ехать шагом по крутым дорогам в почтовой карете с синими шелковыми шторами, слушать песню почтальона, пробуждающую эхо в горах, сливающуюся с бубенчиками коз и глухим шумом водопада. На закате солнца вдыхать на берегу залива запах лимонных деревьев; а позже, вечером, сидеть на террасе виллы вдвоем, рука об руку, глядеть на звезды и мечтать о будущем! Эмме казалось, будто в некоторых уголках земли счастье возникает само собою, подобно тому как иные растения требуют известной почвы, плохо принимаясь во всякой другой. Почему не могла она облокотиться на перила балкона швейцарского домика или заключить свою печаль в шотландском коттедже, укрыться там вместе с мужем, и чтобы на нем был черный бархатный фрак с длинными фалдами, мягкие сапожки, остроконечная шляпа и кружевные манжеты!

Быть может, ей хотелось кому-нибудь об этом поведать. Но как передать неуловимое томление, вечно меняющее свой вид подобно облакам, проносящееся подобно ветру? У нее не было ни слов, ни случая, ни смелости.

И все же, если бы Шарль захотел, если бы он догадался, если бы хоть раз его взгляд ответил на ее мысль, — ей казалось, сердце ее сразу прорвалось бы внезапной щедростью, как осыпаются все плоды с фруктового дерева, когда его тряхнут рукой. Но чем теснее срастались обе их жизни, тем глубже было внутреннее отчуждение Эммы.

Разговоры Шарля были плоски, как уличная панель, общие места вереницей тянулись в них в обычных своих нарядах, не вызывая ни волнения, ни смеха, ни мечтаний. Он сам вспоминал, что, когда жил в Руане, ни разу не полюбопытствовал зайти в театр, поглядеть парижских актеров. Он не умел ни плавать, ни фехтовать, ни стрелять из пистолета, и, когда однажды Эмма натолкнулась в романе на непонятное слово, относившееся к верховой езде, он не мог объяснить его значение.

А между тем разве мужчина не должен знать всего, отличаться во всех видах человеческой деятельности, посвящать свою подругу во все порывы страсти, во все тонкости и тайны жизни? Но он ничему не учил, ничего не знал, ничего не желал. Он считал Эмму счастливой! И ее раздражало его благодушное спокойствие, его грузная безмятежность и даже счастье, которое она дарила ему.

Иногда Эмма рисовала. Для Шарля было величайшим удовольствием стоять возле нее и смотреть, как она наклоняется к бумаге и, щурясь, вглядывается в свою работу или раскатывает на большом пальце хлебные шарики. Что же касается игры на фортепиано, то чем быстрее бегали ее пальцы, тем больше восторгался Шарль. Эмма с апломбом барабанила по клавишам, без остановки пробегала сверху вниз всю клавиатуру. Старый инструмент с дребезжащими струнами гремел в открытое окно на всю деревню, и часто писарь судебного пристава, проходя по дороге без шапки, в шлепанцах, с листом в руках, останавливался послушать.

Кроме того, Эмма умела вести хозяйство. Больным она посылала счета за визиты в форме хорошо написанных писем, нисколько не похожих на конторский документ. По воскресеньям, когда к обеду приходил какой-нибудь сосед, она всегда умела придумать для него тонкое блюдо; ренклоды она с большим вкусом укладывала пирамидками на виноградных листьях, варенье у нее подавалось на тарелочках; она даже поговаривала, что надо приобрести прибор для полосканья рта после десерта. Все это поддерживало престиж Бовари.

В конце концов Шарль и сам стал уважать себя за то, что у него такая жена. Он с гордостью показывал гостям два ее карандашных наброска, которые, по его заказу, были вставлены в широкие рамы и висели в зале на длинных зеленых шнурах. Расходясь от обедни, люди видели его на пороге дома, в прекрасных ковровых туфлях.

С работы он возвращался поздно — в десять, а иногда и в двенадцать часов. Он просил есть, и так как служанка уже спала, то подавала ему сама Эмма. Он снимал сюртук и начинал обедать в свое удовольствие. Переберет всех людей, с какими встретился, все деревни, в каких побывал, все рецепты, какие прописал, и, довольный сам собой, доест остатки жаркого, поковыряет сыр, погрызет яблоко, прикончит графин вина. А потом уйдет в спальню, ляжет на спину и захрапит.

Так как он издавна привык к ночному колпаку, то фуляровый платок сползал у него с головы, и по утрам растрепанные волосы, все в пуху от развязавшейся ночью подушки, лезли ему в глаза. Он всегда ходил в высоких сапогах с глубокими косыми складками на подъеме и совершенно прямыми, как будто деревянными, головками. *В деревне и так сойдет,* — говорил он.

Мать хвалила его за такую бережливость; она по-прежнему приезжала в Тост всякий раз, как у нее случалась слишком крепкая схватка с мужем; но г-жа Бовари-мать, казалось, была предубеждена против своей невестки. Она находила, что у Эммы *замашки не по средствам:* дрова, сахар и свечи *тают, как в лучших домах,* а на кухне всякий день жгут столько угля, что хватило бы на двадцать пять блюд! Она раскладывала белье в шкафах и учила Эмму следить за мясником, когда тот приносил провизию.

Эмма выслушивала поучения, свекровь на них не скупилась, и целый день в доме слышались слова: *дочка, маменька;* они произносили их, слегка поджимая губы. Обе говорили нежности, а голос у них дрожал от злобы.

При жизни г-жи Дюбюк старуха чувствовала себя первой в сердце сына; но любовь Шарля к Эмме казалась ей настоящей изменой, — у нее похитили ту нежность, что принадлежала ей по праву, и она в горестном молчании наблюдала счастье сына, как разорившийся богач заглядывает с улицы в окна некогда принадлежавшего ему дома и замечает за столом чужих людей. Под видом рассказов о старине она напоминала Шарлю о своих страданиях и жертвах и, сравнивая их с невниманием Эммы, всегда в заключение говорила, что ему вовсе не следовало бы так обожать жену.

Шарль не знал, что отвечать: он почитал мать и бесконечно любил жену. Суждения г-жи Бовари он считал непогрешимыми, а Эмму находил безупречной. Когда старуха уезжала, он робко пытался повторить жене какое-нибудь из самых безобидных ее замечаний в тех же выражениях, что и мамаша; но Эмма в двух словах доказывала ему, что он говорит пустяки, и отсылала его к больным.

И все-таки она, повинуясь теориям, которые считала правильными, хотела внушить себе любовь к мужу. В саду, при луне, она читала ему все страстные стихи, какие только знала наизусть; она со вздохами пела ему грустные адажио. Но после этого она чувствовала себя так же спокойно, как и всегда, да и Шарль не казался ни влюбленным, ни взволнованным больше обычного.

Наконец Эмма устала тщетно высекать искры огня из своего сердца, и, кроме того, она была неспособна понять то, чего не испытывала сама, поверить тому, что не выражалось в условных формах. И она без труда убедила себя, что в страсти Шарля нет ничего особенного. Порывы его приобрели регулярность: он обнимал ее в определенные часы. То было как бы привычкой среди других привычек, чем-то вроде десерта, о котором знаешь заранее, сидя за монотонным обедом.

Лесник, которого господин доктор вылечил от воспаления легких, преподнес госпоже докторше борзого щенка; Эмма брала его с собой на прогулки; иногда она уходила из дому, чтобы на минутку побыть одной и не видеть этого вечного сада и пыльной дороги.

Она добиралась до Банвильской буковой рощи, где со стороны поля, углом к ограде, стоял заброшенный домик. Там, во рву среди трав, рос высокий тростник с острыми листьями.

Прежде всего Эмма оглядывалась кругом — смотрела, не изменилось ли что-нибудь с тех пор, как она приходила сюда в последний раз. Все было по-старому: наперстянка, левкой, крупные булыжники, поросшие крапивой, пятна лишая вдоль трех окон, всегда запертые ставни, которые понемногу гнили и крошились за железными ржавыми брусьями. Мысли Эммы сначала были беспредметны, цеплялись за случайное, подобно ее борзой, которая бегала кругами по полю, тявкала вслед желтым бабочкам, гонялась за землеройками или покусывала маки по краю пшеничного поля. Потом думы понемногу прояснялись, и, сидя на земле, Эмма повторяла, тихонько вороша траву зонтиком:

— Боже мой! Зачем я вышла замуж!

Она задавала себе вопрос, не могла ли она при каком-либо ином стечении обстоятельств встретить другого человека; она пыталась вообразить, каковы были бы эти несовершившиеся события, эта совсем иная жизнь, этот неизвестный муж. В самом деле, не все же такие, как Шарль! Он мог бы быть красив, умен, изыскан, привлекателен, — и, наверно, такими были те люди, за которых вышли подруги по монастырю. Что-то они теперь делают? Все, конечно, в городе, в уличном шуме, в гуле театров, в блеске бальных зал, — все живут жизнью, от которой ликует сердце и расцветают чувства. А она? Существование ее холодно, как чердак, выходящий окошком на север, и скука, молчаливый паук, плетет в тени свою сеть по всем уголкам ее сердца. Ей вспоминалось, как в былые дни, при раздаче наград, она всходила на эстраду получить свой веночек. В белом платье и открытых прюнелевых туфельках, со своей длинной косой, она была очень мила; когда она возвращалась на место, важные господа наклонялись к ней и говорили комплименты. Двор был переполнен каретами, подруги прощались с ней, выглядывая из дверцы; проходил, кланяясь, учитель музыки со скрипкой в футляре. Как давно все это было! Как давно!

Она подзывала Джали, клала ее мордочку к себе на колени, гладила длинную узкую голову собаки и говорила:

— Ну, поцелуй свою хозяйку. У тебя ведь нет горестей…

А потом, глядя в печальные глаза протяжно зевающей стройной борзой, Эмма умилялась и, приравнивая собаку к себе, говорила с ней вслух, словно утешала опечаленного человека. Иной раз налетал порыв ветра, морской шквал. Проносясь по всей Кошской равнине, он заносил свою соленую свежесть в самые дальние уголки полей.

Свистел, пригибаясь к самой земле, тростник; в быстром трепете шелестела листва буков, и верхушки их раскачивались, непрерывно и громко шумя. Эмма плотнее закутывалась в шаль и вставала.

В аллее слабый и зеленый от листьев свет падал на ровный мох, тихо хрустевший под ногами. Солнце садилось; между ветвей было видно багровое небо, и ровные стволы рассаженных по прямой линии деревьев вырисовывались на зеленом фоне темно-коричневой колоннадой. Эмме становилось страшно, она подзывала Джали, поспешно возвращалась по большой дороге в Тост, бросалась в кресло и весь вечер молчала.

Но в конце сентября в ее жизнь ворвалось нечто необычайное: она получила приглашение в Вобьессар, к маркизу д'Андервилье.

Во время Реставрации маркиз был статс-секретарем и теперь, собираясь вернуться к политической деятельности, задолго вперед подготовлял свою кандидатуру в палату депутатов. Зимой он щедро снабжал бедняков хворостом, а выступая в генеральном совете, всегда с большим пафосом требовал для округа новых дорог. В самые жаркие дни лета у него сделался во рту нарыв, и Шарль каким-то чудом вылечил больного, вовремя пустив в ход ланцет. Вечером управляющий, который был послан в Тост уплатить за операцию, рассказал, что видел в докторском саду превосходные вишни. А так как в Вобьессаре вишневые деревья принимались плохо, маркиз попросил у Бовари несколько черенков, потом счел своим долгом поблагодарить его лично, увидел Эмму и нашел, что она отлично сложена и приседает далеко не по-крестьянски; и вот в замке решили, что пригласить молодую чету на праздник не будет ни чрезмерной снисходительностью, ни особой неловкостью.

Однажды, в среду, в три часа дня, г-н и г-жа Бовари уселись в свой *шарабанчик* и отправились в Вобьессар, взяв с собой большой чемодан — он был привязан к кузову сзади, и шляпную коробку — ее поставили перед фартуком; кроме того, в ногах у Шарля пристроили картонку.

Приехали они под вечер, когда в парке уже зажигали плошки, чтобы осветить дорогу экипажам.

VIII

Замок — современная постройка в итальянском стиле с двумя выступающими флигелями и тремя подъездами — тянулся вдоль нижнего края огромного луга, по которому среди разбросанных местами высоких деревьев бродило несколько коров; заросли рододендронов, жасмина и калины густыми купами разноцветной зелени топорщились вдоль усыпанной песком закругленной дороги. Под мостом протекала река; на лужайке, переходившей с двух сторон в пологие лесистые холмы, виднелись сквозь туман крытые соломой дома, а позади, в гуще кустов, двумя параллельными рядами стояли службы и конюшни, оставшиеся от разрушенного старого замка.

Шарабанчик Шарля остановился перед средним подъездом. Появились слуги, вышел маркиз и, предложив жене доктора руку, ввел ее в вестибюль.

Здесь был мраморный пол; шаги и голоса отдавались под высоким потолком, словно в церкви. Впереди поднималась прямая лестница, а слева галерея, выходившая окнами в сад, вела в бильярдную, откуда доносилось щелканье костяных шаров. Проходя через эту комнату в гостиную, Эмма увидела за игрой несколько важных мужчин, утопавших подбородками в высоких галстуках. Все они были в орденах, все улыбались, молча действуя киями. На темном дереве панели, под широкими золотыми рамами, выделялись черные надписи. Эмма читала:

«Жан-Антуан д'Андервилье д'Ивербонвиль, граф де ла Вобьессар и барон де ла Френей, пал в сражении при Кутра 20 октября 1587 года», а под другим: «Жан-Антуан-Анри-Ги д'Андервилье де ла Вобьессар, адмирал Франции и кавалер ордена св. Михаила, ранен в бою при Гуг-Сен-Вааст 29 мая 1692 года, скончался 23 января 1693 года в Вобьессаре». Остальные портреты трудно было разглядеть: свет от лампы ложился прямо на зеленое сукно бильярда, а вся комната оставалась в полумраке. Наводя темный лоск на развешанные в ряд полотна, отблески огня тонкими усиками разбегались по трещинам лака, и на больших черных прямоугольниках, обрамленных золотом, только кое-где выступали выхваченные светом части картины — то бледный лоб, то два в упор смотрящих глаза, то рассыпавшийся по запудренным плечам красного кафтана парик, то пряжка подвязки над выпуклой икрой.

Маркиз открыл дверь в гостиную. Одна из дам — сама маркиза — встала, пошла навстречу Эмме, усадила ее рядом с собою на козетку и заговорила дружески, словно со старой знакомой. То была женщина лет сорока, с очень красивыми плечами, орлиным носом и тягучим голосом. В тот вечер на ее каштановые волосы была накинута простая гипюровая косынка, спускавшаяся сзади треугольником. Рядом, на стуле с высокой спинкой, сидела белокурая молодая особа; какие-то господа во фраках, с цветком в петлице, разговаривали у камина с дамами.

В семь часов подали обед. Мужчины — их было больше — уселись за одним столом, в вестибюле, а дамы — за другим, в столовой, с маркизом и маркизой.

Когда Эмма вошла туда, ее охватил теплый воздух, пропитанный смешанным запахом цветов, прекрасного белья, жаркого и трюфелей. Огни канделябров играли на серебряных крышках; поблескивал затуманенный матовым налетом граненый хрусталь; вдоль всего стола строем тянулись букеты, и на тарелках с широким бордюром, в раструбах салфеток, сложенных наподобие епископской митры, лежали овальные булочки. Красные клешни омаров свешивались с краев блюд; в ажурных корзинах громоздились на мху крупные фрукты; перепела были поданы в перьях, пар поднимался над столом, и важный, как судья, метрдотель в шелковых чулках, коротких штанах, в белом галстуке и жабо подавал гостям блюда с уже нарезанными кушаньями и одним движением ложки сбрасывал на тарелку тот кусок, на который ему указывали. С высокой фаянсовой печи, отделанной медью, неподвижно глядела на комнату, полную гостей, фигура женщины, задрапированной до самого подбородка.

Г-жа Бовари заметила, что многие дамы не положили своих перчаток в стаканы.

А на верхнем конце стола одиноко сидел среди всех этих женщин старик, повязанный салфеткой, как ребенок. Нагнувшись над полной тарелкой, он ел, а соус капал с его губ. Глаза у него были в красных жилках, сзади висела косичка с черной ленточкой. То был тесть маркиза, старый герцог де Лавердьер — фаворит графа д'Артуа во времена охотничьих поездок в Водрель к маркизу де Конфлан и, как говорили, любовник королевы Марии-Антуанетты, после г-на де Куаньи и перед г-ном де Лозен. Его бурная жизнь прошла в кутежах, дуэлях, пари, похищениях; он промотал свое состояние и приводил в ужас всю семью. За его стулом стоял лакей и громко выкрикивал ему на ухо названия блюд, а тот только показывал на них пальцем и что-то мычал. Взгляд Эммы то и дело невольно возвращался к этому старику с отвисшими губами и задерживался на нем, как на чем-то необычайном и величественном: он жил при дворе, он лежал в постели королевы!

Розлили в бокалы замороженное шампанское. Когда Эмма ощутила во рту его холод, у нее дрожь пробежала по коже. Никогда не видала она гранатов, никогда не ела ананасов. Даже сахарная пудра казалась ей какой-то особенно белой и мелкой.

Потом дамы разошлись по комнатам переодеваться к балу. Эмма занялась туалетом тщательно и обдуманно, как актриса перед дебютом. Убрав волосы так, как ей советовал парикмахер, она надела разложенное на кровати барежевое платье. Шарль жаловался, что панталоны жмут ему в поясе.

— Штрипки будут мне мешать танцевать, — говорил он.

— Танцевать? — переспросила Эмма.

— Ну да!

— Ты с ума сошел! Над тобой смеяться будут. Сиди уж лучше спокойно... Да для врача это и приличнее, — прибавила она помолчав.

Шарль затих. Он расхаживал по комнате и ждал, пока Эмма кончит одеваться.

Он видел её в зеркало сзади. Свечи освещали ее с двух сторон. Темные глаза Эммы казались еще темнее. Гладкие бандо, слегка подымавшиеся на висках, отливали синевой; в прическе дрожала на гибком стебле роза, и искусственные росинки играли на ее лепестках. Платье было бледно-шафранового цвета, отделанное тремя букетами роз-помпон с зеленью.

Шарль хотел поцеловать Эмму в плечо.

— Оставь! — сказала она. — Изомнешь платье.

Внизу скрипка заиграла ритурнель, доносились звуки рога. Эмма спустилась по лестнице, еле сдерживаясь, чтобы не побежать.

Начиналась кадриль. Сходились гости. Было тесно. Эмма села на банкетку, поблизости от двери.

Когда перестали танцевать, посреди зала остались только группы беседовавших стоя мужчин да ливрейные лакеи с большими подносами. По всему ряду сидящих женщин колыхались и шелестели разрисованные веера, прикрывались букетами улыбки, и руки в белых перчатках, обрисовывавших ногти и сжимавших запястье, вертели флакончики с золотыми пробками. Кружевные оборки, бриллиантовые броши трепетали на груди, сверкали на корсажах, браслеты с подвесками звякали на обнаженных руках. В приглаженных на лбу и закрученных на затылке прическах красовались — венками, гроздьями, ветками — незабудки, жасмин, цветы граната, пшеничные колосья и васильки. Неподвижно сидели по местам нахмуренные матери в красных тюрбанах.

Когда кавалер взял Эмму за кончики пальцев и она вместе с ним стала в ряд, дожидаясь смычка, сердце ее слегка забилось. Но скоро волнение исчезло; покачиваясь в ритм с оркестром, она скользила вперед, чуть поводя шеей и невольно улыбалась тонким переходам скрипки, когда порою умолкали остальные инструменты и скрипач играл соло; тогда отчетливо слышался чистый звон золотых монет, сыпавшихся на сукно карточных столов. Вдруг сразу вступил весь оркестр, — неслись звучные раскаты корнет-а-пистона, в такт опускались ноги, раздувались и шуршали юбки, встречались и расставались пальцы; одни и те же глаза то опускались перед вами, то снова вперялись в вас взглядом.

Среди танцующих и беседующих у дверей гостей несколько мужчин — их было человек пятнадцать, в возрасте от двадцати пяти до сорока лет — резко отличались от остальных каким-то общим семейным сходством, несмотря на различие в летах, в костюме, в чертах лица.

Фраки их были сшиты лучше, чем у других гостей, и казалось, что на них пошло более тонкое сукно; волосы, зачесанные локонами на виски, блестели от более изысканной помады. Самый цвет лица — матово-белый цвет, такой красивый на фоне бледного фарфора, муаровых отливов атласа, лакового блеска дорогой мебели, поддерживаемый размеренным режимом и тонкой пищей, — изобличал богатство. Шеи этих людей покойно поворачивались в низких галстуках; длинные бакенбарды ниспадали на отложные воротнички; губы они вытирали вышитыми платками с большими монограммами, и платки издавали чудесный запах. Те из мужчин, которые уже старели, казались еще молодыми, а у молодых лежал на лицах некий отпечаток зрелости. В их равнодушных взглядах отражалось спокойствие ежедневно утоляемых страстей; сквозь мягкие манеры просвечивала та особенная жесткость, какую прививает господство над существами, покорными лишь наполовину, упражняющими в человеке силу и забавляющими его тщеславие: езда на кровных лошадях и общество продажных женщин.

В трех шагах от Эммы кавалер в синем фраке и бледная молодая женщина с жемчужным ожерельем на шее говорили об Италии. Они восхваляли толщину колонн собора св. Петра, Тиволи, Везувий, Кастелламаре и Кашины, генуэзские розы, Колизей при лунном свете. А другим ухом Эмма слышала обрывки разговора, полного непонятных для нее слов. В центре группы гостей совсем еще молодой человек рассказывал, как на прошлой неделе он «побил в Англии Мисс Арабеллу и Ромула» и выиграл две тысячи луидоров, «блестяще взяв препятствия». Другой жаловался, что его скаковые жеребцы жиреют, третий бранил типографию, которая из-за опечаток совершенно исказила имя его лошади.

Воздух сгущался, лампы бледнели. Толпа гостей отхлынула в бильярдную. Лакей влез на стул и разбил окно; на звон осколков г-жа Бовари повернула голову и увидела в саду прижавшиеся к оконным стеклам лица глазеющих крестьян. И она вспомнила Берто. Она увидела перед собою ферму, грязный пруд, отца в блузе под яблоней, увидела себя самое, как она когда-то пальчиком снимала на погребе сливки с горшков молока. Но в сегодняшнем блеске былая жизнь, до сих пор такая ясная, целиком уходила в тень, — и Эмма почти сомневалась, на самом ли деле она ею жила. Она была здесь, а за пределами бала не оставалось ничего, кроме мрака, где утопало все остальное. В эту минуту, прищурив глаза, она медленно ела мороженое с мараскином на позолоченном блюдечке, которое держала в левой руке.

Дама рядом с нею уронила веер. Мимо проходил какой-то танцор.

— Не будете ли вы добры, сударь, поднять мой веер, — сказала дама. — Он упал за это канапе.

Господин наклонился, и Эмма увидела, что в ту минуту, как он протягивал руку, молодая дама бросила ему в шляпу что-то белое, сложенное треугольником. Господин достал веер и почтительно подал его даме; та поблагодарила кивком и прикрыла лицо букетом.

После ужина, за которым было много испанских и рейнских вин, два супа — раковый и с миндальным молоком, — трафальгарский пудинг и всевозможное холодное мясо с дрожащим на блюдах галантиром, гости стали разъезжаться. Отодвинув уголок муслиновой занавески, можно было видеть, как скользили во мраке фонари экипажей. Банкетки опустели; за карточными столами еще оставалось несколько игроков; музыканты облизывали натруженные кончики пальцев; Шарль дремал, прислонившись спиной к двери.

В три часа утра начался котильон. Эмма не умела танцевать вальс. Но вальс танцевали все, даже мадмуазель д'Андервилье и маркиза. В зале остались только те, кто гостил в замке, — всего человек двенадцать.

Между тем один из танцоров, которого запросто называли виконтом, — низко открытый жилет облегал его торс, как перчатка, — уже второй раз приглашал г-жу Бовари, уверяя, что он будет ее вести и она отлично справится с танцем.

Они начали медленно, потом пошли быстрее. Они кружились, и всё кружилось вокруг них, словно диск на оси, — лампы, мебель, панели, паркет. У дверей край платья Эммы обвил колено кавалера; при поворотах они почти касались друг друга ногами; он смотрел на нее сверху, она поднимала к нему взгляд; у нее помутилось в голове, она остановилась. Потом начали сызнова; все ускоряя движение, виконт, увлекая Эмму за собой, дошел до самого конца зала, где она, задыхаясь и чуть не падая, на мгновенье оперлась головою на его грудь. А потом, все еще кружась, но уже гораздо тише, он отвел ее на место. Она откинулась назад, прислонилась к стене и закрыла глаза рукой.

Когда она их открыла — перед дамой, сидевшей на пуфе посредине гостиной, стояли на коленях три кавалера. Дама выбрала виконта. И снова заиграла скрипка.

На них глядели. Они скользили то ближе, то дальше; она держала корпус неподвижно, слегка наклонив голову, а он сохранял все ту же свою позу: стан выпрямлен, локоть округлен, подбородок выдвинут вперед. О, эта женщина умела вальсировать! Они танцевали долго и утомили всех партнеров.

Потом гости поболтали еще несколько минут и, пожелав друг другу доброй ночи, или, вернее, доброго утра, разошлись по спальням.

Шарль еле тащился, держась за перила, — у него *подкашивались ноги*. Пять часов подряд простоял он за столами, глядя на вист, но ничего в нем не понимая. И, сняв ботинки, он глубоко и облегченно вздохнул.

Эмма накинула на плечи шаль, распахнула окно и облокотилась на подоконник.

Ночь стояла темная. Накрапывал редкий дождь. Эмма вдыхала сырой воздух, освежавший веки. Бальная музыка еще гремела у нее в ушах, и она изо всех сил старалась не заснуть, чтобы продлить иллюзию жизни среди роскоши, с которой уже было время расставаться.

Начало светать. Эмма долго глядела на окна замка, пытаясь угадать комнаты всех тех, кого заметила накануне. Ей хотелось бы узнать их жизнь, проникнуть в нее, слиться с нею.

Но было холодно. Эмма дрожала. Она разделась и забилась под одеяло к спящему Шарлю.

За завтраком было много народа. Еда продолжалась десять минут; никаких напитков, к удивлению врача, не подавали. Затем мадмуазель д'Андервилье собрала в корзиночку крошки от пирога и понесла их на пруд лебедям. Пошли гулять в зимний сад, где причудливые ворсистые растения пирамидами возвышались под висевшими на потолке вазами, из которых, точно из переполненных змеиных гнезд, перегибались через край длинные, спутанные зеленые стебли. Помещение кончалось оранжереей — крытым переходом в людские. Желая доставить г-же Бовари развлечение, маркиз повел ее на конюшню. Над кормушками в форме корзинок блестели фарфоровые дощечки с черными надписями — именами лошадей. Кони волновались в стойлах, когда маркиз, проходя мимо, щелкал языком. В шорном сарае пол блестел, как салонный паркет. Экипажная упряжь была развешана на двух вращающихся колонках, а на стенах висели уздечки, хлысты, стремена, цепочки.

Между тем Шарль попросил слугу запрячь шарабанчик. Его подали к подъезду, взгромоздили поклажу, и супруги Бовари, простившись с маркизом и маркизой, отправились в Тост.

Эмма молча глядела, как вертятся колеса. Шарль сидел на краю скамейки и, расставив руки, правил; лошадка бежала иноходью в слишком широко раздвинутых оглоблях. Мягкие вожжи подпрыгивали на ее крупе и мокли в пене, а прикрученный сзади чемодан крепко и мерно ударялся о кузов.

Они были на Тибурвильском подъеме, когда навстречу им со смехом проскакала кавалькада всадников с сигарами в зубах. Эмме показалось, что в одном из них она узнала виконта; она обернулась, но увидела на горизонте только мельканье голов, поднимавшихся и опускавшихся в соответствии с тактом галопа или рыси.

Спустя еще четверть льё пришлось остановиться и подвязать веревкой шлею.

Но, в последний раз оглядывая упряжь, Шарль увидел что-то на земле, под ногами у лошади. Он нагнулся и поднял портсигар из зеленого шелка, на котором, словно на дверце кареты, красовался посредине герб.

— Тут даже есть две сигары, — сказал он. — Пригодится после обеда.

— Ты разве куришь? — спросила Эмма.

— Курю иногда, при случае.

Он сунул находку в карман и стегнул лошаденку.

Когда вернулись домой, обед был еще не готов. Барыня разгневалась. Настази ей надерзила.

— Вон! — сказала Эмма… — Вы издеваетесь надо мной… Получите расчет!

К обеду был луковый суп и телятина со щавелем. Усевшись напротив Эммы, муж потер руки и счастливым голосом сказал:

— Как хорошо дома!

Слышен был плач Настази. Шарль успел немного привязаться к этой бедной служанке. Когда-то, в одинокие минуты вдовства, она помогла ему скоротать немало вечеров. Она была его первой пациенткой, самой старой его знакомой в округе.

— Ты в самом деле прогонишь ее? — сказал он наконец.

— Да. Кто мне запретит? — отвечала жена.

Потом они грелись на кухне, пока Настази убирала спальню на ночь. Шарль закурил. Курил он неловко: выпячивал губы, поминутно сплевывал и при каждой затяжке откидывался назад.

— Тебе дурно станет, — презрительно сказала Эмма.

Он отложил сигару и побежал к колодцу выпить холодной воды. Эмма схватила портсигар и поспешно бросила его в ящик шкафа.

Каким длинным показался ей следующий день! Она гуляла в своем крохотном садике, вновь и вновь проходя все по тем же дорожкам, останавливаясь перед грядками, перед шпалерой абрикосов, перед гипсовым кюре, удивленно разглядывая все эти старые, так хорошо знакомые вещи. Каким далеким казался ей бал! Кто это отодвинул вчерашнее утро на такое огромное расстояние от сегодняшнего вечера? Поездка в Вобьессар сделалась в ее жизни зияющим провалом, — вроде расселины, какую иногда в одну ночь пробивает гроза в скале. Но Эмма примирилась, она благоговейно сложила в комод свой прекрасный туалет — все, вплоть до атласных туфелек, подошвы которых пожелтели от навощенного, скользкого паркета. Так и ее сердце: оно тоже потерлось о богатство и сохранило на себе неизгладимый налет.

И вспоминать о бале стало для Эммы постоянным занятием. Каждую среду она говорила, просыпаясь: «Ах, неделю... две недели... три недели назад — я была там!» Мало-помалу все лица смешались в ее памяти, позабылись мелодии кадрилей, смутнее стали представляться ливреи и покои замка; мелкие подробности исчезли, но сожаление осталось.

IX

Часто, когда Шарль уходил, Эмма вынимала из шкафа запрятанный в белье зеленый шелковый портсигар.

Она разглядывала его, открывала и даже нюхала пропитанную запахом вербены и табака подкладку. Чей был он?.. Виконта! Быть может, это подарок любовницы. Его вышивали на палисандровых пяльцах, — на крохотных пяльцах, которые приходилось прятать от чужих глаз и которым было посвящено много часов. Над ними склонялись мягкие локоны задумчивой рукодельницы. Любовные вздохи проникали в петли канвы; каждый стежок закреплял какую-нибудь надежду или воспоминание; и все эти сплетающиеся нити шелка были лишь непрерывностью единой молчаливой страсти. А потом, однажды утром, виконт унес подарок с собой? О чем говорилось в комнате, когда этот сувенир лежал на широкой полке камина рядом с цветочными вазами и часами Помпадур? Она в Тосте. Он теперь в Париже. Там! Каков этот Париж? Какое величественное название! Эмма вполголоса повторяла это слово и радовалась ему. Оно звучало в ее ушах, как соборный колокол, оно пылало перед ее глазами на всем, даже на этикетках помадных банок.

Ночью, когда под окнами, распевая «Майоран», проезжали на своих повозках рыбаки, она просыпалась. «Завтра они будут там!» — говорила она, слыша стук окованных железом колес, тотчас замиравший на мягкой земле, как только обоз выезжал за околицу.

Она мысленно следовала за ними, поднималась на холмы и спускалась в долины, проезжала деревни, катилась при свете звезд по большой дороге. Но на каком-то неопределенном расстоянии всегда оказывалось туманное место, где увядала мечта.

Она купила план Парижа и, водя пальцем по карте, часто путешествовала по столице. Она двигалась по бульварам, останавливаясь на каждом углу между линиями улиц, у белых прямоугольников, изображающих дома. Наконец глаза ее уставали, она смежала веки и видела во тьме колеблемые ветром огни газовых фонарей и откидные подножки карет, с грохотом падающие перед колоннадами театров.

Она подписалась на дамский журнал «Свадебный подарок» и на «Салонного сильфа». Не пропуская ни строчки, поглощала она все отчеты о премьерах, скачках и вечерах; ее интересовали и дебют певицы, и открытие нового магазина. Она знала все последние моды, адреса лучших портных, дни, когда полагается быть в Булонском лесу или в Опере. По Эжену Сю она изучала мебель; читая Бальзака и Жорж Санд, пыталась найти в них воображаемое утоление своим собственным страстям. Даже за стол она садилась с книгой и, пока Шарль ел и говорил с нею, перелистывала страницы. Читая, она все время вспоминала виконта. Она искала в нем сходство с литературными персонажами. Он был центром сияющего круга, но круг этот постепенно расширялся, и, отделяясь от образа, ореол захватывал дальние просторы, освещал иные мечты.

Париж, безбрежный, как океан, сверкал в глазах Эммы своим багровым отблеском. Но многосложная жизнь, кипевшая в его сутолоке, все же делилась на части, разбивалась на разные картины. Эмма видела из них только две или три, и они заслоняли все остальные, становились отображением всего человечества. В зеркальных залах, среди овальных столов, покрытых бархатом с золотой бахромой, выступал на блестящих паркетах мир посланников. Там были платья со шлейфами, роковые тайны, страшные терзания, скрытые под светской улыбкой. Дальше шло общество герцогинь; там все были бледны и вставали в четыре часа дня; там женщины — бедные ангелы! — носили юбки с отделкой из английского кружева, а мужчины — непризнанные таланты под легкомысленной внешностью — загоняли на прогулках лошадей, проводили летний сезон в Бадене и, наконец, к сорока годам женились на богатых наследницах. В отдельных кабинетах ночных ресторанов хохотала при блеске свечей пестрая толпа литераторов и актрис. Они были щедры, как цари, полны идеальных стремлений и фантастических прихотей. То было парящее над всем существование, между небом и землей, в бурях, полное величия. Остальной же мир как-то терялся, не имел точного места и словно бы вовсе не существовал. Чем ближе была действительность, тем резче отворачивалась от нее мысль. Все, что непосредственно окружало Эмму, — скучная деревня, глупые мещане, мелочность жизни, — казалось ей чем-то исключительным в мире, странной случайностью, с которой она непонятно столкнулась. Выше же простиралась необъятная страна блаженства и страстей, и глаз не мог охватить ее простора. В своих желаниях Эмма смешивала чувственные утехи роскоши с сердечными радостями, изысканность манер с тонкостью души. Разве любовь не нуждается, подобно индийским растениям, в искусно возделанной почве, в особой температуре? И потому вздохи при луне, долгие объятия и слезы, капающие на пальцы в час разлуки, и лихорадочный жар в теле, и томление нежной страсти — все это было для нее неотделимо от огромных замков, где люди живут в праздности, от будуаров с шелковыми занавесками и мягкими коврами, от жардиньерок с цветами, от кроватей на высоких подмостках, от блеска драгоценных камней и ливрей с аксельбантами.

Каждое утро, стуча толстыми подошвами, проходил по коридору почтовый конюх, являвшийся к доктору чистить кобылу; на нем была дырявая блуза и опорки на босу ногу. Вот кем приходилось довольствоваться вместо грума в рейтузах! Покончив со своей работой, он уже не возвращался до следующего утра; приезжая домой, Шарль сам отводил лошадь в стойло и, расседлав, надевал на нее недоуздок; а в это время служанка приносила и наспех бросала в ясли охапку сена.

На место Настази, которая, наконец, уехала из Тоста, причем плакала в три ручья, Эмма взяла в дом четырнадцатилетнюю девочку-сиротку с кротким личиком. Она запретила ей носить ночной чепец, приучила обращаться на «вы», подавать стакан воды на тарелочке, стучаться в дверь, прежде чем войти в комнату, гладить и крахмалить белье и помогать при одеванье: она хотела сделать ее своей камеристкой. Новая служанка безропотно подчинялась всему, боясь, как бы ее не прогнали; а так как барыня обыкновенно забывала в буфете ключ, то Фелиситэ каждый вечер брала оттуда немножко сахару и украдкой съедала его в постели, после молитвы.

Под вечер она иногда выходила на улицу поболтать с почтовыми конюхами. Барыня сидела у себя наверху.

Эмма носила очень открытый капот; между шалевыми его отворотами виднелась сборчатая шемизетка с тремя золотыми пуговками; она подпоясывалась шнуром с большими кистями, а на туфельках гранатового цвета красовались широкие банты, прикрывавшие подъем. Она купила себе бювар, коробку почтовой бумаги, конверты и ручку, хотя писать было некому; с утра она обметала этажерку, гляделась в зеркало, брала книгу, а потом, замечтавшись, роняла ее на колени. Ей хотелось отправиться в путешествие или вернуться в монастырь. Она одновременно желала и умереть и жить в Париже.

А Шарль и в дождь, и в снег трусил на своей лошаденке по проселочным дорогам. Он закусывал на фермах яичницей, копался руками в потных постелях, пускал кровь, и теплые ее струи иногда попадали ему в лицо; он выстукивал больных, заворачивая грязные рубашки, выслушивал хрипы, разглядывал содержимое ночных горшков; но зато каждый вечер он находил дома яркий огонь, накрытый стол, мягкую мебель и изящно одетую жену, очаровательную, пахнувшую свежестью. Он даже не знал, откуда идет этот запах: не ее ли кожей благоухает сорочка?

Эмма пленяла его бесчисленными тонкостями: то она по-новому сделает бумажные розетки к подсвечникам, то переменит на своем платье волан, то под таким необычайным названием предложит самое простое блюдо, не удавшееся кухарке, что Шарль с наслаждением проглотит его без остатка. Увидев в Руане, что дамы носят на часах связки брелоков, она и себе купила брелоки. Она вздумала поставить на камин две больших вазы синего стекла, а несколько позже — рабочий ящик слоновой кости с позолоченным наперстком. Чем меньше разбирался Шарль во всех этих изысканных причудах, тем больше они очаровывали его: от них еще полнее становилось его блаженство, еще уютнее был домашний очаг. Они словно золотой пылью усыпали узенькую тропинку его жизни.

Он был здоров, имел прекрасный вид; репутация его окончательно установилась. В деревнях его любили: он был не гордый, он ласкал детей, никогда не заходил в трактиры и внушал доверие своим благонравием. Особенно хорошо справлялся он с катарами и простудными заболеваниями. В самом деле, Шарль больше всего боялся убить пациента и потому почти всегда прописывал только успокоительные средства да еще время от времени рвотное, ножную ванну или пиявки. Но это не значит, что он опасался хирургии: кровь он пускал людям, словно лошадям, а уж когда приходилось рвать зуб, то *хватка у него была мертвая.*

Желая *быть в курсе,* Шарль по проспекту подписался на новый журнал «Медицинский улей» и после обеда пробовал читать. Но не проходило пяти минут, как он засыпал от тепла и сытости; так он и сидел, навалившись подбородком на руки, а волосы его, словно грива, спускались на подставку лампы. Эмма глядела на него и только плечами пожимала. Почему ей не достался в мужья хотя бы молчаливый труженик, — один из тех людей, которые по ночам роются в книгах и к шестидесяти годам, когда начинается ревматизм, получают крестик в петлицу плохо сшитого черного фрака?.. Ей хотелось бы, чтобы имя ее, имя Бовари, было прославлено, чтобы оно выставлялось в книжных магазинах, повторялось в газетах, было известно всей Франции. Но у Шарля не было никакого честолюбия и даже самолюбия. Один врач из Ивето, с которым ему пришлось консультироваться, сказал ему у постели больного, при всех родственниках, что-то оскорбительное. Вечером, когда Шарль рассказал Эмме эту историю, она страшно возмутилась его коллегой. Муж пришел в умиление; он со слезами на глазах поцеловал ее в лоб. Но она была вне себя от стыда, ей хотелось прибить его; чтобы успокоить нервы, она выбежала в коридор, распахнула окно и стала вдыхать свежий воздух.

— Какой жалкий человек! Какой жалкий человек! — шептала она, кусая губы.

И вообще Шарль все больше раздражал ее. С возрастом у него появились вульгарные манеры: за десертом он резал ножом пробки от выпитых бутылок, после еды обчищал зубы языком, а когда ел суп, то хлюпал при каждом глотке; он начинал толстеть, и казалось, что его пухлые щеки словно приподняли и без того маленькие глаза к самым вискам.

Иногда Эмма заправляла ему в вырез жилета выбившуюся красную каемку вязаного белья, поправляла галстук или, видя, что он собирается надеть потертые перчатки, выбрасывала их вон; но все это она делала не для него, как он думал, — все это она делала для себя самой, из эгоизма и нервного раздражения. Иногда она даже пересказывала ему то, что читала: отрывки из романов и новых пьес, *светские* сплетни из фельетонов: ведь все-таки Шарль был человек, и человек, всегда готовый слушать, всегда со всем соглашавшийся. А Эмма и борзой своей делала немало признаний! Она могла бы обращаться с ними и к дровам в камине, и к часовому маятнику.

Но в глубине души она ждала какого-то события. Подобно матросу на потерпевшем крушение корабле, она в отчаянии оглядывала пустыню своей жизни и искала белого паруса в туманах дальнего горизонта. Она не знала, какой это будет случай, какой ветер пригонит его, к какому берегу он ее унесет; она не знала, будет ли то шлюпка, или трехпалубный корабль, будет ли он нагружен страданиями, или до самых люков полон радостей. Но, просыпаясь по утрам, она всякий раз надеялась, что это случится в тот же день, — и прислушивалась ко всем шорохам, вскакивала с места, удивлялась, что все еще ничего нет. А когда заходило солнце, она грустила и желала, чтобы поскорее наступил следующий день.

Снова пришла весна. С первыми жаркими днями, когда зацвели груши, у Эммы началось удушье.

С начала июля она принялась считать по пальцам, сколько недель оставалось до октября: может быть, маркиз д'Андервилье даст в Вобьессаре еще один бал. Но миновал и сентябрь, а ни писем, ни визитов не было.

Когда прошла горечь разочарования, сердце ее вновь опустело, и опять потянулась вереница серых дней.

Значит, так они и пойдут чередой — все одинаковые, неисчислимые, ничего не приносящие дни! Как ни однообразно существование других людей, но в нем есть по крайней мере возможность событий. Иной раз одно-единственное приключение порождает бесконечные перипетии, и тогда декорации меняются. Но с нею не случалось ничего. Так уж угодно богу. Будущее казалось темным коридором, в конце которого была крепко запертая дверь.

Музыку Эмма забросила. Зачем играть? Кто станет слушать? Раз уж никогда не придется, сидя в бархатном платье за эраровским роялем, пробегать по клавишам легкими пальцами обнаженных рук и слышать, как, словно ветерок, охватывает тебя со всех сторон восхищенный шепот толпы в концертном зале, то стоит ли скучать за упражнениями? Свои рисунки и вышивки она не вынимала из шкафа. К чему? К чему? Шитье только раздражало ее.

— Я уже все прочла, — говорила она.

Так и сидела она на месте, раскаляя докрасна каминные щипцы или глядя в окно на дождь.

Грустно бывало ей по воскресеньям, когда звонили к вечерне! С тупым вниманием слушала она, как равномерно дребезжал надтреснутый колокол. Кошка медленно кралась по крыше, выгибая спину под бледными лучами солнца. Ветер клубами вздымал пыль на дороге. Иногда вдали выла собака, а колокол продолжал свой монотонный звон, уносившийся в поля.

Но вот народ начинал выходить из церкви. Женщины в начищенных башмаках, крестьяне в новых блузах, прыгающие впереди ребятишки без шапок — все шли домой. И до самой ночи пять-шесть человек — всегда одни и те же — играли у ворот постоялого двора в пробку.

Зима была холодная. Каждый день к утру окна замерзали, и белесоватый свет, пробиваясь сквозь матовое стекло, иногда так и не менялся весь день. К четырем часам уже приходилось зажигать лампу.

В хорошую погоду Эмма выходила в сад. На капусте серебряным шитьем сверкал иней; длинные блестящие нити паутины тянулись от кочна к кочну. Птиц не было слышно, все казалось спящим; фруктовые деревья были закутаны соломой; виноградник, словно огромная больная змея, тянулся под навесом у стены, на которой, подойдя ближе, можно было разглядеть ползающих на бесчисленных лапках мокриц. У фигуры кюре в треуголке, читавшего молитвенник под пихтами у забора, отвалилась правая ступня и даже облупился от мороза гипс, так что на лице у него появились белые лишаи.

Эмма поднималась в свою комнату, запирала дверь, начинала ворошить угли в камине и, слабея от жары, чувствовала, как тяжелеет гнетущая тоска. Она с удовольствием спустилась бы на кухню поболтать со служанкой, но ее удерживал стыд.

Каждый день в один и тот же час открывал свои ставни учитель в черной шелковой шапочке и проходил сельский стражник в блузе и при сабле. Утром и вечером, по три в ряд, пересекали улицу почтовые лошади — они шли к пруду на водопой. Время от времени дребезжал колокольчик на двери кабачка, да в ветреную погоду скрежетали на железных прутьях медные тазики, заменявшие вывеску у парикмахерской. Все украшение ее витрины состояло из старой модной картинки, наклеенной на оконное стекло, и воскового женского бюста в желтом шиньоне. Парикмахер тоже плакался на застой в работе, на загубленную карьеру и, мечтая о мастерской в каком-нибудь большом городе, например в Руане, на набережной или близ театра, — целый день, в мрачном ожидании клиентов, расхаживал по улице от мэрии до церкви и обратно. Поднимая глаза, г-жа Бовари всегда видела его на посту: словно часовой, шагал он в своей феске набекрень и ластиковом пиджаке.

Иногда, под вечер, за окном гостиной появлялось загорелое мужское лицо в черных баках; оно медленно улыбалось широкой и сладкой улыбкой, показывая белые зубы. Тотчас раздавался вальс, и под звуки шарманки кружились, кружились в крохотном зале между креслами, кушетками и консолями танцоры вышиною в палец — женщины в розовых тюрбанах, тирольцы в курточках, обезьянки в черных фраках, кавалеры в коротких штанах, — и все это отражалось в осколках зеркального стекла, приклеенных по углам полосками золотой бумаги. Мужчина вертел ручку, заглядывая направо и налево в окна. Время от времени он сплевывал на тумбу длинную струю коричневой слюны и приподнимал коленом инструмент, который оттягивал ему плечо жесткой перевязью; музыка, то грустная и тягучая, то веселая и быстрая, с гудением вырывалась из-за розовой тафтяной занавески, державшейся на узорной медной планке. А где-то играли те же самые мелодии в театрах, пели в салонах, танцевали под их звуки вечерами в освещенных люстрами залах. Они долетали до Эммы как отголоски большого света. Бесконечные сарабанды кружились в ее мозгу, и мысль, словно баядерка на цветах ковра, извивалась вместе со звуками музыки, скользила от мечты к мечте, от печали к печали. Собрав в фуражку подаяния, мужчина накрывал шарманку старым чехлом из синего холста, взваливал ее на спину и тяжелыми шагами удалялся. Эмма глядела ему вслед.

Но особенно невыносимо было во время обеда, внизу, в крохотной столовой с вечно дымящей печью и скрипучей дверью, с промозглыми стенами и влажным от сырости полом. Эмме казалось, что ей подают на тарелке всю горечь существования, и когда от вареной говядины шел пар, отвращение клубами подымалось в ее душе. Шарль ел долго; она грызла орешки или, облокотившись на стол, от скуки царапала ножом клеенчатую скатерть.

На хозяйство она теперь махнула рукой, и старшая г-жа Бовари, приехав великим постом, очень удивилась такой перемене. В самом деле, прежде Эмма была так опрятна и разборчива, а теперь по целым дням ходила неодетая, носила серые бумажные чулки, сидела при свечке. Она все говорила, что раз нет богатства, то надо экономить, и прибавляла, что сама она очень довольна, очень счастлива, что Тост ей очень нравится; все эти новые речи зажимали свекрови рот. К тому же Эмма, по-видимому, не собиралась слушаться ее советов; однажды, когда свекровь попробовала заметить, что господа должны следить, чтобы слуги исполняли свои религиозные обязанности, она ответила таким гневным взглядом и такой холодной улыбкой, что старушка перестала вмешиваться в ее дела.

Эмма стала требовательна и капризна. Она заказывала для себя отдельные блюда, а потом не прикасалась к ним; сегодня пила одно только цельное молоко, а завтра набрасывалась на чай. Часто она упорно не хотела выходить из дома, а потом ей всюду казалось душно, она открывала окна, надевала легкие платья. Замучив служанку строгостью, она вдруг делала ей подарки или посылала ее в гости к соседям и точно так же иной раз выбрасывала нищим все серебро из своего кошелька, хотя вовсе не была ни особенно мягка, ни чувствительна к чужим страданиям, как, впрочем, и большинство людей, вышедших из деревни: в их душах навсегда остается что-то от жесткости отцовских мозолей.

В конце февраля дядюшка Руо привез зятю в память своего излечения великолепную индюшку и прогостил в Тосте три дня. Шарль был занят больными, и со стариком сидела Эмма. Он курил в комнатах, плевал в камин, говорил о посевах, о телятах, о коровах, о дичи, о муниципальном совете, и, когда он уехал, дочь заперла за ним дверь с таким удовольствием, что даже сама удивилась. Впрочем, она уже перестала скрывать свое презрение ко всему на свете; нередко она нарочно выражала странные мнения — порицала то, что полагалось хвалить, хвалила то, что другие признавали извращенным и безнравственным. Муж только раскрывал глаза от удивления.

Неужели это жалкое существование будет длиться вечно? Неужели она никогда от него не избавится? Ведь она ничем не хуже всех тех женщин, которые живут счастливо. В Вобьессаре она видела не одну герцогиню, у которой и фигура была грузнее, и манеры вульгарнее, чем у нее. И Эмма проклинала бога за несправедливость; она прижималась головой к стене и плакала; она томилась по шумной и блестящей жизни, по ночным маскарадам, по дерзким радостям и неизведанному самозабвению, которое должно было в них таиться.

Она побледнела, у нее бывали сердцебиения. Шарль прописал ей валерьяновые капли и камфарные ванны. Но все, что пытались для нее сделать, как будто раздражало ее еще больше.

В иные дни на нее нападала лихорадочная болтливость; потом возбуждение сменялось тупым безразличием, и она, молча, неподвижно сидела на одном месте. Тогда она поддерживала свои силы только тем, что целыми флаконами лила себе на руки одеколон.

Все время она жаловалась на Тост; поэтому Шарль вообразил, будто в основе ее болезни лежит какое-то влияние местного климата, и, остановившись на этой мысли, стал серьезно думать о том, чтобы устроиться в другом городе. Тогда Эмма начала пить уксус, чтобы похудеть, схватила сухой кашель и окончательно потеряла аппетит.

Шарлю нелегко было расстаться с Тостом, где он прожил уже четыре года, да еще расстаться в тот момент, когда он *начал становиться на ноги*. Но что надо, то надо! Он отвез жену в Руан и показал ее профессору, у которого в свое время учился. Оказалось, что у Эммы нервное заболевание: необходимо переменить обстановку.

Обратившись туда-сюда, Шарль узнал, что в Нефшательском округе есть отличный городок Ионвиль-л'Аббэй, откуда как раз за неделю до того уехал врач, польский эмигрант. Тогда Шарль написал местному аптекарю письмо, в котором спрашивал, какова численность населения в городе, далеко ли до ближайшего коллеги, сколько зарабатывал в год его предшественник и так далее. Ответ был благоприятный, и Бовари решил, если здоровье жены не улучшится, к весне переехать.

Однажды Эмма, готовясь к отъезду, разбирала вещи в комоде и уколола обо что-то палец. То была проволочка от ее свадебного букета. Флердоранж пожелтел от пыли, атласные ленты с серебряной каймой истрепались по краям. Эмма бросила цветы в огонь. Они вспыхнули, как сухая солома. На пепле остался медленно догоравший красный кустик. Эмма глядела на него. Лопались картонные ягодки, извивалась медная проволока, плавился галун; обгоревшие бумажные венчики носились в камине, словно черные бабочки, пока, наконец, не улетели в трубу.

В марте, когда супруги уехали из Тоста, г-жа Бовари была беременна.

ЧАСТЬ ВТОРАЯ

I

Ионвиль-л'Аббэй (он назван так в честь старинного аббатства капуцинов, от которого теперь не осталось и развалин) — маленький городок в восьми льё от Руана, между Аббевильской и Бовезской дорогами; он лежит в долине речки Риель, которая впадает в Андель и близ своего устья приводит в движение три мельницы; в ней водится небольшое количество форели, и по воскресеньям мальчишки удят здесь рыбу.

От большой дороги в Буасьере ответвляется проселок, отлого поднимается на холм Ле, откуда видна вся долина. Речка делит ее как бы на две области различного характера: налево идет сплошной луг, направо — поля. Луг тянется под полукружием низких холмов и позади соединяется с пастбищами Брэ, к востоку же все шире идут мягко поднимающиеся поля, беспредельные нивы золотистой пшеницы. Окаймленная травою текучая вода отделяет цвет полей от цвета лугов светлой полоской, и, таким образом, все вместе похоже на разостланный огромный плащ с зеленым бархатным воротником, обшитым серебряной тесьмой.

Подъезжая к городу, путешественник видит впереди, на самом горизонте, дубы Аргейльского леса и крутые откосы Сен-Жана, сверху донизу изрезанные длинными и неровными красноватыми бороздами. Это — следы дождей, а кирпичные тона цветных жилок, испестривших серую массу горы, происходят от бесчисленных железистых источников, которые текут из глубины ее в окрестные поля.

Здесь сходятся Нормандия, Пикардия и Иль-де-Франс, здесь лежит вырождающаяся местность с невыразительным говором и бесцветным пейзажем. Здесь делают самый скверный во всем округе нефшательский сыр, а земледелие тут обходится дорого: сыпучая песчаная почва полна камней и требует много навоза.

До 1835 года в Ионвиль почти нельзя было проехать, но в этом году был проложен большой проселочный путь, связывающий Аббевильскую дорогу с Амьенской. По нему иногда тянутся обозы из Руана во Фландрию. Однако Ионвиль, несмотря на свои *новые рынки,* остался все тем же. Жители, вместо того чтобы совершенствовать полеводство, цепляются за бездоходное луговое хозяйство, и ленивый городишко, отворачиваясь от полей, естественно продолжает расти в сторону реки. Он виден издалека: лежит, растянувшись, на берегу, словно пастух, уснувший близ ручья.

За мостом, у подошвы холма, начинается обсаженное молодыми осинами шоссе, прямое, как стрела; оно ведет к окраинным домам Ионвиля. Они окружены живыми изгородями; по дворам, под густыми деревьями, к которым прислонены лестницы, жерди и косы, разбросаны разные постройки — давильни, сараи, винокурни. Соломенные кровли, словно надвинутые на самые глаза меховые шапки, почти на целую треть закрывают низенькие окошки с толстыми выпуклыми стеклами, в которых посредине выдавлен конус, как это делают на донышке бутылок. У выбеленных известкой стен, пересеченных по диагонали черными балками, кое-где растут тощие груши, а у входной двери устроены маленькие вертушки, — они не пускают в дом цыплят, клюющих на пороге сухарные крошки, намоченные в сидре. Но вот дворы становятся уже, дома сближаются, исчезают заборы; под окном качается палка от метлы, на которую надет пучок папоротника; видна кузница и рядом тележная мастерская; перед ней стоят, захватывая часть дороги, две-три новые телеги. Дальше появляется белый дом за решеткой, а перед ним круглый газон, где стоит, прижав пальчик к губам, маленький амур, по сторонам подъезда возвышаются две лепных вазы, на двери блестит металлическая дощечка. Это — дом нотариуса, самый лучший в городе.

В двадцати шагах от него, у выхода на площадь, по другую сторону дороги высится церковь. Ее окружает маленькое кладбище, огороженное каменной стеной ниже человеческого роста и заселенное так густо, что старые могильные плиты, лежащие вровень с землей, образуют сплошной пол, на котором проросшая зеленая травка очерчивает правильные четырехугольники. Церковь была перестроена заново в последние годы царствования Карла X. Деревянный свод уже начинает сверху гнить, и местами на его синем фоне проступают черные пятна. Над дверью, где полагается быть органу, устроены хоры для мужчин; туда ведет звенящая под деревянными башмаками винтовая лестница.

Яркий дневной свет, проникая сквозь одноцветные оконные стекла, освещает своими косыми лучами ряды скамей, стоящих под прямым углом к стене; кое-где на них прибиты гвоздиками плетеные коврики, и над каждой надпись крупными буквами: «Скамья г-на такого-то». Дальше, в суживающейся части нефа, помещается исповедальня, вполне гармонирующая со статуэткой пресвятой девы в атласном платье, в тюлевой вуали с серебряными звездочками и густо нарумяненной, как идол с Сандвичевых островов; наконец в самой глубине перспективу завершает висящая над алтарем, между четырьмя высокими подсвечниками, копия «Святого семейства» — *дар министра внутренних дел.* На хорах еловые откидные сиденья так и остались некрашенными.

Добрая половина главной ионвильской площади занята крытым рынком, то есть черепичным навесом на двух десятках столбов. На углу, рядом с аптекой, находится мэрия, *выстроенная по плану парижского архитектора,* — нечто вроде греческого храма. Украшение первого этажа — три ионические колонны, во втором — галерея с круглой аркой; на фронтоне — галльский петух, одной лапой он опирается на Хартию, а в другой держит весы правосудия.

Но больше всего привлекает внимание аптека г-на Омэ, что напротив трактира «Золотой лев». Особенно великолепна она вечером, когда в ней зажигается кинкетка и красные и зеленые шары на витрине далеко расстилают по земле цветные отблески. Сквозь шары, словно в бенгальском огне, виднеется тень склонившегося над пюпитром аптекаря. Дом его сверху донизу заклеен плакатами, на которых то английским почерком, то рондо, то печатным шрифтом написано: «Виши, сельтерская вода, барежская вода, кровоочистительные экстракты, слабительное Распайля, аравийский ракаут, пастилки Дарсэ, паста Реньо, перевязочные материалы, составы для ванн, лечебный шоколад и проч.». Вдоль всего фасада тянется вывеска, и на ней золотыми буквами значится: «Аптека Омэ». Внутри, за огромными, вделанными в прилавок весами, красуется над застекленной дверью слово «Лаборатория», а посредине самой двери еще раз повторено золотыми буквами на черном фоне: «Омэ».

Больше в Ионвиле глядеть не на что. Улица (единственная) длиною в полет ружейной пули насчитывает еще несколько лавчонок и обрывается на повороте дороги. Если оставить ее справа и пойти вдоль подошвы холма Сен-Жан, то скоро будет кладбище.

Во время холеры его расширили — сломали с одной стороны стену и прикупили смежный участок земли в три акра; но могилы по-старому теснятся у ворот, и новая половина почти целиком пустует. Сторож, он же могильщик и церковный причетник (таким образом он вдвойне наживается на покойниках), воспользовался свободным местом и засадил его картофелем. Но его участок из года в год все сокращается; и когда в городе бывают эпидемии, то он сам не знает, радоваться ли ему похоронам, или горевать, роя новые могилы.

— Вы кормитесь мертвыми, Лестибудуа! — не выдержав, сказал ему однажды господин кюре.

Эти мрачные слова заставили сторожа задуматься: он прекратил на некоторое время свои посадки, но все же и посейчас продолжает выращивать картофельные клубни и даже нагло утверждает, будто они растут сами собой.

Со времени событий, о которых пойдет наш рассказ, в Ионвиле, собственно, ничто не изменилось. На церковной колокольне по-старому вертится трехцветный жестяной флажок; над галантерейной лавкой все еще развеваются по ветру два ситцевых вымпела, в аптеке мирно разлагаются в грязном спирту недоноски, похожие на пучки белого трута, а над дверью трактира старый, вылинявший под дождями золотой лев по-прежнему выставляет свою курчавую, как у пуделя, шерсть.

В тот вечер, когда в Ионвиль должны были приехать супруги Бовари, хозяйка этого трактира, вдова Лефрансуа, так захлопоталась, что вся вспотела, возясь с кастрюлями. В городке был как раз канун базарного дня. Следовало заранее разрубить туши, выпотрошить цыплят, приготовить суп и кофе. Кроме того, хозяйка торопилась с обедом для постоянных посетителей, а также для врача с женой и служанкой. В бильярдной стоял хохот, в задней комнатке три мельника с криком требовали водки; горел огонь, потрескивали угольки, и на длинном кухонном столе, среди кусков сырой баранины, возвышались стопки тарелок, дрожавшие при каждом сотрясении колоды, на которой рубили шпинат. С птичника доносились вопли кур и гусей, — за ними гонялась с ножом служанка.

У печки грел спину рябоватый человек в зеленых кожаных туфлях и бархатной шапочке с золотой кистью. Лицо его выражало лишь чистейшее самодовольство; вид был такой же спокойный, как у щегленка в ивовой клетке, висевшей над его головой. То был аптекарь.

— Артемиза! — кричала трактирщица. — Наломай хворосту, налей графины, принеси водки! Да поторапливайся. Хоть бы мне кто сказал, какой десерт подать этим господам!.. Боже правый! Опять возчики скандалят в бильярдной!.. А телега их стоит у самых ворот! Ведь «Ласточка», когда подъедет, может ее разбить! Позови Полита, пусть оттащит ее в сторону!.. Подумайте только, господин Омэ, с утра они сыграли пятнадцать партий и выпили восемь кувшинов сидра!.. Они мне еще сукно на бильярде разорвут, — говорила она, посматривая на пирующих издали, с шумовкой в руках.

— Не велика беда, — отвечал г-н Омэ. — Купите новый.

— Новый бильярд! — воскликнула вдова.

— Но ведь этот-то чуть держится, госпожа Лефрансуа; уверяю вас, вы сами себе вредите! Вы очень себе вредите! И к тому же теперь игроки предпочитают узкие лузы и тяжелые кии. Теперь снизу уж не играют — все изменилось! Надо идти в ногу с веком. Берите пример с Телье...

Хозяйка покраснела от досады.

— Что ни говорите, — продолжал аптекарь, — его бильярд изящнее вашего; и если бы кому-нибудь пришло в голову, например, устроить патриотическую пульку в пользу пострадавших от наводнения в Лионе или в пользу поляков...

— Ну, таких прощелыг, как Телье, мы еще не боимся! — перебила, вздернув пышные плечи, хозяйка. — Бросьте, господин Омэ! Пока будет существовать «Золотой лев», будут в нем и гости. У нас-то кое-что есть в кармане! А ваше кафе «Франция», вот увидите, в одно прекрасное утро будет закрыто, и на ставнях у него вывесят объявленьице!.. Сменить бильярд! — продолжала она про себя. — Такой удобный для раскладки белья; а в охотничий сезон на нем спит до шести человек!.. Но что же этот растяпа Ивер не едет!

— Вы ждете его, чтобы подавать обед вашим всегдашним посетителям? — спросил фармацевт.

— Ждать? А господин Бине? Ровно в шесть часов он входит в дверь; аккуратнее нет человека на свете. И всегда ему нужно одно и то же место в маленькой комнате. Хоть убей его, не согласится пообедать за другим столом! А как привередлив! Как разборчив насчет сидра! Это не то, что господин Леон: тот приходит когда в семь, а когда и в половине восьмого. Он и не глядит, что кушает. Какой прекрасный молодой человек! Никогда не повысит голоса.

— Да, знаете ли, есть разница между воспитанным человеком и сборщиком налогов из отставных карабинеров...

Пробило шесть часов. Вошел Бине.

Синий сюртук обвисал на его сухопаром теле; под кожаной фуражкой с завязанными наверху наушниками и вздернутым козырьком был виден лысый лоб, вдавленный от долголетнего нажима каски. Он носил черный суконный жилет, волосяной галстук, серые панталоны и ни в какое время года не расставался с ярко начищенными высокими сапогами, на которых выделялись над распухшими пальцами ног два параллельных утолщения. Ни один волосок не выбивался за линию его светлого воротника, охватывавшего подбородок и окаймлявшего, как зеленый бордюр грядку, его длинное бесцветное лицо с маленькими глазками и горбатым носом. Он отлично играл во все карточные игры, был хорошим охотником и обладал прекрасным почерком; дома он завел токарный станок и для забавы вытачивал кольца для салфеток, которыми с увлечением художника и эгоизмом буржуа загромождал всю квартиру.

Он направился в маленькую комнату; но сначала надо было вывести оттуда трех мельников. И все время, пока ему накрывали на стол, он молча стоял на одном месте, у печки; потом, как всегда, закрыл дверь и снял фуражку.

— Э, любезностью он себя не утруждает, — сказал аптекарь, оставшись наедине с хозяйкой.

— Вот и весь его разговор, — отвечала та. — На прошлой неделе приехали сюда два коммивояжера по суконной части — очень веселые ребята, весь вечер рассказывали такие штуки, что я хохотала до слез. А он сидел тут и молчал, как рыба. Ни слова не вымолвил!

— Да, — произнес аптекарь, — ни остроумия, ни воображения, ни одной черты человека из хорошего общества!

— А ведь у него, говорят, есть средства, — заметила хозяйка.

— Средства! — воскликнул г-н Омэ. — У него? Средства? Разве что средства собирать налоги, — прибавил он более спокойным тоном.

И продолжал:

— Ах, если негоциант с крупными торговыми связями, если юрист, или врач, или фармацевт бывают так поглощены работой, что становятся чудаковаты и даже угрюмы, — это я понимаю. Такие примеры известны из истории! Но ведь эти люди по крайней мере о чем-то размышляют! Взять хотя бы меня: сколько раз случалось, что, когда нужно написать этикетку, я ищу перо на столе, а оно, оказывается, у меня за ухом!

Между тем г-жа Лефрансуа вышла на порог поглядеть, не идет ли «Ласточка». Она вздрогнула: на кухню вдруг вошел человек в черном. При последних лучах заката можно было разглядеть его красное лицо и атлетическую фигуру.

— Чем могу вам служить, господин кюре? — спросила трактирщица, доставая с камина один из медных подсвечников, стоявших там целой колоннадой. — Не хотите ли чего-нибудь выпить? Рюмочку смородинной, стакан вина?

Священник очень вежливо отказался. Он зашел только сказать, что на днях забыл в Эрнемонском монастыре свой зонт; попросив г-жу Лефрансуа доставить ему зонт вечером на дом, он ушел в церковь, где уже звонили к вечерне.

Когда стук его шагов замер вдали, аптекарь заявил, что находит такое поведение совершенно неприличным. Отказ от глотка вина казался ему самым отвратительным лицемерием: все попы потихоньку пьянствуют и, конечно, все хотят вернуть времена десятины.

Хозяйка взяла кюре под свою защиту.

— Он четырех таких, как вы, в карман положит. В прошлом году он помогал нашим ребятам убирать солому, по шести охапок сразу подымал — такой здоровый!

— Браво! — сказал аптекарь. — Вот и посылайте дочерей на исповедь к молодцу с подобным темпераментом. Нет, я бы на месте правительства распорядился, чтобы всем священникам ежемесячно пускали кровь. Да, госпожа Лефрансуа, каждый месяц — хорошенькую флеботомию в интересах общественного порядка и нравственности!

— Да замолчите же, господин Омэ! Вы безбожник! Вы религии не признаете!

— Нет, я признаю религию, — отвечал фармацевт, — у меня своя религия. Я даже религиознее их всех, со всеми их штуками и фокусами. Да, я поклоняюсь богу! Я верю во всевышнего, в творца;

мне все равно, каков он, но это он послал нас сюда, чтобы каждый исполнял свой долг гражданина и главы семейства! Но мне не к чему ходить в церковь, целовать серебряные блюда и кормить из своего кармана ораву обманщиков, которые и без того едят лучше нас с вами. Бога можно с таким же успехом почитать и в лесу, и в поле, и даже просто созерцая небесный свод, подобно древним. Мой бог — это бог Сократа, Франклина, Вольтера и Беранже! Я — за «Исповедание савойского викария» и за бессмертные принципы восемьдесят девятого года! И поэтому я не допускаю существования старичка-боженьки, который прогуливается у себя в цветнике с тросточкой в руках, помещает своих друзей во чреве китовом, умирает с жалобным криком и воскресает на третий день. Все эти глупости абсурдны сами по себе и, сверх того, никоим образом несовместимы с законами природы; последние, кстати сказать, доказывают, что попы, сами погрязая в позорном невежестве, всегда пытались утопить в нем вместе с собой и весь народ!..

И аптекарь умолк, ища глазами публику, ибо, увлекшись своим красноречием, он на мгновение вообразил себя в муниципальном совете. Но трактирщица уже не слушала его: ее внимание было поглощено отдаленным шумом. Можно было различить стук кареты и цоканье слабо державшихся подков. Скоро перед дверью остановилась «Ласточка».

Желтый ящик ее кузова возвышался между двумя огромными колесами, которые доходили до самого брезентового верха, заслоняя пассажирам вид на дорогу и обдавая их плечи брызгами. Крохотные стекла окошек ходуном ходили в рамах, когда захлопывалась дверь. Кроме древнего слоя пыли, не отмывавшейся даже во время проливного дождя, на них налипли комья грязи. В дилижанс было запряжено три лошади, из них первая — уносная; спускаясь под гору, он так раскачивался на ремнях, что дном касался земли.

На площадь выбежало несколько ионвильцев. Все говорили разом; кто спрашивал о новостях, кто требовал объяснений, кто явился за своей корзинкой. Ивер не знал, кому отвечать. Это он выполнял в Руане все поручения местных жителей. Он заходил в лавки, доставлял сапожнику свертки кожи, кузнецу — железо, своей хозяйке — сельди, он привозил шляпки от модистки, накладные волосы от парикмахера. Возвращаясь из города, он всю дорогу раздавал всякие вещи, — стоя на козлах, он швырял их через забор во дворы, причем кричал во все горло, а лошади шли сами.

В тот день его задержал несчастный случай: убежала в поле борзая г-жи Бовари. Битых четверть часа свистали и звали ее. Ивер даже вернулся на пол-льё обратно: ему казалось, что собака вот-вот найдется. Но в конце концов все-таки пришлось продолжать путь. Эмма плакала, сердилась, обвиняла во всем Шарля. Сосед по дилижансу, торговец мануфактурой г-н Лере, пытался утешить ее и, приводя многочисленные примеры, рассказывал, как пропавшие собаки узнавали своих хозяев много лет спустя. Известен случай, говорил он, когда один пес вернулся в Париж из Константинополя. Другой пробежал по прямой линии пятьдесят льё и вплавь перебрался через четыре реки; у родного отца г-на Лере был пудель, который пропадал целых двенадцать лет, а потом в один прекрасный вечер, когда отец шел обедать, пудель бросился к нему сзади на улице.

II

Первой вышла из дилижанса Эмма, за ней Фелиситэ, г-н Лере, кормилица. Шарля пришлось будить: как только стемнело, он уснул в своем уголке.

Омэ представился приезжим; он засвидетельствовал свое восхищение г-же Бовари и свое совершенное почтение г-ну Бовари, объяснил, как он счастлив, что ему удалось оказать им кое-какие услуги, и, наконец, с самым сердечным видом добавил, что осмеливается напроситься на обед с ними, — супруги его как раз нет в городе.

Войдя в кухню, г-жа Бовари приблизилась к камину, где крутилось на вертеле жаркое. Она двумя пальчиками взяла у колен платье и, приподняв его до щиколоток, протянула ногу в черном ботинке к огню. Пламя освещало ее целиком, пронизывая резким светом ткань платья, гладкую белую кожу и даже веки, когда она жмурилась от огня. В приоткрытую дверь часто залетал порыв ветра, и тогда по фигуре Эммы пробегал яркий красный отсвет.

По другую сторону камина расположился и молча глядел на незнакомку белокурый молодой человек.

Г-н Леон Дюпюи (он был вторым постоянным посетителем «Золотого льва») служил в Ионвиле клерком у нотариуса, мэтра Гильомена, и очень скучал, а потому часто оттягивал обед, надеясь, что на постоялый двор заедет какой-нибудь путешественник, с которым можно будет поболтать вечерок. В дни, когда работа кончалась рано, он не знал, что ему делать; оставалось только приходить к обеду вовремя и выдерживать его, от супа до сыра, с глазу на глаз с Бине. Таким образом, предложение хозяйки пообедать в обществе приезжих он принял с радостью, и все перешли в большую комнату; для парада г-жа Лефрансуа именно туда велела подать четыре прибора.

Омэ попросил разрешения не снимать феску: он боялся схватить насморк.

Затем он повернулся к соседке.

— Вы, конечно, немного утомлены, сударыня? Наша «Ласточка» так ужасно трясет!

— Да, это верно, — сказала Эмма. — Но меня всегда радуют переезды. Я люблю менять обстановку.

— Какая скука быть вечно пригвожденным к одному и тому же месту! — вздохнул клерк.

— Если бы вам, — сказал Шарль, — приходилось, как мне, не слезать с лошади…

— А по-моему, что может быть приятнее?.. — отвечал Леон, обращаясь к г-же Бовари, и добавил: — Когда есть возможность.

— Собственно говоря, — заявил аптекарь, — выполнение врачебных обязанностей в нашей местности не так затруднительно: состояние наших дорог позволяет пользоваться кабриолетом, а платят врачу довольно хорошо, ибо у нас земледельцы обладают достатком. В медицинском отношении, кроме обычных случаев энтерита, бронхита, желчных заболеваний и так далее, в этих краях встречается в период жатвы и перемежающаяся лихорадка. Но в общем тяжелых случаев мало, никаких специальных особенностей, которые стоило бы отметить, кроме разве частых случаев золотухи; причины этого заболевания коренятся, конечно, в плачевных гигиенических условиях здешних крестьянских жилищ. Ах, господин Бовари, вам придется преодолевать немало предрассудков! Немало упорных и косных привычек будет изо дня в день сопротивляться усилиям вашей науки. Еще многие, вместо того чтобы просто идти к врачу или в аптеку, прибегают к молитвам, к мощам и попам. Однако климат у нас, собственно говоря, не плохой, в коммуне даже насчитывается несколько девяностолетних стариков. Температура (я лично делал наблюдения) зимою опускается до четырех градусов, а в жаркую пору достигает не более двадцати пяти — тридцати, что составляет максимально двадцать четыре по Реомюру, или же пятьдесят четыре по Фаренгейту (английская мера), — не больше! В самом деле, с одной стороны мы защищены Аргейльским лесом от северных ветров, с другой же — холмом Сен-Жан от западных; таким образом, летняя жара, которая усиливается от водяных паров, поднимающихся с реки, и от наличия в лугах значительного количества скота, выделяющего, как вам известно, много аммиаку, то есть азота, водорода и кислорода (нет, только азота и водорода!), и которая, высасывая влагу из земли, смешивая все эти разнообразные испарения, стягивая их, так сказать, в пучок и вступая в соединение с разлитым в атмосфере электричеством, когда таковое имеется, могла бы в конце концов породить вредоносные миазмы, как в тропических странах, — эта жара, говорю я, в той стороне, откуда она приходит, или, скорее, откуда она могла бы прийти, — то есть на юге, достаточно умеряется юго-восточными ветрами, которые, охлаждаясь над Сеной, иногда налетают на нас внезапно, подобно русским буранам!

— Имеются здесь в окрестностях какие-нибудь места для прогулок? — спросила г-жа Бовари, обращаясь к молодому человеку.

— О, очень мало, — отвечал тот. — На подъеме, у опушки леса, есть уголок, который называется выгоном. Иногда по воскресеньям я ухожу туда с книгой и любуюсь на закат солнца.

— По-моему, нет ничего восхитительнее заката, — произнесла Эмма, — особенно на берегу моря.

— О, я обожаю море, — сказал г-н Леон.

— Не кажется ли вам, — говорила г-жа Бовари, — что над этим безграничным пространством свободнее парит дух, что созерцание его возвышает душу и наводит на мысль о бесконечном, об идеале?..

— То же самое случается и в горах, — ответил Леон. — Мой кузен в прошлом году был в Швейцарии; он говорил мне, что невозможно вообразить всю красоту озер, очарование водопадов, грандиозные эффекты ледников. Там сосны невероятной величины переброшены через потоки, там хижины висят над пропастями, а когда рассеются облака, то под собой, в тысячах футов, видишь целые долины. Такое зрелище должно воодушевлять человека, располагать его к молитвам, к экстазу! Я не удивляюсь тому знаменитому музыканту, который, желая вдохновиться, уезжал играть на фортепиано в какую-нибудь величественную местность.

— Вы занимаетесь музыкой? — спросила она.

— Нет, но очень люблю ее, — ответил он.

— Ах, не слушайте его, госпожа Бовари! — перебил, наклоняясь над тарелкой, Омэ. — Это одна лишь скромность!.. Как, дорогой мой! Не вы ли на днях так удивительно пели в своей комнате «Ангела-хранителя»? Я все слышал из лаборатории: вы исполняли эту вещь, как истый артист.

Леон в самом деле квартировал у аптекаря, занимая в третьем этаже комнатку окнами на площадь. При этом комплименте домохозяина он покраснел; а тот уже повернулся к врачу и стал перечислять одного за другим всех важнейших жителей Ионвиля. Он рассказывал анекдоты, давал справки. Точная сумма состояния нотариуса неизвестна; кроме того, имеется семья Тювашей, с которыми бывает немало хлопот.

Эмма продолжала:

— А какую музыку вы предпочитаете?

— О, немецкую, — ту, что уносит в мечты.

— Вы знаете итальянцев?

— Нет еще, но я услышу их в будущем году, когда поеду в Париж кончать юридический факультет.

— Как я уже имел честь докладывать вашему супругу по поводу этого несчастного беглеца Янoды, — говорил аптекарь, — благодаря тому, что он наделал глупостей, вы будете пользоваться одним из комфортабельнейших домов в Ионвиле. Для врача этот дом особенно удобен тем, что в нем есть дверь на Аллею: это позволяет входить и выходить незаметно. К тому же при доме имеется все, что нужно для хозяйства: прачечная, кухня с людской, небольшая гостиная, фруктовый сад и прочее. А этот молодец и смотреть на него не хотел! Он специально выстроил себе в дальнем конце сада, у воды, особую беседку, чтобы пить в ней летом пиво, и если вы, сударыня, любите садоводство, то вполне можете…

— Жена совсем не занимается садом, — сказал Шарль. — Хотя ей и рекомендуют движение, но она больше любит оставаться в комнате и читать.

— Совсем, как я, — подхватил Леон. — Что может быть лучше, — сидеть вечером с книжкой у камина, когда ветер хлопает ставнями и горит лампа!..

— Правда! Правда! — сказала Эмма, пристально глядя на него широко открытыми черными глазами.

— Ни о чем не думаешь, — продолжал он, — проходят часы. Не сходя с места, путешествуешь по дальним странам, словно видишь их, и мысль, отдаваясь фантазии, наслаждается деталями или следит за узором приключений. Она сливается с героями; кажется, будто под их одеждой трепещешь ты сам.

— Да! Да! — говорила Эмма.

— Случалось ли вам когда-нибудь, — продолжал Леон, — встретить в книге мысль, которая раньше смутно приходила вам в голову, какой-то полузабытый образ, возвращающийся издалека, и кажется, что он в точности отражает тончайшие ваши ощущения?

— Я это испытывала, — ответила она.

— Вот почему я особенно люблю поэтов, — сказал он. — По-моему, стихи нежнее прозы, они скорее вызывают слезы.

— Но в конце концов они утомляют, — возразила Эмма. — Я, наоборот, предпочитаю теперь романы — те, которые пробегаешь одним духом, страшные. Я ненавижу пошлых героев и умеренные чувства, какие встречаются в действительности.

— Я считаю, — заметил клерк, — что те произведения, которые не трогают сердце, в сущности не отвечают истинной цели искусства. Среди жизненных разочарований так сладко уноситься мыслью к благородным характерам, к чистым страстям, к картинам счастья. Для меня здесь, вдали от света, это мое единственное развлечение. В Ионвиле так мало хорошего!

— Как и в Тосте, разумеется, — отвечала Эмма. — Поэтому я всегда брала в читальне книги.

— Если вам, сударыня, угодно будет оказать мне честь пользоваться моими книгами, — сказал, расслышав последние слова, аптекарь, — то собственная моя библиотека к вашим услугам, а составлена она из лучших авторов: Вольтер, Руссо, Делиль, Вальтер Скотт, «Отзвуки фельетонов» и тому подобное. Кроме того, я получаю разные периодические издания, в том числе и ежедневную газету «Руанский фонарь», где имею честь быть корреспондентом по Бюши, Форжу, Нефшателю, Ионвилю и окрестностям.

Общество сидело за столом уже два с половиной часа; служанка Артемиза, небрежно волоча по полу свои плетеные шлепанцы, подавала тарелки по одной, все забывала, ничего не понимала, поминутно оставляла открытой дверь в бильярдную, и эта дверь ударялась щеколдой об стену.

Сам того не замечая, Леон в разговоре поставил ногу на перекладину стула г-жи Бовари. На ней был синий шелковый галстучек, который стягивал гофрированный воротничок так, что он держался прямо, как брыжи; подбородок ее то утопал в батисте, то тихо поднимался из него. Пока аптекарь беседовал с Шарлем, молодые люди, сидя рядышком, вступили в один из тех неясных разговоров, где все случайные фразы ведут к единому центру — общим вкусам. До конца обеда они успели обо всем поговорить, все обсудить: парижские спектакли, названия романов, новые кадрили, свет, которого оба не знали, Тост, где Эмма жила прежде, и Ионвиль, где оба находились теперь.

Когда подали кофе, Фелиситэ ушла в новый дом приготовить спальню, и вскоре собеседники встали из-за стола. Г-жа Лефрансуа спала у погасшей печки, Ипполит с фонарем в руках дожидался г-на и г-жу Бовари, чтобы проводить их домой. Солома торчала в его рыжих волосах, он хромал на левую ногу. Конюх захватил зонт г-на кюре, и все отправились в дорогу.

Городок спал. Длинные тени падали от столбов на рыночной площади. Земля была светлая, как в летнюю ночь.

Но дом врача стоял в пятидесяти шагах от трактира, и почти сейчас же по выходе пришлось пожелать друг другу покойной ночи. Компания рассталась.

В передней Эмма сразу ощутила на плечах, словно влажную простыню, холод от свежей известки. Стены были только что выбелены, деревянные ступеньки скрипели. В спальне, во втором этаже, в голые окна входил мутный свет. Видны были верхушки деревьев, а за ними луг, тонувший в тумане, который дымился под луною вдоль по течению реки. Посредине комнаты громоздились вперемешку ящики от комода, бутылки, рамы, позолоченные карнизы, перины на стульях, тазы на полу: два носильщика, которые перетаскивали сюда вещи, свалили все кое-как.

Четвертый раз в жизни приходилось Эмме спать на незнакомом месте. В первый раз это было, когда ее привезли в монастырь, во второй — когда она приехала в Тост, в третий — в Вобьессаре, в четвертый — теперь. И каждый раз это как бы открывало новую полосу в ее жизни. Эмма не верила, чтобы на новом месте все могло быть по-старому; прожитое время было плохим, — значит то, которое еще остается скоротать, должно быть лучше.

III

Проснувшись утром, Эмма увидела на площади клерка. Она была в пеньюаре. Он поднял голову и поклонился. Она быстро кивнула и закрыла окно.

Леон весь день ждал шести часов вечера, но, войдя в трактир, не застал там никого, кроме г-на Бине, сидевшего за столом.

Вчерашний обед был для него большим событием: никогда до тех пор не приходилось ему два часа подряд беседовать с *дамой.* Как же это удалось ему сказать ей, да еще в таких выражениях, множество вещей, каких он никогда прежде не говорил столь складно? Он всегда был робок и отличался той сдержанностью, которая коренится одновременно и в стыдливости и в скрытности. Ионвильцы находили, что у него *прекрасные манеры.* Он всегда терпеливо выслушивал рассуждения пожилых людей и, казалось, вовсе не увлекался политикой, — черта, в молодом человеке необычайная. Он обладал также талантами: рисовал акварелью, разбирал ноты в скрипичном ключе и после обеда, если не играл в карты, охотно занимался чтением. Г-н Омэ уважал его за образование; г-жа Омэ восхищалась его любезностью, ибо он часто гулял в саду с маленькими Омэ, всегда перепачканными, очень плохо воспитанными карапузами, немного лимфатическими, как и их мать. Кроме няньки, за ними присматривал аптекарский ученик Жюстен, двоюродный племянник г-на Омэ, взятый в дом из милости и одновременно заменявший слугу.

Аптекарь показал себя прекраснейшим соседом. Он осведомил г-жу Бовари обо всех поставщиках, прислал к ней торговца, у которого покупал сидр, сам попробовал напиток и присмотрел, чтобы бочонки были поставлены в погреб как следует; кроме того, он рассказал, где можно дешевле получать масло, и сговорился с пономарем Лестибудуа, который, кроме священнослужительских и кладбищенских занятий, брал на себя уход за всеми лучшими садами в Ионвиле, взимая плату по часам или за год, — как было угодно нанимателям.

Такая чрезмерная любезность и сердечность аптекаря объяснялись не только склонностью его хлопотать о делах ближнего. За всем этим скрывался особый план.

Омэ нарушал статью 1-ю закона от 19 вентоза XI года Республики, воспрещавшую заниматься медицинской практикой всем, кто не имеет врачебного диплома. Таким образом, однажды он по какому-то темному доносу был вызван в Руан, в личный кабинет г-на королевского прокурора. Сановник принял его стоя, в мантии с горностаем на плечах и в берете. Это было утром, перед судебным заседанием. Из коридора доносился топот жандармских сапог, и, казалось, слышен был отдаленный скрежет ключей в огромных замках. У аптекаря так стучало в ушах, что ему казалось, сейчас с ним будет удар; ему уже чудился каменный мешок, рыдающее семейство, распродажа аптеки с молотка, разбросанные банки и склянки. Чтобы восстановить спокойствие духа, он был вынужден зайти в кафе и выпить стакан рома с сельтерской.

Со временем начальственное предупреждение померкло в памяти аптекаря, и он начал по-старому давать клиентам в помещении за магазином невинные советы. Но городские власти смотрели на него косо, коллеги завидовали, приходилось всего бояться. Обязать г-на Бовари своими услугами — значило завоевать его благодарность и заставить его молчать, если позже он что-нибудь заметит. И вот Омэ каждое утро приносил врачу газету, а днем часто покидал на минутку свою аптеку и забегал к нему поболтать.

Шарль загрустил: пациенты всё не шли. Целыми часами он сидел и молчал, спал у себя в кабинете или глядел, как жена шьет. От нечего делать он сам к себе нанялся в рабочие и даже попытался выкрасить чердак остатками краски, которую не взяли маляры. А между тем его беспокоили денежные дела. Он столько потратил на починки в Тосте, на женины туалеты, на переезд, что в эти два года утекло все приданое — больше трех тысяч экю. А сколько вещей испортилось и потерялось при перевозке из Тоста в Ионвиль, не говоря уже о гипсовом кюре, который от встряски на ухабе упал с телеги и вдребезги разбился о мостовую Кенкампуа!

Но его отвлекла более приятная забота — беременность жены. Чем ближе было время родов, тем больше он обожал Эмму. Между ними устанавливалась новая телесная связь, как бы постоянное чувство более полного слияния. Когда Шарль видел издали ее томную походку, ее мягко движущийся без корсета стан, когда они сидели друг против друга и он не спускал с нее глаз, а она принимала в кресле утомленные позы, он не мог сдержать своего счастья. Он вскакивал, обнимал ее, гладил по лицу, называл мамочкой, тащил ее танцевать и, плача и смеясь, осыпал ее всеми веселыми ласками, какие только мог придумать. Мысль, что он зачал ребенка, приводила его в восторг. Теперь у него было все, что нужно человеку. Он познал жизнь до самой глубины и безмятежно располагался в ней в полное свое удовольствие.

Эмма сначала была очень удивлена, а потом ей захотелось поскорей разрешиться, чтобы узнать, что это такое — быть матерью. Но так как у нее не хватало денег на все расходы — на колыбельку в виде челнока с розовыми шелковыми занавесками, на чепчики с вышивкой, — то она в припадке раздражения отказалась от всякой возни с приданым для новорожденного и, ничего не выбирая, ничего не обдумывая, сразу оптом заказала его городской швее. И у нее не было той радости приготовлений, в которой зреет материнская нежность; быть может, от этого ее любовь к ребенку потерпела какой-то ущерб в самом своем зародыше.

Однако Шарль за обедом постоянно говорил о бутузе, и скоро она начала больше о нем думать.

Ей хотелось сына. Это будет крупный черноволосый мальчик, она назовет его Жоржем. Мысль, что ее ребенок будет мужчиной, как бы давала ей надежду на вознаграждение за все прежние горести. Мужчина по крайней мере свободен: он может изведать все страсти и скитаться по всем странам, преодолевать препятствия, вкушать самые недоступные радости. Женщина же вечно связана. Косная и в то же время податливая, она вынуждена бороться и со слабостью тела, и с зависимостью, налагаемой на нее законом. Воля ее, словно сдерживаемая шнурком вуаль ее шляпки, трепещет при малейшем ветерке; вечно женщину увлекает какое-нибудь желание, вечно сдерживает какая-нибудь условность.

Эмма родила в воскресенье, около шести часов, на восходе солнца.

— Девочка! — сказал Шарль.

Роженица отвернула лицо и потеряла сознание.

Почти сейчас же прибежала и расцеловала ее г-жа Омэ, а за ней тетушка Лефрансуа из «Золотого льва». Сам аптекарь, как повелевает скромность, только произнес в приоткрытую дверь несколько предварительных поздравлений. Затем г-н Омэ пожелал увидеть ребенка и нашел, что малютка отлично сложена.

Во время выздоровления Эмма была очень занята выбором имени для своей девочки. Сначала она перебрала все имена с итальянскими окончаниями, как Клара, Луиза, Аманда, Атала; ей также нравилась Гальсуинда, а еще больше — Изольда или Леокадия. Шарль хотел назвать ребенка именем матери, Эмма не соглашалась. Перечли от доски до доски весь календарь, советовались с посторонними.

— На днях я беседовал с господином Леоном, — говорил аптекарь. — Он удивлялся, что вы не берете имя Магдалина. Сейчас это необычайно модное имя.

Но, заслышав имя грешницы, страшно раскричалась старуха Бовари. Сам г-н Омэ предпочитал имена, которые напоминали о каком-нибудь великом человеке, о славном подвиге или благородной идее, и по этой системе окрестил всех своих четверых детей. Таким образом, Наполеон представлял в его семье славу, а Франклин — свободу; Ирма, возможно, означала уступку романтизму, но Аталия была даром бессмертнейшему шедевру французской сцены. Ведь философские убеждения г-на Омэ не препятствовали его эстетическим наслаждениям, мыслитель нимало не подавлял в нем человека, наделенного чувством; он умел проводить грани, умел отличать воображение от фанатизма. В «Аталии», например, он порицал идею, но восхищался стилем, ругал общий замысел, но рукоплескал всем деталям. Он возмущался действующими лицами, но воодушевлялся их речами. Читая прославленные отрывки, он испытывал восторг; но, вспоминая, что бритые макушки извлекают из этих вещей кое-какие выгоды для своей лавочки, приходил в отчаяние; и, окончательно теряясь в этой путанице чувств, он одновременно мечтал обеими руками возложить на Расина венец и хоть четверть часа хорошенько с ним поспорить.

Наконец Эмма вспомнила, что в Вобьессаре маркиза при ней назвала одну молодую женщину Бертой, и сразу остановилась на этом имени. Так как дядюшка Руо приехать не мог, то в крестные пригласили г-на Омэ. Новорожденная получила на зубок по частице от всех товаров его заведения, а именно: шесть коробок ююбы, целую склянку ракаута, три банки девичьей кожи и сверх того шесть леденцов, обнаруженных аптекарем в шкафу. После крещения устроили званый обед; был и кюре; головы разгорячились. За ликером г-н Омэ затянул «Бога честных людей», г-н Леон спел баркароллу, а крестная мать, г-жа Бовари-старшая, — романс времен Империи; наконец г-н Бовари-отец потребовал, чтобы принесли ребенка, и принялся крестить его шампанским, поливая ему головку из стакана. Аббат Бурнисьен вознегодовал против подобной кощунственной насмешки над первым из таинств; Бовари-старший ответил ему цитатой из «Войны богов»; кюре собрался уходить; дамы стали умолять его остаться. Омэ выступил примирителем; в конце концов священника удалось усадить на место, и он спокойно взял со своего блюдечка недопитую чашку кофе.

Г-н Бовари-отец прогостил в Ионвиле месяц, изумляя всех местных жителей великолепной военной фуражкой с серебряным галуном, в которой по утрам выходил на площадь курить трубку. Привыкнув смолоду много пить, он часто посылал служанку в «Золотой лев» за бутылочкой, которую там записывали на счет его сына; кроме того, он извел на свои носовые платки весь запас одеколона, какой нашел у невестки.

Но Эмму отнюдь не раздражало его общество. Он успел повидать свет, рассказывал и о Берлине, и о Вене, и о Страсбурге, о своем офицерском житье, о своих любовницах и пирушках; кроме того, он был очень любезен и иногда даже хватал ее где-нибудь на лестнице или в саду за талию, причем кричал:

— Берегись, Шарль!

В конце концов мамаша Бовари испугалась за счастье сына и, боясь, как бы ее супруг не оказал вредного влияния на нравственность невестки, стала торопить с отъездом. Возможно, что у нее были и более серьезные опасения. Ведь г-н Бовари ничего не уважал.

Однажды у Эммы явилось непреодолимое желание повидать свою девочку, которую отдали на дом к кормилице, жене столяра, и, не справляясь в календаре, прошли ли положенные шесть недель, она отправилась к тетке Ролле, — ее домик ютился у околицы, под горкой, между лугами и большой дорогой.

Стоял полдень; все ставни были закрыты, аспидные крыши блестели под резким светом голубого неба, и гребни их, казалось, рассыпали искры. Ветер нагонял духоту. Эмма шла, но чувствовала себя очень слабой, от камней болели ноги; она колебалась, не вернуться ли домой, не зайти ли куда-нибудь посидеть.

В эту минуту из соседней двери вышел г-н Леон со связкой бумаг подмышкой. Он раскланялся и остановился в тени у лавки Лере под выступающим серым навесом.

Г-жа Бовари сказала, что собиралась навестить ребенка, но уже чувствует усталость.

— Если… — начал Леон и запнулся, не смея продолжать.

— У вас есть какое-нибудь дело? — спросила Эмма.

И, выслушав ответ, попросила клерка проводить ее. К вечеру это уже стало известно всему Ионвилю, и супруга мэра, г-жа Тюваш, заявила при своей служанке, что *г-жа Бовари компрометирует себя.*

Чтобы попасть к кормилице, приходилось, пройдя улицу, свернуть налево к кладбищу и идти между дворами и домиками по тропинке, окаймленной кустами бирючины. Они были в цвету, как и вероника, шиповник, крапива, буйно разросшаяся ежевика. Сквозь проходы в живых изгородях видно было, как возле *домишек* роется свинья в навозе или привязанная корова трет рога о дерево. Молодые люди шли тихо рядом, и Эмма опиралась на руку г-на Леона, а он сдерживал шаг, применяясь к ее походке; перед ними носился, жужжал в горячем воздухе целый рой мошкары.

Они узнали дом кормилицы по осенявшему его старому орешнику. Лачуга была низенькая, крытая коричневой черепицей; под чердачным слуховым окном висела связка лука. Вдоль всей терновой изгороди тянулись вязанки хвороста, а во дворе рос на грядке латук, немного лаванды и душистый горошек на тычинках. Грязная вода растекалась по траве, кругом валялось какое-то тряпье, чулки, красная ситцевая кофта; на изгороди была растянута большая простыня грубого полотна. На стук калитки вышла женщина, держа на руке грудного ребенка. Другой рукой она вела жалкого, тщедушного карапуза с золотушным личиком — сынишку руанского шапочника: родители, слишком занятые торговлей, отправили его в деревню.

— Пожалуйте, — сказала кормилица. — Ваша девочка там, она спит.

В единственной комнате у задней стены стояла широкая кровать без полога, а возле разбитого и заклеенного синей бумагой окна — квашня. В углу за дверью, под каменным баком для стирки, рядом с бутылкой масла, из горлышка которой торчало перо, были выстроены в ряд башмаки с блестящими гвоздями; на пыльном камине валялся «Матьё Лансберг», ружейные кремни, огарки свечей, обрывки трута. Наконец последним из украшений этого жилища была дующая в трубу Слава, вырезанная, наверно, из какой-нибудь парфюмерной рекламы и прибитая к стене шестью сапожными гвоздиками.

На полу, в ивовой колыбельке, спала девочка Эммы. Мать взяла ее на руки вместе с одеялом и, тихонько покачиваясь, запела над ней.

Леон прохаживался по комнате; ему казалось очень странным, что прекрасную даму в изящном платье он видит в такой нищенской обстановке. Г-жа Бовари покраснела; он подумал, что его взгляд мог показаться ей нескромным, и отвернулся. Девочка срыгнула матери на воротничок, и та положила ее обратно в колыбельку. Кормилица тут же бросилась вытирать, уверяя, что пятна не останется.

— Она мне еще не то делает, — говорила кормилица. — Только и заботы, что подмывать ее! Вот если бы вы были так добры, велели бы бакалейщику Камюсу, чтобы он, когда надо, давал мне немножко мыла! Да и вам бы так было удобнее, — я бы вас не беспокоила.

— Хорошо, хорошо! — сказала Эмма. — До свидания, тетушка Ролле.

И она вышла, вытерев у дверей ноги.

Женщина проводила ее до самой калитки, все время жалуясь, что ей очень вредно вставать по ночам.

— Иной раз так меня ломает, — просто засыпаю на стуле. Уж дали бы вы мне хоть фунтик молотого кофе — его на месяц хватит. Я бы по утрам пила с молоком.

Терпеливо выслушав изъявления ее благодарности, г-жа Бовари ушла; но не успела она сделать несколько шагов по тропинке, как сзади послышался стук деревянных башмаков. Эмма повернула голову; это была кормилица.

— В чем дело?

Тогда крестьянка, отведя ее за дерево, заговорила о муже: при своем ремесле и шести франках в год от капитана…

— Говорите короче! — сказала Эмма.

— Так вот, — продолжала кормилица, вздыхая после каждого слова, — я боюсь, тяжело будет мне пить кофе одной. Вы сами знаете, мужчины…

— Да ведь вы получите кофе, — повторила Эмма. — Я вам дам!.. Вы мне надоели!..

— Ах, барыня милая, ведь у него от ран ужасные судороги в груди. Он говорит, что ему даже от сидра бывает плохо.

— Ну, поскорее, тетушка Ролле!

— Так вот, — говорила та, приседая, — если я не слишком много прошу… — и она поклонилась еще раз, — если бы милость ваша… —

взгляд ее умолял, — графинчик водки! Я бы вашей девочке ножки растирала… А уж ножки у нее, словно пух!

Отделавшись от кормилицы, Эмма снова взяла под руку г-на Леона. Несколько времени она шла быстро, потом задержала шаг, и взгляд ее — она смотрела вперед — встретил плечо молодого человека и черный бархатный воротник его сюртука, на который падали гладкие, старательно причесанные каштановые волосы. Эмма заметила его ногти: они были длиннее, чем обычно носили в Ионвиле. Уход за ними составлял одно из важных занятий клерка; для этой цели он держал в письменном столе особый ножичек.

Молодые люди возвращались в Ионвиль вдоль реки. В летнюю жару берег обнажался, и до самого основания видны были ограды садов, от которых спускались к воде лесенки. Бесшумно текла быстрая и холодная на взгляд речка; высокие, тонкие травы склонялись над гладью по течению, словно растрепанная зеленая шевелюра. По верхушкам камышей и листьям кувшинок кое-где сидели или ползали на тонких лапках насекомые. Солнце пробивалось сквозь голубые пузырьки разбивающихся, сменяющих друг друга волн; старые подрезанные ивы отражались в воде серой своей корой; выше лежали кругом пустынные луга. Все люди на фермах обедали; молодая женщина и ее спутник слышали только мерный звук своих шагов по тропинке, свои слова да шуршанье эмминого платья.

Садовые стены, утыканные поверху осколками бутылок, были нагреты, как стекла теплицы. Между кирпичами пробивался желтофиоль; проходя мимо, г-жа Бовари краем открытого зонтика задевала их, и увядшие цветы роняли желтоватую пыльцу; порой по шелку, цепляясь за бахрому, секунду скользила веточка жимолости или клематита.

Разговор шел об испанской балетной труппе, которую скоро ждали в руанский театр.

— Вы пойдете? — спросила Эмма.

— Если удастся, — ответил Леон.

Неужели им больше нечего было сказать друг другу? Но в их глазах таились более серьезные речи; силясь найти банальные фразы, оба чувствовали, как их охватывает томность: то был как бы ропот души — глубокий, непрерывный, покрывающий голоса. Изумленные этим никогда не испытанным наслаждением, они не пытались рассказать о нем друг другу или вскрыть его причину. Грядущее счастье, словно река в тропиках, издали наполняет пространство своей природной мягкостью, веет благоуханием, — и человек дремлет, опьяняясь, и не заботится о будущем, которого не видно.

В одном месте стадо размесило всю землю; пришлось перебираться по большим зеленым камням, разбросанным в грязи. Эмма часто останавливалась, смотрела, куда бы ей поставить ногу, и, шатаясь на дрожащем булыжнике, неуверенно наклонялась вперед, расставив локти, смеясь от страха упасть в лужу.

Дойдя до своего сада, г-жа Бовари толкнула калитку, взбежала на крыльцо и исчезла в доме.

Леон вернулся в контору. Патрона не было; он взглянул на папку с документами, очинил перо, потом взял шляпу и ушел.

Он пошел на выгон, на вершину Аргейльского холма, где начинался лес, лег там под елью на землю и стал сквозь пальцы глядеть в небо.

«Какая тоска! — думал он. — Какая тоска!»

Он считал для себя несчастьем жить в этой деревушке, где Омэ считался его другом, а г-н Гильомен — учителем. Нотариус был вечно завален делами, носил очки с золотыми заушниками, белый галстук, рыжие бакены и ничего не понимал в душевных тонкостях, хотя и щеголял натянутыми английскими манерами, вначале ослеплявшими клерка. Что же касается аптекарши, то это была женщина кроткая, как овца, лучшая супруга во всей Нормандии; она обожала своих детей, отца, мать и всех родственников, плакала над несчастьями ближних, вела хозяйство кое-как и ненавидела корсеты; но двигалась она так тяжело, слушать ее было так скучно, так она казалась ординарна с виду и так ограниченна в разговоре, что, хотя ей было тридцать лет, а Леону — двадцать, хотя они спали дверь в дверь и разговаривали ежедневно, — он ни разу не подумал о том, что она кому-то может быть женой и что вообще ее пол сказывается не только в одежде.

А кто еще? Бине, несколько лавочников, два-три кабатчика, кюре и, наконец, мэр, господин Тюваш с двумя сыновьями, — тупые и угрюмые толстосумы, которые сами обрабатывали землю, пьянствовали в своем семейном кругу, а в обществе вели себя, как невыносимые ханжи.

Но на фоне всех этих вульгарных физиономий выделялось лицо Эммы, совсем особенное и все же далекое, — между нею и собой он смутно чувствовал какую-то пропасть.

Вначале он часто ходил к ней вместе с аптекарем. Шарль, казалось, принимал его без особой радости, и Леон не знал, как ему вести себя: он и боялся быть навязчивым, и желал близости, которая казалась ему почти невозможной.

IV

С первыми холодами Эмма покинула свою спальню и переселилась в залу — длинную и низкую комнату, где на камине у зеркала растопырил ветви коралловый полип. Сидя в кресле у окна, она глядела на идущих по улице ионвильцев.

Два раза в день проходил из своей конторы к «Золотому льву» Леон. Эмма издалека слышала его шаги; она наклонялась, поджидая его, и молодой клерк, всегда одинаково одетый, не оборачиваясь, проплывал за занавеской. Но в сумерки, когда, уронив на колени начатое вышивание, она сидела, опершись подбородком на левую руку, ее часто охватывала дрожь при появлении этой внезапно скользящей тени. Она вставала и приказывала накрывать на стол.

Во время обеда являлся г-н Омэ. Держа в руке свою феску, он входил на цыпочках, чтобы никого не обеспокоить, и каждый раз начинал одной и той же фразой: «Добрый вечер всей компании!» Потом усаживался за стол на своем месте — между супругами — и начинал расспрашивать Шарля о его больных, а тот советовался с ним насчет возможных гонораров. Дальше начиналась новая тема: что пишут в газете? К этому часу Омэ уже знал ее почти наизусть и пересказывал весь номер полностью, со всеми редакционными рассуждениями, не пропуская ни одной скандальной истории, какие только разыгрывались во Франции или за границей. Но вот иссякал и этот сюжет. Тогда аптекарь не упускал случая вставить несколько замечаний по поводу подававшихся кушаний. Иногда он даже привставал и осторожно показывал хозяйке самый нежный кусочек или, повернувшись к служанке, давал ей советы относительно приготовления рагу и питательных приправ; об ароматических веществах, о мясной вытяжке, о соусах и желатине он говорил изумительно. У Омэ было в памяти больше рецептов, чем в аптеке склянок, он неподражаемо варил всякие варенья, уксус и сладкие ликеры, знал все новейшие изобретения в области хозяйственных переносных плит и владел искусством сохранения сыров и выхаживания больных вин.

В восемь часов за ним приходил Жюстен — пора было закрывать аптеку. Г-н Омэ лукаво поглядывал на него, особенно если тут же была Фелиситэ: он заметил, что ученику очень нравится бывать в докторском доме.

— Мой молодчик начинает задумываться, — говорил фармацевт. — Черт побери, он, пожалуй, влюбился в вашу служанку.

Но всерьез аптекарь ставил Жюстену в вину другой, более важный недостаток — мальчишка постоянно подслушивал разговоры взрослых. Например, по воскресеньям, когда дети засыпали в креслах, натягивая спинами не в меру широкие коленкоровые чехлы, и г-жа Омэ вызывала ученика в гостиную, чтобы он унес их в детскую, его потом просто невозможно было выгнать.

На вечера к фармацевту ходили лишь очень немногие: своими политическими мнениями и злословием он понемногу отпугнул от себя почти всех почтенных особ. Но клерк не пропускал ни одного вечера. Заслышав звонок, он бросался навстречу г-же Бовари, принимал ее шаль и отставлял в сторону, под аптечную конторку, толстые плетеные туфли, которые она надевала поверх ботинок, когда лежал снег.

Сначала составляли несколько партий в «тридцать одно», потом г-н Омэ играл с Эммой в экарте, а Леон, стоя позади, давал ей советы. Опираясь руками на спинку ее стула, он глядел на гребень, придерживавший прическу. Всякий раз, как Эмма сбрасывала карты, лиф ее слегка подтягивался с правой стороны. Зачесанные кверху волосы отбрасывали на спину коричневатый отсвет, который, постепенно бледнея, понемногу терялся в тени. Дальше платье спускалось по обе стороны стула и, вздуваясь бесчисленными складками, ниспадало на пол. Когда Леону случалось притронуться к нему башмаком, он отскакивал, словно наступил человеку на ногу.

Покончив с картами, врач и аптекарь принимались за домино, а Эмма вставала с места, садилась за стол и, облокотившись, начинала перелистывать «Иллюстрацию». Она приносила с собою журнал мод. Леон устраивался рядом; они вместе разглядывали картинки и ждали друг друга, чтобы перевернуть страницу. Часто она просила его почитать стихи; Леон декламировал нараспев, старательно замирая в любовных местах. Но стук домино раздражал его; г-н Омэ был очень силен в этой игре и всегда побивал Шарля на шестерках-дубль. Добравшись до трехсот, партнеры разваливались в креслах перед камином и скоро засыпали. Огонь угасал в золе; чайник был пуст; Леон все читал. Эмма слушала его, машинально поворачивая шелковый абажур, расписанный бледными пьеро в колясках и канатными танцовщицами с балансирами в руках. Леон прекращал чтение и жестом показывал на уснувшую аудиторию; тогда они начинали говорить шепотом, и беседа казалась им еще приятнее оттого, что никто ее не слышит.

Так между ними установилось некое соглашение, постоянный обмен книгами и романсами; г-н Бовари был не слишком ревнив и нисколько этому не удивлялся.

В день ангела он получил прекрасную френологическую голову, до самой шеи испещренную цифрами и выкрашенную в синий цвет. То был знак внимания клерка. Он оказывал доктору и другие любезности, вплоть до того, что выполнял в Руане его поручения; когда один светский роман ввел в моду кактусы, Леон стал покупать их для г-жи Бовари и привозил в «Ласточке» у себя на коленях, накалывая пальцы о колючки.

Эмма заказала для горшков полочку с решеткой и подвесила ее под окошком. Клерк тоже завел себе подвесной садик. Поливая цветы, каждый у своего окна, они видели друг друга.

В городке было только одно окошко, за которым еще чаще стоял человек: каждый день после обеда, а по воскресеньям с утра до ночи, за слуховым окном г-на Бине можно было в ясную погоду разглядеть его худощавый профиль, склоненный над токарным станком, однообразное жужжание которого доносилось до самого «Золотого льва».

Однажды вечером Леон, вернувшись домой, нашел в своей комнате коврик из бархата и шерсти, расшитый листьями по палевому фону; он позвал г-жу Омэ, г-на Омэ, Жюстена, детей, кухарку, он рассказал об этом своему патрону. Всем хотелось видеть коврик: с какой стати докторша так *расщедрилась* ради клерка? Это казалось очень странным, и все окончательно решили, что они *в очень близких отношениях.*

Леон и сам наводил людей на эту мысль: он только и делал, что рассказывал об очаровании Эммы, о ее уме, так что Бине однажды грубо оборвал его:

— Мне-то какое дело? Я ведь с ней незнаком!

Леон мучился, придумывая, как бы ему *объясниться в любви;* вечно колеблясь между страхом оскорбить ее и стыдом за свое малодушие, он плакал от бессилия и желаний. Потом он принимал твердые решения, писал и рвал письма, назначал себе сроки и пропускал их. Он часто отправлялся к Эмме, готовый дерзнуть на все; но при ней мужество его исчезало, и когда входил Шарль и предлагал ему проехаться вместе в шарабанчике — заглянуть к какому-нибудь больному, он тотчас соглашался, раскланивался с хозяйкой и уходил. Разве ее муж — это не часть ее самой?

А Эмма даже не задавала себе вопроса, любит ли она Леона. Любовь, думала она, должна явиться внезапно, как гром и молния; это небесный ураган, который обрушивается на жизнь, переворачивает ее, срывает желания, как лист с дерева, и уносит сердце в пучину. Она не знала, что когда засорены сточные желоба, то от дождя на террасах образуются озера, — и так и жила в спокойствии, пока вдруг не открыла в стене своего дома трещину.

V

То было днем, в одно февральское воскресенье, когда шел снег.

Все они — г-н и г-жа Бовари, Омэ и г-н Леон — отправились поглядеть строившуюся в полульё от Ионвиля, в ложбинке, льнопрядильную фабрику. Аптекарь взял с собой Наполеона и Аталию, ибо детям необходим был моцион; позади шел с зонтами на плече Жюстен.

Но трудно было найти что-нибудь менее достопримечательное, чем эта достопримечательность. Посреди огромного пустыря, где между кучами песка и булыжника там и сям валялись уже покрытые ржавчиной зубчатые колеса, стояла длинная четырехугольная постройка с множеством пробитых в ней маленьких окон. Она еще не была закончена, и между опорными балками крыши сквозило небо. На самом верху возвышался шест, и привязанный к нему пучок соломы с колосьями хлопал по ветру своей трехцветной лентой.

Омэ ораторствовал. Он разъяснял компании все будущее значение предприятия, вычислял толщину полов и стен и очень жалел, что у него нет метрической линейки, какою располагает для своего личного пользования г-н Бине.

Эмма шла под руку с аптекарем и, слегка опираясь на его плечо, глядела на солнечный диск, излучавший вдали, в тумане, свою ослепительную бледность; но вот она повернула голову и увидела Шарля. Фуражка у него была нахлобучена на глаза, толстые губы дрожали, что придавало всему лицу какое-то глупое выражение; самая его спина, широкая, безмятежная его спина, раздражала Эмму; даже сюртук, казалось ей, выставлял напоказ всю заурядность этого человека.

Пока Эмма глядела на мужа, черпая в своем раздражении какую-то извращенную радость, вперед выступил Леон. Он побледнел от холода, и, казалось, это наложило на его лицо отпечаток еще более мягкой томности; немного свободный воротничок рубашки приоткрывал за галстуком кусочек кожи; из-под пряди волос виднелась мочка уха, а большие голубые глаза, устремленные к облакам, казались Эмме прозрачнее и прекраснее горных озер, в которых отражается небо.

— Несчастный! — воскликнул вдруг аптекарь.

И подбежал к сыну: тот залез в кучу извести, чтобы выбелить башмачки. Наполеона стали бранить, он громко ревел, а Жюстен обтирал ему обувь жгутом соломы. Но, чтобы отскоблить известь, понадобился нож, и Шарль предложил свой.

«Ах, — подумала Эмма, — он ходит с ножом в кармане, как мужик!»

Оседал иней; вернулись в Ионвиль.

Вечером г-жа Бовари не пошла к соседям, и когда за Шарлем закрылась дверь, когда она осталась одна, перед нею снова с отчетливостью почти непосредственного ощущения, в той преувеличенной перспективе, какую придает всему воспоминание, встала все та же параллель. Глядя с кровати на ярко пылающий огонь, она как живого видела перед собою Леона: он стоял, одной рукой сгибая трость, а другой держа за ручку Аталию, которая спокойно сосала льдинку. Он казался Эмме очаровательным; она не могла оторваться от него, она вспоминала его позы в другие дни, сказанные им слова, звук его голоса, все черты его облика, — и, вытягивая губы, словно для поцелуя, повторяла:

— Да, он прелесть, прелесть… Не влюблен ли он? — спросила она самое себя. — Но в кого?.. Да в меня же!

И сразу перед ней предстали все доказательства, и сердце ее затрепетало. Яркие отсветы камина весело плясали на потолке; Эмма легла на спину и потянулась всем телом.

Тогда-то начались беспрестанные вздохи: «Ах, если бы это было угодно небу! Но почему же нет? Кто мешает?..»

В полночь вернулся Шарль; Эмма сделала вид, будто только что проснулась; когда, раздеваясь, он чем-то зашумел, она пожаловалась на мигрень; потом небрежно спросила, что было на вечере.

— Господин Леон поднялся к себе очень рано, — ответил муж.

Эмма не могла сдержать улыбку и уснула, вся переполненная новым очарованием.

На другой день, когда уже стемнело, к ней явился посетитель — торговец модными товарами, некий Лере. Лавочник этот был человек очень ловкий.

Родившись в Гаскони, он затем поселился в Нормандии и соединял природное уменье южанина заговаривать зубы с осторожным кошским лукавством. Его полное, дряблое безбородое лицо было как будто окрашено отваром светлой лакрицы, а жесткий блеск маленьких черных глазок казался еще живее от седой шевелюры. Кем он был раньше, никто не знал: кто говорил — коробейником, а кто — менялой в Руто. Несомненно только одно: он производил в уме такие сложные вычисления, что даже сам Бине приходил в ужас. Учтивый до приторности, он постоянно держался в чуть согнутом положении, словно кланялся или приглашал кого-то танцевать.

Положив у порога свою шляпу с крепом, он поставил на стол зеленую картонку и с бесконечными любезностями стал жаловаться, что «сударыня» до сих пор не почтила его своим доверием. Конечно, его бедная лавчонка ничем не может привлечь такую *элегантную даму* — эти слова он особенно подчеркнул. Но ей стоит только приказать, а уж он достанет для нее все что угодно — как из приклада, так и из белья, как из шляпок, так и из галантереи: он ведь регулярно, четыре раза в месяц, ездит в город. У него связи со всеми лучшими фирмами. Его могут рекомендовать и «Три брата», и «Золотая борода», и «Долговязый дикарь», — господа владельцы этих магазинов знают его как свои пять пальцев! А сейчас он хотел только так, между прочим, показать госпоже докторше несколько вещей, доставшихся ему по самому редкостному случаю. И он вынул из картонки полдюжины воротничков с вышивкой.

Г-жа Бовари поглядела на них.

— Мне ничего не нужно, — сказала она.

Тогда г-н Лере осторожно извлек три алжирских шарфа, несколько пачек английских иголок, пару соломенных туфель и, наконец, четыре ажурных кокосовых рюмки для яиц — искусной работы арестантов. Опершись обеими руками на стол, он наклонился, вытянул шею и, приоткрыв рот, следил за взглядом Эммы, нерешительно блуждавшим по всем этим товарам. Время от времени ловкий купец, будто снимая пылинку, проводил ногтем по разостланным во всю длину шелковым шарфам, и они трепетали, шурша, и, словно звездочки, блестели в зеленоватом свете сумерек золотые прожилки ткани.

— Сколько это стоит?

— Пустяки, — отвечал Лере, — пустяки. Да мне не к спеху — когда вам будет угодно. Мы ведь не жохи какие-нибудь!

Эмма несколько секунд подумала и в конце концов отказалась, поблагодарив г-на Лере, но он, нисколько не удивившись, ответил:

— Ну, мы потом столкуемся; я ведь со всеми дамами лажу, кроме своей жены!

Эмма улыбнулась.

— То есть я хотел сказать, — добродушно заговорил Лере после своей шутки, — что забочусь не о деньгах… Денег я бы вам и сам дал, если угодно.

У Эммы вырвался удивленный возглас.

— Право! — быстро и тихо сказал Лере. — Мне бы для вас за ними не пришлось далеко ходить. Имейте это в виду!

И тут же стал расспрашивать о здоровье хозяина кафе «Франция», дядюшки Телье, которого в это время лечил г-н Бовари.

— Что это с дядюшкой Телье?.. Он так кашляет, что весь дом трясется; боюсь, что скоро ему понадобится уже не фланелевая фуфайка, а еловое пальто. Как он гулял в молодые годы! Эти люди, сударыня, не знают никакой меры! Он просто весь иссох от водки!.. А все-таки очень тяжело, когда умирает старый знакомый.

Застегивая картонку, он стал рассуждать о клиентуре господина доктора.

— Все эти болезни, — сказал он, хмуро поглядывая на окна, — конечно, от погоды. Я тоже чувствую себя не совсем в своей тарелке; пожалуй, надо будет на днях зайти посоветоваться с господином Бовари: спина совсем разболелась. Итак, до свиданья, сударыня. Весь в вашем распоряжении. Покорнейший слуга!

И он тихонько закрыл за собой дверь.

Обед Эмма приказала подать на подносе к себе в комнату, к камину; она ела не торопясь, все казалось ей очень вкусным.

«Как я умно поступила!» — подумала она, вспомнив о шарфах.

На лестнице послышались шаги: это был Леон. Эмма встала и взяла с комода первое попавшееся неподрубленное полотенце из стопки. Когда он вошел, она, казалось, была поглощена работой.

Разговор тянулся вяло; г-жа Бовари поминутно прерывала его, а гость и сам был как будто совсем смущен. Он сидел у камина на низеньком стуле и вертел в пальцах футлярчик слоновой кости; она же работала иглой, время от времени заглаживая рубец ногтем. Эмма ничего не говорила; Леон, очарованный ее молчанием, как в другое время ее речами, тоже не произносил ни слова.

«Бедный мальчик!» — думала она.

«Чем же я ей не угодил?» — спрашивал он себя.

Наконец Леон сказал, что на днях ему придется съездить по делам конторы в Руан.

— Кончился ваш нотный абонемент, — возобновить его?

— Нет, — отвечала Эмма.

— Почему?

— Потому что...

И, закусив губу, она вытянула длинную серую нитку.

Эта работа раздражала Леона. Ему казалось, что Эмма колет себе пальцы; в голову ему пришла галантная фраза, но он не осмелился произнести ее.

— Так вы прекращаете? — заговорил он снова.

— Что? — живо переспросила Эмма. — Музыку? Ну, конечно, боже мой! Ведь мне надо вести хозяйство, ухаживать за мужем, — у меня масса забот, множество более важных обязанностей.

Она взглянула на часы. Шарль запаздывал. И вот она сделала вид, что беспокоится.

— Он такой добрый! — несколько раз повторила она.

Клерк очень уважал г-на Бовари. Но подобная нежность неприятно удивила его; тем не менее он продолжал расточать врачу похвалы; впрочем, он, по его словам, слышал их ото всех, и особенно от аптекаря.

— Ах, это прекрасный человек! — сказала Эмма.

— Несомненно, — ответил клерк.

И заговорил о г-же Омэ. Над ее небрежным туалетом оба обычно смеялись.

— Что ж в этом такого? — прервала его Эмма. — Хорошая мать семейства не думает о нарядах.

И снова погрузилась в молчание.

Точно так же продолжалось и в следующие дни. Все в ней изменилось — и речи, и манеры. Теперь она близко принимала к сердцу хозяйство, регулярно ходила в церковь и строже прежнего держала служанку.

Берту она взяла от кормилицы. Когда бывали гости, Фелиситэ приносила ее в комнату, г-жа Бовари раздевала девочку, показывала всем ее тельце. Она заявляла, что обожает детей — это ее утешение, ее радость, ее безумие. Свои ласки она сопровождала патетическими излияниями, которые всюду, кроме Ионвиля, напоминали бы вретищницу из «Собора Парижской богоматери».

Придя домой, Шарль всегда находил у камина согретые туфли. Теперь не стало у него ни жилетов без подкладки, ни сорочек без пуговиц; приятно было глядеть на его ночные колпаки, ровными стопками разложенные в бельевом шкафу. Гуляя с ним по саду, Эмма уже не дулась, как прежде; что бы он ни предложил, она всегда соглашалась, хотя бы и не понимала тех желаний, которым подчинялась без малейшего ропота. И когда после обеда г-н Бовари сидел у камина, сложив руки на животе и поставив ноги на решетку, когда щеки его румянились от сытости, а глаза увлажнялись от счастья, когда его дочурка ползала по ковру, а эта женщина, сгибая свой тонкий стан, наклонялась через спинку кресла и целовала его в лоб, — Леон глядел на него и думал: «Какое безумие! И как добиться ее?..»

Эмма казалась ему такой добродетельной и недоступной, что всякая, даже смутная надежда окончательно покинула его.

Но благодаря такому отречению он поставил любимую на совершенно исключительное место. Образ ее очистился от плотской прелести, которую ему не суждено было познать; в его сердце она поднималась все выше, великолепным взлетом апофеоза отделяясь от мира. То было одно из тех чистых увлечений, которые не мешают никаким житейским занятиям, дороги людям своею необычностью, и не столько радости дают они, пока длятся, сколько горя приносит их конец.

Эмма похудела, щеки ее покрылись бледностью, лицо осунулось. Черные волосы, большие глаза, правильный нос, плавная поступь, всегдашняя молчаливость, — казалось, что эта женщина проходит в жизни, едва к ней прикасаясь и неся на челе неясную печать какого-то великого предназначения. Она была так грустна и так спокойна, так нежна и в то же время так сдержанна, что от нее веяло неземным очарованием; так в церкви содрогаешься от запаха цветов, пронизанного холодом мрамора. Другие тоже поддавались ее прелести. Аптекарь говорил:

— Это чрезвычайно одаренная женщина; она оказалась бы на месте даже в супрефектуре!

Хозяйки восхищались ее бережливостью, пациенты — ее учтивым обращением, бедные — ее добрым сердцем.

А она была полна вожделений, неистовой страстности, ярости. За этим падающим прямыми складками платьем скрывалось потрясенное сердце, эти столь целомудренные губы не выдавали его мучений. Она была влюблена в Леона и искала одиночества, чтобы свободно наслаждаться его образом. Встречи нарушали сладострастие ее дум. При звуке шагов любимого Эмма трепетала, в его же присутствии волнение затихало и оставалось лишь безмерное изумление, переходившее в грусть.

Когда Леон в полной безнадежности уходил от нее, он не знал, что она вставала с места вслед за ним, чтобы посмотреть на него из окна. Ее беспокоил каждый его шаг; она следила за выражением его лица; она выдумывала целые истории, чтобы только изобрести предлог зайти в его комнату; она завидовала счастью аптекарши, которая спала с ним под одной кровлей; мысли ее вечно стремились к этому дому, словно голуби из «Золотого льва», которые летали туда купать в сточном желобе свои розовые лапки и белые крылья. Но чем яснее видела Эмма свою любовь, тем больше бежала от нее, боясь ее выдать, желая ее ослабить. Ей так хотелось, чтобы Леон догадался! И она придумывала всяческие случайности, катастрофы, которые могли бы ей помочь. Удерживали ее, конечно, леность или страх, а также стыд. Она думала, что уж слишком далеко оттолкнула его, что теперь поздно, что все пропало. А женское тщеславие, радостная мысль: «Я добродетельна» и удовольствие глядеться в зеркало, принимая позы самоотречения, немного вознаграждали ее за ту жертву, какую она, думалось ей, принесла.

И вот, плотские желания, жажда денег, меланхолия страсти — все слилось в единой муке; и вместо того чтобы отвращаться от нее мыслью, Эмма все больше тянулась к ней, возбуждая себя к страданию, и повсюду искала к нему поводов. Ее раздражали и плохо поданное блюдо, и неплотно закрытая дверь, она вздыхала по бархату, которого у нее не было, по счастью, которого ей не хватало, стонала от слишком высоких своих мечтаний и слишком тесного своего дома.

Но в полное отчаянье приводило ее то, что Шарль, по-видимому, и не подозревал ее терзаний. Его уверенность, что он дает ей счастье, казалась ей нелепостью и оскорблением, его спокойствие — неблагодарностью. Для кого же была она так благоразумна? Не он ли был препятствием на пути ко всякому счастью, причиною всех горестей, как бы острым шпеньком на тех бесчисленных ремнях, которые стягивали ее со всех сторон?

И Эмма перенесла на него одного всю многообразную ненависть, рождавшуюся из всех ее несчастий; и всякая попытка ослабить это чувство только увеличивала его, ибо такое тщетное усилие становилось лишней причиной отчаяния и еще больше углубляло разрыв. Эмма, наконец, взбунтовалась против собственной кротости. Убожество домашнего быта толкало ее к мечтам о роскоши, супружеская нежность — к жажде измены. Ей хотелось, чтобы Шарль бил ее: тогда она получила бы право ненавидеть его и мстить. Иногда она сама удивлялась жестоким выдумкам, приходившим ей в голову; а между тем надо было по-прежнему улыбаться, слушать, как ее вновь и вновь называли счастливой, притворяться, что так оно и есть на самом деле, позволять другим так думать!

Но это лицемерие было ей отвратительно. Ее охватывало искушение бежать с Леоном — все равно куда, только бы подальше, и там испытать новую судьбу; но тогда в душе ее открывалась смутная пропасть, полная мрака.

«Да он уж и не любит меня, — думала она. — Что мне делать? Какой ждать помощи, какой утехи, какого облегчения?»

И, чувствуя себя разбитой, задыхаясь, обессилев, она тихо рыдала, и слезы ее текли ручьем.

— Почему бы не сказать барину? — спрашивала служанка, заставая ее во время таких припадков.

— Это нервы, — отвечала Эмма. — Не говори ему, он только огорчится.

— Ах, да, — подхватывала Фелиситэ, — с вами то же самое, что с Гериной, с дочкой дядюшки Герена, рыбака из Полле. Я знала ее в Дьеппе, когда еще не жила у вас. Она была такая грустная, что когда, бывало, стоит на пороге, так и кажется, будто в доме покойник и перед дверью натянули черное сукно. У нее была такая болезнь — вроде тумана в голове, и ни врачи ничего не могли с ней поделать, ни кюре. Когда ее уж очень схватит, она, бывало, уйдет одна на берег моря. Ее часто находил при обходе таможенник: лежит ничком на камешках и плачет. А как вышла замуж, все, говорят, прошло.

— А вот у меня, — отвечала Эмма, — как я вышла замуж, так все и началось.

VI

Однажды вечером она сидела у открытого окна и смотрела на причетника Лестибудуа, который подрезал буксовые кусты. Но вот он ушел — и раздался звон к вечерне.

Было начало апреля, когда цветут подснежники, теплый ветер кружится по взрыхленным грядкам, и сады, словно женщины, наряжаются к летним праздникам. Сквозь плетенье беседки далеко по сторонам виден был луг, и река причудливыми изгибами вырисовывалась на его траве. Вечерний туман сквозил между безлистными тополями, скрадывая их контуры лиловой дымкой, легкой и прозрачной, будто повисший на сучьях тонкий газ. Вдали брело стадо; не слышно было ни топота, ни мычанья; а колокол непрерывно тянул в воздухе свои мирные жалобы.

Под этот монотонный звон мысль женщины блуждала в старых воспоминаниях юности и пансиона. Она вспоминала свечи, возвышавшиеся на алтаре над вазами с цветами, дарохранительницу с колонками. Ей хотелось замешаться, как тогда, в длинный ряд белых косынок, кое-где разделенный тугими черными капюшонами монахинь, преклонявших колени на скамеечках; в воскресенье, поднимая за обедней голову, она видела между синеватыми столбами восходящего кверху ладана кроткое лицо пречистой девы. И вот на нее нахлынуло умиление; она почувствовала себя одинокой, слабой, словно пушинка, подхваченная вихрем; она безотчетно направилась в церковь, готовая на любой благочестивый подвиг, только бы он поглотил ее душу, только бы в нем растворилась вся жизнь.

На площади Эмма встретила Лестибудуа, возвращавшегося с колокольни; он спешил вернуться к прерванной работе и в интересах ее, чтобы не терять времени, звонил к вечерне тогда, когда ему было удобнее. К тому же более ранний благовест созывал мальчишек на урок катехизиса.

Иные из них уже пришли и играли на кладбищенских плитах в шары. Другие сидели верхом на ограде и болтали ногами, сбивая своими деревянными башмаками высокую крапиву, разросшуюся между крайними могилами и низенькой стеной. Это была единственная полоска зелени: дальше шел сплошной камень, постоянно покрытый мелкой пылью, несмотря на метлу пономаря.

Ребятишки в холщовых туфлях бегали там, словно то был нарочно для них настланный паркет, и голоса их прорывались сквозь колокольный гул. Он слабел, и сокращались размахи толстой веревки, которая волочилась концом по земле, спускаясь из-под крыши. Разрезая воздух своим лётом, с писком проносились ласточки и быстро исчезали в гнездах, желтевших под черепицей карниза. В глубине церкви горела лампада, то есть фитиль от ночника в подвешенной плошке. Свет ее казался издали мутным пятном, трепещущим в масле. Длинный солнечный луч пересекал весь неф, и от этого еще темнее были все углы и боковые приделы.

— Где кюре? — спросила г-жа Бовари у мальчика, который из озорства дергал слабо державшийся в земле турникет.

— Сейчас придет.

В самом деле дверь церковного дома скрипнула, показался аббат Бурнисьен; дети, толкаясь, побежали в храм.

— Вот сорванцы! — проворчал священник. — Вечно одно и то же!

И он поднял изодранный катехизис, который только что задел ногой.

— Ничего не уважают!..

Но, увидев г-жу Бовари, он сказал:

— Простите, не узнал вас!

И, сунув катехизис в карман, остановился, все еще раскачивая двумя пальцами тяжелый ключ от ризницы.

Заходящее солнце било ему прямо в лицо, и под его лучами казалась светлее блестевшая на локтях и обтрепанная по подолу ластиковая сутана. На широкой груди вдоль ряда пуговок тянулись сальные и табачные пятна; особенно много их было пониже белого галстука, на котором покоились пышные складки красной кожи; лицо священника было усеяно желтоватыми пятнами, прятавшимися за жесткой, седеющей щетиной. Он только что пообедал и громко сопел.

— Как поживаете? — добавил он.

— Плохо, — отвечала Эмма. — Мне очень тяжело.

— И мне тоже, — сказал служитель церкви. — Просто удивительно, как расслабляет всех эта первая жара. Ну, что делать! Все мы рождены для страданий, как говорит святой Павел. А что об этом думает господин Бовари?

— Он-то! — презрительно махнув рукой, произнесла Эмма.

— Что вы говорите! — изумленно воскликнул добродушный кюре. — Неужели он вам ничего не прописывает?

— Ах, — сказала Эмма, — мне нужны не телесные лекарства.

Но кюре все поглядывал на церковь, где ребятишки, стоя на коленях, подталкивали друг друга плечом и падали, как карточные домики.

— Я хотела бы знать... — снова заговорила она.

— Погоди, погоди, Рибуде! — гневным голосом закричал священник. — Вот я тебе уши нарву, постреленок!

И он повернулся к Эмме.

— Это сын плотника Буде; родители его люди с достатком и балуют этого шалуна напропалую. А если бы он только захотел, то отлично бы учился: очень способный мальчишка. Так вот, я иногда в шутку называю его Рибуде (знаете, как ту горку, мимо которой ходят в Маромме) и даже говорю так: г**о**ре-Рибуде. Ха-ха-ха! Гора Рибуде — г**о**ре Рибуде. Как-то раз я сообщил эту шутку его преосвященству, и он смеялся... изволил смеяться. А как поживает господин Бовари?

Эмма, казалось, не слушала.

— Завален работой, конечно, — продолжал кюре. — Ведь мы с ним самые занятые люди во всем приходе. Но только он врачует тело, — с густым смехом добавил он, — а я — душу.

Эмма устремила на священника умоляющий взгляд.

— Да... — сказала она, — вы утешаете во всех скорбях.

— Ах, и не говорите, госпожа Бовари! Вот и сегодня утром мне пришлось идти в Ба-Диовиль, и все из-за коровы: ее *раздуло,* а они думают, будто это порчу напустили. Все коровы хворают — сам не знаю почему... Но простите! Лонгмар и Буде! Перестанете вы или нет, дрянные озорники?

И он ринулся в церковь.

Ребятишки, сгрудившись вокруг высокого аналоя, влезали на скамейку для певчих, открывали требник; некоторые, крадучись, уже подбирались к исповедальне. Но тут на них налетел кюре, рассыпая кругом град оплеух. Он хватал мальчишек за шиворот, поднимал на воздух и с размаху ставил на колени, словно желая вбить в каменные плиты пола. Наконец он вернулся к собеседнице.

— Да, — сказал он и, зажав в зубах кончик огромного ситцевого носового платка, стал развертывать его. — Несчастные крестьяне!

— Есть и другие несчастные, — отвечала Эмма.

— Да, конечно! Например, городские рабочие.

— Нет, не они...

— Ну, уж простите! Я сам знавал бедных матерей семейств, добродетельнейших женщин, настоящих святых, уверяю вас. И что же, у них даже хлеба вдоволь не было!

— Но те, — заговорила Эмма, и углы ее рта дрогнули, — те, господин кюре, у которых есть хлеб, но нет...

— Дров на зиму? — сказал священник.

— Ах, не велика беда!

— Как — не велика беда! А мне кажется, что если человек сыт, одет, обут, то... в конце концов...

— Боже мой! Боже мой! — вздыхала Эмма.

— Вам нехорошо? — сказал кюре и беспокойно придвинулся поближе. — Это, верно, что-нибудь с пищеварением. Вам бы, госпожа Бовари, пойти домой да выпить чаю или стаканчик холодной сахарной воды; вам станет лучше.

— Зачем?

Она словно только что проснулась.

— Ведь вы провели рукой по лбу. Я и подумал, что у вас закружилась голова.

Но тут он вспомнил:

— Да, вы меня о чем-то хотели спросить? В чем же дело? Я ведь не знаю.

— Я? Нет, ничего… ничего… — повторяла Эмма.

И взгляд ее, блуждавший вокруг, медленно опустился на старика в сутане. Оба, не говоря ни слова, смотрели друг другу в лицо.

— Ну, тогда, госпожа Бовари, — сказал, наконец, священник, — извините меня; ведь вы сами знаете — долг прежде всего; надо мне разделаться с моими повесами. Скоро день их первого причастия. Боюсь, как бы не вышло какого сюрприза. Так что с самого вознесенья я регулярно каждую среду задерживаю их на лишний час. Бедные ребятишки! Все же надо торопиться направлять их по пути господа, как он, впрочем, и сам завещал нам устами своего божественного сына… Доброго здоровья, сударыня, мое почтение вашему супругу!

И он вошел в церковь, сначала преклонив у входа колени.

Эмма видела, как он, тяжело ступая, слегка склонив голову набок, шагал, расставив руки, и скрылся между двойным рядом скамеек.

Тогда она сразу, точно статуя на оси, повернулась назад и пошла домой. Но еще долго слышны были ей звучавшие позади звонкие голоса мальчишек и зычный голос священника:

— Ты христианин?

— Да, я христианин.

— Что такое христианин?

— Это тот, кто будучи окрещен… окрещен… окрещен…

Эмма поднялась на крыльцо, держась за перила, и, как только очутилась в своей комнате, упала в кресло.

Белесоватый свет мягко и волнисто проникал сквозь окна. Мебель казалась еще неподвижнее, чем обычно, и терялась в тени, словно в сумрачном океане. Камин погас, непрерывно тикал маятник, и Эмма смутно изумлялась тому, что вещи так спокойны, когда в ней бушует такое волнение. А между окном и рабочим столиком ковыляла в своих вязаных башмачках маленькая Берта; она пыталась подойти к матери и ухватиться за тесьму ее передника.

— Оставь меня! — сказала Эмма, отстраняя ее рукой.

Но вскоре девочка еще ближе подошла к ее коленям; упершись в них ручками, она подняла большие голубые глаза, и струйка прозрачной слюны стекла с ее губ на шелковый передник Эммы.

— Оставь меня! — раздраженно повторила мать.

Выражение ее лица испугало Берту; ребенок раскричался.

— Ах, да оставь же меня! — И Эмма толкнула девочку локтем.

Берта упала около комода и ударилась о медную розетку; она расцарапала себе щечку, показалась кровь. Г-жа Бовари бросилась поднимать ее, позвонила так, что чуть не оборвала шнурок, стала очень громко звать служанку и уже начала проклинать себя, когда появился Шарль. Было обеденное время, и он вернулся домой.

— Погляди, дорогой мой, — спокойным голосом сказала ему Эмма, — крошка играла и разбилась об пол.

Шарль стал ее утешать: ничего страшного нет! И он пошел за пластырем.

Г-жа Бовари не спускалась в столовую, она хотела одна охранять свое дитя. Но Берта заснула, беспокойство понемногу совсем рассеялось, и Эмма сама себе показалась слишком глупой и доброй, что взволновалась из-за таких пустяков. В самом деле, Берта уже не всхлипывала. Бумажное одеяльце едва заметно шевелилось теперь от ее дыхания. Крупные слезы блестели в уголках полузакрытых запавших глаз, и за ресницами виднелись матовые белки; липкий пластырь, наклеенный на щеку, наискось стягивал кожу.

«Удивительно, как безобразен этот ребенок!» — думала Эмма.

Вернувшись из аптеки в одиннадцать часов вечера (он пошел туда после обеда возвратить остаток пластыря), Шарль застал жену у колыбели.

— Да говорю я тебе, ничего не будет, — сказал он, целуя ее в лоб. — Не мучь себя, бедняжка, голубушка, ты сама захвораешь!

В тот вечер Шарль засиделся у аптекаря. Хотя он и не выказывал особой тревоги, г-н Омэ все же силился ободрить его, *поднять его моральное состояние.* И разговор шел о разнообразных опасностях, угрожающих детям, о неосторожности прислуги. Об этом могла кое-что порассказать г-жа Омэ: у нее до сих пор остались на груди следы от раскаленных углей, которые когда-то кухарка уронила ей за фартук из совка! Поэтому теперь добрые родители Омэ принимали целый ряд предосторожностей. Ножи в их доме никогда не точились, полы никогда не натирались. Окна были забраны решетками, а перед каминами устроены барьеры из крепких прутьев. При всей своей самостоятельности маленькие Омэ шагу не могли ступить, чтобы за ними кто-нибудь не следил; при малейшей простуде отец начинал пичкать их грудными каплями, и вплоть до пятого года всех их безжалостно заставляли носить стеганые ватные шапочки. Правда, это уж была мания г-жи Омэ; супруг ее глубоко огорчался таким распоряжением, опасаясь возможного вреда для мыслительных способностей. Иногда он даже возмущался и говорил жене:

— Ты что же, хочешь сделать из них караибов или ботокудов?

Между тем Шарль несколько раз пытался прервать беседу.

— Мне надо с вами поговорить, — прошептал он на ухо клерку, который на лестнице оказался впереди него.

«Неужели он что-то подозревает?» — спрашивал себя Леон. Сердце его билось, он терялся в предположениях.

Наконец Шарль, закрыв за собою дверь, попросил его лично разузнать в Руане, сколько должен стоить хороший дагерротип: он готовил жене чувствительный сюрприз, особенно тонкий знак внимания — свой портрет в черном фраке. Но сначала он хотел знать, *во что это обойдется;* впрочем, такое поручение и не могло особенно затруднить г-на Леона: ведь он все равно бывает в городе почти каждую неделю.

А зачем бывает? Омэ подозревал тут какие-то *юношеские шалости,* какую-то интрижку. Но он ошибался: у Леона никаких романов не было. Никогда еще он не казался таким печальным, и г-жа Лефрансуа замечала это по тому, как много еды оставалось у него теперь на тарелке. Желая выведать тайну, она принялась расспрашивать сборщика налогов; Бине грубо ответил, что *в полиции не служит.*

Однако и на него приятель производил очень странное впечатление: за обедом Леон часто откидывался на спинку стула и, разводя руками, в туманных выражениях жаловался на жизнь.

— Беда в том, что у вас мало развлечений, — говорил ему сборщик.

— Каких?

— Я бы на вашем месте завел токарный станок.

— Работать я на нем не умею, — отвечал клерк.

— Да, это так! — подтверждал Бине, высокомерно и самодовольно поглаживая подбородок.

Леона утомила бесплодная любовь; кроме того, он уже ощущал и ту подавленность, которую порождает однообразное, унылое существование, когда им не управляет никакой интерес, когда его не оживляют никакие надежды. Ему так наскучили Ионвиль и ионвильцы, что некоторые люди, некоторые дома одним своим видом вызывали в нем непреодолимое раздражение: аптекарь, при всем своем добродушии, становился ему совершенно невыносимым. А между тем перспектива нового положения столько же пугала его, сколько и соблазняла.

Но скоро все эти страхи перешли в нетерпение, и Париж зашумел в его ушах отдаленными фанфарами маскарадов и хохотом гризеток. Ведь ему все равно надо заканчивать юридическое образование. Так что же он не едет? Кто ему мешает? И он начал внутренне готовиться. Прежде всего он обдумал свои будущие занятия. Мысленно он обставил себе квартиру. Там он будет жить артистической жизнью!

Будет учиться играть на гитаре! Заведет халат, баскский берет, голубые бархатные туфли! И он уже с восхищением видел над своим будущим камином две скрещенные рапиры, а повыше — гитару и череп.

Самое трудное было получить согласие матери; но переезд в Париж казался шагом как нельзя более благоразумным. Даже сам патрон советовал ему поработать в другой конторе, где он мог бы развернуться пошире. Итак, Леон принял среднее решение, стал искать место младшего клерка в Руане, не нашел и, наконец, написал матери длинное и подробное письмо, в котором изложил все основания для немедленного переезда в Париж. Мать согласилась.

Леон не торопился. Целый месяц Ивер каждый день возил ему из Ионвиля в Руан и из Руана в Ионвиль сундуки, баулы, чемоданы; и, починив весь гардероб, переменив обивку на своих трех креслах, закупив целый запас фуляра — словом, подготовившись так, как будто бы дело шло по крайней мере о кругосветном путешествии, Леон стал откладывать отъезд с недели на неделю, пока, наконец, не получил от матери второе письмо, в котором она торопила его: ведь он хотел сдать экзамены до каникул.

Когда наступил момент прощальных объятий, г-жа Омэ заплакала; Жюстен разрыдался; Омэ, как сильный человек, скрыл свое волнение; он только захотел сам донести пальто своего друга до калитки нотариуса, который отвозил Леона в Руан в своей коляске. Леону оставалось как раз столько времени, чтобы успеть попрощаться с г-ном Бовари.

Взбежав по лестнице, он остановился на месте — так он задыхался. Когда он вошел, г-жа Бовари быстро встала.

— Снова я! — сказал Леон.

— Я так и знала.

Она закусила губы, кровь бросилась ей в лицо — она вся порозовела от корней волос до самого воротничка. Так стояла она, прислонившись плечом к стене.

— Господина Бовари нет дома? — заговорил Леон.

— Нет.

И повторила:

— Нет.

Тогда наступило молчание. Оба глядели друг на друга; и мысли их сливались в единой тоске, тесно сближались, как две трепещущие груди.

— Мне хотелось бы поцеловать Берту, — сказал Леон.

Эмма спустилась на несколько ступенек и позвала Фелиситэ.

Леон быстрым взглядом окинул стены, этажерку, камин и все, что было вокруг, словно желая во все проникнуть, все унести с собой.

Но вернулась Эмма, а служанка привела Берту; та размахивала веревочкой, на которой висела крыльями вниз ветряная мельница.

Леон несколько раз поцеловал ее в шейку.

— Прощай, милое дитя! Прощай, дорогая малютка, прощай! — и отдал ее матери.

— Уведите ее, — сказала та.

Они остались одни.

Г-жа Бовари повернулась к Леону спиной и стояла, прижавшись лицом к оконному стеклу; Леон тихонько похлопывал фуражкой по ноге.

— Дождь будет, — сказала Эмма.

— У меня плащ, — ответил он.

— А!

Она обернулась, пригнув подбородок, наклонив голову; свет скользил по ее лбу, как по мрамору, до самой дуги бровей, и нельзя было знать, что разглядывала Эмма на горизонте, о чем она думала, что таилось в глубине ее души.

— Итак, прощайте! — вздохнул Леон.

Она резким движением подняла голову.

— Да, прощайте… Пора!

Оба двинулись друг к другу; он протянул руку, она заколебалась.

— Ну, по-английски, — сказала она, наконец, и, силясь улыбнуться, подала руку.

Леон ощутил ее в своих пальцах; ему казалось, что все токи его существа проникали в эту влажную кожу.

Потом он разжал руку; глаза их встретились еще раз, и он исчез.

Очутившись под рыночным навесом, он остановился и спрятался за столб, чтобы в последний раз поглядеть на белый домик с четырьмя зелеными жалюзи. Ему почудилась тень за окном; но тут занавеска словно сама собой отцепилась от розетки, медленно шевельнула своими длинными косыми складками, и вдруг все они сразу разгладились и выпрямились недвижнее каменной стены. Леон побежал.

Он издали увидел на дороге кабриолет своего патрона, а впереди человек в холщовом переднике держал под уздцы лошадь. Тут же болтали Омэ и г-н Гильомен. Его ждали.

— Обнимите меня, — со слезами на глазах проговорил аптекарь. — Вот ваше пальто, дорогой друг; остерегайтесь простуды! Следите за здоровьем! Берегите себя!

— Ну, Леон, садитесь! — сказал нотариус.

Омэ перегнулся через крыло и прерывающимся от слез голосом произнес печальные слова:

— Счастливого пути!

— До свидания, — отвечал г-н Гильомен. — Трогай!

Коляска покатила. Омэ пошел домой.

Г-жа Бовари открыла у себя окно в сад и глядела на тучи.

Скопляясь на западе, в стороне Руана, они быстро катились черными клубами и, словно стрелы висевшего в облаках трофея, падали из-за них на землю широкие лучи солнца; остальная часть неба была покрыта фарфоровой белизной. Но вдруг тополя согнулись под порывом ветра — и полил, застучал по зеленым листьям дождь. Потом снова выглянуло солнце, закудахтали куры, захлопали крылышками в мокрых кустах воробьи, побежали по песку ручьи и понеслись по ним розовые цветочки акаций.

«Ах, он теперь уже далеко!» — подумала Эмма.

В половине седьмого, во время обеда, как всегда, пришел г-н Омэ.

— Ну, — сказал он, садясь, — значит, проводили мы нашего юношу?

— Видимо, да! — отвечал врач.

И, повернувшись на стуле, спросил:

— А у вас что нового?

— Ничего особенного. Только жена была немного взволнована. Вы сами знаете женщин: их тревожит всякий пустяк! А мою жену особенно. Да против этого и нельзя восставать — ведь у них нервная организация гораздо податливее нашей.

— Бедный Леон! — говорил Шарль. — Каково-то ему будет в Париже?.. Приживется ли он там?

Г-жа Бовари вздохнула.

— Да бросьте вы! — сказал аптекарь и прищелкнул языком. — Пирушки у рестораторов! Маскарады! Шампанское! Уверяю вас, все будет прекрасно.

— Я не думаю, что он станет кутить, — возразил Бовари.

— Я тоже! — живо подхватил г-н Омэ. — Но ведь ему надо будет приноравливаться к товарищам, не то он рискует прослыть ханжой. А вы еще не знаете, какую жизнь ведут эти повесы в Латинском квартале, с актрисами! Впрочем, студенты пользуются в Париже отличным положением. Всякого из них, кто обладает хоть какими-нибудь приятными талантами, принимают в лучшем обществе; в них даже влюбляются некоторые дамы из Сен-Жерменского предместья, что впоследствии дает им возможность жениться весьма выгодно.

— Но я боюсь, — сказал врач, — что там…

— Вы совершенно правы, — перебил его аптекарь, — это оборотная сторона медали! Там надо постоянно беречь карманы. Вот вы, предположим, гуляете в общественном саду; появляется какой-то господин, он хорошо одет, даже при ордене — можно принять за дипломата; он подходит к вам, завязывает разговор, старается угодить — предложит понюшку табаку, поднимет вам шляпу. Потом вы сходитесь ближе; он ведет вас в кафе, приглашает в свое поместье, знакомит за вином со всякими людьми, и в семидесяти пяти случаях из ста все это только для того, чтобы стащить у вас кошелек или втянуть вас в какую-нибудь пагубную затею.

— Это так, — отвечал Шарль, — но я-то главным образом думал о болезнях, например о тифозной горячке. Ею часто заболевают студенты из провинции…

Эмма вздрогнула.

— От перемены режима, — подхватил фармацевт, — а также от получающегося в результате такой перемены потрясения во всем состоянии организма. А потом, знаете ли, парижская вода! Ресторанный стол! Все эти пряные кушанья в конце концов только горячат кровь, и что там ни говори, не стоят наваристого бульона. Я лично всегда предпочитал домашнюю кухню: это здоровее! Поэтому, когда я изучал в Руане фармацию, то жил на полном пансионе; я столовался с профессорами.

И он продолжал излагать свои общие взгляды и личные склонности, пока за ним не явился Жюстен и не сказал, что надо приготовить гоголь-моголь.

— Ни мгновенья покоя! — воскликнул Омэ. — Вечно прикован к месту! Ни на минуту не могу выйти! Я исхожу кровавым потом, как рабочая лошадь! О, ярмо нищеты!

С порога он обернулся:

— Между прочим, — сказал он, — вы знаете новость?

— Какую?

— Весьма возможно, — поднимая брови и принимая серьезнейшее выражение, ответил Омэ, — что в этом году местом Земледельческого съезда Нижней Сены будет Ионвиль л’Аббэй. По крайней мере такие циркулируют слухи. На это намекают и в сегодняшней газете. Для нашего округа это имело бы самое исключительное значение! Но об этом мы еще побеседуем. Благодарю вас, я отлично вижу: у Жюстена фонарь.

VII

Следующий день был для Эммы очень мрачным. Все кругом казалось ей покрытым какой-то черной дымкой, колыхавшейся на поверхности вещей; и, тихо воя, словно зимний ветер в заброшенном замке, все глубже уходило в ее душу горе. Ее терзали и мечты о том, что уже не вернется, и усталость, охватывающая человека после каждого завершенного поступка, и, наконец, та боль, которую причиняет перерыв всякого привычного волнения, внезапное прекращение длительного трепета.

Как и по возвращении из Вобьессара, когда в голове ее вихрем кружились кадрили, она впала в мрачную меланхолию, томилась безнадежностью. Леон представлялся ей выше, прекраснее, милее, загадочнее, чем когда бы то ни было; покинув ее, он с нею не расставался, он был здесь, — казалось, стены комнат сохранили его тень. Эмма не могла оторвать взгляд от ковра, по которому он ходил, от пустых стульев, на которых он сидел. Река все текла, медленно катила мелкие волны мимо отлогого берега. Сколько раз гуляли они здесь по замшелым камням, под такой же ропот волн! Как хорошо светило им солнце! Как хорошо было в тени, в глубине сада! Сидя без шляпы на скамье с сухими, трухлявыми подпорками, он читал вслух; свежий ветер с луга шевелил страницы книги и настурций у беседки… Ах, исчезло единственное очарование ее жизни, исчезла единственная надежда на возможное блаженство! Как могла она не ухватиться за это счастье, когда оно было так близко! Зачем не удержала она его обеими руками, зачем не встала перед ним на колени, когда он захотел бежать? И она проклинала себя за то, что не полюбила Леона, она жаждала его губ. Ей не терпелось побежать к нему, броситься в его объятия, сказать ему: «Это я, я твоя!» Но она заранее страшилась препятствий, и желания ее, осложняясь досадой на себя, становились от этого только еще острее.

И вот воспоминание о Леоне сделалось как бы средоточием ее тоски; оно искрилось в душе ярче, чем костер, оставленный путешественниками на снегу в русской степи. Эмма кидалась к нему, вся съежившись, осторожно ворошила этот готовый погаснуть очаг, она всюду искала теперь, чем бы оживить его пламя; самые отдаленные воспоминания и самые близкие случаи, все, что она переживала, и все, что она воображала, свои мечты о сладострастии, которые разметал ветер, свои планы счастья, которые трещали в пламени, как сухой хворост, свою бесплодную добродетель, свои несбывшиеся надежды, свои домашние мелочи — все собирала она, все подхватывала, всем пользовалась, чтобы разжечь свою горесть.

Но то ли уж нечего было больше бросать в костер, то ли брошено было слишком много, но огонь утих. Любовь мало-помалу угасла в разлуке, сожаление потушила привычка, и зарево пожара, которое обагряло бледное небо Эммы, покрылось тенью и постепенно стерлось. В дремоте, окутавшей ее сознание, она даже приняла отвращение к мужу за тягу к возлюбленному, ожоги ненависти — за тепло нежности; но ураган все дул, и страсть перегорала в пепел, ниоткуда не приходила помощь, ниоткуда не пробивалось солнце, — со всех сторон ее охватил беспросветный мрак, и она гибла в этом ужасном, пронизывающем холоде.

И тогда вновь, как в Тосте, наступили тяжелые дни. Теперь Эмма считала себя еще несчастнее, ибо у нее уже был опыт горя и уверенность, что ему не будет конца.

Женщина, возложившая на себя такие жертвы, имеет право позволить себе кое-какие прихоти. Эмма купила готическую скамеечку для молитвы и в один месяц извела четырнадцать франков на лимоны для полировки ногтей; она выписала себе из Руана голубое кашемировое платье; она выбрала у Лере самый красивый шарф; она повязывала им талию поверх капота и, закрыв ставни, лежала в этом наряде на диване, с книжкой в руках.

Она стала часто менять прическу: то убирала голову по-китайски, то мягкими локонами, то заплетала косы; потом сделала себе сбоку пробор и подвернула волосы по-мужски.

Ей захотелось выучиться итальянскому языку; она накупила словарей, приобрела грамматику, запас чистой бумаги. Попыталась читать серьезные книги по истории и философии. Шарль иногда просыпался ночью и вскакивал, — ему казалось, что зовут к больному.

— Иду, — бормотал он.

А это Эмма чиркала спичкой, зажигая лампу. Но если вышиванье свелось к тому, что целый шкаф был завален еле начатыми работами, то и с чтением кончилось тем же: Эмма брала книгу, бросала и переходила к другой.

С ней бывали настоящие припадки, когда ее легко можно было толкнуть на любую экстравагантность. Однажды она заспорила с мужем, что выпьет полстакана водки, и так как Шарль имел глупость поддразнивать ее, то она и проглотила все до дна.

Но, несмотря на свои легкомысленные повадки (именно так выражались ионвильские дамы), Эмма все же не казалась веселой, и углы ее рта были постоянно опущены, как у старой девы или у разочарованного честолюбца. Она всегда была бледна, бела как снег; кожа на носу стянулась к ноздрям, глаза смотрели на людей как-то смутно. Найдя у себя на висках три седых волоска, она стала говорить о старости.

У нее часто бывали приступы удушья. Однажды даже случилось кровохарканье, и когда Шарль засуетился и не мог скрыть беспокойства, она сказала ему:

— Ах, не все ли равно?

Шарль забился в кабинет; там, сидя в своем рабочем кресле под френологической головой, опершись локтями на стол, он расплакался.

Тогда он выписал мать и подолгу советовался с ней насчет Эммы. Как быть? Что делать, если она отказывается от всякого лечения?

— Знаешь, что было бы нужно твоей жене? — повторяла г-жа Бовари-мать. — Заняться делом, ручным трудом. Если бы ей, как другим, приходилось зарабатывать хлеб, у нее не было бы таких причуд. Все это оттого, что она забивает себе голову пустыми бреднями, и от безделья.

— Но ведь она занимается, — говорил Шарль.

— Ах, занимается! А чем? Романами и мерзкими книгами, сочинениями против религии, где, по Вольтеру, издеваются над священниками. Но это все еще только цветочки, бедный мой мальчик! Кто не верит в бога, тот хорошо не кончит.

И вот было решено не давать больше Эмме читать романы. Такая попытка казалась далеко не легкой. Но старушка все же бралась за нее: она хотела проездом через Руан самолично зайти к хозяину читальни и сказать ему, что Эмма отказывается от абонемента. А если библиотекарь, отравитель умов, все-таки будет упорствовать, то разве нельзя обратиться прямо в полицию?

Свекровь и невестка попрощались сухо. Если не считать обычных приветствий да вопросов при встречах за столом и перед сном, то за те три недели, что они прожили вместе, между ними не было сказано и двух слов.

Г-жа Бовари-мать уехала в среду, то есть в ионвильский базарный день.

С самого утра площадь была запружена крестьянскими одноколками, стоящими в ряд; опрокинутые на задок, оглоблями вверх, они выстроились вдоль домов от церкви до самого постоялого двора. По другую сторону стояли парусиновые палатки, где торговали бумажными материями, одеялами, шерстяными чулками, недоуздками, синими лентами в пучках, разлетавшимися концами по ветру. Между пирамидами яиц и корзинами сыров, откуда торчала липкая солома, на земле свален был скобяной товар; рядом с сельскохозяйственными машинами кудахтали куры, высовывая головы из плоских клеток. Толпа народа теснилась к одному месту, ни за что не сходила с него, то и дело грозила продавить витрину аптеки. По средам возле нее всегда была давка: люди проталкивались туда не столько за лекарствами, сколько за медицинскими советами, — так велика была в окрестных селах слава господина Омэ. Его полнокровный апломб ослеплял деревенских жителей. Для них он был самым лучшим врачом из всех врачей.

Эмма сидела облокотившись у окна (она часто делала это: в провинции окно заменяет театр и прогулки) и от скуки глядела на толпу мужичья, как вдруг заметила господина в зеленом бархатном сюртуке. Он был в желтых перчатках, хотя на ногах носил грубые краги; и направлялся он к докторскому дому, а следом за ним, задумчиво понурив голову, шел какой-то крестьянин.

— Барин дома? — спросил господин у Жюстена, который болтал на пороге с Фелиситэ.

Он принял мальчика за слугу доктора.

— Доложите: господин Родольф Буланже де Ла-Юшетт.

Если посетитель прибавил к своей фамилии название поместья, то сделал он это не из тщеславия, а для того, чтобы дать о себе должное понятие. В самом деле, Ла-Юшетт — это было именье близ Ионвиля, в котором он купил барский дом и две фермы; управлял он ими сам, но в средствах не слишком стеснялся. Он жил холостяком; считалось, что у него *по меньшей мере пятнадцать тысяч ренты!*

Шарль вышел в залу. Г-н Буланже указал ему на своего конюха: парень хотел, чтобы ему пустили кровь, так как у него *по всему телу мурашки бегают.*

— Мне станет легче, — отвечал он на все резоны.

Итак, Бовари велел принести бинт и попросил Жюстена подержать таз. Затем он сказал уже побледневшему крестьянину:

— Ну, не бойся, молодец.

— Нет, нет, — отвечал тот, — валяйте!

И, храбрясь, протянул свою здоровенную руку. Струя крови забила из-под ланцета, разбрызгиваясь о стекло.

— Ближе таз! — крикнул Шарль.

— Глянь-ка, — говорил парень, — так и хлещет! Какая красная кровь! Ведь это добрый знак?

— Некоторые, — заговорил лекарь, — сначала ничего не чувствуют, а потом вдруг падают в обморок. Особенно часто это бывает с крепкими и здоровыми людьми, как вот этот.

Тут малый уронил футляр от ланцета, который вертел в руке, плечи его так передернулись, что крякнула спинка стула. Шапка упала на пол.

— Так я и знал, — сказал Бовари, прижимая вену пальцем.

Таз задрожал в руках Жюстена, колени его подкосились, он побледнел.

— Жена, жена! — стал звать Шарль.

Эмма бегом спустилась по лестнице.

— Уксусу! — кричал муж. — Ах, боже мой, оба сразу!

Он был так взволнован, что еле мог наложить повязку.

— Пустяки! — совершенно спокойно сказал г-н Буланже, подхватив Жюстена.

Он усадил его на стол и прислонил спиной к стене.

Г-жа Бовари принялась снимать с Жюстена галстук. Шнурки рубашки были завязаны на шее узлом, и тонкие пальцы Эммы несколько секунд распутывали его; потом она смочила свой батистовый платок уксусом и стала осторожными прикосновениями тереть мальчику виски, легонько дуя на них.

Конюх пришел в себя; но у Жюстена обморок все длился, и зрачки его утопали в мутных белках, как голубые цветы в молоке.

— Надо бы, — сказал Шарль, — спрятать это от него.

Г-жа Бовари взяла таз. Когда она наклонилась, чтобы поставить его под стол, платье ее (желтое летнее платье с четырьмя воланами, длинным лифом и широкой юбкой) округлилось колоколом на паркете; нагнувшись, расставив руки, она немного покачивалась, и пышные складки материи колебались вправо и влево вслед за движениями стана. Потом Эмма взяла графин воды и бросила туда несколько кусков сахару. Но тут явился аптекарь: в суматохе служанка успела сбегать за ним. Увидев, что глаза ученика открыты, он перевел дух. И стал вертеться вокруг Жюстена, оглядывая его с ног до головы.

— Дурак! — говорил он. — В самом деле дурак! Круглый дурак! Великое ли в конце концов дело — флеботомия! А еще такой бесстрашный малый! Ведь это настоящая белка, ведь за орехами он не боится лазать на головокружительную высоту. Ну, говори же, похвались! Вот они, твои прекрасные планы, — ты ведь хочешь позже заняться фармацией! А между тем тебя могут в тяжелейших обстоятельствах вызвать в трибунал, чтобы ты просветил сознание судей: и тогда тебе надо будет сохранять хладнокровие, рассуждать, вести себя, как подобает мужчине, а не то прослывешь болваном!

Жюстен не отвечал ни слова.

— Кто тебя сюда звал? — продолжал аптекарь. — Ты вечно надоедаешь господам Бовари! К тому же по средам твое присутствие мне особенно необходимо. Сейчас у нас в доме не меньше двадцати человек чужих. Из сочувствия к тебе я все бросил. Ну, иди! Беги! Жди меня и поглядывай за склянками.

Когда Жюстен привел в порядок свой туалет и ушел, оставшиеся заговорили об обмороках. У г-жи Бовари их никогда не бывало.

— Для дамы это необычайно! — сказал г-н Буланже. — Встречаются, знаете ли, чрезвычайно слабые люди. Однажды на дуэли мне пришлось видеть секунданта, который потерял сознание, как только стали заряжать пистолеты.

— А меня, — сказал аптекарь, — вид чужой крови нисколько не волнует; но стоит мне только вообразить, что кровь течет у меня самого, да подольше задержаться на этой мысли, я могу упасть без чувств.

Между тем г-н Буланже отпустил своего работника и велел ему успокоиться, раз уж теперь прошла его блажь.

— Эта блажь доставила мне удовольствие познакомиться с вами, — добавил он.

И при этом взглянул на Эмму.

Затем он положил на угол стола три франка, небрежно поклонился и вышел.

Скоро он уже был за рекой (там шла дорога в Ла-Юшетт), и Эмма видела, как он шагал по лугу под тополями, время от времени замедляя шаг и словно задумываясь.

— Очень мила! — говорил он сам с собой. — Очень мила эта докторша! Прелестные зубы, черные глаза, кокетливая ножка, и манеры, как у парижанки. Откуда, черт возьми, она взялась? Где ее откопал этот пентюх?

Г-ну Родольфу Буланже было тридцать четыре года; человек грубого, животного темперамента и сметливого ума, он имел много любовных приключений и отлично разбирался в женщинах. Г-жа Бовари показалась ему хорошенькой, — и вот он думал о ней и о ее муже.

«По-моему, он очень глуп… И, конечно, надоел ей. Ногти у него грязные, три дня сряду не брит. Пока он разъезжает по больным, она сидит и штопает ему носки. И нам скучно! Нам хотелось бы жить в городе, танцевать по вечерам польку! Бедная девочка! Она задыхается без любви, как рыба на кухонном столе — без воды. Два-три комплимента, — и будьте уверены, она вас станет обожать! А как будет нежна! Прелесть!.. Да, но как потом от нее отделаться?»

Видя в перспективе множество наслаждений, он по контрасту вспомнил свою любовницу. То была руанская актриса, она находилась у него на содержании. Остановившись мыслью на образе этой женщины и чувствуя пресыщение ею даже при воспоминании, он подумал:

«Нет, госпожа Бовари гораздо красивее и, главное, свежее. Виржини положительно начинает толстеть. Как она противна со своими восторгами! И потом, что у нее за страсть к креветкам?»

Кругом лежали пустынные луга, и Родольф слышал только мерное шуршанье своих башмаков по траве да стрекот сверчков в овсе; он вновь видел перед собой Эмму в зале, в том самом платье, и мысленно раздевал ее.

— О, она будет моей! — воскликнул он, разбивая палкой засохший комок земли.

И тут же стал обдумывать дипломатическую сторону предприятия.

«Где с ней встречаться? Каким образом? — раздумывал он. — Вечно за спиной будет торчать ребенок, а тут еще служанка, соседи, муж, — ужасно много возни».

— Ах, — произнес он вслух, — сколько это потребует времени!

Но тут снова началось:

«Глаза ее вонзаются тебе в самое сердце, как два буравчика. А какая бледность!.. Обожаю бледных женщин!»

На вершине Аргейльского холма он окончательно принял решение.

«Надо только найти случай. Что ж, буду заходить, пришлю им дичи, птицы; если понадобится, пущу себе кровь; мы подружимся, приглашу их к себе...»

— Ах, черт побери! — воскликнул он. — Ведь скоро съезд. Она там будет, я ее увижу. Вот и начнем, да посмелее — это самое верное.

VIII

Он наступил, наконец, этот долгожданный Земледельческий съезд! В день торжества все обыватели с самого утра болтали у своих домов о приготовлениях. Фронтон мэрии был увит гирляндами плюща; на лугу поставили парусиновый навес для торжественного обеда, а посредине площади, перед церковью, — нечто вроде бомбарды для салютов при въезде господина префекта и при оглашении имен земледельцев-лауреатов. К пожарной дружине, где капитаном состоял Бине, присоединился отряд национальной гвардии из Бюши (в Ионвиле ее не было). В этот день у сборщика налогов воротник торчал еще выше обычного. Он был так затянут в военный мундир, корпус его был так напряженно неподвижен, что казалось, будто вся его жизненная энергия перешла в ноги, которые, не сгибаясь, ритмично печатали шаг. Так как между Бине и полковником шло постоянное соперничество, то оба, желая блеснуть своими талантами, по отдельности заставляли маршировать свои команды. Красные погоны и черные нагрудники сменяли друг друга на площади. Это тянулось бесконечно! Никогда не видал Ионвиль подобного парада! Многие обыватели еще накануне вымыли стены своих домов; из приоткрытых окон свисали трехцветные флаги; все кабаки были переполнены; стояла прекрасная погода, и накрахмаленные чепцы казались белее снега, золотые крестики сверкали на солнце, цветные косынки подчеркивали разбросанной своей пестротой однообразный темный фон сюртуков и синих блуз. Вылезая из повозок, окрестные фермерши спешили оправить платье, отколоть длинные булавки, стягивавшие вокруг бедер подобранные от грязи юбки; мужья их, наоборот, берегли шляпы и для того дорогой накрывали их носовым платком, который придерживали зубами за уголок.

На главную улицу с обоих концов городка стекался народ. Он выливался из переулков, с тропинок, из домов; время от времени слышен был стук дверного молотка: это выходила поглядеть на празднество какая-нибудь горожанка в нитяных перчатках.

Наибольший интерес возбуждали две покрытые плошками треугольные рамы, которые стояли по бокам эстрады, приготовленной для властей; кроме того, напротив четырех колонн мэрии поднимались четыре шеста с зеленоватыми полотняными флажками, на которых красовались золотые надписи. На одном зрители читали: «Торговля», на другом — «Земледелие», на третьем — «Промышленность», на четвертом — «Изящные искусства».

Но ликование, игравшее на всех лицах, по-видимому, крайне огорчало трактирщицу, г-жу Лефрансуа. Стоя на кухонном крылечке, она бормотала себе под нос:

— Какая нелепость! Какая нелепость этот их парусиновый барак! Неужели они думают, что префекту будет приятно обедать в балагане, словно паяцу? И это безобразие у них называется — думать о благе страны! Тогда незачем было вызывать поваришку из Нефшателя! Для кого, спрашивается? Для свинопасов, для голытьбы!..

Мимо проходил аптекарь. На нем был черный фрак, нанковые панталоны, башмаки с касторовым верхом и — ради такого торжественного случая — шапокляк.

— Ваш покорнейший слуга! — сказал он. — Простите, я тороплюсь.

Вдова спросила его, куда он идет.

— Вам это, конечно, кажется странным? Ведь я постоянно сижу в своей лаборатории, словно крыса в сыре.

— В каком сыре? — спросила трактирщица.

— Ни в каком, ни в каком! — отвечал Омэ. — Я, госпожа Лефрансуа, просто хотел дать вам понять, что обычно безвыходно сижу дома. Однако сегодня, принимая во внимание обстоятельства, мне необходимо…

— Ах, вы идете туда? — презрительно сказала вдова.

— Да, иду, — удивленно отозвался аптекарь. — Разве вам неизвестно, что я член совещательной комиссии?

Тетушка Лефрансуа поглядела на него и, наконец, с улыбкой ответила:

— Ну, это другое дело! Но что вам до земледелия? Разве вы в нем что-нибудь понимаете?

— Разумеется, понимаю. Ведь я фармацевт, следовательно — химик! А так как химия, госпожа Лефрансуа, имеет своим предметом познание взаимного и молекулярного действия всех природных тел, то ясно, что ее областью охватывается все сельское хозяйство! Ибо, в самом деле, что же такое состав удобрений, ферментация жидкостей, анализ газов и влияние миазмов, — что все это такое, спрашиваю я вас, как не чистейшая химия?

Трактирщица молчала.

— Не думаете ли вы, — продолжал Омэ, — что быть агрономом может только тот, кто сам пашет землю или откармливает живность? Тут гораздо важнее знать составы соответствующих веществ, геологические наслоения, атмосферические явления, свойства почв, минералов и вод, консистенцию и капиллярность различных тел! Да мало ли! Чтобы управлять хозяйством, надо основательно овладеть всеми принципами гигиены, уметь критически обсуждать конструкцию строений, режим животных, питание работников! Кроме того, госпожа Лефрансуа, нужно знать ботанику; уметь, понимаете ли вы, различать растения, видеть, какие из них целебны и какие вредоносны, какие бесполезны и какие питательны, не следует ли убирать их отсюда и перемещать в другое место, распространять одни и истреблять другие; словом, чтобы указывать на возможные улучшения, необходимо быть в курсе науки, читать все брошюры и периодические издания, всегда быть на уровне последних успехов…

Трактирщица не отводила взгляда от дверей кафе «Франция», а аптекарь продолжал:

— Дай бог, чтобы наши сельские хозяева стали химиками или по крайней мере больше прислушивались к советам науки! Так, например, я недавно закончил одну довольно солидную работу — сочинение на семидесяти двух страницах с лишком, озаглавленное «О сидре, его производстве и действии, с некоторыми новыми рассуждениями по этому предмету», — и отослал ее в Руанское агрономическое общество, за что и имел честь быть принятым в его члены по секции земледелия, разряд помологии; так вот, если бы мой труд был предан гласности...

Но тут волнение г-жи Лефрансуа достигло таких размеров, что фармацевт остановился.

— Да поглядите же! — сказала она. — Ничего не понимаю! Ведь этакая харчевня!

И, пожимая плечами так, что петли вязаной кофты растянулись у нее на груди, она обеими руками показала на трактир своего соперника, откуда доносились звуки песен.

— Впрочем, это ненадолго, — добавила она. — Не пройдет и недели, как все кончится.

Омэ попятился от изумления. Она сошла с крыльца и зашептала ему на ухо:

— Как, вы еще не знаете? Его на днях опишут. Это все Лере: он просто загонял Телье векселями.

— Какая ужасная катастрофа! — воскликнул аптекарь, у которого всегда были в запасе подходящие выражения на все мыслимые случаи.

Тут хозяйка принялась рассказывать ему всю историю: она знала ее от слуги г-на Гильомена, Теодора, и, несмотря на свою ненависть к Телье, строго осуждала Лере. Такой пролаза, такой надувала!

— Ах, смотрите, — сказала она вдруг, — вот он, стоит под навесом, кланяется госпоже Бовари — на ней зеленая шляпка. А под руку с ней господин Буланже.

— Госпожа Бовари! — воскликнул Омэ. — Спешу предложить ей свои услуги. Быть может, ей будет угодно получить место в ограде, у колонн.

И, не слушая тетушку Лефрансуа, которая звала его обратно, чтобы рассказать все подробности, аптекарь быстрым шагом двинулся вперед с улыбкой на устах, с самым значительным видом, рассыпая направо и налево поклоны и приветствия и занимая очень много места развевающимися позади длинными фалдами черного фрака.

Родольф завидел его издали и прибавил шагу; но г-жа Бовари скоро запыхалась; тогда он пошел медленнее и с грубой прямотой сказал ей, улыбаясь:

— Я хотел сбежать от этого толстяка, — знаете, от аптекаря.

Она подтолкнула его локтем.

«Что бы это значило?» — подумал он и стал на ходу искоса глядеть на нее.

По ее спокойному профилю ни о чем нельзя было догадаться. Он четко вырисовывался на свету, в овале шляпки с палевыми завязками, похожими на листья камыша. Глаза ее глядели из-под длинных загнутых ресниц прямо вперед и, хотя были широко открыты, казались сощуренными — так приливала к тонкой коже щек тихо пульсирующая кровь. Перегородка носа просвечивала розовым. Голова слегка склонялась к плечу, и между губами виднелся перламутровый край белых зубов.

«Уж не смеется ли она надо мной?» — думал Родольф.

Но жест Эммы был просто предупреждением: следом за ними шел г-н Лере. Время от времени он заговаривал, словно пытаясь завязать беседу:

— Какая прекрасная погода! Весь город вышел на улицу! Ни ветерка!

Г-жа Бовари и Родольф не отвечали ему ни слова, а он при малейшем их движении подступал ближе и, поднося руку к шляпе, спрашивал: «Что угодно?»

Добравшись до кузницы, Родольф, вместо того чтобы идти дальше по дороге до заставы, вдруг свернул на тропинку, увлекая за собой г-жу Бовари.

— Всего хорошего, господин Лере! — крикнул он. — До приятного свидания!

— Как вы от него отделались! — со смехом сказала Эмма.

— А зачем позволять, чтобы нам мешали? — возразил он. — Раз уж сегодня я имею счастье быть с вами…

Эмма покраснела. Он не докончил фразы и заговорил о том, как хороша погода, как приятно ходить по траве. Кругом росли маргаритки.

— Какие прелестные цветы! — сказал Родольф. — Тут хватило бы на гаданье всем влюбленным, какие есть в округе.

И прибавил:

— Не нарвать ли их? Как вы думаете?

— А вы разве влюблены? — спросила Эмма покашливая.

— Э, кто знает? — ответил Родольф.

Луг начинал заполняться народом, хозяйки задевали встречных своими большими зонтами, своими корзинами и ребятишками. Часто приходилось сходить с дороги и пропускать длинную шеренгу деревенских работниц в синих чулках и плоских башмаках, с серебряными перстнями на пальцах; от работниц пахло молоком. Держась за руки, они двигались вдоль всего луга, от шпалеры осин до навеса, где должен был происходить банкет. Но уже приближался момент осмотра экспонатов, и земледельцы чередой входили в круг вроде ипподрома, опоясанный длинной веревкой на кольях.

Там, повернувшись мордами к барьеру и вытягиваясь ломаным рядом неровных крупов, стоял скот. Дремали, уткнувшись рылом в землю, свиньи, мычали телята, блеяли овцы; коровы, подогнув ноги, лежали животом на траве и, опустив тяжелые веки, медленно пережевывали жвачку; а над ними жужжал рой мух. Конюхи, засучив рукава, держали под уздцы коней, — те становились на дыбы и громко ржали, завидев кобыл. Матки стояли спокойно, вытянув шею с повисшей гривой, а жеребята лежали в их тени или подходили к ним пососать. И над длинной волнистой линией всех этих сгрудившихся тел кое-где развевалась по ветру какая-нибудь белая грива, возвышались острые рога, мелькали головы бегущих людей. В стороне, шагах в ста от огороженного места, стоял огромный черный бык в наморднике, с железным кольцом в ноздрях; он был неподвижен, словно бронзовый. Мальчик в лохмотьях держал его на веревке.

А тем временем между двумя рядами животных проходила тяжелым шагом группа господ. Они осматривали каждый экспонат и потом тихо совещались. Один из них, по виду самый важный, делал на ходу какие-то заметки в книжке. То был председатель жюри, г-н Дерозерэ из Панвиля. Узнав Родольфа, он тотчас подошел к нему и с любезной улыбкой сказал:

— Как, господин Буланже, вы нас покинули?

Родольф ответил, что сейчас придет. Но как только председатель скрылся, он заметил Эмме:

— Честное слово, я останусь с вами: ваше общество гораздо приятнее.

И, продолжая смеяться над съездом, он показал жандарму свой синий пригласительный билет, чтобы свободнее передвигаться. Время от времени он останавливался перед каким-нибудь выдающимся *экземпляром,* но г-жа Бовари не хотела глядеть. Заметив это, он принялся вышучивать наряды ионвильских дам; потом извинился за небрежность своего собственного туалета. В его костюме господствовала та смесь вульгарности и изысканности, которая, как думают банальные люди, обычно указывает на эксцентричность всего поведения, на беспорядочность чувств, на тираническую власть искусства и главное — на известное презрение к общественным условностям; все это одних соблазняет, других приводит в бешенство. Таким образом, в вырезе жилета из серого тика у Родольфа топорщилась на ветру батистовая сорочка с плиссированными манжетами, а панталоны в широкую полоску доходили до лодыжек, открывая лаковые ботинки с нанковым верхом. Лак был такой блестящий, что в нем отражалась трава. Заложив руку в карман пиджака и сбив набок свою соломенную шляпу, Родольф расшвыривал носками ботинок конский навоз.

— Впрочем, — прибавил он, — раз живешь в деревне…

— Все пропадает, — сказала Эмма.

— Вот именно! — поддержал Родольф. — Подумать только, что ни один из этих милейших людей даже не способен оценить покрой фрака!

И оба заговорили о провинциальной посредственности, о том, как она душит жизнь, губит иллюзии.

— И вот, — говорил Родольф, — я погружаюсь в печаль...

— Вы? — изумленно произнесла Эмма. — А я думала, что вы такой веселый!

— Да, с виду! Я просто умею на людях скрывать лицо под смеющейся маской; а между тем сколько раз я, глядя на кладбище при лунном свете, спрашивал себя, не лучше ли было бы соединиться с теми, кто спит в могилах...

— О! А ваши друзья? — спросила г-жа Бовари. — О них вы и не подумали.

— Мои друзья? Где они у меня? Кто обо мне беспокоится?

И с этими словами он слегка присвистнул.

Но тут им пришлось разойтись, чтобы дать дорогу огромному сооружению из стульев, которое нес позади какой-то человек. Он был так нагружен, что из-под его ноши виднелись только носки деревянных башмаков да пальцы расставленных рук. Это могильщик Лестибудуа тащил в толпу церковные стулья. Обладая огромной изобретательностью во всем, что касалось выгоды, он нашел способ извлечь доход и из съезда; идея его увенчалась полным успехом: он не знал, кому и отвечать, так его затормошили. В самом деле, всем было жарко, и сельские жители вырывали друг у друга эти стулья с пропахшими ладаном соломенными сиденьями; откидываясь на закапанные воском крепкие спинки, они испытывали некоторый священный трепет.

Г-жа Бовари снова оперлась на руку Родольфа, и он продолжал как бы про себя:

— Да, мне очень многого не хватает! Вечно один!.. Ах, если бы я имел в жизни цель, если бы я встретил настоящую привязанность, если бы мне удалось найти кого-нибудь... О, с какой радостью я расточил бы всю энергию, на какую только способен! Я бы все преодолел, все сломил!

— А мне все-таки кажется, — сказала Эмма, — что вас совсем не приходится жалеть.

— Да? Вы находите? — произнес Родольф.

— Ведь в конце концов... — снова заговорила она, — вы свободны...

Она поколебалась.

— Богаты...

— Не смейтесь надо мной, — был ответ.

Эмма клялась, что она не смеется, но тут вдруг грянула пушка, и тотчас все, толкаясь, вперемешку бросились к деревне.

То была ложная тревога. Господин префект все не приезжал, и члены жюри находились в большом смущении: они не знали, начинать заседание или еще подождать.

Наконец на краю площади показалось большое наемное ландо, запряженное двумя клячами; кучер в белой шапке нахлестывал их изо всей силы. Бине и вслед за ним полковник еле успели скомандовать: «В ружье!» Побежали к козлам. Заторопились. Некоторые даже забыли надеть воротники. Но начальственный выезд, казалось, догадался об этом переполохе, и пара кобыл, раскачиваясь в оглоблях, подбежала мелкой рысью к подъезду мэрии как раз в тот момент, когда отряд национальной гвардии и пожарная дружина, отбивая шаг под барабанный бой, уже развертывались фронтом...

— На месте! — крикнул Бине.

— Стой! — крикнул полковник. — Равнение налево!

Взяли на караул, бряцанье ружей прокатилось по всему строю, словно скачущий вниз по лестнице котелок, и приклады вновь ударились о землю.

Тогда с экипажа сошел господин в коротком фраке с серебряным шитьем, лысый, с пучком волос на затылке, мучнисто-бледный и чрезвычайно на вид благодушный. Присматриваясь к собравшимся, он щурил свои большие глаза под тяжелыми веками, а между тем вздернутый носик его поднимался кверху, и впалый рот складывался в улыбку. Он узнал мэра по шарфу и сообщил ему, что господин префект никак не мог приехать. Затем он представился: советник префектуры; наконец прибавил несколько извинений. Тюваш ответил надлежащими приветствиями, гость признался, что чувствует себя смущенным; так стояли они лицом к лицу, почти касаясь друг друга лбами, а кругом теснились члены жюри, муниципальный совет, именитые граждане, национальная гвардия и вся толпа. Прижимая к груди маленькую черную треуголку, господин советник возобновил свои любезности, а Тюваш, согнувшись в дугу, в свою очередь улыбался, не находил слов, запинался, уверял в своей преданности монархии, благодарил за честь, оказанную Ионвилю.

Трактирный конюх Ипполит взял лошадей под уздцы и, хромая на кривую ногу, отвел их под навес к «Золотому льву», где уже скопилось поглядеть на коляску немало крестьян. Забил барабан, грянула пушка, именитые гости гуськом взошли на эстраду, где и уселись в любезно предоставленные г-жой Тюваш кресла, крытые красным трипом.

Все эти люди походили друг на друга. Бледные, дряблые, слегка загорелые от солнца лица напоминали цветом сидр, густые бакенбарды выступали из высоких тугих воротничков, сдерживаемых тщательно завязанными широкими бантами белых галстуков. У всех жилеты были бархатные, шалевые; у всех при часах была лента с овальной сердоликовой печаткой; все, сидя, опирались обеими руками на колени и старательно раздвигали ноги, на которых недекатированное сукно панталон блестело ярче, чем кожа на ботфортах.

Позади, в подъезде у колонн, расположились дамы из общества, тогда как простолюдины сидели или толпились против эстрады. Лестибудуа успел перетащить сюда с луга весь запас стульев и, не довольствуясь этим, поминутно бегал в церковь за новыми; своей коммерческой деятельностью он производил такой беспорядок, что добраться до ступенек эстрады было нелегко.

— Я нахожу, — сказал г-н Лере, обращаясь к аптекарю, проходившему на предоставленное ему место, — что следовало бы поставить две венецианских мачты; если бы украсить их какими-нибудь строгими, но богатыми материями, то это было бы очень красивое зрелище.

— Конечно, — отвечал Омэ. — Но что прикажете! Ведь всем распоряжался мэр, а у этого бедняги Тюваша не слишком тонкий вкус; по-моему, он даже совершенно лишен того, что называется художественным чутьем.

Между тем Родольф поднялся с г-жой Бовари на второй этаж мэрии, в зал заседаний, и так как там было пусто, то он заявил, что отсюда будет очень хорошо и удобно смотреть. Он взял три табурета, стоявшие у овального стола, под бюстом монарха, поднес их к окошку, и они сели рядом.

На эстраде передвигались, подолгу шептались, переговаривались. Наконец господин советник встал. Теперь уже была известна и переходила из уст в уста его фамилия — Льевен. И вот, разобравшись в своих листках и пристально вглядываясь в них, он начал:

— «Милостивые государи!

Да будет мне позволено для начала (то есть прежде чем говорить с вами о предмете сегодняшнего нашего собрания, и я уверен, что все вы разделяете мои чувства), да будет мне позволено, говорю я, сначала воздать должное верховной власти, правительству, монарху, нашему государю, господа, возлюбленному королю, которому не чужда ни одна область общественного или частного блага и который рукой одновременно твердой и мудрой ведет ладью государства среди всех бесчисленных опасностей бурного моря, умея уделять должное внимание миру и войне, торговле и промышленности, земледелию и изящным искусствам».

— Мне бы следовало, — сказал Родольф, — немного отодвинуться назад.

— Зачем? — спросила Эмма.

Но в этот момент голос советника зазвучал необычайно громко.

— «Прошли те времена, милостивые государи, — декламировал он, — когда гражданские раздоры обагряли кровью площади наших городов, когда собственник, негоциант и даже рабочий, засыпая ввечеру мирным сном, трепетал при мысли, что проснется под звон набата смутьянов, когда разрушительнейшие мнения дерзко подрывали основы...»

— Меня могут заметить снизу, — отвечал Родольф, — и тогда надо будет целых две недели извиняться, а при моей скверной репутации...

— О, вы клевещете на себя, — перебила Эмма.

— Нет, нет, клянусь вам, у меня ужасная репутация.

— «Но, милостивые государи, — продолжал советник, — если, отвратившись памятью от этих мрачных картин, я кину взгляд на современное состояние прекрасной нашей родины, — что я увижу? Повсюду процветают торговля и ремесла; повсюду новые пути сообщения, пронизывая, подобно новым артериям, тело государства, устанавливают новые связи; возобновили свою деятельность наши крупные промышленные центры; утвердившаяся религия улыбается всем сердцам; порты наши полны кораблей, возрождается доверие, и наконец-то Франция дышит свободно!»

— Впрочем, — прибавил Родольф, — быть может, с точки зрения света, люди и правы.

— Как это? — произнесла Эмма.

— Ах, — сказал он, — разве вы не знаете, что есть души, постоянно подверженные мукам? Им необходимы то мечты, то действия, то самые чистые страсти, то самые яростные наслаждения, — и вот человек отдается всевозможным прихотям и безумствам.

Тогда Эмма взглянула на него, как на путешественника, побывавшего в экзотических странах, и заговорила:

— Мы, бедные женщины, лишены и этого развлечения!

— Жалкое развлечение! В нем не находишь счастья…

— А разве оно вообще бывает? — спросила Эмма.

— Да, однажды оно встречается, — был ответ.

— «И вы поняли это, — говорил советник, — вы, земледельцы и сельские рабочие; вы, мирные пионеры цивилизации; вы, поборники прогресса и нравственности! Вы поняли, говорю я, что политические бури поистине еще гибельнее, чем атмосферические волнения…»

— И однажды оно встречается, — повторил Родольф, — однажды, вдруг, когда все надежды на него потеряны. Тогда открывается горизонт, и словно слышишь голос: «Вот оно!» И чувствуешь потребность доверить этому человеку всю свою жизнь, все отдать, всем пожертвовать! Не надо никаких объяснений — всё и так понятно. Двое людей уже раньше видели друг друга в мечтах. (И он глядел на нее.) Вот оно, наконец, это сокровище, которое вы так долго искали! Вот оно — перед вами, оно блестит, оно сверкает! Но все-таки еще сомневаешься, еще не смеешь верить, еще стоишь ослепленный, словно выйдя из мрака на свет.

Произнеся эти слова, Родольф довершил их пантомимой. Он взялся за лоб, словно у него закружилась голова, потом уронил руку на пальцы Эммы. Она отняла их. А советник все читал:

— «И кто же, милостивые государи, мог бы этому удивляться? Только тот, кто до такой степени ослеплен, до такой степени погряз, — я не боюсь употребить это выражение, — до такой степени погряз в предрассудках прошлых веков, что все еще не знает духа земледельческого населения. Где, в самом деле, найдем мы больше патриотизма, больше преданности общественному делу — словом, больше разума, нежели в деревнях и селах. Я имею в виду, милостивые государи, не поверхностный разум, не суетное украшение праздных умов, но тот глубокий и умеренный разум, который прежде и превыше всего умеет преследовать цели полезные, содействуя тем самым выгоде каждого частного лица, а следовательно, и общему благосостоянию и прочности государства, которые являются плодом уважения к законам и строгого выполнения долга...»

— Ах, опять, опять! — заговорил Родольф, — вечно долг и долг... Меня просто замучила эта болтовня. Их целая куча — этих старых олухов в фланелевых жилетах и святош с грелками и четками, — они постоянно напевают нам в уши: «Долг! Долг!» Ах, клянусь небом! Настоящий долг — это чувствовать великое, обожать прекрасное, а вовсе не покоряться общественным условностям со всей их мерзостью.

— Но ведь... но... — возражала г-жа Бовари.

— Да нет же! К чему все эти тирады против страстей? Разве страсти — не единственная прекрасная вещь на земле, не источник героизма, энтузиазма, поэзии, музыки, искусства — всего?

— Но надо же, — сказала Эмма, — хоть немного считаться с мнением света, повиноваться его морали.

— В мире есть две морали, — ответил Родольф. — Есть мораль мелкая, условная, человеческая, — та, которая постоянно меняется, громко тявкает, пресмыкается в прахе, как вот это сборище дураков, что у вас перед глазами. Но есть и другая мораль — вечная; она разлита вокруг нас и над нами, как окружающий нас пейзаж, как освещающее нас голубое небо.

Г-н Льевен вытер губы носовым платком и заговорил вновь:

— «Как стал бы я, милостивые государи, доказывать вам пользу земледелия? Кто же удовлетворяет все наши потребности? Кто снабжает нас всем необходимым для существования? Разве не земледелец? Да, милостивые государи, земледелец! Это он, засевая трудолюбивою рукою плодородные борозды полей, выращивает зерно, которое, будучи размельчено и превращено в порошок остроумными механизмами, выходит из них под названием муки, а затем транспортируется в города и вскоре поступает к булочнику; этот же последний изготовляет из него пищу, подкрепляющую как бедняков, так и богачей. Не земледелец ли, далее, выкармливает в лугах многочисленные стада, дающие нам одежду? Ибо во что стали бы мы одеваться, ибо чем стали бы мы питаться, если бы не земледелец? Да надо ли нам, милостивые государи, далеко ходить за примерами? Кому из нас не приходилось неоднократно размышлять о великом значении того скромного существа, того украшения наших птичников, которое одновременно дает и пуховые подушки для нашего ложа, и сочное мясо для нашего стола, и яйца! Но если бы я стал перечислять по одному все те многоразличные продукты, которые, словно щедрая мать, оделяющая своих детей, расточает нам заботливо обработанная земля, то я бы никогда не кончил. Вот здесь виноград; в другом месте — яблоки, дающие сидр; там — рапс; далее — сыр. А лен? Не забудем, милостивые государи, лен! Ибо в последние годы потребление его значительно возрастает, и я еще призову к нему особенное ваше внимание».

Но призывать внимание не было необходимости: в толпе все и без того разинули рты, словно впивая в себя слова советника. Тюваш, стоя с ним рядом, слушал, вытаращив глаза; г-н Дерозерэ время от времени тихонько смежал веки; а дальше, держа между колен своего сына Наполеона, сидел аптекарь и, чтобы не пропустить ни слова, приставил к уху ладонь и ни на секунду не опускал ее. Прочие члены жюри медленно погружали подбородки в вырез жилета, тем самым выражая свое одобрение. Около эстрады отдыхали, опершись на штыки, пожарные; Бине стоял навытяжку и, отставив локоть, держал саблю на караул. Возможно, что он и слушал, но во всяком случае ничего не мог видеть, ибо козырек каски сполз ему на самый нос. У его лейтенанта, младшего сына Тюваша, каска была еще больше; непомерно огромная, она шаталась у него на голове, и из-под нее торчал кончик ситцевого платка. Молодой человек тихо, по-детски улыбался из-под козырька, и пот струился по его бледному личику, выражавшему наслаждение, усталость и сонливость.

Площадь и даже дома на ней были переполнены народом. Люди глядели из всех окон, стояли во всех дверях, а Жюстен так и застыл у аптечной витрины, увлекшись небывалым зрелищем. Несмотря на тишину, голос г-на Льевена терялся в воздухе. Долетали только обрывки фраз, то и дело прерываемые стуком и скрипом стульев в толпе; потом позади вдруг раздавалось долгое мычание быка или блеяние ягнят, перекликавшихся по углам улиц. В самом деле, пастухи подогнали скотину поближе, и животные время от времени мычали, не переставая слизывать языком приставшие к морде травинки.

Родольф придвинулся к Эмме и быстро зашептал:

— Неужели вас не возмущает этот всеобщий заговор? Есть ли хоть одно чувство, которое бы они не осуждали? Благороднейшие инстинкты, чистейшие симпатии они преследуют, марают клеветой. И если двум несчастным душам удастся, наконец, встретиться, все устроено так, чтобы они не могли слиться. Но они будут стремиться, будут напрягать свои крылья, будут звать друг друга. Напрасны все препятствия! Рано или поздно, через полгода или через десять лет, но любовь соединит их, ибо этого требует рок, ибо они созданы друг для друга.

Он сидел, сложив руки на коленях, и, подняв лицо к Эмме, смотрел на нее близко и пристально. Она разглядела в его глазах тоненькие золотые нити, лучившиеся вокруг черных зрачков, она даже слышала запах помады от его волос. И томность охватила ее, она вспомнила виконта, с которым танцевала вальс в Вобьессаре, — от его бороды струился тот же запах ванили и лимона; чтобы лучше обонять, она машинально прикрыла веками глаза. Но вот она выпрямилась на стуле и увидела вдали, на горизонте, старый дилижанс, — «Ласточка» медленно спускалась по откосу холма Ле, волоча за собою длинный султан пыли. В этой желтой карете так часто возвращался к ней Леон; по этой дороге он уехал навсегда! Ей почудилось его лицо в окне; потом все смешалось, прошли облака; ей казалось, что она все еще кружится в вальсе, при блеске люстр, в объятиях виконта, что Леон недалеко, что он сейчас придет… А между тем все время она чувствовала рядом голову Родольфа. Сладость этого ощущения насквозь пропитала собою ее давнишние желания, и, подобно песчинкам в порыве ветра, они вились смерчем в струях тонкого благоухания, обволакивавшего душу. Эмма несколько раз широко раздувала ноздри, вдыхая свежий запах плюща, увивавшего карнизы. Она сняла перчатки, вытерла руки, потом стала обмахивать лицо платком, и сквозь биение крови в висках ей слышался ропот толпы и голос советника, все еще гнусавившего свои фразы.

Он говорил:

— «Продолжайте! Будьте тверды! Не внимайте ни нашептываниям рутинеров, ни чрезмерно поспешным советам самонадеянных экспериментаторов! Более всего радейте об улучшении почвы, о надлежащих удобрениях, о разведении племенного скота: лошадей и коров, овец и свиней! Да будут для вас эти съезды как бы мирными аренами, где победитель, покидая состязание, протягивает руку побежденному и братается с ним, подавая ему надежду на будущий успех! А вы, почтенные работники, вы, скромные слуги, чьи тягостные труды еще не пользовались до сего времени вниманием ни одного правительства, — вы получите ныне награду за свои мирные добродетели, и знайте твердо, что отныне государство неослабно следит за вами, что оно подбадривает вас, что оно покровительствует вам, что оно удовлетворит ваши справедливые притязания и, поскольку будет в его силах, облегчит бремя ваших тягостных жертв!»

С этими словами г-н Льевен уселся на место; встал и заговорил г-н Дерозерэ. Речь его была, быть может, и не так цветиста, как речь советника, но зато отличалась более положительным характером стиля — более специальными познаниями и более существенными соображениями. Так, в ней гораздо меньше места занимали похвалы правительству: за их счет уделялось больше внимания земледелию и религии. Оратор указал на их взаимную связь и способы, которыми они совместно служили всегда делу цивилизации. Родольф говорил с г-жой Бовари о снах и предчувствиях, о магнетизме. Восходя мыслью к колыбели человечества, г-н Дерозерэ описывал те дикие времена, когда люди, скрываясь в лесных чащах, питались желудями. Потом они сбросили звериные шкуры, облачились в сукно, прорыли борозды, насадили виноградники. Являлось ли это истинным благом, не были ли эти открытия более чреваты несчастиями, нежели выгодами? Такую проблему ставил перед собою г-н Дерозерэ. От магнетизма Родольф понемногу добрался до сродства душ; и, пока господин председатель приводил в пример Цинцинната за плугом, Диоклетиана за посадкой капусты и китайских императоров, празднующих начало года священным посевом, молодой человек объяснял молодой женщине, что всякое неотразимое влечение коренится в событиях какой-то прошлой жизни.

— Вот и мы тоже, — говорил он. — Как узнали мы друг друга? Какая случайность привела к этому?.. Уж конечно, сами наши природные склонности влекли нас, побеждая пространство: так две реки встречаются, стекая каждая по своему склону.

Он схватил Эмму за руку; она ее не отняла.

— «За разведение различных полезных растений...» — кричал председатель.

— Например, в тот час, когда я пришел к вам впервые...

— «...господину Визе из Кенкампуа...»

— знал ли я, что буду сегодня вашим спутником?

— «...семьдесят франков!»

— Сто раз я хотел удалиться, а между тем я последовал за вами, я остался...

— «За удобрение навозом...»

— ...как останусь и сегодня, и завтра, и во все остальные дни, и на всю жизнь!

— «господину Карону из Аргейля — золотая медаль!»

— Ибо никогда, ни в чьем обществе не находил я такого полного очарования…

— «…Господину Бэну из Живри-Сен-Мартен!»

— …и потому я унесу с собою воспоминание о вас…

— «За барана-мериноса…»

— Но вы забудете меня, я пройду мимо вас словно тень…

— «Господину Бело из Нотр-Дам…»

— О нет, ведь как-то я останусь в ваших воспоминаниях, в вашей жизни!

— «За свиную породу приз делится ex aequo[1] между господами Леэриссэ и Кюллембуром. Шестьдесят франков!»

Родольф жал Эмме руку и чувствовал, что ладонь ее горит и трепещет, как пойманная, рвущаяся улететь горлица; но тут — пыталась ли она отнять руку, или хотела ответить на его полотне, — только она шевельнула пальцами.

— О, благодарю вас! — воскликнул он. — Вы не отталкиваете меня! Вы так добры! Вы понимаете, что я весь ваш! Позвольте же мне видеть, позвольте любоваться вами!

Ветер ворвался в окно, и сукно на столе стало топорщиться; а внизу, на площади, у всех крестьянок поднялись, словно белые крылья бабочек, оборки высоких чепцов.

---

[1] Поровну (лат.)

— «За применение жмыхов маслянистых семян...» — продолжал председатель.

Он торопился:

— «За фламандские удобрения... за разведение льна... за осушение почвы при долгосрочной аренде... за верную службу хозяину...»

Родольф молчал. Оба глядели друг на друга. От мощного желания дрожали пересохшие губы; томно, бессильно сплетались пальцы.

— «Катерине-Никезе-Элизабете Леру из Сассето ла Герьер за пятидесятичетырехлетнюю службу на одной и той же ферме — серебряная медаль ценою в двадцать пять франков!»

— Где же Катерина Леру? — повторил советник. Работница не выходила. В толпе перешептывались:

— Иди же!

— Не туда!

— Налево!

— Не бойся!

— Вот дура!

— Да где она, наконец? — закричал Тюваш.

— Вот!.. Вот она!

— Так пусть же подойдет!

Тогда на эстраду робко вышла крохотная старушка. Казалось, она вся съежилась в своей жалкой одежде. На ногах у нее болтались огромные деревянные башмаки, на бедрах висел длинный синий передник. Худое лицо, обрамленное простым чепцом без отделки, было морщинистее печеного яблока, а рукава красной кофты закрывали длинные руки с узловатыми суставами. Мякина и пыль молотьбы, едкая щелочь стирки, жир с овечьей шерсти покрыли эти руки такой корой, так истерли их, так огрубили, что они казались грязными, хотя старуха долго мыла их в чистой воде; натруженные вечной работой пальцы ее все время были слегка раздвинуты, как бы смиренно свидетельствуя обо всех пережитых муках. Выражение лица хранило нечто от монашеской суровости. Бесцветный взгляд не смягчался ни малейшим оттенком грусти или умиления. В постоянном общении с животными старушка переняла их немоту и спокойствие. Впервые в жизни пришлось ей попасть в такое многолюдное общество; и, напуганная в глубине души и флагами, и барабанами, и господами в черных фраках, и орденом советника, она стояла неподвижно, не зная, подойти ей или убежать, не понимая, зачем подталкивает ее толпа, улыбаются ей судьи. Так стояло перед цветущими буржуа живое полустолетие рабства.

— Подойдите, почтенная Катерина-Никеза-Элизабета Леру! — сказал г-н советник, взяв из рук председателя список награжденных.

И, поглядывая то на эту бумагу, то на старуху, он все повторял отеческим тоном:

— Подойдите, подойдите!

— Да вы глухая, что ли? — сказал Тюваш, подскакивая в своем кресле.

И принялся кричать ей в самое ухо:

— За пятидесятичетырехлетнюю службу! Серебряная медаль! Двадцать пять франков! Вам, вам!

Получив, наконец, свою медаль, старушка стала ее разглядывать. И тогда по лицу ее разлилась блаженная улыбка, и, сходя с эстрады, она прошамкала:

— Отдам ее нашему кюре, пусть служит мне мессы.

— Какой фанатизм! — воскликнул аптекарь, наклоняясь к нотариусу.

Заседание закрылось; толпа рассеялась; все речи были закончены, и каждый снова занял прежнее свое положение; все пошло по-старому: хозяева снова стали ругать работников, а те принялись бить животных — равнодушных триумфаторов, возвращавшихся с зелеными венками на рогах в свои хлевы.

Между тем национальные гвардейцы, насадив на штыки булки, поднялись во второй этаж мэрии; впереди шел батальонный барабанщик с корзиной вина. Г-жа Бовари взяла Родольфа под руку; он проводил ее домой, они расстались у двери; потом он пошел прогуляться перед банкетом по лугу.

Обед был шумный, плохой и длился долго; пирующие сидели так тесно, что еле могли двигать локтями, а узкие доски, служившие скамьями, чуть не ломались под их тяжестью. Все ели очень много. Каждый старался полностью вознаградить себя за свой взнос. Пот струился у всех по лбу; белесоватый пар, словно осенний утренний туман над рекой, витал над столом среди висячих кинкеток. Родольф прислонился спиной к коленкоровому полотнищу и так напряженно думал об Эмме, что ничего не слышал. Позади него слуги складывали на траве стопками грязные тарелки; соседи заговаривали с ним, — он им не отвечал; ему наливали стакан, но, как ни разрастался кругом него шум, в мыслях его царила тишина. Он вспоминал все, что она говорила, он видел форму ее губ; лицо ее, словно в магическом зеркале, пылало на бляхах киверов; стены палатки ниспадали складками ее платья, а на горизонтах будущего развертывалась бесконечная вереница любовных дней.

Он еще раз увидел ее вечером, во время фейерверка; но она была с мужем, г-жой Омэ и аптекарем, который, ужасно беспокоясь по поводу опасностей, сопряженных с ракетами, поминутно покидал общество и бегал со своими советами к Бине.

Пиротехнические приборы были присланы из города в адрес Тюваша и из вящей предосторожности ждали праздника у него в погребе; так что порох подмок и не загорался, а главный номер — дракон, кусающий себя за хвост, — совершенно не удался. Время от времени вспыхивала какая-нибудь жалкая римская свеча; тогда в глазеющей толпе поднимался громкий крик, и тут же взвизгивали женщины, которых кавалеры в темноте тискали за талию. Эмма тихонько прижалась к плечу Шарля и, подняв голову, молча следила за светящимся полетом ракет в черном небе. Родольф любовался ею при свете плошек.

Но плошки мало-помалу погасли. Зажглись звезды. Стал накрапывать дождь. Г-жа Бовари повязала непокрытую голову косынкой.

В этот момент от трактира отъехала коляска советника. Кучер был пьян и сразу заснул, и на козлах виднелась между двумя фонарями бесформенная масса его тела, которая раскачивалась вправо и влево вместе с подпрыгивающим на ремнях кузовом.

— Право, — сказал аптекарь, — давно следовало бы принять суровые меры против пьянства! Я предложил бы еженедельно вывешивать у дверей мэрии таблицу ad hoc[1] с перечнем тех, кто за отчетную неделю отравлял себя алкогольными напитками. Это было бы полезно и в статистическом отношении: тем самым создались бы общедоступные ведомости, которые при надобности можно было бы… Но простите!

И он снова побежал к капитану.

Тот торопился домой, ему не терпелось вновь увидеть свой токарный станок.

— Вы бы не плохо сделали, — сказал ему Омэ, — если бы послали кого-нибудь из ваших людей или даже сходили бы сами…

— Да оставьте вы меня в покое! — ответил сборщик налогов. — Говорят вам, никакой опасности нет.

— Успокойтесь, — сказал аптекарь, вернувшись к своим друзьям. — Господин Бине уверил меня, что все меры приняты. Ни одна искра не упадет на нас. Пожарные насосы полны воды. Идем спать.

— Честное слово, пора! — сказала давно уже зевавшая г-жа Омэ. — Но это ничего: по крайней мере прекрасный был день.

Родольф тихо, с нежным взглядом, повторил:

— О, да! Такой прекрасный!

Все раскланялись и пошли по домам.

---

[1] Специальную (лат.).

Два дня спустя в «Руанском фонаре» появилась большая статья о съезде. Ее написал на другой день после праздника полный вдохновения Омэ:

«Откуда все эти фестоны, цветы, гирлянды? Куда, подобно волнам бушующего моря, стекается эта толпа под потоками лучей знойного солнца, затопившего тропической жарой наши нивы?..»

Дальше говорилось о положении крестьян. Правительство, конечно, делает для них много, но еще недостаточно! «Смелее! — взывал к нему автор. — Необходимы тысячи реформ, осуществим же их!» Переходя затем к приезду советника, он не забыл ни о «воинственном виде нашей милиции», ни о «наших сельских резвушках», ни о подобных патриархам стариках с оголенным черепом; «они были тут же, и иные из них, обломки бессмертных наших фаланг, чувствовали, как еще бьются их сердца при мужественном громе барабана». Перечисляя состав жюри, он одним из первых назвал себя и даже в особом примечании напоминал, что это тот самый г-н фармацевт Омэ, который прислал в Агрономическое общество рассуждение о сидре. Дойдя до распределения наград, он описывал радость лауреатов в тоне дифирамба. «Отец обнимал сына, брат брата, супруг супругу. Каждый с гордостью показывал свою скромную медаль. Вернувшись домой к доброй своей хозяйке, он, конечно, со слезами повесит эту медаль на стене своей смиренной хижины...

Около шести часов все главнейшие участники празднества встретились на банкете, устроенном на пастбище у г-на Льежара. Царила ничем не нарушаемая сердечность. Было провозглашено много здравиц: г-н Льевен — за монарха! Г-н Тюваш — за префекта! Г-н Дерозерэ — за земледелие! Г-н Омэ — за двух близнецов: промышленность и искусство! Г-н Леплише — за мелиорацию! Вечером в воздушных пространствах вдруг засверкал блестящий фейерверк. То был настоящий калейдоскоп, настоящая оперная декорация, и на один момент наш скромный городок мог вообразить себя перенесенным в волшебную грезу из „Тысячи и одной ночи“...

Свидетельствуем, что это семейное торжество не было нарушено ни одним неприятным инцидентом».

И дальше автор добавлял:

«Замечено только полное отсутствие духовенства. В ризницах прогресс, разумеется, понимают совсем иначе. Дело ваше, господа Лойолы!»

IX

Прошло шесть недель, Родольф не показывался. Наконец однажды вечером он пришел.

На следующий день после съезда он решил:

«Не надо являться к ней слишком скоро: это было бы ошибкой».

И в конце недели уехал на охоту. После охоты он подумал, что уже поздно, а потом рассудил так:

«Ведь если она полюбила меня с первого дня, то теперь, от нетерпения видеть меня снова, непременно полюбит еще больше. Так будем же продолжать!»

И когда он вошел в залу и увидел, как побледнела Эмма, то понял, что расчет его был верен.

Она была одна. День клонился к вечеру. Муслиновые занавески на окнах затеняли сумеречный свет; от позолоты барометра, на который падал солнечный луч, отражались в зеркале, между ветвями полипа, красные огни заката.

Родольф не садился; Эмма еле отвечала на его первые учтивые фразы.

— У меня были дела, — сказал он. — Я болел.

— Опасно? — воскликнула она.

— Нет, — произнес Родольф, садясь рядом с ней на табурет. — Нет… я просто не хотел больше приходить к вам.

— Почему?

— Вы не догадываетесь?

Он еще раз взглянул на нее, и так пристально, что она покраснела и опустила голову.

— Эмма… — снова заговорил он.

— Милостивый государь! — произнесла она, немного отстраняясь.

— Ах… Вот вы и сами видите, — возразил он меланхолическим голосом, — я был прав, когда не хотел больше бывать здесь. Это имя переполняет мою душу, оно само срывается с моих уст, а вы запрещаете мне произносить его! Госпожа Бовари!.. Ах, так называют вас все! Но это имя не ваше! Это имя другого человека!.. Другого! — повторил он и закрыл лицо руками. — Да, я вечно думаю о вас!.. Воспоминание о вас приводит меня в отчаяние! О, простите!.. Я ухожу… Прощайте… Я еду далеко… так далеко, что вы больше обо мне не услышите!.. И все же… сегодня… сам не знаю, какая сила повлекла меня к вам! Нельзя бороться против неба, нельзя сопротивляться ангельской улыбке! Нельзя не поддаться тому, что прекрасно, возвышенно, обаятельно!

Впервые в жизни слышала Эмма такие слова: пыл этих речей тешил ее самолюбие, и она, казалось, нежилась в теплой ванне.

— Но если я не приходил, — продолжал Родольф, — если я не мог видеть вас, то… Ах, по крайней мере я любовался всем, что вас окружает. По ночам… каждую ночь я вставал, шел сюда, глядел на ваш дом, на блестевшую при лунном свете крышу, на колыхавшиеся под вашим окном деревья, на огонек вашего ночника, светившегося во мраке сквозь стекла. Ах, вы и не знали, что вон там, так близко и в то же время так далеко от вас, несчастный страдалец…

Эмма с рыданием повернулась к нему.

— О, как вы добры! — сказала она.

— Нет, я только люблю вас, — вот и все! Вы этого не подозревали! Скажите же мне… Одно слово! Только одно слово!

И Родольф незаметно соскользнул с табурета на пол; но тут в кухне послышался стук башмаков, и он заметил, что дверь залы не закрыта.

— Какую милость вы оказали бы мне, — продолжал он, поднимаясь, — если бы исполнили одну мою мечту!

То была просьба обойти с ним весь дом. Родольф хотел знать жилище Эммы; г-жа Бовари не нашла в этом ничего неудобного, но, когда оба уже встали с мест, вошел Шарль.

— Здравствуйте, доктор, — сказал ему Родольф.

Лекарь был польщен таким неожиданным титулом и рассыпался в любезностях, а гость воспользовался этим, чтобы немного прийти в себя.

— Ваша супруга, — сказал он наконец, — рассказывала мне о своем здоровье…

Шарль не дал ему договорить; он в самом деле ужасно беспокоился: у жены снова начались удушья. Тогда Родольф спросил, не будет ли ей полезна верховая езда.

— Конечно!.. Прекрасно, превосходно! Какая замечательная мысль! Тебе бы надо ею воспользоваться…

И как только Эмма возразила, что у нее нет лошади, г-н Родольф предложил свою; она отказалась, он не настаивал. Потом, желая объяснить свой визит, рассказал, что его конюх, тот самый, которому пускали кровь, все еще жалуется на головокружения.

— Я заеду поглядеть, — сказал Бовари.

— Нет, нет, я пришлю его сюда. Мы приедем вместе, так вам будет удобнее.

— А, отлично. Благодарю вас…

Оставшись наедине с женой, Шарль спросил:

— Почему ты не приняла предложения господина Буланже? Он так любезен.

Эмма надулась, нашла тысячу отговорок и, наконец, заявила, что *это может показаться странным.*

— Вот уж наплевать! — сказал Шарль и сделал пируэт. — Здоровье — прежде всего! Ты совсем не права.

— Да как же ты хочешь, чтобы я ездила верхом, когда у меня нет амазонки?

— Ну, так надо заказать! — ответил муж.

Амазонка решила дело.

Когда костюм был готов, Шарль написал г-ну Буланже, что жена согласна и что они рассчитывают на его любезность.

На другой день, в двенадцать часов, Родольф явился к крыльцу Шарля с двумя верховыми лошадьми. У одной из них были розовые помпоны на ушах и дамское седло оленьей кожи.

Родольф надел мягкие сапожки: он был уверен, что Эмма никогда не видала такой роскоши; и в самом деле, когда он взбежал на площадку в своем бархатном фраке и белых триковых рейтузах, Эмма пришла в восторг от его костюма. Она была уже готова и ждала.

Жюстен улизнул из аптеки поглядеть; соблаговолил выйти на улицу и сам Омэ. Он засыпал г-на Буланже советами:

— Долго ли до беды! Берегитесь! Не горячие ли у вас лошади?

Эмма услышала над головой стук: это барабанила по оконному стеклу Фелиситэ, забавляя маленькую Берту. Девочка послала матери воздушный поцелуй; та сделала ответный знак рукояткой хлыстика.

— Приятной прогулки! — кричал г-н Омэ. — Только осторожней! Осторожней!

И замахал им вслед газетой.

Едва почуяв волю, лошадь Эммы помчалась галопом. Родольф скакал рядом. Время от времени спутники обменивались двумя-тремя словами. Слегка склонившись, высоко держа повод и свободно опустив правую руку, Эмма вся отдавалась ритму движения, качавшего ее в седле.

Доехав до подножия холма, Родольф пустил коня во весь опор; оба бросились вместе вперед; а на вершине лошади вдруг остановились, и длинная синяя вуаль упала Эмме на лицо.

Было начало октября. Над полями стоял туман. На горизонте, между силуэтами холмов, тянулся пар; он рвался, поднимался и, расплываясь, исчезал. И порою между его белыми клубами виднелись на солнце далекие ионвильские крыши, сады на берегу реки, дворы, стены, колокольня. Эмма, щурясь, пыталась узнать свой дом, и никогда еще жалкий городишко, где протекала ее жизнь, не казался ей таким крохотным. С этой высоты вся долина представлялась огромным бледным озером, испаряющимся в воздухе. Рощи вздымались там и сям подобно черным скалам; а высокие ряды тополей, выступавших из тумана, представлялись колеблющимися от ветра берегами.

В стороне, на лужайке, в теплой атмосфере между елями блуждал мглистый свет. Рыжеватая, как табачная пыль, земля глушила звуки шагов; и лошади, ступая по ней, разбрасывали подковами опавшие сосновые шишки.

Родольф и Эмма ехали вдоль опушки, Эмма время от времени отворачивалась, избегая его взгляда, и тогда видела только вытянутые в ряды стволы елей; от их непрерывной смены у нее немножко кружилась голова, храпели лошади. Поскрипывали кожаные седла.

В тот момент, когда они въезжали в лес, появилось солнце.

— Бог благословляет нас! — сказал Родольф.

— Вы думаете? — спросила Эмма.

— Вперед, вперед! — отвечал он и щелкнул языком.

Лошади побежали.

Высокие придорожные папоротники запутывались в стремени Эммы. Время от времени Родольф, не задерживаясь, наклонялся и выдергивал их оттуда. Иногда он обгонял Эмму, чтобы раздвинуть перед ней ветви, и тогда она чувствовала, как его колено скользит по ее ноге. Небо поголубело. Ни один лист не шелохнулся. Попадались широкие поляны, сплошь покрытые цветущим вереском; ковры фиалок чередовались с древесными чащами, серыми, желтыми или золотыми, смотря по породе деревьев. Под кустами то и дело слышно было хлопанье крыльев; хрипло и нежно кричали вороны, взлетая на дубы.

Спешились. Родольф привязал лошадей. Эмма пошла вперед по замшелой колее.

Но слишком длинное платье мешало ей, хотя она и подбирала шлейф, так что Родольф, идя следом, видел между черным сукном и черными ботинками полоску тонких белых чулок, в которой ему чудилось нечто от ее наготы.

Эмма остановилась.

— Я устала, — сказала она.

— Ну, еще немножко! — отвечал он. — Крепитесь!

Пройдя шагов сто, она снова остановилась; сквозь вуаль, наискось падавшую с ее мужской шляпы на бедра, лицо ее виднелось в синеватой прозрачности; оно как бы плавало под лазурными волнами.

— Куда же мы идем?

Он не отвечал. Она прерывисто дышала. Родольф поглядывал кругом и кусал усы.

Вышли на широкую прогалину, где был вырублен молодняк. Уселись на поваленный ствол, и Родольф заговорил о своей любви.

Вначале он не стал пугать Эмму комплиментами. Он был спокоен, серьезен и меланхоличен.

Эмма слушала его, опустив голову, и тихонько шевелила носком ботинка белевшие на земле щепки.

Но на фразу:

— Разве теперь судьбы наши не соединились? — она ответила:

— Нет, нет! Вы сами знаете. Это невозможно.

Она встала и хотела идти. Он схватил ее за руку. Она остановилась. И, посмотрев на него долгим, любящим, влажным взглядом, живо сказала:

— Ах, не будем об этом говорить… Где наши лошади? Едемте обратно.

У него вырвался жест гневной досады. Эмма повторила:

— Где наши лошади? Где лошади?

Тогда он, улыбаясь странной улыбкой, пристально глядя на Эмму и стиснув зубы, расставил руки и пошел на нее. Она задрожала и попятилась.

— О, мне страшно! — шептала она. — Вы меня так огорчаете! Едемте обратно.

— Ну, раз так надо… — ответил он, меняясь в лице.

И сразу стал опять почтительным, ласковым и робким. Она подала ему руку. Пошли назад.

— Что это с вами было? — спрашивал он. — Скажите мне. Я не понял. Вы, верно, ошиблись. В моей душе вы — как мадонна на пьедестале, на высоком, недоступном, незапятнанном месте. Но вы необходимы мне, чтобы я мог жить! Мне необходимы ваши глаза, ваш голос, ваши мысли. Будьте моим другом, моей сестрой, моим ангелом!

И, протянув руку, он обнял ее за талию. Эмма вяло попыталась освободиться. Он все держал ее и шел по тропинке.

Но вот они услышали, как лошади щиплют листву.

— О, еще немножко, — сказал Родольф. — Не надо уезжать! Останьтесь!

И, увлекая ее за собой, он двинулся вокруг маленького, сплошь зацветшего пруда. Увядшие кувшинки были неподвижны среди камышей. Лягушки прыгали в воду, заслышав шаги по траве.

— Нехорошо я делаю, нехорошо, — говорила она. — Слушать вас — безумие.

— Почему? Эмма! Эмма!

— О Родольф!.. — медленно произнесла женщина, склоняясь на его плечо.

Сукно ее платья цеплялось за бархат фрака. Она откинула назад голову, ее белая шея раздулась от глубокого вздоха, — и, теряя сознание, вся в слезах, содрогаясь и пряча лицо, она отдалась.

Спускались вечерние тени; косые лучи солнца слепили ей глаза, проникая сквозь ветви. Вокруг нее там и сям, на листве и на траве, дрожали пятнышки света, словно здесь летали колибри и на лету роняли перья. Тишина была повсюду; что-то нежное, казалось, исходило от деревьев; Эмма чувствовала, как вновь забилось ее сердце, как кровь теплой струей бежала по телу. И тогда она услышала вдали, над лесом, на холмах, неясный и протяжный крик, чей-то певучий голос и молча стала прислушиваться, как он, подобно музыке, сливался с последним трепетом ее взволнованных нервов. Родольф, держа в зубах сигару, связывал оборвавшийся повод, подрезая его перочинным ножом.

Они вернулись в Ионвиль той же дорогой. Они видели на грязи шедшие рядом следы своих лошадей, им встречались те же кусты, те же камни в траве. Ничто вокруг них не изменилось; а между тем для Эммы свершилось нечто более значительное, чем если бы горы сдвинулись с места. Время от времени Родольф наклонялся, брал ее руку и целовал.

Она была очаровательна в седле! Выпрямлен тонкий стан, согнутое колено лежало на гриве, лицо немного раскраснелось от воздуха и багрового заката.

Въехав в Ионвиль, она загарцевала по мостовой. На нее глядели из окон.

За обедом муж нашел, что у нее прекрасный вид; стал расспрашивать о прогулке, но Эмма, казалось, не слышала его слов; она неподвижно сидела над тарелкой, облокотившись на стол, освещенный двумя свечами.

— Эмма! — сказал он.

— Что?

— Знаешь, сегодня я заезжал к господину Александру: у него есть старая кобылка, — она еще очень хороша, только немного облысела на коленях. Я уверен, что за сотню экю ее уступят…

И добавил:

— Я даже подумал, что тебе это будет приятно, и оставил ее за собой… купил… Хорошо я сделал? Да ответь же!

Эмма утвердительно кивнула головой… Прошло четверть часа, она спросила:

— Ты сегодня вечером куда-нибудь идешь?

— Да, а что?

— О, ничего, ничего, друг мой.

И, отделавшись от него, тотчас заперлась у себя в комнате.

Сначала у нее началось словно головокружение; она видела перед собой деревья, дороги, канавы, Родольфа, она еще чувствовала его объятия, и листья трепетали над ней, и шуршали камыши.

Но, взглянув на себя в зеркало, она сама удивилась своему лицу. Некогда у нее не было таких огромных, таких черных, таких глубоких глаз. Какая-то особенная томность разливалась по лицу, меняя его выражение.

«У меня любовник! Любовник!» — повторяла она, наслаждаясь этой мыслью, словно новой зрелостью. Наконец-то познает она эту радость любви, то волнение счастья, которое уже отчаялась испытать. Она входила в какую-то страну чудес, где все будет страстью, восторгом, исступлением; голубая бесконечность окружала ее, вершины чувства искрились в ее мыслях, а будничное существование виднелось где-то далеко внизу, в тени, в промежутках между этими высотами.

И тогда она стала вспоминать героинь прочитанных ею книг, и лирический хоровод неверных жен запел в ее памяти очаровательными родными голосами. Она сама как бы входила живым звеном в эту цепь вымышленных образов и сама становилась воплощением долгих мечтаний своей юности; она узнавала в себе тот самый тип влюбленной женщины, которому так завидовала.

Кроме того, она испытала удовлетворение мести. Разве мало она выстрадала! Но теперь она торжествовала; и так долго сдерживаемая страсть веселым бурлящим ручьем вырвалась наружу. Эмма вкушала ее без угрызения совести, без тревоги, без смущения.

Следующий день прошел в новых восторгах. Родольф и Эмма принесли друг другу клятвы. Она рассказывала о своих былых горестях. Он прерывал ее поцелуями; и она, глядя на него сквозь опущенные ресницы, просила еще раз назвать ее по имени и повторить, что он ее любит. Это было, как и накануне, в лесу — в пустом шалаше крестьянина, промышлявшего деревянными башмаками. Стены были соломенные, а крыша такая низкая, что приходилось все время нагибаться. Любовники сидели друг против друга на ложе из сухих листьев.

С этого дня они стали писать друг другу каждый вечер. Эмма относила свои письма в дальний конец сада, к реке, и засовывала их в трещину террасы. Родольф приходил туда, брал ее письмо, клал на его место свое, — и оно всегда казалось Эмме слишком коротким.

Однажды утром, когда Шарль уехал до зари, ей вдруг пришла фантазия сию же минуту увидеть Родольфа. Можно было сбегать в Ла-Юшетт, пробыть там час и вернуться в Ионвиль, пока все еще спят. При этой мысли Эмма задохнулась от страсти — и через несколько минут уже быстрыми шагами, не оглядываясь, шла по лугу.

Начинало светать, Эмма издали узнала дом своего возлюбленного: на бледном фоне зари резко выделялась двумя стрельчатыми флюгерами крыша.

За двором фермы стоял флигель; это, наверно, и был барский дом. Она вошла в него так, словно стены сами раздались перед нею. Высокая прямая лестница вела в коридор. Эмма повернула дверную ручку и вдруг увидела в дальнем углу комнаты спящего человека. То был Родольф. Она вскрикнула.

— Это ты! Ты! — повторял он. — Как ты сюда попала?.. Ах, у тебя намокло платье!

— Я тебя люблю! — отвечала она, закидывая руки ему на шею.

Этот первый смелый шаг сошел удачно, и теперь всякий раз, когда Шарль уезжал рано, Эмма наскоро одевалась и на цыпочках сбегала по террасе к воде.

Миновав коровий выгон, приходилось идти у самых стен, тянувшихся вдоль реки; берег был скользкий; чтобы не упасть, Эмма цеплялась руками за пучки отцветшего левкоя. Потом она устремлялась прямиком через вспаханные поля, спотыкаясь, увязая, пачкая свои тонкие ботинки. В лугах платок на ее голове развевался от ветра, — она боялась быков и бежала бегом; она приходила запыхавшись, порозовевшая, и от нее веяло свежестью, страстью, ароматом зелени и вольного воздуха. В этот час Родольф еще спал. Словно весеннее утро врывалось в его комнату.

Сквозь желтые оконные занавески мягко пробивался блеклый палевый свет. Сощурив глаза, Эмма шла ощупью, и капли росы в волосах окружали ее лицо как бы топазовым ореолом. Родольф со смехом притягивал ее к себе и прижимал к сердцу.

Потом она оглядывала комнату, выдвигала ящики комодов, причесывалась его гребнем, гляделась в его зеркальце для бритья. Часто она даже брала в зубы чубук длинной трубки, лежавшей на ночном столике, вместе с лимонами и сахаром, около графина с водой.

Прощание всякий раз тянулось добрую четверть часа. Эмма плакала; ей хотелось бы никогда не покидать Родольфа. Ее толкало к нему что-то, что было сильнее ее, — и вот однажды, когда она снова внезапно явилась, он нахмурил лоб, словно с ним случилась неприятность.

— Что с тобой? — добивалась Эмма. — Ты болен? Скажи мне!

В конце концов он с очень серьезным видом заявил, что ее посещения становятся все безрассуднее, что она себя компрометирует.

X

Мало-помалу она заразилась от Родольфа этим страхом. Сначала она была опьянена любовью и ни о чем на свете не думала. Но теперь, когда эта любовь стала для нее жизненной необходимостью, Эмма стала бояться потерять хотя бы частицу ее или даже встретить малейшую помеху. Возвращаясь от Родольфа, она подозрительно оглядывала все кругом, опасаясь всякой фигуры на горизонте, всякого окошка, из которого ее могли увидеть. Она прислушивалась к шагам, вскрикам, тарахтению телег; она останавливалась, вся бледная и трепещущая, как листва тополей, склонившихся над ее головой.

Однажды утром, когда она таким образом шла домой, ей вдруг показалось, что прямо в нее целится длинное дуло карабина. Оно высовывалось наискось из-за края небольшой бочки, полузапрятанной в траве, на краю канавы. Чуть не падая от ужаса, Эмма все-таки подошла, — и из бочки встал человек; так чертик выскакивает на пружинке из коробочки. На нем были гетры, застегнутые до самых колен, и надвинутая на глаза фуражка. Губы его тряслись, нос покраснел. То был капитан Бине: он сидел здесь в засаде на диких уток.

— Вам бы следовало окликнуть меня издали! — громко сказал он. — Когда видишь ружье, всегда надо предупредить.

Этими словами сборщик налогов пытался скрыть свой страх: охота на уток иначе как с лодки была воспрещена особым распоряжением префекта, так что г-н Бине, при всем своем уважении к законам, оказывался нарушителем их. Каждую минуту ему чудились шаги полевого сторожа. Но от этого волнения удовольствие его только росло, и, сидя в бочке, он потихоньку радовался своему счастью и своей хитрости.

Узнав Эмму, он почувствовал, что у него гора свалилась с плеч, и тотчас завязал разговор:

— Сегодня не жарко, *пощипывает!*

Эмма молчала.

— Так рано, а вы уже гуляете? — продолжал он.

— Да, — запинаясь, проговорила она, — я иду от кормилицы, — там моя дочь.

— А, прекрасно, прекрасно! Я же, как изволите видеть, сижу здесь с самой зари; но погода такая мерзкая, что если только нет дичи под самым...

— Всего хорошего, — прервала его Эмма и повернулась спиной.

— Ваш покорнейший слуга, сударыня, — сухо ответил он.

И снова влез в бочку.

Эмма очень жалела, что так невежливо рассталась со сборщиком. Теперь он, конечно, примется за всякие предположения. Выдумка с кормилицей никуда не годится: весь Ионвиль прекрасно знает, что маленькая Берта вот уже целый год как вернулась к родителям. К тому же в той стороне никто и не живет; дорога ведет только в Ла-Юшетт; значит, Бине догадался, откуда она шла, и он не станет молчать, он непременно все разболтает! До самого вечера Эмма мучилась, придумывая, что бы и как ей солгать, и перед глазами ее неотступно стоял этот болван со своим ягдташем.

После обеда Шарль, видя озабоченность жены и желая развлечь ее, предложил зайти к аптекарю. И первый же человек, которого Эмма увидела в аптеке, был не кто иной, как сборщик налогов! Стоя перед прилавком в свете красного шара, он говорил:

— Дайте мне, пожалуйста, пол-унции купороса.

— Жюстен, — закричал аптекарь, — принеси нам сюда серной кислоты!

И тут же повернулся к Эмме, которая хотела подняться в комнату г-жи Омэ:

— Нет, посидите здесь, не утруждайте себя, она сейчас спустится. Вы лучше погрейтесь пока у печки... Простите меня... Здравствуйте, доктор! (Фармацевт всегда с необыкновенным удовольствием произносил слово «доктор»: даже будучи обращено к другому, оно все же и на него отбрасывало некий отблеск своего великолепия.) Смотри не опрокинь ступку! Лучше принеси стулья из маленькой залы; ты сам знаешь, что в гостиной трогать мебель не полагается.

И Омэ, желая поставить на место свое кресло, выскочил из-за прилавка. Тут Бине спросил у него пол-унции сахарной кислоты.

— Сахарной кислоты? — презрительно произнес аптекарь. — Не знаю такой, не имею понятия! Вам, быть может, требуется щавелевая кислота? Не так ли? Щавелевая?

Бине объяснил, что ему нужно едкое вещество для особого состава, которым он сводит ржавчину с разных охотничьих принадлежностей. Эмма вздрогнула.

— В самом деле, — заговорил Омэ, — погода не слишком благоприятна: чрезмерно сыро.

— А между тем, — лукаво заметил сборщик, — некоторые особы этим не смущаются.

Эмма задыхалась.

— Дайте мне еще...

«Он так никогда и не уйдет!» — думала Эмма.

— Пол-унции канифоли и скипидару, четыре унции желтого воска и полторы унции жженой кости. Этим я чищу лаковые ремни.

Аптекарь только начал резать воск, когда появилась г-жа Омэ. На руках она держала Ирму, рядом с нею шел Наполеон, а следом Аталия. Почтенная дама уселась у окна на бархатную скамейку, мальчишка взгромоздился на табурет, а его сестренка подошла к папочке и стала вертеться возле коробки с ююбой. Омэ наливал жидкости в воронки, закупоривал склянки, наклеивал этикетки, завязывал свертки. Все кругом него молчали; только время от времени слышалось звяканье разновесом да шепот аптекаря, дававшего советы своему ученику.

— А как ваша маленькая? — спросила вдруг г-жа Омэ.

— Тише! — воскликнул г-н Омэ, записывая в черновую тетрадь какие-то цифры.

— Почему вы не привели ее? — вполголоса продолжала хозяйка.

— Тсс! тссс! — произнесла Эмма, показывая пальцем на аптекаря.

Но Бине в это время погрузился в чтение счета и, наверно, ничего не слыхал. Наконец-то он ушел! Эмма вздохнула с облегчением.

— Как вы тяжело дышите! — сказала г-жа Омэ.

— Мне немного жарко, — отвечала она.

И вот на следующий же день было решено наладить свидания как следует. Эмма хотела подкупить свою служанку подарком; но еще лучше было бы найти в Ионвиле какой-нибудь укромный домик. Родольф обещал подыскать.

На протяжении всей зимы он по три, по четыре раза в неделю приходил в сад, дождавшись полной тьмы. Эмма дала ему ключ от калитки, который она припрятала; а Шарль думал, что ключ утерян.

Чтобы дать знать о себе, Родольф бросал в окно горсть песку. Эмма сейчас же вскакивала с кровати; но иногда приходилось и подождать, так как Шарль любил подолгу болтать у камина.

Эмма изнывала от нетерпения; она готова была уничтожить мужа взглядом. Наконец она начинала свой ночной туалет; потом спокойно принималась за книгу, притворяясь, будто очень увлекается чтением. Но тут Шарль, в это время уже лежавший в постели, звал ее спать.

— Иди же, Эмма, — говорил он, — пора!

— Иду, иду! — отвечала она.

Свет мешал Шарлю, он отворачивался к стене и скоро засыпал. И тогда Эмма, чуть дыша, убегала, улыбающаяся, трепещущая, едва одетая.

Родольф приходил в длинном плаще; он закутывал ее в этот плащ и, обхватив рукой за талию, молча увлекал в глубину сада.

То было в беседке, на той самой подгнившей скамье, где когда-то летними вечерами Леон так влюбленно глядел на Эмму. Теперь она совсем о нем не думала.

Сквозь оголенные ветви жасмина сверкали звезды. За своей спиной любовники слышали шум реки, да время от времени на берегу трещал сухой камыш. Тьма кое-где сгущалась пятнами, и иногда тени эти с внезапным трепетом выпрямлялись и склонялись; надвигаясь на любовников, они грозили накрыть их словно огромные черные волны.

От ночного холода они обнимались еще крепче, и как будто сильнее было дыхание уст; больше казались еле видевшие друг друга глаза, и среди мертвой тишины шепотом сказанное слово падало в душу с кристальной звучностью и отдавалось бесчисленными повторениями.

Если ночью шел дождь, они скрывались в рабочем кабинете Шарля, между конюшней и сараем. Эмма зажигала в кухонном шандале свечу, спрятанную за книгами, Родольф устраивался как дома. Его смешил и книжный шкаф, и письменный стол, и вообще вся комната; он не мог удержаться, чтобы не подтрунить над Шарлем, и это смущало Эмму. Ей хотелось бы, чтобы он был серьезнее, а иной раз и драматичнее. Так однажды ей почудились в сенях приближающиеся шаги.

— Кто-то идет! — сказала она.

Он задул свет.

— У тебя есть пистолеты?

— Зачем?

— Как зачем?.. Защищаться... — отвечала Эмма.

— Это от мужа твоего? Ах он, бедняга!

И Родольф закончил фразу жестом, обозначавшим: «Да я его щелчком размозжу».

Эмма была поражена его храбростью, хотя и ощутила в ней какую-то неделикатность и наивную грубость; это ее шокировало.

Родольф долго думал об эпизоде с пистолетами. Если она говорила серьезно, рассуждал он, то это очень смешно и даже противно. Вовсе не будучи, что называется, снедаем ревностью, он не имел никаких оснований ненавидеть добряка Шарля; а между тем в этом отношении Эмма принесла Родольфу торжественную клятву, которая показалась ему заверением не совсем хорошего тона.

Кроме того, Эмма становилась слишком сентиментальной. С ней надо было обмениваться миниатюрами, срезать для нее пряди волос, а теперь она требовала от него кольцо, настоящее обручальное кольцо, в знак вечного союза. Она часто заговаривала то о вечернем звоне, то о *голосах природы;* потом начинала размышлять о своей матери, а там и о матери его, Родольфа. С тех пор как он осиротел, прошло уже двадцать лет. Это не мешало Эмме утешать его в потере родителей и так сюсюкать, словно она имела дело с покинутым карапузом. Иногда она даже говорила ему, глядя на луну:

— Я уверена, что обе они благословляют оттуда нашу любовь.

Но она была так хороша собой! И так редко встречалась ему подобная чистота! Эта любовь без разврата была для него совершенной новостью; она выходила за пределы его легкомысленных привычек и одновременно льстила как его тщеславию, так и чувственности. Всем своим мещанским здравым смыслом он презирал восторженность Эммы, но в глубине души наслаждался ею: ведь она была направлена на его собственную персону. И вот, уверившись в любви Эммы, он перестал стесняться, и манеры его заметно изменились.

У него не стало ни тех нежных слов, от которых она когда-то плакала, ни тех яростных ласк, которые доводили ее до безумия; великая любовь, в которую Эмма погружалась с головой, иссякала, как высыхает в своем русле река, — и уже обнажалась тина. Эмма не хотела этому верить; нежность ее усилилась, а Родольф все меньше и меньше скрывал равнодушие.

Она сама не знала, жалеет ли она, что уступила ему, или, быть может, наоборот, хочет полюбить его еще больше. Унизительное чувство собственной слабости переходило в досаду, которую умеряло наслаждение. То была не привязанность, а как бы непрерывный соблазн. Родольф порабощал Эмму. Она его почти боялась.

А между тем внешне все было спокойно как никогда: Родольфу удалось направить связь по своему вкусу; и через полгода, когда пришла весна, любовники оказались чем-то вроде двух супругов, спокойно поддерживающих домашний пламень.

Было как раз то время, когда дядюшка Руо ежегодно присылал индюшку в память излечения своей ноги. К подарку всегда прилагалось письмо. Эмма перерезала шнурок, которым оно было прикреплено к корзинке, и прочла следующие строки:

«Дорогие мои дети!

Надеюсь, что это письмо найдет вас в добром здоровье и что индюшка окажется не хуже прежних; мне самому она, смею сказать, кажется немного нежнее и мясистее. Но на будущий год я для разнообразия пришлю вам индюка, если только вы не предпочитаете каплуна; и верните мне, пожалуйста, плетенку, а с ней и две старых. У меня случилось несчастье: ночью поднялся сильный ветер и сорвал с сарая крышу, так что она отлетела к деревьям. Урожай тоже не бог весть какой. Словом, я не знаю, когда доведется навестить вас. Мне теперь не на кого оставить дом, ведь я живу один, милая моя Эмма!..»

Здесь был перерыв между строчками: старик словно уронил перо и надолго задумался.

«А я здоров, только на днях схватил в Ивето насморк. Я ездил туда на ярмарку — надо было нанять пастуха: своего я прогнал; очень уж он стал привередлив. Тяжело приходится с этими разбойниками! К тому же и малый он был нечестный.

Я видел одного коробейника, который зимой побывал в ваших краях и вырвал там себе зуб. Он говорит, что Бовари по-прежнему работает вовсю. Это меня не удивило; он показал мне свой зуб, мы вместе выпили кофе. Я спросил его, не видел ли он тебя, а он сказал, что нет, но видел в конюшне двух лошадей, откуда я заключаю, что дела у вас неплохи. Тем лучше, дорогие мои дети, и пошли вам господь всякого счастья.

Мне очень грустно, что я еще не знаю моей горячо любимой внучки Берты Бовари. Я для нее посадил в саду, напротив твоей комнаты, сливу, и никому не позволяю ее трогать. Позже мы из ее плодов наварим варенья, и я буду его беречь для внучки в шкафу, а когда она приедет, то сможет брать, сколько захочет.

Прощайте, дорогие мои дети. Обнимаю тебя, дочка, и вас тоже, милый зять, а малютку целую в обе щечки.

Остаюсь с наилучшими пожеланиями

ваш любящий отец

Теодор Руо».

Эмма долго держала в руках этот листок грубой бумаги. Орфографические ошибки громоздились одна на другую. Но она чувствовала, как нежная мысль тихо клохчет сквозь их сплетения, словно укрывшаяся в кустах наседка. Чернила были просушены золой из камина, — на платье Эммы упало с письма немного серой пыли, — и она почти въявь увидела, как отец наклоняется к решетке за щипцами. Давно уже не сидела она рядом с ним на скамеечке, давно не помешивала палкой горящий с треском дрок, пока не вспыхнет конец палки!.. Ей вспоминались солнечные летние вечера. Ржали жеребята, когда пройдешь мимо них, и прыгали, прыгали... А под ее окном был улей, и иногда пчелы, кружась в солнечном свете, ударялись в стекла, как упругие золотые шарики. Как счастливо жилось в те времена! Какая свобода! Сколько надежд! Какое множество иллюзий! Теперь от них ничего не осталось. Она утратила их во всех романтических переживаниях своей души, во всех последовательных состояниях — в девичестве, в браке, в любви; она теряла их, проходя свою жизнь, как путешественник, оставляющий по частице своего богатства в каждой дорожной гостинице.

Но кто же сделал ее такой несчастной? Отчего произошла та необычайная катастрофа, которая потрясла ее? И Эмма подняла голову и оглянулась кругом, словно ища то, от чего она страдала.

Луч апрельского солнца переливался всеми цветами радуги на фарфоровых безделушках; топился камин; под своими туфлями она ощущала мягкость ковра; день был светлый, воздух теплый, слышался звонкий смех ее ребенка.

Девочка каталась по лужайке, в скошенной траве. Сейчас она лежала плашмя на копне. Нянька придерживала ее за платье. Тут же рядом работал граблями Лестибудуа, и всякий раз, как он приближался, Берта свешивалась вниз и размахивала в воздухе ручонками.

— Приведите ее сюда! — сказала мать и с распростертыми объятиями бросилась навстречу. — Как я люблю тебя, милая моя детка! Как я тебя люблю!

Заметив, что у Берты не совсем чистые уши, она живо позвонила, велела принести горячей воды, вымыла девочку, переменила ей белье, чулки, башмачки, засыпала служанку вопросами о ее здоровье, словно только что вернулась из далекого путешествия. Наконец она со слезами на глазах еще раз поцеловала дочь и отдала ее на руки Фелиситэ, которая совсем остолбенела от такого неожиданного взрыва нежности.

Вечером Родольф нашел, что Эмма стала гораздо серьезнее обычного.

— Пройдет, — решил он. — Просто каприз.

И пропустил три свидания подряд. Когда он, наконец, пришел, она повела себя с ним холодно и почти пренебрежительно.

«Ты только теряешь время, крошка моя…»

И он притворился, будто не замечает ни ее меланхолических вздохов, ни того, как она комкает в руках платок.

Вот когда Эмма раскаялась!

Она даже спрашивала себя, за что она так ненавидит Шарля, и не лучше ли было бы постараться его полюбить. Но он, видимо, не слишком оценил этот возврат чувства, так что Эмме оказалось очень трудно удовлетворить свое стремление к жертвам; тут весьма кстати явился аптекарь и предоставил ей прекрасный случай.

XI

Он как раз прочел восторженную статью о новом методе лечения искривления стопы и, будучи сторонником прогресса, возымел патриотическую мысль, что Ионвиль должен быть на высоте, а для этого необходимо произвести в нем операцию стрефоподии.

— Ибо чем мы рискуем? — говорил он Эмме. — Исследуйте вопрос (и он принимался высчитывать по пальцам все выгоды такой попытки): почти верный успех, для больного — облегчение и большой косметический результат, для врача — быстрый рост известности. Почему бы, например, вашему супругу не помочь этому бедняге Ипполиту из «Золотого льва»? Заметьте, что он неукоснительно будет рассказывать о своем лечении всем проезжающим, да и кроме того (тут Омэ понижал голос и оглядывался), кто помешает мне послать об этом заметочку в газету? Ах, боже мой! Газета ходит по рукам... Начинаются разговоры... В конце концов все это растет, как снежный ком! И кто знает, кто знает?..

В самом деле, Бовари мог бы добиться успеха; у Эммы не было никаких оснований считать его неспособным, — а каким удовлетворением было бы для нее, если бы она побудила его совершить поступок, от которого возросли бы его репутация и доходы! Ей очень хотелось опереться на что-нибудь посолиднее любви.

Шарль уступил настояниям аптекаря и жены: он выписал из Руана книгу доктора Дюваля и каждый вечер, стиснув голову руками, углублялся в чтение.

Пока он изучал equinus, varus и valgus, то есть стрефокатоподию, стрефендоподию и стрефексоподию (или, лучше сказать, различные виды искривления стопы — вниз, внутрь и наружу), а также стрефипоподию и стрефаноподию (иначе говоря, неправильное положение с выпрямлением вниз или с заворотом кверху), — г-н Омэ всяческими рассуждениями убеждал трактирного слугу сделать себе операцию.

— Много-много, если ты почувствуешь легкую боль; тут нужен простой укол, вроде маленького кровопускания; это менее болезненно, чем удаление некоторых мозолей!

Ипполит раздумывал, вращая глупыми глазами.

— В конце концов, — продолжал аптекарь, — мне-то ведь безразлично! Все это затеяно для тебя! Из чистого человеколюбия! Я хотел бы, друг мой, чтобы ты освободился от этого безобразного прихрамывания с колебанием поясничной области; что бы ты там ни говорил, оно должно значительно затруднять тебе выполнение твоих профессиональных обязанностей.

Тут Омэ принимался излагать конюху, насколько живее и подвижнее он станет, и даже давал понять, что со здоровой ногой он будет больше нравиться женщинам; тогда Ипполит начинал вяло улыбаться. Наконец фармацевт, атакуя его, старался подействовать на его самолюбие.

— Или ты не мужчина, черт возьми?.. А что, если бы тебе понадобилось служить, сражаться под знаменами?.. Ах, Ипполит!

И Омэ удалялся, заявляя, что не понимает такого упрямства, такого невежества. Как можно отказываться от благодеяний науки?

Несчастный сдался, ибо вокруг него образовался как бы заговор. Бине, никогда не вмешивавшийся в чужие дела, г-жа Лефрансуа, Артемиза, соседи, даже сам мэр, г-н Тюваш, — все его уговаривали, убеждали, стыдили; но больше всего соблазняло его то, что *все это ничего не будет ему стоить.* Бовари взял на свой счет даже прибор для операции. Идея этого щедрого поступка принадлежала Эмме; а Шарль согласился, причем в глубине души подумал, что жена его — настоящий ангел.

И вот он заказал столяру, дав ему в помощь слесаря, нечто вроде ящика, фунтов на восемь весу. Он следил за работой вместе с аптекарем; прибор переделывали три раза и отнюдь не пожалели ни железа, ни дерева, ни жести, ни кожи, ни гаек, ни шурупов.

Но чтобы знать, какую связку перерезать, надо было сначала установить, каким именно видом искривления стопы страдает Ипполит.

Стопа шла у него почти по одной линии с голенью, что не мешало быть ей вывернутой и внутрь; таким образом у него был equinus, слегка осложненный varus'ом, или же легкий varus, сопряженный с сильным equinus'ом. Но на этой своей «лошадиной стопе»,[1] — она в самом деле была широка, как копыто, а загрубелая кожа, сухие связки, толстые пальцы, на которых черные ногти казались гвоздями подков, довершали сходство, — наш стрефопод бегал с утра до ночи не хуже оленя. Вечно он был на площади и подпрыгивал вокруг телег, выбрасывая вперед свою кривую подпорку. Казалось, она даже была у него сильнее здоровой ноги. От большого упражнения она как бы приобрела душевные свойства терпения и энергии, и, когда Ипполиту приходилось тяжело, он опирался предпочтительно именно на нее.

Раз искривление относилось к типу equinus, надо было прежде всего рассечь ахиллесово сухожилие, а уж потом взяться за передний берцовый мускул, чтобы тем самым устранить и varus; сделать сразу обе операции врач не решался; он и так весь трясся от страха задеть какой-нибудь неизвестный ему важный орган.

Ни у Амбруаза Парэ, который впервые после Цельза, спустя пятнадцать веков перерыва, взялся за непосредственную перевязку артерий; ни у Дюпюитрена, приступавшего к вскрытию нарыва, глубоко заложенного в мозговом веществе; ни у Жансуля, когда он впервые решился проникнуть скальпелем в верхнюю челюсть, — ни у кого из них так не билось сердце, так не дрожала рука, не был так напряжен интеллект, как у г-на Бовари, когда он с *тенотомом* в руках приблизился к Ипполиту. Рядом, словно в настоящей больнице, стоял стол, а на нем — куча корпии, вощеной нитки и множество бинтов, — целая пирамида бинтов, все бинты, какие только нашлись в аптеке. Приготовлениями с самого утра занимался г-н Омэ: этим он столько же воодушевлял самого себя, сколько и ослеплял толпу. Шарль проткнул кожу; послышался легкий сухой треск. Связка была

[1] Pes equinus — лошадиная стопа (лат.).

перерезана, операция кончилась. Ипполит прийти в себя не мог от изумления; он наклонился к рукам Бовари и стал покрывать их поцелуями.

— Ну, успокойся же, — говорил аптекарь. — Ты еще успеешь засвидетельствовать признательность своему благодетелю!

И он вышел рассказать о результатах операции пяти или шести любопытным, которые собрались во дворе, воображая, что сейчас появится Ипполит с совершенно здоровой ногой. Затем Шарль пристегнул пациента к своему механическому прибору и вернулся домой, где его, волнуясь, ждала на пороге Эмма. Она бросилась ему на шею. Сели за стол; Шарль ел много, а за десертом даже спросил чашку кофе, — такую роскошь он обычно позволял себе только по воскресеньям, когда бывали гости.

Вечер прошел очаровательно, в разговорах и дружных мечтаниях. Говорили о будущем богатстве, об улучшениях в доме; Шарлю чудилось, что известность его распространяется, состояние растет, жена не перестает его любить. Эмма была счастлива, что может освежить себя новым, более здоровым, более чистым чувством, ощутить, наконец, некоторую нежность к этому бедному малому, — ведь он ее обожает. На секунду ей пришла в голову мысль о Родольфе, но тут глаза ее обратились к Шарлю, и она даже заметила не без удивления, что у него далеко не плохие зубы.

Супруги лежали в постели, когда г-н Омэ, несмотря на сопротивление кухарки, устремился в комнату с листком бумаги в руках. То была только что написанная им рекламная статья в «Руанский фонарь». Он принес ее показать.

— Прочтите сами, — сказал Бовари.

Аптекарь стал читать.

— «Несмотря на предрассудки, все еще опутывающие, подобно густой сети, часть Европы, свет все же начинает проникать и в наши сельские местности. Так, во вторник наш маленький городок Ионвиль оказался ареною хирургического опыта, одновременно являющегося и актом высокого человеколюбия. Один из замечательнейших наших практиков, господин Бовари...»

— Это уж слишком! Слишком! — задыхаясь от волнения, произнес Шарль.

— Да нет же, нисколько! Что вы!.. «оперировал искривление стопы...» Я не стал пользоваться научным термином: вы сами понимаете — газета... Может быть, не все поймут... Надо же массам...

— В самом деле, — заметил Шарль. — Продолжайте.

— Я — всю фразу, — сказал аптекарь. — «Один из замечательнейших наших практиков, господин Бовари, оперировал искривление стопы некоему Ипполиту Тотену, уже двадцать пять лет служащему конюхом в гостинице „Золотой лев", которую содержит на площади д'Арм госпожа Лефрансуа — вдова. Новизна опыта и симпатия к пациенту вызвали такое скопление народа, что у порога заведения происходила настоящая давка. Что до самой операции, то она совершилась как бы по волшебству, и лишь несколько капелек крови выступили на поверхности кожи, словно возвещая, что мятежная связка поддалась, наконец, усилиям искусства. Удивительно, что больной (мы утверждаем это de visu[1]) совершенно не жаловался на боль. Состояние его пока что не оставляет желать ничего лучшего. Мы имеем все основания предполагать, что процесс выздоровления будет очень краток, и, кто знает, не увидим ли мы на ближайшем сельском празднике, как наш добрый Ипполит отличится посреди хора веселых молодцов в вакхических плясках и таким образом всенародно докажет своим воодушевлением и антраша полное свое излечение! Слава же всем великодушным ученым! Слава неутомимым умам, проводящим бессонные ночи над усовершенствованием рода человеческого или облегчением его страданий! Слава! Трижды слава! Не пора ли теперь воскликнуть, что прозрят слепые, услышат глухие и пойдут безногие? То самое, что фанатизм некогда сулил одним своим избранным, наука ныне на деле дает всем! Мы будем держать наших читателей в курсе всех последовательных стадий этого столь замечательного лечения».

---

[1] В качестве очевидца (лат.).

Но тем не менее пять дней спустя к врачу прибежала насмерть перепуганная тетушка Лефрансуа.

— Помогите! Он умирает!.. Я совсем потеряла голову! — кричала она.

Шарль кинулся к «Золотому льву», а аптекарь, видя, как он бежит по улице без шляпы, бросил аптеку. Красный, запыхавшийся, встревоженный, явился он в трактир и стал расспрашивать всех, кто был на лестнице:

— Что такое с нашим интересным стрефоподом?

А стрефопод корчился в жестоких судорогах, так что механический прибор, в который была зажата его нога, бился в стену, чуть не проламывая ее насквозь.

Принимая тысячу предосторожностей, чтобы не обеспокоить больную ногу, врач снял с нее ящик — и перед ним открылось ужасающее зрелище. Вся стопа исчезла в такой огромной опухоли, что на ней почти лопалась натянувшаяся кожа, и все это место было в кровоподтеках от давления знаменитого прибора. Ипполит уже давно жаловался на боль, но на это не обращали внимания; теперь пришлось признать, что он был не совсем неправ; его на несколько часов оставили свободным от ящика. Но как только вздутие опало, двое ученых сочли своевременным снова надеть на ногу свой аппарат и притом покрепче завинтить его, чтобы срастание пошло поскорее. Наконец через три дня Ипполит не выдержал; и когда экспериментаторы снова сняли механизм, то очень удивились обнаруженным результатам. Уже не только по стопе, а и по голени распространился белесоватый отек, а на нем местами сидели прыщи, из которых сочилась черная жидкость. Дело принимало серьезный оборот. Ипполит заскучал, и чтобы у него было хоть какое-нибудь развлечение, тетушка Лефрансуа устроила его в маленькой комнате около кухни.

Но там ежедневно обедал сборщик налогов, он сердито жаловался на такое соседство, и Ипполита перенесли в бильярдную.

Бледный, обросший, с глубоко запавшими глазами, он охал под толстыми одеялами и только время от времени поворачивал на грязной, засиженной мухами подушке свою потную голову. Г-жа Бовари навещала больного. Она приносила ему чистые тряпки для припарок, утешала его, подбадривала. Впрочем, в обществе у него недостатка не было, особенно в базарные дни, когда крестьяне, столпившись вокруг него, гоняли бильярдные шары, фехтовали киями, курили, пили, пели, орали.

— Как поживаешь? — спрашивали они, хлопая Ипполита по плечу. — Э, видно, не очень-то хорошо! Что же, сам виноват. Надо было сделать то-то и то-то…

И рассказывали, как другие люди отлично вылечивались иными средствами; а потом прибавляли в утешение:

— Ты просто слишком много возишься с собой! Ну, вставай, что ли! Развалился тут, как король! Ах, старый плут, не больно-то сладко от тебя пахнет!

В самом деле, гангрена поднималась все выше и выше. Бовари чуть сам не заболел от этого. Он прибегал каждый час, каждую минуту, Ипполит глядел на него полными ужаса глазами, всхлипывал и бормотал:

— Когда же я буду здоров?.. Ах, спасите меня!.. Какой я несчастный! Какой несчастный!

И врач уходил, рекомендуя строго придерживаться диеты.

— Ты его не слушай, паренек, — говорила тетушка Лефрансуа, — мало они тебя и так мучили? Только еще больше ослабнешь. На-ко вот, скушай!

И подносила тарелочку хорошего бульону, добрый ломтик жаркого, кусочек сала, а иногда и рюмочку водки; но больной не решался к ней прикоснуться.

Узнав, что ему делается все хуже, его захотел повидать аббат Бурнисьен. Он начал с того, что выразил сочувствие страданиям Ипполита, но тут же заявил, что этому надо радоваться, ибо такова воля господа; следует только немедленно воспользоваться удобным случаем и примириться с небом.

— Ведь ты немного пренебрегал своими обязанностями, — отеческим голосом говорил священник. — Ты редко бывал на божественной службе; сколько уж лет ты не подходил к святому алтарю? Я понимаю, твои занятия, мирская суета отвлекали тебя от забот о спасении души. Но сейчас пора тебе одуматься. Ты все же не отчаивайся: я знавал великих грешников, которые, готовясь явиться перед господом (знаю, знаю, тебе еще до этого далеко!), смиренно обращались к его милосердию и, конечно, умирали в наилучшем душевном расположении. Будем же надеяться, что и ты, подобно им, подашь добрый пример! Кто мешает тебе для большей верности каждое утро и вечер читать «Богородице дево, радуйся» и «Отче наш, иже еси на небеси»? Да, да, займись этим! Сделай это хоть для меня, для моего удовольствия. Что тебе стоит!.. Так ты обещаешь?

Бедняга обещал. Кюре зачастил к нему каждый день. Он болтал с трактирщицей и даже рассказывал всякие анекдоты, отпускал шутки и каламбуры, которых Ипполит не понимал. А потом пользовался первым же случаем и, придав лицу соответствующее выражение, заводил разговоры на религиозные темы.

Усердие его принесло свои плоды: очень скоро стрефопод выразил желание сходить на богомолье в Бон-Секур, если будет здоров; г-н Бурнисьен заявил, что считает это совсем не лишним: лучше два средства, чем одно. *Ведь никакого риска нет.*

Аптекарь вознегодовал против этих, как он выражался, *поповских штучек.* По его словам, они мешали выздоровлению Ипполита, и он то и дело повторял г-же Лефрансуа:

— Оставьте его! Оставьте! Своим мистицизмом вы подрываете его моральное состояние.

Но добрая женщина не хотела и слушать Омэ. Ведь от него все и *пошло.* Из духа противоречия она даже повесила у больного в головах чашу святой воды с веткой букса.

А между тем религия помогала Ипполиту не больше хирургии, и неумолимое воспаление поднималось все выше, к животу. Сколько ни придумывали новых лекарств, как ни меняли припарки, но разложение мускулов со дня на день шло вперед, и, наконец, Шарль был вынужден ответить г-же Лефрансуа утвердительным кивком, когда она спросила его, нельзя ли ей в такой крайности выписать из Нефшателя тамошнюю знаменитость, г-на Каниве.

Пятидесятилетний доктор медицины, обладавший прекрасным положением и большой уверенностью в себе, не постеснялся презрительно рассмеяться при виде ноги, до самого колена пораженной гангреной. Потом он решительно заявил, что придется сделать ампутацию, и пришел в аптеку, где и стал всячески поносить тех ослов, которые могли довести несчастного малого до такого состояния. Дергая г-на Омэ за пуговицу сюртука, он разглагольствовал на весь дом:

— Вот они, парижские изобретения! Вот вам идеи этих столичных господ! Это то же самое, что лечить косоглазие, возиться с хлороформом или удалять камни из печени: все это чудовищные нелепости, правительство должно бы просто запретить их! Но нет, эти господа непременно хотят быть умниками, они только и делают, что пичкают больного лекарствами, а сами и не думают, что из этого выйдет. Мы, конечно, не такие чудотворцы, мы не ученые, не франтики, не болтунишки; мы — практики, наше дело — лечить; мы не вздумаем оперировать человека, когда он здоров, как бык! Выправлять искривление стопы! Да разве искривленную стопу можно выправить? Это все равно, как если бы вы захотели распрямить горбатого!

Омэ нелегко было слушать эти речи, но он прятал свое смущение за низкопоклонной улыбкой: рецепты г-на Каниве доходили иногда и до Ионвиля, так что с ним приходилось быть любезным; итак, фармацевт не выступил на защиту Бовари, не сделал даже ни малейшего замечания, но, отступившись от принципов, пожертвовал своим достоинством ради более существенных деловых интересов.

Ампутация, произведенная доктором Каниве, была чрезвычайным событием в жизни города. В тот день все жители встали до зари, и на Большой улице, хотя она и была переполнена народом, царила мрачная тишина, словно готовилась смертная казнь. В бакалейной лавке только и говорили, что о болезни Ипполита; у торговцев остановились все дела, а жена мэра, г-жа Тюваш, не отрывалась от окошка: ей не терпелось увидеть, как приедет хирург.

Наконец он появился в своем кабриолете, сам держа вожжи. Правая рессора так давно выдерживала вес его грузного тела, что под конец совсем ослабла; экипаж всегда двигался в наклонном положении, и на подушке, рядом с врачом, был виден большой ящик, обтянутый красным сафьяном, с тремя внушительно блестящими медными застежками.

Доктор ворвался, как ураган, под навес «Золотого льва», громогласно распорядился, чтобы распрягли его лошадь, а потом пошел на конюшню поглядеть, с аппетитом ли она ест овес; приезжая к больному, он всегда начинал с забот о своей кобыле и кабриолете. По этому поводу даже говорили: «Ах, господин Каниве — такой оригинал!» За столь непоколебимый апломб его только еще больше уважали. Он не изменил бы ни малейшей из своих привычек, если бы даже вымерла вся вселенная до последнего человека.

Явился Омэ.

— Я рассчитываю на вас, — заявил доктор. — Ну, мы готовы? Идем!

Но аптекарь, краснея, сознался, что он слишком чувствителен, чтобы присутствовать при подобной операции.

— Когда остаешься простым зрителем, — говорил он, — то это, знаете ли, слишком поражает воображение. И к тому же нервная система у меня так…

— Ну, вот еще! — перебил Каниве. — По-моему, вы, наоборот, склонны к апоплексии. Впрочем, все это меня не удивляет. Вы, господа фармацевты, вечно торчите в своей кухне, так что у вас в конце концов и характер меняется. Поглядели бы вы на меня: каждый день встаю в четыре часа утра; когда бреюсь, употребляю холодную воду (мне никогда не бывает холодно!), никаких фуфаек не ношу, простуды не знаю, — хорошо работает машина! Живу то так, то сяк, по-философски, ем что бог пошлет. Потому-то я и не такой неженка, как вы. Мне разрезать честного христианина — все равно что жареную утку. Вот и говорите после этого, привычка… Все привычка!..

И тут, нимало не щадя Ипполита, который со страху весь вспотел под своей простыней, господа завели длинную беседу. Аптекарь сравнивал хладнокровие хирурга с хладнокровием полководца; такое сопоставление было очень приятно Каниве, и он разговорился о трудностях своего искусства. Он считал его настоящим священнослужением, хотя оно и бесчестилось лекарями. Вспомнив, наконец, о больном, он осмотрел принесенные Омэ бинты — те самые, которые фигурировали при первой операции, — и попросил дать ему какого-нибудь человека, который подержал бы ногу пациента. Послали за Лестибудуа, и г-н Каниве, засучив рукава, перешел в бильярдную залу, а аптекарь остался с Артемизой и трактирщицей; обе были бледны, белее своих передников, и всё прислушивались у дверей.

А между тем Бовари не смел высунуть нос из своего дома. Он сидел внизу, в зале, у камина без огня, и, низко понурив голову, сжав руки, глядел в одну точку. «Какой ужасный случай! — думал он. — Какое разочарование! Но ведь он принял все мыслимые предосторожности!.. Тут явно замешался рок. Но все равно! Если теперь Ипполит умрет, то убийцей будет он. А что отвечать больным, когда они станут задавать вопросы во время визитов?.. Но, может быть, он все-таки допустил ошибку? — Он припоминал и не мог найти. — Да ведь ошибаться случалось и самым знаменитым хирургам! Ах, об этом никто и подумать не захочет! Все будут только смеяться да чесать языки! Начнут болтать повсюду — до самого Форжа! До Нефшателя! До Руана! Всюду и везде! Кто знает, не нападут ли на него еще врачи? Начнется полемика, надо будет писать ответные статьи в газетах. Ипполит даже может вчинить иск». Шарль видел перед собой бесчестье, разорение, гибель. Фантазия его, осаждаемая множеством предположений, бросалась из стороны в сторону, как пустая бочка по морским волнам.

Эмма сидела напротив и глядела на Шарля; она нисколько не сочувствовала ему; она сама испытывала еще большее унижение: как могла она вообразить, будто этот человек на что-то способен, — ведь и раньше она не раз убеждалась в его ничтожестве!

Шарль ходил по комнате. Сапоги его скрипели на паркете.

— Сядь, — сказала Эмма. — Ты меня раздражаешь.

Он снова уселся в кресло.

Как могла она (она, такая умная!) еще раз ошибиться? Что это, наконец, за жалкая мания — уродовать свою жизнь постоянными жертвами? И Эмма вспоминала всю свою жажду роскоши, все свои сердечные лишения, убожество своего брака, своей семейной жизни, свои мечты, упавшие в грязь, как раненые ласточки, все, чего ей хотелось, все, в чем она себе отказала, все, чем она могла бы обладать! И ради чего? Ради чего?

Душераздирающий крик прорезал воздух в мертвой тишине городка. Бовари побледнел и чуть не потерял сознание. Эмма нервно сдвинула брови и продолжала размышлять. Все ради него, ради этого существа, ради этого человека, который ничего не понимает, ничего не чувствует! Вот он стоит — он совершенно спокоен, ему и в голову не приходит, что, опозорив свое имя, он запятнал ее так же, как и себя. А она еще пыталась любить его, она со слезами каялась, что отдалась другому!

— Но ведь это, может быть, был валгус! — воскликнул вдруг Бовари: он не переставал думать.

Слова его ударили по мыслям Эммы, как свинцовый шар по серебряному блюду, — она вздрогнула от этого неожиданного толчка и подняла голову, пытаясь догадаться, что хотел сказать муж; долго глядели они молча, почти удивляясь, что видят друг друга, — так далеко разошлись их мысли. Шарль смотрел на жену мутными, пьяными глазами и в то же время напряженно слушал последние вопли оперируемого, — они неслись тягучими переливами, то и дело прерываясь резким вскриком; казалось, что вдали режут какое-то животное. Эмма кусала бледные губы и, вертя в пальцах отломанный ею отросток полипа, не спускала с Шарля взгляда своих горящих зрачков, подобных двум огненным стрелам. Теперь он раздражал ее всем — лицом, костюмом, тем, чего он не говорил, всей своей личностью, всем своим существованием. Она, словно в преступлении, раскаивалась в своей былой добродетели, последние остатки которой рушились сейчас под яростными ударами самолюбия. Она наслаждалась всем злорадством торжествующей измены. Она вспоминала любовника, и Родольф представлялся ей пленительным до головокружения; душа ее рвалась к нему, вновь восторгаясь его образом; а Шарль казался ей столь же оторванным от ее жизни, столь же далеким и навсегда, безвозвратно уходящим в небытие, как если бы он сейчас умирал у нее на глазах.

На улице послышались шаги. Шарль заглянул в окошко; сквозь щелки спущенных жалюзи он увидел около рынка, на самом солнцепеке, доктора Каниве, вытирающего лоб платком. За ним следовал Омэ с большим красным ящиком в руках; оба направлялись к аптеке.

Отчаяние и нежность внезапно охватили Шарля, и, повернувшись к жене, он сказал:

— Обними меня, дорогая!

— Оставь! — ответила она, вся покраснев от гнева.

— Что с тобой? Что с тобой? — изумленно повторял он. — Успокойся! Приди в себя!.. Ведь ты знаешь, что я тебя люблю!.. Пойди сюда!

— Довольно! — страшным голосом крикнула Эмма.

И, выбежав из комнаты, так захлопнула за собой дверь, что барометр упал со стены и разбился.

Шарль повалился в кресло, потрясенный, сбитый с толку; он не мог понять, что с ней случилось, воображал какую-то нервную болезнь, плакал — и смутно чувствовал, как вокруг него витает что-то мрачное и непонятное.

Когда вечером в сад пришел Родольф, возлюбленная ждала его на нижней ступеньке террасы. Они обнялись, и в жарком поцелуе вся их досада растаяла, как снежный ком.

XII

Они снова полюбили друг друга. Часто Эмма среди бела дня вдруг писала ему записку, а затем делала знак Жюстену; тот видел ее в окне и, живо сбросив передник, мчался в Ла-Юшетт. Родольф приходил: оказывалось, она вызывала его для того, чтобы сказать, что она тоскует, что муж ее отвратителен, а жизнь ужасна!

— Чем же я-то могу помочь? — нетерпеливо воскликнул однажды любовник.

— Ах, если бы ты только захотел!..

Она сидела у его ног; волосы ее были распущены, взгляд блуждал.

— Что же? — спросил Родольф.

Эмма вздохнула.

— Мы бы уехали… куда-нибудь…

— Право, ты с ума сошла! — ответил он со смехом. — Разве это возможно?

Позже Эмма еще раз вернулась к этой теме; он притворился, будто не понимает, и переменил разговор.

Он положительно не понимал той путаницы, которую она вносила в такое простое чувство, как любовь. У нее были какие-то особые мотивы, какие-то соображения, как бы поддерживавшие ее привязанность.

В самом деле, от отвращения к мужу нежность к любовнику росла со дня на день. Чем полнее она отдавалась одному, тем больше ненавидела другого; никогда Шарль не казался ей таким противным, пальцы его такими толстыми, рассуждения такими тяжеловесными, манеры такими вульгарными, как после свиданий с Родольфом, когда ей удавалось побыть с ним наедине. Не переставая разыгрывать добродетельную супругу, она вся пылала при одной мысли об этой голове с вьющимися черными волосами над загорелым лбом, об этом столь крепком и столь изящном стане, обо всем этом человеке, обладавшем такой рассудительностью, такой пылкостью желаний!

Ради него она отделывала ногти с терпеливостью ювелира, ради него не щадила ни кольдкрема для своей кожи, ни пачулей для платков. Она украшала себя браслетами, кольцами, ожерельями. Когда собирался прийти Родольф, она ставила розы в две большие вазы синего стекла, убирала квартиру и наряжалась, словно куртизанка, ждущая принца. Служанке приходилось без отдыха стирать белье; весь день она не выходила из кухни, и Жюстен, который вообще часто бывал в ее обществе, глядел, как она работает.

Опершись руками на длинную гладильную доску, он жадно рассматривал разбросанные кругом женские вещи: канифасовые юбки, косынки, воротнички, сборчатые панталоны на тесемках, широкие в бедрах и суживающиеся книзу.

— А это для чего? — спрашивал он, показывая на кринолин или какую-нибудь застежку.

— А ты разве никогда не видал? — со смехом отвечала Фелиситэ. — Уж будто бы твоя хозяйка, госпожа Омэ, не такие же вещи носит!

— Ну да! Госпожа Омэ!

И подросток задумчиво добавлял:

— Разве это такая дама, как твоя барыня…

Но Фелиситэ сердилась, что он все вертится подле нее. Она была старше на целых шесть лет, за нею уже начинал ухаживать слуга г-на Гильомена, Теодор.

— Оставь меня в покое! — говорила она, переставляя горшочек с крахмалом. — Ступай-ка лучше толочь миндаль. Вечно ты трешься около женщин; ты бы, скверный мальчишка, подождал хоть, пока у тебя пух на подбородке появится!

— Ну не сердитесь, я за вас *начищу* ее ботинки.

Он брал с подоконника эммин башмачок, весь покрытый засохшей грязью, грязью свиданий; под его пальцами она рассыпалась в пыль, и он глядел, как эта пыль медленно поднималась в солнечном луче.

— Как ты боишься их испортить! — говорила кухарка.

Сама она была далеко не так осторожна при чистке: как только кожа теряла свежесть, барыня сейчас же отдавала ей поношенную пару.

У Эммы был в шкафу целый запас обуви, и она постепенно расточала его, а Шарль никогда не позволял себе по этому поводу ни малейшего замечания.

Совершенно так же безропотно он потратил триста франков на искусственную ногу, которую Эмма нашла нужным подарить Ипполиту. Протез был весь пробковый, с пружинными суставами, — целый сложный механизм, вставленный в черную штанину и в лакированный сапог. Но Ипполит, не решаясь постоянно пользоваться такой прекрасной ногой, выпросил у г-жи Бовари другую, попроще.

Врач, разумеется, оплатил и эту покупку.

И вот, конюх мало-помалу снова вернулся к своим занятиям. Как и прежде, он бегал по всей деревне, и, заслышав издали сухой стук его костыля по мостовой, Шарль тотчас сворачивал в сторону.

Все заказы возлагались на торговца Лере; это давало ему возможность часто видеть Эмму. Он рассказывал ей о новых парижских товарах, о всяких интересных для женщин вещах, был очень услужлив и никогда не требовал денег. Эмма поддалась на такой легкий способ удовлетворять все свои капризы. Так однажды ей захотелось подарить Родольфу очень красивый хлыст, который она увидела в одном руанском магазине. Спустя неделю г-н Лере положил его ей на стол.

Но на другой день он явился со счетом на двести семьдесят франков с сантимами. Эмма очень смутилась: в письменном столе ничего не было; Лестибудуа задолжали больше, чем за полмесяца, а служанке за полгода; имелось и еще много долгов, так что Шарль с нетерпением ждал, когда ему пришлет деньги г-н Дерозерэ, который ежегодно расплачивался с ним к Петрову дню.

Сначала Эмме несколько раз удавалось выпроводить Лере; но, наконец, лавочник потерял терпение: его самого преследуют кредиторы, деньги у него все в обороте, и если он не получит хоть сколько-нибудь, то ему придется взять обратно все проданные вещи.

— Ну и берите! — сказала Эмма.

— О нет, я пошутил! — отвечал он. — Мне только жаль хлыстика. Честное слово, я попрошу его у вашего супруга.

— Нет, нет! — проговорила она.

«Ага, поймал я тебя!» — подумал Лере.

И, уверившись в своем открытии, вышел, повторяя вполголоса, с обычным своим присвистыванием:

— Отлично! Посмотрим, посмотрим!

Эмма раздумывала, как бы ей выпутаться, как вдруг вошла служанка и положила ей на камин сверточек в синей бумаге *от г-на Дерозерэ.* Барыня бросилась к нему, развернула. Там было пятнадцать наполеондоров. Больше чем надо! На лестнице раздались шаги Шарля; Эмма бросила золото в ящик стола и вынула ключ.

Через три дня Лере снова явился.

— Я хочу предложить вам одну сделку, — сказал он. — Если бы вместо следуемой мне суммы вы согласились…

— Вот вам, — ответила она, кладя ему в руку четырнадцать золотых.

Торгаш был поражен. Чтобы скрыть досаду, он рассыпался в извинениях, стал предлагать свои услуги, но Эмма на все отвечала отказом; несколько секунд она ощупывала в кармане передника две пятифранковых монеты — сдачу, полученную в лавке. Она клялась себе, что теперь будет экономить, чтобы позже вернуть…

«Э, — подумала она наконец, — он о них и не вспомнит».

Кроме хлыста с золоченым набалдашником, Родольф получил печатку с девизом «Amor nel cor»,[1] красивый шарф и, наконец, портсигар, совершенно похожий на портсигар виконта, когда-то найденный Шарлем на дороге, — он еще хранился у Эммы. Но все эти подарки Родольф считал для себя унизительными. От многих он

[1] Любовь в сердце (итал.).

отказывался; Эмма настаивала, и в конце концов он покорился, находя ее чересчур деспотичной и настойчивой.

Потом у нее начались какие-то странные фантазии.

— Думай обо мне, — говорила она, — когда будет бить полночь!

И если Родольф признавался, что не думал о ней, начинались бесконечные упреки. Кончались они всегда одним и тем же.

— Ты любишь меня?

— Ну да, люблю! — отвечал он.

— Очень?

— Разумеется!

— А других ты не любил?

— Ты что же думаешь, девственником я тебе достался? — со смехом восклицал Родольф.

Эмма плакала, а он силился утешить ее, перемежая уверения каламбурами.

— Ах, но ведь я тебя люблю! — говорила она. — Так люблю, что не могу без тебя жить, понимаешь? Иногда я так хочу тебя видеть, что сердце мое разрывается от любовной ярости. Я думаю: «Где-то он? Может быть, он говорит с другими женщинами? Они ему улыбаются, он подходит к ним…» О нет, ведь тебе больше никто не нравится? Другая, может быть, красивее меня; но любить, как я, не может никто! Я твоя раба, твоя наложница! Ты мой король, мой кумир! Ты добрый! Ты прекрасный! Ты умный! Ты сильный!

Все эти речи Родольф слышал столько раз, что в них для него не было ничего оригинального. Эмма стала такою же, как все любовницы, и очарование новизны, спадая понемногу, словно одежда, оставляло неприкрытым вечное однообразие страсти, у которой всегда одни и те же формы, один и тот же язык. Он, этот практический человек, не умел за сходством слов разглядеть различные чувства. Он слышал подобные же слова из уст развратных или продажных женщин и потому мало верил в чистоту Эммы. «Если отбросить все эти преувеличенные выражения, — думал он, — останутся посредственные влечения». Как будто истинная полнота души не изливается порой в самых пустых метафорах! Ведь никто никогда не может выразить точно ни своих потребностей, ни понятий, ни горестей, ведь человеческая речь подобна надтреснутому котлу, и мы выстукиваем на нем медвежьи пляски, когда нам хотелось бы растрогать своей музыкой звезды.

Но вместе с преимуществом критического отношения, которое всегда остается на стороне того, кто меньше увлечен, Родольф нашел в любви Эммы и иные наслаждения. Всякий стыд он отбросил, как нечто ненужное. Он без стеснения третировал Эмму. Он сделал ее существом податливым и испорченным. В ней жила какая-то нелепая привязанность, полная преклонения перед ним и чувственных наслаждений для себя самой; женщина цепенела в блаженстве, и душа ее погружалась в это опьянение, тонула в нем, съеживаясь в комочек, словно герцог Кларенс в бочке мальвазии.

Любовный опыт оказал действие на г-жу Бовари, — все ее манеры изменились. Взгляд ее стал смелее, речи свободнее; она даже не стыдилась, гуляя с Родольфом, курить папиросу, *словно нарочно издеваясь над людьми;* когда, наконец, она однажды вышла из «Ласточки», затянутая по-мужски в жилет, то все, кто еще сомневался, перестали сомневаться. Г-жа Бовари-мать, снова сбежавшая к сыну после отчаянной сцены с мужем, была скандализирована не меньше ионвильских обывательниц. Ей не нравилось и многое другое: прежде всего Шарль перестал слушать ее советы о вреде чтения романов; кроме того, ей не нравился весь *тон дома;* она позволяла себе делать замечания, и начинались ссоры. Особенно ожесточенной была стычка из-за Фелиситэ.

Накануне вечером г-жа Бовари-мать, проходя по коридору, застала ее с мужчиной, — мужчиной лет сорока, в темных бакенбардах; заслышав шаги, он тотчас выскочил из кухни. Эмма только рассмеялась, но старуха вышла из себя и заявила, что кто не следит за нравственностью слуг, тот сам пренебрегает нравственностью.

— Где вы воспитывались? — сказала невестка с таким дерзким видом, что г-жа Бовари-старшая спросила ее, уж не за себя ли самое она вступилась.

— Вон отсюда! — крикнула молодая г-жа Бовари и вскочила с места.

— Эмма!.. Мама!.. — кричал Шарль, пытаясь примирить их.

Но обе тотчас же убежали в негодовании. Эмма топала ногами и повторяла:

— Какие манеры! Какая мужичка!

Шарль побежал к матери; та была вне себя и только твердила:

— Что за наглость! Что за легкомыслие! А может быть, и хуже!..

Если Эмма не извинится, она немедленно уедет. Тогда Шарль побежал умолять жену; он стал перед ней на колени.

— Хорошо, пусть так, — сказала она наконец.

В самом деле, Эмма с достоинством маркизы протянула свекрови руку и сказала:

— Извините меня, сударыня.

А потом поднялась к себе, бросилась ничком на кровать, зарылась лицом в подушки и разрыдалась, как ребенок.

У нее было условлено с Родольфом, что в случае какого-нибудь исключительного события она привяжет к оконной занавеске клочок белой бумаги; если он в это время окажется в Ионвиле, то увидит и поспешит в переулок, что позади дома. Эмма подала сигнал. Подождав три четверти часа, она вдруг увидела на углу рынка Родольфа. Она чуть не открыла окно, чуть не позвала его; однако он исчез. Эмма снова впала в отчаяние.

Но скоро ей послышались в переулке шаги. То был, конечно, он; она сбежала по лестнице, пересекла двор. Родольф был там, за стеной. Эмма бросилась в его объятия.

— Будь же осторожнее! — сказал он.

— Ах, если бы ты знал! — ответила она.

И стала рассказывать ему все, рассказывать торопливо, беспорядочно, преувеличивая, многое выдумывая, прерывая себя такими бесчисленными вставками, что он просто ничего не мог понять.

— Крепись, ангел мой! Успокойся, потерпи!

— Я терплю и страдаю вот уж четыре года!.. Такая любовь, как наша, должна быть открытой перед лицом неба! Они только и делают, что мучают меня. Я больше не могу! Спаси меня!

Она прижималась к Родольфу. Глаза ее, полные слез, блестели, точно огонь под водою; грудь высоко поднималась от прерывистых вздохов. Никогда еще не любил он ее так сильно; наконец он потерял голову и сказал ей:

— Что же делать! Чего ты хочешь?

— Увези меня! — воскликнула она, — похить меня!.. О, умоляю!

И она тянулась губами к его губам, словно ловила в поцелуе невольное согласие.

— Но... — заговорил Родольф.

— Что такое?

— А твоя дочь?

Эмма немного подумала и ответила:

— Делать нечего. Возьмем ее с собой!

«Что за женщина!» — подумал он, глядя ей вслед.

Она убежала в сад: ее звали.

Следующие дни старуха Бовари все время удивлялась метаморфозе, происшедшей в невестке. В самом деле, Эмма стала гораздо податливее и даже простерла свою почтительность до того, что попросила у старухи рецепт для маринования огурцов.

Делалось ли это с целью лучше обмануть мужа и свекровь? Или же она предавалась своего рода сладострастному стоицизму, чтобы глубже почувствовать всю горечь покидаемой жизни? Но об этом она не заботилась; наоборот, она вся утопала в предвкушении близкого счастья. Оно было постоянной темой ее разговора с Родольфом. Склоняясь к его плечу, она шептала:

— Ах, когда мы будем в почтовой карете! Ты представляешь себе? Неужели это возможно? Мне кажется, что как только экипаж тронется, для меня это будет, словно мы поднялись на воздушном шаре, словно мы унеслись к облакам. Знаешь, я считаю дни… А ты?

Никогда г-жа Бовари не была так хороша, как в ту пору. Она обрела ту неопределимую красоту, которую порождает радость, воодушевление и успех, полное соответствие между темпераментом и внешними обстоятельствами. Как цветы растут благодаря дождям и навозу, ветрам и солнцу, так и она всю жизнь постепенно вырастала благодаря желаниям и горестям, опыту наслаждений и вечно юным иллюзиям, а теперь, наконец, распустилась во всей полноте своей натуры. Разрез ее глаз казался созданным для долгих любовных взглядов, когда в тени ресниц теряются зрачки; от глубокого дыхания раздувались ее тонкие ноздри и резче обозначались уголки мясистых губ, при ярком свете затененные черным пушком. Локоны ее лежали на затылке так, словно их укладывал искусной рукой опытный соблазнитель-художник; они небрежно, тяжело спадали, покорные всем прихотям преступной любви, ежедневно их распускавшей. Голос и движения Эммы стали мягче и гибче. Что-то тонкое, пронизывающее исходило даже от складок ее платья, от подъема ее ноги. Для Шарля она была прелестна и неотразима, как в первые дни брака.

Возвращаясь поздно ночью, он не смел ее будить. Фарфоровый ночник отбрасывал на потолок дрожащий световой круг; спущенный полог колыбельки, словно белая палатка, вздувался в тени рядом с кроватью. Шарль глядел на жену и ребенка. Ему казалось, что он слышит легкое дыхание девочки. Скоро она вырастет; она будет развиваться с каждым месяцем. Он въявь видел, как она возвращается к вечеру из школы: смеется, блуза в чернилах, на руке корзиночка; потом придется отдать ее в пансион, — это обойдется недешево. Как быть? И тут он задумывался. Он предполагал арендовать где-нибудь поблизости небольшую ферму и самому приглядывать за ней каждое утро по дороге к больным. Доход от хозяйства он будет копить, класть в сберегательную кассу; потом где-нибудь — все равно где! — купит акции; к тому же и пациентов станет больше; на это он рассчитывал, — ведь хотелось, чтобы Берта была хорошо воспитана, чтобы у нее обнаружились всякие таланты, чтобы она выучилась играть на фортепиано. Ах, какая она будет красивая позже, лет в пятнадцать! Она будет похожа на мать и летом станет, как Эмма, ходить в соломенной шляпке! Издали их будут принимать за двух сестер... Шарль воображал, как по вечерам она работает при лампе, сидя рядом с ним и матерью. Она вышьет ему туфли; она займется хозяйством, и весь дом будет сиять ее миловидностью и весельем. Наконец придется подумать и о замужестве: подыщут ей какого-нибудь хорошего малого с солидным состоянием; он даст ей счастье, и это будет навеки...

Эмма не спала, она только притворялась спящей. И в то время как Шарль, лежа рядом с нею, погружался в дремоту, она пробуждалась для иных мечтаний.

Вот уже неделя, как четверка лошадей галопом мчит ее в неведомую страну, откуда она никогда не вернется. Они едут, едут, сплетясь руками, не произнося ни слова. Часто с вершины горы они видят под собою какие-то чудесные города с куполами, мостами, кораблями и лимонными рощами, с беломраморными соборами, с остроконечными колокольнями, где свили себе гнезда аисты. Они с Родольфом едут шагом по неровной каменистой дороге, и женщины в красных корсажах продают им цветы. Слышен звон колоколов и ржанье мулов, рокот гитар и журчанье фонтанов, водяная пыль разлетается от них по сторонам, освежая груды фруктов, сложенных пирамидами у пьедесталов белых статуй, улыбающихся сквозь струи. А вечером они приезжают в рыбачью деревушку, где вдоль утесов и хижин сушатся на ветру бурые сети. Там они остановятся и будут жить; они поселятся в низеньком домике с плоской кровлей под пальмой, в глубине залива, на берегу моря. Будут кататься в гондоле, качаться в гамаке, все их существование будет легким и свободным, как их шелковые одежды, будет согревать и сверкать, как теплые звездные ночи, которыми они будут любоваться. В этом безграничном будущем, встававшем перед Эммой, не выделялось ничто; все дни были одинаково великолепны, как волны; бесконечные, гармонические, голубые, залитые солнцем, они тихо колыхались на горизонте. Но тут кашлял в колыбели ребенок или громче обычного всхрапывал Бовари, и Эмма засыпала только под утро, когда окна белели от рассвета и на площади Жюстен уже открывал ставни аптеки.

Она вызвала г-на Лере и сказала ему:

— Мне нужен плащ — длинный плащ на подкладке, с большим воротником.

— Вы уезжаете? — спросил он.

— Нет, но… Все равно, я на вас рассчитываю. Да поскорее!

Он поклонился.

— Еще мне нужен, — продолжала она, — чемодан… Не слишком тяжелый… удобный.

— Да, да, понимаю, — примерно пятьдесят на девяносто два сантиметра, как теперь делают.

— И спальный мешок.

«Здесь положительно что-то нечисто», — подумал Лере.

— Вот что, — сказала г-жа Бовари, вынимая из-за пояса часики. — Возьмите их в уплату.

Но купец воскликнул, что это совершенно лишнее; ведь они друг друга знают; неужели он может в ней сомневаться? Какое ребячество! Однако она настояла, чтобы он взял хоть цепочку. Лере положил ее в карман и уже выходил, когда Эмма снова позвала его.

— Все вещи вы будете держать у себя. А плащ — она как будто задумалась — тоже не приносите; вы только скажите мне адрес портного и велите ему, чтобы его хранили, пока я не потребую.

Бежать предполагалось в следующем месяце. Эмма должна была уехать из Ионвиля в Руан будто бы за покупками. Родольф купит почтовые места, достанет документы и даже письмом в Париж закажет карету до Марселя, где они приобретут коляску и, не останавливаясь, отправятся по Генуэзской дороге. Эмма заранее отошлет к Лере свой багаж, и его отнесут прямо в «Ласточку», так что никто ничего не заподозрит; о девочке не было и речи. Родольф старался о ней не говорить; Эмма, может быть, и не думала.

Родольф попросил две недели отсрочки, чтобы успеть покончить с какими-то распоряжениями; потом, спустя неделю, попросил еще две; потом сказался больным: вслед за тем поехал по делам. Так прошел август, и после всех этих задержек был бесповоротно назначен срок: понедельник, 4 сентября.

Наконец наступила суббота, канун кануна.

Вечером Родольф пришел раньше обычного.

— Все готово? — спросила она.

— Да.

Тогда любовники обошли кругом грядку и уселись на закраине стены около террасы.

— Тебе грустно? — сказала Эмма.

— Нет, почему же?

А между тем он смотрел на нее каким-то особенным, нежным взглядом.

— Это оттого, что ты уезжаешь, расстаешься со своими привычками, с прежней жизнью? — снова заговорила Эмма. — Ах, я тебя понимаю... А вот у меня ничего нет на свете! Ты для меня — все. И я тоже буду для тебя всем, — я буду твоей семьей, твоей родиной; я буду заботиться о тебе, любить тебя.

— Как ты прелестна! — сказал он и порывисто обнял ее.

— Право? — с блаженным смехом произнесла она. — Ты меня любишь? Поклянись!

— Люблю ли я тебя? Люблю ли? Я обожаю тебя, любовь моя!

За лугом, на самом горизонте, вставала круглая багровая луна. Она быстро поднималась, и ветви тополей местами прикрывали ее, словно рваный черный занавес. Потом она появилась выше, ослепительно белая, и осветила пустынное небо; движение ее замедлилось, она отразилась в реке огромным световым пятном и рассыпалась в ней бесчисленными звездами. Этот серебряный огонь, казалось, извивался в воде, опускаясь до самого дна, — точно безголовая змея, вся в сверкающих чешуйках. И еще было это похоже на гигантский канделябр, по которому сверху донизу стекали капли жидкого алмаза. Теплая ночь простиралась вокруг любовников, окутывая листву покрывалом тени.

Эмма, полузакрыв глаза, глубоко вдыхала свежий ветерок. Оба молчали, теряясь в нахлынувших грезах. В томном благоухании жасминов подступала к сердцу обильная и молчаливая, как протекавшая внизу река, нежность былых дней, в памяти вставали еще более широкие и меланхолические тени, подобные тянувшимся по траве теням недвижных ив. Порой шуршал листом, выходя на охоту, какой-нибудь ночной зверек — еж или ласочка, да время от времени шумно падал на траву зрелый персик.

— Ах, какая прекрасная ночь! — сказал Родольф.

— Такие ли еще будут! — сказала Эмма.

Она говорила словно про себя:

— Да, хорошо будет ехать… Но почему же у меня грустно на душе?.. Что это? Страх перед неведомым? Печаль по привычной жизни? Или же… Нет, от счастья, слишком большого счастья! Какая я слабая — правда? Прости меня!

— Еще есть время! — воскликнул он. — Подумай, ты, может быть, потом раскаешься.

— Никогда! — пылко отвечала она. И, прильнув к нему, говорила: — Что плохого может со мной случиться? Нет той пустыни, нет той пропасти, того океана, которые я не преодолела бы с тобой. Наша жизнь будет единым объятием, и с каждым днем оно будет все крепче, все полнее. Ничто не смутит нас — никакие заботы, никакие препятствия! Мы будем одни, друг с другом, вечно вдвоем… Говори же, отвечай!

Он машинально отвечал:

— Да, да!..

Эмма погрузила пальцы в его волосы, крупные слезы катились из ее глаз, она по-детски повторяла:

— Родольф, Родольф!.. Ах, Родольф, милый мой Родольф!

Пробила полночь.

— Полночь! — сказала Эмма. — Значит — завтра! Еще один день!

Он встал, собираясь уйти; и, словно это движение было сигналом к бегству, Эмма вдруг повеселела:

— Паспорта у тебя?

— Да.

— Ничего не забыл?

— Ничего.

— Ты уверен?

— Конечно.

— Итак, ты ждешь меня в отеле «Прованс»?.. В двенадцать дня?

Он кивнул.

— Ну, до завтра!

И долго глядела ему вслед.

Он не оборачивался. Она побежала за ним и, наклонившись над водой, крикнула сквозь кусты:

— До завтра!

Он был уже за рекой и быстро шагал по лугу.

Через несколько минут Родольф остановился; и когда он увидел, как она в своей белой одежде, словно привидение, медленно исчезала в тени, у него так забилось сердце, что он чуть не упал и схватился за дерево.

— Какой я дурак! — сказал он и отчаянно выругался. — Нет, она была прелестной любовницей!

И тотчас перед ним встала вся красота Эммы, все радости этой любви. Сначала он разнежился, потом взбунтовался против нее.

— Не могу же я, наконец, — воскликнул он, жестикулируя, — не могу же я эмигрировать, взвалить на себя ребенка!

Он говорил так, чтобы укрепиться в своем решении.

— Возня, расходы… Ах, нет, нет, тысячу раз нет! Это было бы слишком нелепо!

XIII

Едва вернувшись домой, Родольф бросился к письменному столу, в кресло под висевшей на стене в виде трофея оленьей головой. Но когда он взял в руки перо, все нужные слова исчезли из головы; он облокотился на стол и задумался. Эмма, казалось ему, отодвинулась в далекое прошлое, словно его решение сразу установило между ними огромное расстояние.

Чтобы вспомнить о ней хоть что-нибудь, он вынул из шкафа, стоявшего у изголовья кровати, старую коробку из-под реймских бисквитов, куда он обычно прятал любовные письма. От нее шел запах влажной пыли и увядших роз. Сверху лежал носовой платок в бледных пятнышках. То был ее платок — он запачкался на прогулке, когда у нее пошла носом кровь. Родольф этого не помнил. Тут же лежала помятая на уголках миниатюра Эммы. Ее туалет показался Родольфу претенциозным, ее взгляд — она делала на портрете *глазки* — самым жалким. Чем дольше разглядывал он этот портрет и вызывал в памяти оригинал, тем больше расплывались в его душе черты Эммы, словно нарисованное и живое лицо терлись друг о друга и смазывались. Наконец он стал читать ее письма. Они были посвящены скорому отъезду, кратки, техничны и настойчивы, как деловые записки. Тогда Родольфу захотелось пересмотреть давнишние длинные послания. Разбирая их на дне коробки, он разбросал все прочее и стал невольно рыться в этой груде бумаг и вещиц, натыкаясь то на букет, то на подвязку, то на черную маску, на булавки, на волосы — волосы темные, светлые; иные цеплялись за металлическую оправу коробки и рвались, когда она открывалась.

Так, блуждая в воспоминаниях, он изучал почерк и слог писем, столь же разнообразных, как и их орфография. Тут были нежные и веселые, шутливые и меланхолические; в одних просили любви, в других просили денег. Слова напоминали ему лица, движения, звуки голосов; а иногда он и вовсе ничего не мог вспомнить.

В самом деле, все эти женщины, столпившись сразу в его памяти, не давали друг другу места, мельчали; их словно делал одинаковыми общий уровень любви. И вот, захватив горсть перемешанных писем, Родольф долго забавлялся, пересыпая их из руки в руку. Наконец ему это надоело, он зевнул, отнес коробку в шкаф и сказал про себя: «Какая все это чепуха!..»

Он и в самом деле так думал, ибо наслаждения вытоптали его сердце, как школьники вытаптывают двор коллежа; там не пробивалось ни травинки, а все, что там проходило, было легкомысленнее детей и даже не оставляло, подобно им, вырезанных на стене имен.

— Ну, — произнес он, — приступим!

Он написал:

«Крепитесь, Эмма! Крепитесь! Я не хочу быть несчастьем вашей жизни…»

«В конце концов, — подумал Родольф, — это правда: я действую в ее интересах. Это честно».

«Зрело ли вы взвесили свое решение? Знаете ли вы, ангел мой, в какую пропасть я увлек бы вас с собою? Нет, конечно! Доверчивая и безумная, вы шли вперед, веря в счастье, в будущее… О мы, несчастные! О безрассудные!»

Родольф остановился, чтобы найти серьезную отговорку:

«Не написать ли ей, что я потерял состояние?.. Нет, нет. Да это и не поможет. Немного позже придется начать все сначала. Разве для таких женщин существует логика?»

Он подумал и продолжал:

«Поверьте мне, я вас не забуду, я навеки сохраню к вам глубочайшую преданность; но ведь рано или поздно наш пыл (такова судьба всего человеческого) все равно угаснет. Мы начнем уставать друг от друга, и, кто знает, не выпадет ли на мою долю жестокая мука видеть ваше раскаяние и даже самому разделять его, ибо именно я был бы его причиной? Одна мысль о грозящих вам бедствиях уже терзает меня, Эмма! Забудьте меня! О, зачем я вас узнал? Зачем вы так прекрасны? Я ли тому виной? О боже мой! Нет, нет, виновен только рок!»

«Это слово всегда производит эффект», — подумал он.

«Ах, будь вы одною из тех легкомысленных женщин, которых так много, я, конечно, мог бы решиться из эгоизма на эту попытку: тогда она была бы для вас безопасна. Но ведь та самая прелестная восторженность, которая составляет и ваше очарование и причину ваших мучений, — она и мешает вам, о изумительная женщина, понять ложность нашего будущего положения! Я тоже сначала об этом не подумал и, не предвидя последствий, отдыхал под сенью нашего идеального счастья, словно в тени манселиллы».

«Как бы она не подумала, что я отказываюсь из скупости... Э, все равно! Пускай, пора кончать!»

«Свет жесток, Эмма. Он стал бы преследовать нас повсюду, где б мы ни были. Вам пришлось бы терпеть нескромные расспросы, клевету, презрение, может быть даже оскорбления. Оскорбление вам!.. О!.. ведь я хотел бы видеть вас на троне! Ведь я ношу с собою мысль о вас, как талисман! Ибо за все зло, которое я причинил вам, я наказываю себя изгнанием. Я уезжаю. Куда? Я сам не знаю, я обезумел. Прощайте! Будьте всегда добры ко мне! Сохраните память о несчастном, вас потерявшем. Научите вашего ребенка поминать мое имя в молитвах».

Пламя двух свечей дрожало. Родольф встал, закрыл окно, уселся снова.

«Кажется, все сказано. Ах, да! Надо еще прибавить, а то как бы она не стала опять *приставать*».

«Когда вы прочтете эти грустные строки, я буду далеко; я решился бежать как можно скорее, чтобы удержаться от искушения вновь видеть вас. Не надо слабости! Я еще вернусь, и, быть может, когда-нибудь мы с вами будем очень спокойно беседовать о нашей любви. Прощайте!»

И он написал еще одно последнее прощанье: не *прощайте,* а *простите:* это казалось ему выражением самого лучшего вкуса.

— Но как же теперь подписаться? — говорил он. — «Ваш преданный». Нет, «Ваш друг»?.. Да, это как раз то, что надо.

«Ваш друг».

Он перечел письмо, оно показалось ему удачным.

«Бедняжка, — умилился он. — Она будет считать меня бесчувственным, как скала, надо бы здесь капнуть несколько слезинок, да не умею я плакать; чем же я виноват?»

И, налив в стакан воды, Родольф обмакнул палец и уронил с него на письмо крупную каплю, от которой чернила расплылись бледным пятном; потом он стал искать, чем бы запечатать письмо, и ему попалась печатка «Amor nel cor».

«Не совсем подходит к обстоятельствам… Э, да все равно!»

Затем он выкурил три трубки и лег спать.

Поднявшись на другой день около двух часов, — он проспал, — Родольф велел набрать корзину абрикосов. На дно, под виноградные листья, он положил письмо и тотчас приказал своему работнику Жирару осторожно передать все это госпоже Бовари. Он часто пользовался этим средством для переписки с нею, присылая, смотря по сезону, то фрукты, то дичь.

— Если она спросит обо мне, — сказал он, — ответишь, что я уехал. Корзинку непременно отдай ей самой, в собственные руки… Ступай, да гляди у меня!

Жирар надел новую блузу, завязал корзину с абрикосами в платок и, тяжело ступая в своих грубых, подбитых гвоздями сапогах, спокойно двинулся в Ионвиль.

Когда он пришел, г-жа Бовари вместе с Фелиситэ раскладывала на кухонном столе белье.

— Вот, — сказал работник, — хозяин прислал.

Недоброе предчувствие охватило Эмму. Ища в кармане мелочь, она растерянно глядела на крестьянина, а тот остолбенело уставился на нее, не понимая, чем может взволновать человека такой подарок. Наконец он ушел. Но оставалась Фелиситэ. Эмма не могла совладать с собою. Она побежала в залу, как будто желая отнести туда абрикосы, опрокинула корзинку, выбросила листья, нашла письмо, распечатала его и, словно за ее спиной пылал страшный пожар, в ужасе бегом бросилась в свою комнату.

Там был Шарль, Эмма увидела его; он заговорил с нею, она ничего не слышала и быстро побежала вверх по лестнице, задыхаясь, растерянная и словно пьяная, не выпуская из рук эту страшную бумагу, которая хлопала в ее пальцах, как кусок жести. На третьем этаже она остановилась перед закрытой дверью на чердак.

Ей хотелось успокоиться. Она вспомнила о письме; надо было дочитать его, она не решалась. Да и где? Как? Ее могли увидеть.

«Ах, нет, — подумала она, — здесь будет хорошо».

Эмма толкнула дверь и вошла.

От шиферной кровли отвесно падал тяжелый жар. Было душно, сжимало виски. Эмма дотащилась до запертой мансарды, отодвинула засов, и ослепительный свет хлынул ей навстречу.

Перед ней, за крышами, до самого горизонта расстилались поля. Внизу лежала безлюдная городская площадь; искрился булыжник мостовой, неподвижно застыли на домах флюгера; с угла улицы, из нижнего этажа, доносилось какое-то верещанье. Это токарничал Бине.

Эмма прижалась к стенке в амбразуре мансарды и, злобно усмехаясь, стала перечитывать письмо. Но чем напряженнее она вникала в него, тем больше путались ее мысли. Она видела Родольфа, слышала его, обнимала его; сердце билось у нее в груди, как таран, и неровный его стук все ускорялся. Глаза ее блуждали, ей хотелось, чтобы земля провалилась. Почему не покончить со всем этим? Что ее удерживает? Ведь она свободна! И она двинулась вперед, она взглянула на мостовую и произнесла:

— Ну же! Ну!

Сверкающий луч света поднимался снизу и тянул в пропасть всю тяжесть ее тела. Ей казалось, что площадь колеблется, поднимается по стенам, что пол наклоняется в одну сторону, словно палуба корабля в качку. Эмма стояла у самого края, почти свесившись вниз; со всех сторон был необъятный простор. Синева неба подавляла ее, вихрь кружился в опустелой голове, — надо было только уступить, отдаться; а токарный станок все верещал, словно звал ее сердитым голосом.

— Жена! Жена! — кричал Шарль.

Она остановилась.

— Где ты там? Иди сюда!

При мысли, что она только что избежала смерти, Эмма едва не потеряла от ужаса сознание; она закрыла глаза, потом вздрогнула: кто-то тронул ее за рукав. То была Фелиситэ.

— Барин ждет вас, барыня. Суп на столе.

И пришлось спуститься вниз! Пришлось сесть за стол!

Она пыталась есть. Каждый кусок останавливался в горле. Тогда Эмма развернула салфетку, будто желая осмотреть, как она заштопана, — и в самом деле попыталась заняться этой работой, пересчитать нитки. И вдруг вспомнила о письме. Неужели она его потеряла? Надо бежать, искать его! Но душевная усталость была настолько велика, что никак не удалось бы выдумать предлог, чтобы уйти из-за стола. Потом на нее напал страх; она испугалась Шарля: он все знает — это ясно. В самом деле, он как-то странно произнес:

— Судя по всему, мы не скоро увидим господина Родольфа.

— Кто тебе сказал? — вздрогнув, проговорила Эмма.

— Кто мне сказал? — повторил он, немного удивляясь ее резкому тону. — Жирар. Я только что встретил его около кафе «Франция». Господин Родольф или уехал, или собирается уехать.

Эмма всхлипнула.

— Что ж ты удивляешься? Он всегда время от времени уезжает поразвлечься. Честное слово, он правильно делает! Человек холостой, с состоянием… Он не плохо забавляется, наш друг. Настоящий кутила. Господин Ланглуа рассказывал мне…

Тут вошла служанка, и он из приличия замолчал.

Фелиситэ собрала в корзинку разбросанные на этажерке абрикосы. Шарль, не замечая, как покраснела жена, приказал подать их, взял один и тут же надкусил.

— Какая прелесть! — сказал он. — Возьми-ка, попробуй.

И протянул ей корзинку; она тихонько оттолкнула его руку.

— Ты только понюхай. Какой аромат! — говорил он, все подвигая корзинку к Эмме.

— Душно! — закричала она, вскочив с места.

Но тут же подавила судорогу усилием воли.

— Пустяки! — сказала она. — Пустяки! Просто нервы! Садись, ешь.

Она боялась, что ее начнут расспрашивать, ухаживать за нею, не дадут ей покоя.

Шарль послушно сел, стал выплевывать косточки в кулак и складывать на тарелку.

Вдруг по площади крупной рысью пронеслось синее тильбюри. Эмма вскрикнула и упала навзничь.

В самом деле, Родольф после долгих размышлений решил отправиться в Руан. А так как из Ла-Юшетт в Бюши нет иной дороги, как через Ионвиль, то ему и пришлось проехать через городок. Эмма узнала его по свету фонарей, словно две молнии прорезавших сумерки.

На шум в доме прибежал аптекарь. Стол со всеми тарелками был опрокинут: соус, жаркое, ножи, солонка, судок с прованским маслом валялись на полу. Шарль звал на помощь, перепуганная Берта кричала; Фелиситэ дрожащими руками расшнуровывала барыню, у которой корчилось все тело.

— Бегу, — сказал аптекарь, — в лабораторию за ароматическим уксусом.

А когда Эмма, глубоко вдохнув из пузырька, открыла глаза, аптекарь сказал:

— Я был уверен. Этим можно и мертвого поднять.

— Скажи что-нибудь! — умолял Шарль. — Скажи что-нибудь! Приди в себя! Это я, твой Шарль, я люблю тебя! Ты меня узнаешь? Смотри, вот твоя дочка, поцелуй ее!

Девочка тянулась ручонками к матери, хотела обнять ее за шею. Но Эмма отвернулась и прерывающимся голосом сказала:

— Нет, нет… Никого!

И снова потеряла сознание. Ее отнесли в постель.

Она лежала плашмя, приоткрыв рот, смежив веки, вытянув руки, белая и неподвижная, как восковая статуя. Слезы струились из ее глаз, медленно стекая двумя ручейками на подушку.

Шарль стоял в глубине алькова, а рядом с ним аптекарь, который хранил вдумчивое молчание, особенно приличное во всех тяжелых случаях жизни.

— Успокойтесь, — сказал он, подталкивая врача под локоть, — мне кажется, припадок прошел.

— Да, пусть теперь немного отдохнет! — отвечал Шарль, глядя, как она спит. — Бедняжка!.. Бедняжка!.. Снова захворала!

Тогда Омэ спросил, как все это случилось. Шарль ответил, что ее схватило вдруг, когда она ела абрикосы.

— Странно, — заговорил аптекарь. — Но возможно, что именно абрикосы и послужили причиной обморока! Есть ведь натуры необыкновенно восприимчивые к известным запахам. Это даже прекрасная проблема для изучения как с патологической, так и с физиологической стороны. Попы отлично знают всю важность подобных явлений: недаром они всегда пользуются при своих церемониях ароматическими веществами! Этим они притупляют разум и вызывают экстатическое состояние, что, впрочем, и не трудно достижимо у особ слабого пола: они гораздо более хрупки, чем мужчины. Известны примеры, когда женщины лишались чувств от запаха жженого рога, или свежего хлеба, или…

— Не разбудите ее! — шепнул Бовари.

— Этой аномалии, — продолжал аптекарь, — подвержены не только люди, но и животные. Так, например, вам, конечно, известно, как своеобразно действует на похоть представителей породы кошачьих nepeta cataria, называемая в просторечье котовиком, или степною мятой. С другой стороны, чтобы привести пример, за достоверность которого я могу поручиться, скажу, что один из моих бывших товарищей, некто Бриду, проживающий ныне в Руане по улице Мальпалю, владеет собакой, которая, если ей поднести к носу табакерку, тотчас падает в судорогах. Он даже нередко делает этот опыт в присутствии друзей, в своей беседке, что в роще Гильом. Можно ли поверить, чтобы обыкновенное чихательное средство могло производить подобные потрясения в организме четвероногого! Не правда ли, в высшей степени любопытно?

— Да, — не слушая, отвечал Шарль.

— Это доказывает, — с благодушно-самодовольной улыбкой заключил аптекарь, — что неправильности нервной системы бесконечно разнообразны. Что же касается вашей супруги, то, признаюсь, она всегда казалась мне необычайно чувствительной. Поэтому я не стану советовать вам, друг мой, ни одного из тех квазилекарств, которые, якобы воздействуя на симптомы, воздействуют на самый темперамент. Нет, прочь бесполезные медикаменты! Режим — вот главное! Больше успокоительных, мягчительных, болеутоляющих! А кроме того, не думаете ли вы, что, быть может, следовало бы поразить ее воображение?

— Чем? Как? — сказал Бовари.

— О, это вопрос. Это действительно вопрос! That is the question, как недавно было написано в газете!

Но тут Эмма пришла в себя и закричала:

— А письмо? Письмо?

Это приняли за бред. В полночь он начался и на самом деле: явно определилось воспаление мозга.

Сорок три дня не отходил Шарль от жены. Он забросил всех больных; он не ложился спать, он только и делал, что щупал пульс, ставил горчичники и холодные компрессы! Он гонял Жюстена за льдом до самого Нефшателя; лед по дороге таял, Шарль посылал Жюстена обратно. Он пригласил на консультацию г-на Каниве, вызвал из Руана своего учителя, доктора Ларивьера. Он был в отчаянии. Больше всего пугал его у Эммы упадок сил: она ни слова не говорила, ничего не слышала, и казалось даже, что она не ощущает страданий, словно и тело ее, и душа одновременно отдыхали от всего пережитого.

Около середины октября она могла сидеть в постели, прислонившись к подушкам. Когда она съела первую тартинку с вареньем, Шарль расплакался. Силы понемногу возвращались к ней. Она начала вставать днем на несколько часов, и однажды, когда она чувствовала себя особенно хорошо, он попробовал пройтись с ней под руку по саду. Песок на дорожках был усыпан опавшим листом; Эмма ступала осторожно, волоча по земле туфли, и, тихо улыбаясь, склонялась на плечо Шарля.

Они ушли в конец сада, к террасе. Эмма медленно выпрямилась и, прикрыв глаза рукой, поглядела вдаль, на самый горизонт; но там ничего не было видно, кроме горящей травы, дымившейся на холмах.

— Ты устанешь, голубка, — сказал Бовари.

И, тихонько подталкивая ее к беседке, добавил:

— Сядь на скамейку, тут тебе будет хорошо.

— О нет! Не здесь, не здесь! — замирающим голосом произнесла она.

У нее закружилась голова, и к вечеру болезнь возобновилась, — правда, теперь течение ее было неопределеннее и характер сложнее. Эмма чувствовала боли то в сердце, то в груди, то в мозгу, в руках, в ногах; появилась рвота, которая Шарлю показалась первым признаком рака.

Ко всему этому у бедняги доктора были еще и денежные затруднения!

XIV

Прежде всего он не знал, как ему рассчитаться с г-ном Омэ за все взятые лекарства; правда, как врач он мог и не платить, но при одной мысли об этом лицо его заливалось краской. Кроме того, теперь, когда хозяйничать стала кухарка, домашние расходы достигли ужасающих размеров; счета сыпались дождем; поставщики роптали; больше всех изводил Шарля г-н Лере. В самые тяжелые дни болезни Эммы он воспользовался этим обстоятельством, чтобы раздуть счет, и немедленно принес плащ, спальный мешок, два чемодана, вместо одного, и еще множество всяких вещей. Сколько ни говорил Шарль, что все это ему не нужно, торгаш нагло отвечал, что вещи ему заказаны и обратно он их не возьмет; да и можно ли огорчать супругу во время ее выздоровления? Пусть господин доктор подумает. Словом, он решил скорее подать в суд, чем отступиться от своих прав и унести товар обратно. Тогда Шарль распорядился отослать всё ему в магазин; Фелиситэ позабыла, у самого Шарля было много других забот, — и об этом перестали думать. Г-н Лере снова пошел на приступ и, то грозя, то жалуясь, поставил дело так, что в конце концов Бовари выдал ему вексель сроком на шесть месяцев. Но едва он подписал этот вексель, как у него возникла смелая мысль — занять у г-на Лере тысячу франков. И вот он смущенно спросил, нет ли способа достать эти деньги, причем обещал вернуть их через год с любыми процентами. Лере побежал в свою лавку, принес оттуда золотые и продиктовал новый вексель, по которому Бовари объявлял себя повинным уплатить по его приказу 1 сентября следующего года сумму в тысячу семьдесят франков; вместе с уже оговоренными ста восемьюдесятью это составляло ровно тысячу двести пятьдесят. Таким образом, ссудив деньги из шести процентов плюс четверть суммы за комиссию да еще заработав не меньше трети на самих товарах, г-н Лере должен был за год получить сто тридцать франков прибыли. Но он надеялся, что этим дело не кончится, что Бовари не удастся оплатить векселя в срок, что их придется переписать и что его денежки, подкормившись у врача, словно на курорте, когда-нибудь вернутся к нему такой солидной кругленькой суммой, что от них затрещит мешок.

Ему вообще везло. Он получил с торгов поставку сидра для нефшательской больницы; г-н Гильомен обещал ему акции грюменильских торфяных разработок, и он мечтал завести новое дилижансное сообщение между Аргейлем и Руаном: оно, конечно, очень скоро вытеснит старую колымагу «Золотого льва». Его дилижансы будут ходить быстрее, стоить пассажирам дешевле и брать больше багажа, так что это отдаст в его руки всю ионвильскую торговлю.

Шарль не раз думал, откуда достать в будущем году столько денег. Он метался, выискивал всякие средства, — например, обратиться к отцу или что-нибудь продать. Но отец не стал бы его и слушать, а самому продавать было нечего. Препятствия казались такими огромными, что он поскорее отворачивался от столь неприятной темы размышлений. Он упрекал себя, что из-за денег забывает Эмму, словно все его мысли должны были полностью принадлежать этой женщине, и подумать о чем бы то ни было, кроме нее, значило что-то у нее похитить.

Зима стояла суровая. Выздоровление г-жи Бовари тянулось медленно. В хорошую погоду ее придвигали в кресле к окну — к тому, которое выходило на площадь, так как сад внушал ей теперь отвращение, и со стороны сада жалюзи были всегда спущены. Эмма заставила мужа продать лошадь: все, что она любила прежде, теперь ей не нравилось. Казалось, ее мысли ограничивались лишь заботой о самой себе. Лежа в постели, она принимала легкую пищу, звонила служанке, расспрашивала ее о подогревавшихся на кухне декоктах или болтала с ней. Снег, лежавший на рыночном навесе, отбрасывал в комнату белый, неподвижный отсвет; потом начались дожди. И каждый день Эмма с каким-то беспокойством ожидала неизменного повторения крохотных событий, не имевших к ней, впрочем, никакого отношения. Самым значительным из них был вечерний приезд «Ласточки». Тогда кричала хозяйка, ей отвечали другие голоса, и фонарь Ипполита, разыскивавшего на брезентовом верху баулы, блестел во мраке звездой. В полдень являлся с работы Шарль; позже он уходил; потом Эмма ела бульон, а под вечер, около пяти часов, возвращались из школы дети. Они волочили деревянные башмаки по мостовой и все как один по очереди стучали линейками по щеколдам навеса.

В этот час и навещал ее г-н Бурнисьен. Он осведомлялся о ее здоровье, рассказывал новости и в легкой, благодушной, не лишенной приятности болтовне склонял ее к религии. Эмма чувствовала себя уютнее от одного вида его сутаны.

В самый разгар болезни ей однажды показалось, что начинается агония, и она захотела причаститься. И в то время как в комнате шли приготовления к таинству, как устраивали алтарь из загроможденного лекарствами комода, а Фелиситэ разбрасывала по полу георгины, Эмма чувствовала, что на нее спускается нечто мощное, избавляющее от всех печалей, от всех земных впечатлений, от всех чувств. Облегченная плоть была лишена мыслей, начиналась иная жизнь. Эмме казалось, что все ее существо, возносясь к богу, растворяется в небесной любви, как рассеивается в воздухе горящий ладан. Постель окропили святой водой; священник вынул из дароносицы белую облатку; и, лишась чувств от неземной радости, Эмма протянула губы, чтобы принять «тело господне». Вокруг нее, словно облако, мягко вздувались занавеси алькова, и лучи двух горевших на комоде свечей казались ослепительными венцами. Тогда она уронила голову на подушки, и ей почудилось в беспредельных просторах пение серафических арф; а в лазурном небе, на золотом троне, среди святых с зелеными пальмовыми ветвями в руках, она увидела бога-отца, гремящего и сверкающего величием. По его знаку огнекрылые ангелы слетали на землю, чтобы унести Эмму в своих объятиях.

Это сияющее видение осталось в ее памяти как самое прекрасное из всего, что можно вообразить; и вот теперь она силилась вновь пережить это все еще длившееся ощущение, хотя бы не с прежней необычайной силой, но с тою же глубокою сладостью. Душа ее, разбитая гордыней, находила, наконец, отдых в христианском смирении, и, наслаждаясь собственной слабостью, Эмма созерцала в себе то уничтожение воли, ту покорность, которая должна была стать широкими вратами для благодати. Так, значит, вместо земного счастья можно узнать более высокие радости, иную любовь, стоящую превыше всякой любви, любовь непрерывную, беспредельную, вечно растущую! Среди прочих обманчивых надежд Эмме открылось то состояние чистоты, когда душа витает над землею, сливаясь с небом. К этому она стремилась. Она хотела стать святой, купила себе четки, стала носить ладанки; она мечтала повесить в своей комнате, у изголовья, отделанный изумрудами ковчежец и каждый вечер прикладываться к нему.

Кюре был в восторге от таких настроений, хотя и полагал, что чрезмерный религиозный пыл Эммы может в конце концов привести ее к ереси или даже к экстравагантным поступкам. Но, будучи не слишком осведомлен в этих вещах, поскольку они выходили за известные установленные пределы, он написал книгопродавцу монсеньора, г-ну Булару, прося его прислать *что-нибудь замечательное для весьма развитой особы женского пола.* Книгопродавец, с таким же безразличием, как если бы дело шло о скобяном товаре для негров, упаковал ему без разбора все, что в тот день было ходового по части благочестивых книг. Тут были и учебники в вопросах и ответах, и высокомерные памфлеты в духе г-на де Местра, и своеобразные романы слащавого стиля в розовых переплетах, сфабрикованные вдохновенными семинаристами или раскаявшимися синими чулками. Он прислал и «Подумайте об этом как следует», и «Светского человека у ног девы Марии, сочинение г. де***, разных орденов кавалера», и «Книгу для юношества о заблуждениях Вольтера» и прочее.

Г-жа Бовари вообще не обладала еще достаточной ясностью мыслей, чтобы серьезно взяться за что бы то ни было; и к тому же она набросилась на это чтение слишком жадно. Обрядовые предписания вызвали в ней протест; резкие полемические сочинения не понравились ей тем озлоблением, с которым они преследовали людей, ей неизвестных; а сдобренные религией мирские рассказы произвели на нее впечатление такого полного незнания жизни, что именно они нечувствительно отвратили ее от тех истин, которым она ждала доказательств. Однако она продолжала упорствовать, и когда книга падала у нее из рук, она воображала себя во власти самой изысканной католической меланхолии, какую только может испытать возвышенная душа.

А память о Родольфе ушла в самую глубь ее сердца и покоилась там торжественнее и неподвижнее, чем царственная мумия в подземном саркофаге. От этой набальзамированной великой любви исходило какое-то благоухание; охватывая собою все, оно пропитывало запахом нежности ту непорочную атмосферу, в которой хотела жить Эмма. Преклоняя колени на своей готической скамеечке для молитв, она обращала к господу те же томные слова, которые некогда шептала любовнику в самозабвении преступной страсти. Этим она хотела вызвать порыв веры, но небо не посылало ей никакой услады, и она вставала разбитая, со смутным чувством какого-то огромного обмана. «Эти бесплодные усилия, — думала она, — новая заслуга»; и, гордясь своей набожностью, Эмма сравнивала себя с теми знатными дамами былых времен, о славе которых она мечтала над портретом де ла Вальер и которые, с таким величием неся за собою расшитые шлейфы своих длинных платьев, удалялись в одиночество изливать к ногам Иисуса слезы израненного жизнью сердца.

И вот она вся отдалась чрезмерной благотворительности. Она шила платья для бедных; она посылала роженицам дрова; а однажды Шарль, вернувшись домой, застал на кухне за супом каких-то трех бездельников. Она снова взяла в дом свою дочь, — во время болезни муж отослал ее к кормилице. Она решила сама выучить ее читать; сколько ни капризничала Берта, она не раздражалась. То была нарочитая кротость, безусловное всепрощение. Речь Эммы, о чем бы она ни говорила, пестрела молитвенными выражениями.

Она спрашивала девочку:

— Животик у тебя больше не болит, мой ангел?

Г-жа Бовари-мать не знала теперь, к чему и придраться, если только не считать этой мании возиться с фуфайками для сирот, когда в доме сколько угодно своего нечиненного белья. Но старушка была замучена семейными ссорами и с удовольствием отдыхала в спокойном доме сына. Чтобы не видеть кощунств мужа, который в страстную пятницу никогда не забывал заказать себе печеночную колбасу, она даже прожила здесь до конца пасхи.

Свекровь несколько укрепляла Эмму прямотою своих суждений и серьезностью манер; а кроме нее, Эмма почти каждый день встречалась и с другими людьми. То были г-жа Ланглуа, г-жа Карон, г-жа Дюбрейль, г-жа Тюваш и, ежедневно с двух до пяти, милейшая г-жа Омэ, которая никогда не верила сплетням, ходившим насчет соседки. Навещали Эмму и маленькие Омэ; с ними приходил Жюстен. Он поднимался вместе с детьми в комнату и все время молча, неподвижно стоял у порога. Иной раз г-жа Бовари, не обращая на него внимания, принималась за туалет. Прежде всего она вынимала из волос гребень и резко встряхивала головой. Когда бедный мальчик впервые увидел, как ее черные волосы волной упали ниже колен, это было для него как бы неожиданным вступлением в какой-то новый, необычайный, пугающий своим блеском мир.

Эмма, конечно, не замечала его молчаливого поклонения, его робости. Она и не подозревала, что тут, рядом с нею, под этой грубой холщовой рубашкой, в этом открытом действию ее красоты юношеском сердце трепетала исчезнувшая из ее жизни любовь. Впрочем, теперь она была ко всему так равнодушна, слова ее стали так сердечны, а взгляд так высокомерен, манеры так неодинаковы, что в ней уже нельзя было отличить эгоизм от милосердия, испорченность от добродетели. Так, однажды вечером, когда служанка, запинаясь и не находя предлога, просила отпустить ее погулять, она вспылила, а потом вдруг сказала:

— Так ты его любишь?

И, не дожидаясь ответа от покрасневшей Фелиситэ, печально добавила:

— Ну что же, беги, забавляйся…

В начале весны она, несмотря на возражения г-на Бовари, велела перекопать весь сад; впрочем, муж был счастлив, что она проявляет хоть какую-то волю. И чем больше она поправлялась, тем воля ее становилась тверже. Прежде всего Эмма нашла способ выпроводить кормилицу, тетушку Ролле, которая во время ее выздоровления привыкла ходить на кухню вместе с двумя своими питомцами и зубастым, как людоед, пенсионером. Затем она отделалась от семейства Омэ, постепенно освободилась от всех прочих посетителей и даже перестала, к великому одобрению аптекаря, так усердно посещать церковь.

— Вы немножко вдались было в поповщину, — дружески сказал он ей однажды.

Г-н Бурнисьен появлялся, как и прежде, каждый день после урока катехизиса. Он предпочитал сидеть в саду, дышать свежим воздухом в зеленом уголке, — так называл он беседку. Как раз в это время возвращался домой Шарль. Было жарко; приносили сладкий сидр, и оба пили за полное выздоровление г-жи Бовари.

Тут же, то есть немного пониже, у стены террасы, ловил раков Бине. Бовари приглашал его освежиться; сборщик замечательно ловко откупоривал бутылки.

— Бутылку, — говорил он, самодовольно оглядывая все кругом до самого горизонта, — надо держать на столе вот так, совершенно прямо, а потом перерезать проволочки и понемножку, тихонько-тихонько выталкивать пробку — так, как в ресторанах открывают сельтерскую воду.

Но во время демонстрации сидр часто вырывался из бутылки прямо в лицо гостям, и тогда священник с густым смехом отпускал одну и ту же неизменную шутку:

— Прекрасное его качество просто бросается в глаза.

Он был в самом деле славный малый и даже ничуть не рассердился, когда однажды аптекарь при нем дал Шарлю совет развлечь супругу, повезти ее в руанский театр, где пел знаменитый тенор Лагарди. Когда же Омэ удивился молчанию кюре и захотел узнать его мнение, тот ответил, что считает музыку не столь опасной для нравов, как литературу.

Но фармацевт выступил в защиту изящной словесности. Театр, утверждал он, служит борьбе с предрассудками и под маской удовольствия учит добродетели.

— Castigat ridendo mores,[1] господин Бурнисьен! Так, например, возьмите почти все трагедии Вольтера: они обильно пересыпаны философскими рассуждениями и, таким образом, являются для народа истинной школой морали и дипломатии.

— Я видел когда-то, — сказал Бине, — одну пьесу под названием «Парижский гамен». Там особенно замечателен тип старого генерала: в самом деле ловко придумано! Он отчитывает одного богатого молодого человека, который соблазнил работницу, и она под конец…

— Безусловно, — продолжал Омэ, — есть плохая литература, как есть и плохая фармация; но осуждать огулом важнейшее из изящных искусств представляется мне нелепостью, средневековой идеей, достойной тех ужасных времен, когда был заключен в темницу Галилей.

— Я и сам знаю, — возразил кюре, — что есть на свете хорошие сочинения, хорошие авторы. Но уже одно то, что в театре особы обоего пола собираются в очаровательном помещении, изукрашенном всею светскою роскошью, а потом эти языческие переодевания, эти румяна, факелы, изнеженные голоса — все это в конце концов должно порождать некое вольное умонастроение, внушать неподобающие помыслы, нечистые искушения. Таково по крайней мере мнение всех святых отцов церкви. И наконец, — добавил он, разминая на большом пальце понюшку табаку, и голос его вдруг зазвучал таинственно, — если уж церковь осуждает зрелище, то, значит, она права; нам остается лишь подчиняться ее решению.

— А знаете, почему она отлучает актеров? — спросил аптекарь. — Потому, что в былые времена они открыто конкурировали с обрядовыми церемониями. Да, да, тогда играли, тогда посреди амвона

[1] Смехом бичует нравы (лат.)

разыгрывали своеобразные фарсы, именуемые мистериями, в которых нередко оскорблялись даже законы приличия.

Священник только глубоко вздохнул, а аптекарь пошел дальше:

— То же самое и в библии. Там... знаете ли... есть немало... пикантных деталей, довольно... игривых вещей...

Г-н Бурнисьен сделал негодующий жест.

— Ах, вы ведь и сами согласитесь, что это не такая книга, которую можно было бы дать в руки девушке. Я, например, был бы очень огорчен, если бы моя Аталия...

— Но ведь библию, — нетерпеливо воскликнул кюре, — не мы рекомендуем, а протестанты!

— Все равно! — заявил Омэ. — Я удивляюсь, что в наши дни, в наш просвещенный век, есть еще люди, упорно возбраняющие совершенно безобидный вид умственного отдохновения. Театр благотворно действует на моральное, а иногда и на физическое состояние, — не так ли, доктор?

— Конечно, — небрежно отвечал Бовари.

Быть может, он держался тех же взглядов и никого не хотел обижать, а может быть, и вовсе об этом не думал.

Разговор казался исчерпанным, но тут фармацевт счел уместным нанести последний удар:

— Я знавал священников, которые переодевались в светское платье и ходили смотреть, как дрыгают ногами танцовщицы.

— Ну, полноте! — сказал кюре.

— Нет, я знал!

И Омэ повторил раздельно:

— Нет — я — знал.

— Ну, так они поступали плохо, — произнес Бурнисьен: он решил не ссориться.

— Черт возьми! Они еще и не то делают! — воскликнул аптекарь.

— Милостивый государь... — прервал его священник с таким яростным взглядом, что фармацевт струсил.

— Я только хотел сказать, — отвечал он менее грубым тоном, — что наилучшее средство привлечения душ к религии — это терпимость.

— Вот это верно! Это верно! — уступил добряк, снова усаживаясь спокойно на стул.

Но он пробыл здесь не больше двух минут. Как только он скрылся, г-н Омэ сказал врачу:

— Вот это называется поднести понюшку! Видели вы, как я его отделал!.. Словом, послушайтесь меня, повезите госпожу Бовари на спектакль, хотя бы ради того, чтобы раз в жизни посердить, черт возьми, этих ворон! Я бы и сам сопровождал вас, если бы кто-нибудь мог заменить меня в аптеке. Торопитесь! Лагарди даст только одно представление; он получил чрезвычайно выгодный ангажемент в Англию. Это, говорят, такой тип! Он купается в золоте! Возит с собою трех любовниц и повара! Все эти великие артисты прожигают жизнь: им необходимо беспорядочное существование, — оно возбуждает фантазию. Но в конце концов они умирают где-нибудь в больнице, ибо не догадываются смолоду накопить денег. Ну, приятного аппетита, до завтра!

Мысль о театре сразу увлекла Шарля; он немедленно заговорил об этом с женой. Та сначала стала отказываться, ссылаясь на утомление, на беспокойство, на расходы; но муж, против обыкновения, не уступил, — так он был уверен, что это развлечение принесет ей пользу. Никаких препятствий он не видел: мать только что прислала триста франков, на которые он даже не рассчитывал, текущие долги были не столь уж велики, а до уплаты г-ну Лере по векселям оставалось так много времени, что об этом не стоило и думать. Вообразив, будто Эмма не хочет ехать из деликатности, Шарль начал настаивать еще упорнее и так надоел ей своими уговорами, что в конце концов она согласилась. И на следующий же день, в восемь часов, оба отправились в «Ласточке».

Аптекарь проводил их вздохом. Его в сущности ничто не задерживало в Ионвиле, но он считал своей обязанностью не трогаться с места.

— Ну, добрый путь, счастливые вы смертные! — сказал он.

И затем обратился к Эмме, на которой было синее шелковое платье с четырьмя воланами:

— Вы прелестны, как настоящий амур! В Руане вы произведете *фурор*.

Дилижанс остановился на площади Бовуазин, у гостиницы «Красный крест». То был один из тех постоялых дворов, какие обычно встречаются в предместьях провинциальных городов: обширные конюшни, крохотные спаленки, на дворе куры подбирают овес под забрызганными грязью колясками коммивояжеров. Эти добрые старинные трактиры, в которых зимними ночами трещат от ветра подгнившие деревянные галереи, постоянно битком набиты проезжими, полны шума и всяческой еды; черные столы испещрены липкими пятнами от горячего кофе с коньяком, сырые салфетки перепачканы дешевым красным вином, а толстые оконные стекла засижены мухами; от этих заведений всегда отдает деревней, словно от одетых по-городски батраков; здесь перед домом, на улице, устраивается кафе, а с задней стороны — огород. Шарль немедленно пустился в бега. Он путал литерные ложи с галеркой, партер с ярусами, просил объяснений, не понимал их, носился от контролера к директору театра, вернулся на постоялый двор, снова пошел в контору — и так несколько раз исходил весь город от театра до бульвара.

Г-жа Бовари купила шляпу, перчатки, букет. Г-н Бовари очень боялся опоздать к началу; и, даже не успев проглотить чашку бульона, они явились к еще запертым дверям театра.

XV

Симметрично разделенная балюстрадами, толпа жалась к стене. На углах соседних улиц огромные афиши повторяли узорными буквами: «*Лючия де Ламермур*… Лагарди… Опера…» Погода стояла прекрасная. Было жарко, все обливались потом, вытаскивали носовые платки и обтирали красные лбы. Порою теплый ветер с реки тихо колебал фестоны тиковых тентов над дверьми кабачков. Но немного подальше обдувало холодной струей воздуха, пропитанного запахом сала, кожи и растительного масла. То было дыхание улицы Шаретт, полной огромных темных складов, откуда выкатывают бочки.

Боясь показаться смешной, Эмма, прежде чем войти в театр, захотела прогуляться по набережной. Бовари для большей верности держал билет в кулаке, прижимая его в кармане панталон к животу.

Уже в вестибюле у Эммы забилось сердце. Видя, что люди толпой бросились по другому коридору направо, тогда как сама она поднималась по лестнице в первый ярус, она невольно улыбнулась от тщеславия. Ей доставляло детскую радость трогать пальцем широкие, обитые материей двери; всей грудью вдыхала она пыльный залах театральных коридоров, а усевшись, наконец, у себя в ложе, выпрямила стан с непринужденностью герцогини.

Зал начинал наполняться, многие вынимали из футляров бинокли, и театралы раскланивались между собой, издали замечая друг друга. В искусстве они искали отдыха от торговых забот, но и здесь не могли забыть о своих *делах* и все еще говорили о хлопке, спирте или индиго. Часто попадались спокойные, невыразительные старческие головы; белыми волосами и бледным цветом лица они напоминали серебряные медали с матовым свинцовым налетом. В первых рядах партера выпячивали грудь молодые франты в низко вырезанных жилетах, красуясь своими розовыми или бледно-зелеными широкими галстуками. И г-жа Бовари любовалась сверху, как они затянутыми в желтые перчатки руками опирались на золотой набалдашник трости.

Между тем в оркестре зажглись свечи; с потолка спустилась люстра, заблестели ее граненые подвески, и в зале сразу стало веселее. Потом вереницей потянулись музыканты, и началась долгая неразбериха: гудели контрабасы, визжали скрипки, хрипели корнет-а-пистоны, пищали флейты и флажолеты. Но вот на сцене раздались три удара, загремели литавры, врезались в воздух аккорды медных труб, — занавес поднялся и открыл пейзаж.

То был лесной перекресток; слева, под дубом, протекал ручей. Поселяне и сеньоры с пледами через плечо пели охотничью песню; потом пришел ловчий и, воздев руки к небесам, стал взывать к духу зла; появился другой; затем оба ушли, и охотники запели снова.

Эмма вновь попала в атмосферу книг своей юности, в мир Вальтера Скотта. Ей казалось, будто она слышит, как доносятся сквозь туман и отдаются на вересковых лужайках звуки шотландской волынки. Она помнила роман, это помогало ей разбираться в либретто, и она — фраза за фразой — следила за интригой; а в это время ее неуловимые мысли растворялись в порывах музыкальной бури. Она отдавалась колыханию мелодий, она ощущала, как вибрирует все ее существо, словно смычки скрипачей ударяли по ее нервам. Глаза ее разбегались, она не поспевала любоваться всем сразу: костюмами, декорациями, действующими лицами, намалеванными деревьями, которые дрожали, когда мимо проходил человек, бархатными беретами, плащами, шпагами — всей картиной воображаемой действительности, развернувшейся в гармонии звуков, словно в атмосфере иного мира. Но вот вперед выступила молодая женщина и бросила конюху в зеленом кошелек. Она осталась одна, и тогда, подобно журчанью фонтана или птичьему щебету, запела флейта. Лючия с серьезным видом начала свою соль-мажорную каватину: она жаловалась на любовь, просила у неба крыльев. Эмме тоже хотелось бежать из жизни, унестись в едином объятии. И вдруг появился Эдгар — Лагарди.

Он отличался той замечательной бледностью, которая придает пылким южным народам некое величие мраморов. Коричневая куртка облегала его сильный стан; на левом боку бился маленький кинжал в чеканной оправе. Лагарди томно вращал глазами и выставлял напоказ белые зубы. Говорили, что когда-то на биаррицском пляже, где он занимался починкой лодок, он влюбил в себя песнями одну польскую княгиню. Она разорилась из-за него. Тогда он бросил ее ради других женщин, и слава этого сентиментального приключения только поддерживала его артистическую репутацию. Хитрый лицедей никогда не забывал вставлять в рекламы одну-другую поэтическую фразу о своей обаятельности и чувствительности своей души. Прекрасный голос, несокрушимый апломб, больше темперамента, чем интеллекта, больше напыщенности, чем лиризма, — вот свойства этого изумительного шарлатана, в которых были черты и парикмахера и тореадора.

С первой же сцены он привел публику в восторг. Он сжимал Лючию в объятиях, покидал ее, снова возвращался; он казался обезумевшим от отчаяния, его обнаженная шея трепетала и голос то взрывался гневом, то элегически замирал в бесконечной нежности, то разливался мелодиями, полными слез и поцелуев. Эмма глядела на него, перегнувшись через барьер, и царапала ногтями бархат ложи. Сердце ее точно впитывало эти мелодические жалобы, тянувшиеся под аккомпанемент контрабасов, словно стоны потерпевших крушение в шуме бури. Она узнавала все то опьянение, все те муки, от которых чуть не умерла сама. Голос певицы казался ей лишь отзвуком ее собственных мыслей, а вся эта чарующая иллюзия — какой-то частью ее жизни. Но такой любовью ее никто на земле не любил. В последний вечер, при свете луны, когда они говорили: «До завтра! До завтра!» — он не плакал, как Эдгар. Зал гремел от рукоплесканий; пришлось повторить все стретты; влюбленные говорили о цветах на своей могиле, о клятвах, о разлуке, о роке, о надеждах; и когда они пропели финальное «прощай», у Эммы вырвался крик, который слился с трепетом последних аккордов.

— А за что же, — спросил Бовари, — этот сеньор преследует ее?

— Да нет, — отвечала она, — это ее возлюбленный.

— Но ведь он клянется отомстить ее семейству; а вот тот, который только что пришел, тот говорил: «Я Лючию люблю и мыслю, что любим». Да он и ушел под руку с ее отцом. Ведь этот маленький, безобразный человечек в шляпе с петушиным пером — ее отец?

Во время дуэта-речитатива, когда Джильберт излагает своему хозяину Аштону план отвратительных хитросплетений, Шарль увидел подложное обручальное кольцо, которое должно было обмануть Лючию, и, несмотря на пояснения Эммы, решил, что это любовный сувенир от Эдгара. Впрочем, он и сам признавался, что не слишком-то понимает всю историю из-за музыки: она очень мешает разбирать слова.

— Не все ли равно? — сказала Эмма. — Замолчи!

— Дело в том, — снова заговорил он, наклоняясь к ее плечу, — что я, ты знаешь, всегда люблю во всем отдавать себе отчет.

— Замолчи! Замолчи! — нетерпеливо прервала его Эмма.

Вошла Лючия; женщины не столько вели, сколько несли ее; в ее волосы вплетен был флердоранж, она казалась бледнее своего белого атласного платья. Эмма вспомнила день своей свадьбы. Она вновь увидела себя там, среди хлебов, на тропинке, по которой все шли в церковь. Зачем она не сопротивлялась, не умоляла, как эта девушка? Нет, она была весела, она не видела, в какую пропасть готова броситься... Ах, если бы еще тогда, во всей свежести своей красоты, еще до грязи брака и разочарований измены, Эмма могла опереться в жизни на чье-то большое, верное сердце, — тогда добродетель слилась бы с нежностью, а сладострастие с долгом, тогда она не уронила бы столь высокого счастья. Но такое блаженство, конечно, лишь обман, нарочно придуманный, чтобы отнять надежду у всех желаний. Теперь она знала всю мелочность преувеличиваемых искусством страстей. И вот, пытаясь отогнать от них свои мысли, Эмма хотела в этом изображении ее собственных страданий видеть лишь приятную для глаза пластическую фантазию: она внутренне улыбалась со снисходительной жалостью, когда в глубине сцены из-за бархатной занавески появился мужчина в черном плаще.

Он сделал жест, его широкополая испанская шляпа упала, и тотчас оркестр и певцы начали секстет. Пылая яростью, Эдгар покрывал все звуки своим звонким, чистым голосом. Аштон бросал ему в лицо баритональные ноты человекоубийственных вызовов, высоко неслись жалобы Лючии, Артур модулировал в среднем регистре, глубокий бас священника гудел, как орган, а женские голоса очаровательно подхватывали его слова хором. Стоя в ряд, все актеры жестикулировали, и гнев, месть, ревность, ужас, милосердие, изумление вырывались в мелодиях из их открытых уст. Оскорбленный любовник потрясал шпагой; от бурного дыхания вздымались его кружевные брыжи, и, звеня золочеными шпорами на мягких сапожках с раструбами у щиколоток, он огромными шагами расхаживал по подмосткам. «В нем, — думала Эмма, — должен быть неиссякаемый источник любви; иначе он не мог бы изливать ее на толпу такими мощными потоками». Все ее попытки к пренебрежению рассеялись под обаянием поэтической роли, и, стремясь сквозь иллюзию вымысла к живому человеку, она пыталась вообразить его жизнь — эту громкую, необычайную, блистательную жизнь, которою и она могла бы наслаждаться, если бы того захотел случай. Они узнали бы, они полюбили бы друг друга! С ним она странствовала бы из столицы в столицу по всем государствам Европы, разделяя его усталость и его славу, подбирая брошенные ему цветы, своими руками вышивая ему костюмы; каждый вечер она пряталась бы в ложе за позолоченной решеткой и, не дыша, впивала бы в себя излияния его души. А он пел бы только для нее одной; играя, он глядел бы на нее со сцены. Но тут ее охватило безумие: он глядит на нее, глядит! Ей захотелось броситься в его объятия, найти приют в его силе, словно в воплощении самой любви, и сказать, крикнуть ему: «Похити меня, увези меня, уедем! Тебе, тебе весь мой пыл, все мои мечты!»

Занавес опустился.

Запах газа смешивался с человеческим дыханием, от вееров делалось еще душнее. Эмма хотела пройтись, но коридоры были забиты народом, и она, задыхаясь от сердцебиения, снова упала в кресло. Боясь, как бы с ней не случился обморок, Шарль побежал в буфет за оршадом.

Он еле добрался оттуда в ложу: так как стакан он держал обеими руками, то его на каждом шагу задевали за локти; он даже вылил почти весь оршад на плечи какой-то декольтированной дамы. Почувствовав, как по спине у нее потекла холодная жидкость, она так раскричалась, словно ее убивали. Муж ее, хозяин руанской прядильной фабрики, набросился на неловкого незнакомца; и пока жена вытирала платком свое великолепное платье из вишневой тафты, он грубо ворчал что-то о проторях, убытках и возмещении. Наконец Шарль попал к Эмме и, задыхаясь, сказал:

— Честное слово, я думал, что так там и останусь! Народу, народу! — И добавил: — А угадай, кого я встретил наверху!.. Господина Леона.

— Леона?

— Его, его. Он придет засвидетельствовать свое почтение.

Как раз при этих словах в ложу вошел бывший ионвильский клерк.

Он протянул руку с непринужденностью аристократа, и г-жа Бовари машинально взяла ее, поддавшись, конечно, влиянию более сильной воли. Этой руки она не касалась с того весеннего вечера, когда дождь накрапывал на зеленую листву и они прощались, стоя у окна. Но тут она вспомнила о приличиях, сразу сбросила с себя навеянное прошлым оцепенение и быстро защебетала:

— Ах, здравствуйте… Как! Вы здесь?

— Тише! — крикнул кто-то из партера: уже начинался третий акт.

— Так вы в Руане?

— Да.

— И давно?

— Вон из залы! Вон!

На них оборачивались; они замолчали.

Но с этого момента Эмма перестала слушать; хор гостей, сцена Аштона со слугой, большой ре-мажорный дуэт — все прошло для нее в каком-то отдалении, инструменты словно потеряли звучность, актеры отодвинулись вдаль. Она вспомнила игру в карты на вечерах у аптекаря, прогулку к кормилице, чтение вслух в беседке, разговоры наедине у камина — всю эту бедную любовь, такую мирную и долгую, такую скромную и нежную, но все же забытую. Зачем же он снова вернулся? Какое стечение случайностей вновь привело его в ее жизнь? Он сидел за нею, опершись плечом на перегородку; время от времени теплое его дыхание касалось волос Эммы, и она вздрагивала.

— Вас это занимает? — спросил он, наклоняясь к ней так близко, что кончик его уса коснулся ее щеки.

Она небрежно ответила:

— О нет, не слишком.

Тогда он предложил уйти из театра и поесть где-нибудь мороженого.

— Ах, нет! Подождем еще! — сказал Бовари. — У нее волосы распущены: сейчас, верно, начнется трагедия.

Но сцена безумия совсем не интересовала Эмму, а игра певицы казалась ей неестественной.

— Слишком уж громко она кричит, — сказала она, повернувшись к Шарлю; тот внимательно слушал.

— Да, может быть... немножко, — отвечал он, колеблясь между своим откровенным удовольствием и всегдашним почтением к взглядам жены.

Леон вздохнул и сказал:

— Какая жара!..

— В самом деле, невыносимо...

— Тебе нехорошо? — спросил Бовари.

— Да, душно. Пойдем.

Г-н Леон осторожно набросил ей на плечи длинную кружевную шаль, и все трое вышли на набережную, где уселись на вольном воздухе, перед витриной кафе.

Сначала разговор вращался вокруг нездоровья Эммы, хотя она время от времени прерывала Шарля, говоря, что боится наскучить г-ну Леону; затем тот рассказал, что приехал в Руан на два года поработать в большой конторе и набить руку в делах: в Нормандии они бывают иного рода, чем в Париже. Леон стал расспрашивать о Берте, о семействе Омэ, о тетушке Лефрансуа; и так как в присутствии мужа больше говорить было не о чем, то беседа скоро оборвалась.

Но вот стала проходить публика из театра; все мурлыкали или даже полным голосом орали: «Лючия, небесный ангел!» Тогда Леон, разыгрывая из себя любителя, заговорил о музыке. Он слышал Тамбурини, Рубини, Персиани, Гризи; по сравнению с ними Лагарди, при всем том шуме, который был поднят вокруг него, ничего не стоил.

— Однако, — прервал его Шарль, попивая маленькими глотками шербет с ромом, — говорят, что в последнем акте он совершенно восхитителен; я жалею, что ушел, не дождавшись конца: мне начинало нравиться.

— Ну, что ж, — сказал клерк, — скоро он даст еще одно представление.

Но Шарль ответил, что они завтра же уезжают.

— Разве что, — прибавил он, повернувшись к жене, — ты захочешь остаться здесь одна, кошечка моя?

При таком неожиданно представившемся счастливом случае молодой человек сразу переменил тактику и стал расхваливать игру Лагарди в финале: это было нечто великолепное, возвышенное. Тогда Шарль начал настаивать:

— Ты вернешься домой в воскресенье. Ну, решайся же! Если от всего этого ты чувствуешь себя хоть чуть-чуть лучше, то напрасно упрямишься.

А между тем столики кругом пустели. Рядом деликатно остановился гарсон. Шарль понял и вынул кошелек; клерк удержал его за руку и даже не забыл оставить две лишних серебряных монетки, громко звякнув ими по мраморной доске.

— Мне, право, досадно, что вы расходуетесь... — пробормотал Бовари.

Леон ответил дружески-пренебрежительным жестом и взял шляпу:

— Итак, решено — завтра, в шесть?

Шарль еще раз воскликнул, что он дольше не может задерживаться, но Эмме ничто не мешает...

— Понимаешь... — запинаясь, проговорила она с какой-то особенной усмешкой, — я сама не знаю...

— Ну, ладно! Подумаешь — тогда решим. Утро вечера мудренее...

И он обратился к Леону, шедшему следом:

— Раз уж вы теперь живете в наших краях, то, надеюсь, время от времени будете приезжать к нам обедать.

Клерк заверил, что не преминет навестить их; к тому же ему надо съездить в Ионвиль по делам конторы. И супруги распростились с ним у пассажа Сент-Эрблан как раз в ту минуту, когда на соборе часы пробили половину двенадцатого.

ЧАСТЬ ТРЕТЬЯ

I

Занимаясь юриспруденцией, г-н Леон довольно часто посещал «Хижину» и даже пользовался там немалым успехом у гризеток: они находили, что у него *благородный вид.* То был самый приличный из всех студентов: он стриг волосы не слишком коротко и не слишком длинно, не проедал первого числа все деньги, присланные на триместр, и поддерживал добрые отношения с профессорами. А от излишеств он всегда воздерживался из малодушия и осторожности.

Часто, читая в своей комнате или сидя вечером под липами Люксембургского сада, он ронял Свод законов и вспоминал об Эмме. Но мало-помалу чувство это ослабело, и возникли новые желания, хотя оно и продолжало таиться под ними. Леон не совсем еще потерял надежду, ему чудилось какое-то неясное обетование, мелькавшее в днях будущего, словно золотой плод в листве фантастического дерева.

Когда после трехлетней разлуки он вновь увидел Эмму, страсть его пробудилась. «Пора, — подумал он, — решиться, наконец, обладать ею». К тому же он успел потерять в разгульных компаниях свою робость и теперь вернулся в провинцию с глубоким презрением ко всем, кто не попирал асфальт столичных бульваров лакированным ботинком. Перед одетой в кружева парижской дамой, в салоне какого-нибудь знаменитого ученого, человека в орденах и с собственным выездом, бедный клерк, конечно, трепетал бы, как ребенок; но здесь, на руанской набережной, перед женой этого лекаришки он чувствовал себя как дома и не сомневался, что произведет ослепительный эффект. Самоуверенность зависит от той среды, где находится человек: в бельэтаже говорят иначе, чем на антресолях, и добродетель богатой женщины как бы охраняется всеми ее банковыми билетами: так китовый ус укрепляет подкладку ее корсета.

Распростившись вечером с г-ном и г-жой Бовари, Леон издали пошел за ними по улице. Увидев, что они остановились в «Красном кресте», он вернулся домой и всю ночь обдумывал свой план.

И вот на другой день, около пяти часов, он вошел на кухню постоялого двора. Горло его сжималось, щеки его побледнели, он был полон той решимости труса, которая не останавливается ни перед чем.

— Барина нет, — ответил ему слуга.

Это показалось ему добрым знаком. Он поднялся по лестнице.

При виде его Эмма вовсе не смутилась: наоборот, она стала извиняться, что забыла сказать ему, где живет.

— О, я угадал, — заявил Леон.

— Как это?

Он солгал, что пришел сюда наудачу, инстинктивно. Она улыбнулась, и тогда Леон, исправляя свою глупую выдумку, сказал, будто целое утро искал ее по всем гостиницам города.

— Итак, вы решили остаться? — спросил он.

— Да, — ответила Эмма, — и напрасно. Не следует привыкать к недоступным удовольствиям, когда вокруг столько забот.

— О, я представляю себе…

— Нет, нет! Ведь вы не женщина.

Но у мужчин тоже есть свои горести. И с философских рассуждений завязался разговор. Эмма много распространялась о ничтожестве земных чувств и вечном уединении, в котором сердце остается погребенным.

Из желания ли поднять себя в ее мнении, или из наивного подражания меланхолии, которая вызывала в нем отклик, молодой человек заявил, что невероятно скучал от всех своих занятий. Судебные дела выводят его из себя, его привлекает другое призвание, а мать не перестает мучить его в каждом письме. Оба понемногу все точнее определяли причины своих горестей, и чем больше говорили, тем больше воспламенялись от этой нарастающей доверчивости. И все же они умолкали, не решаясь полностью высказать свою мысль, и тогда старались подыскать такие фразы, которые помогли бы угадать ее. Эмма не созналась в своей страсти к другому. Леон не сказал, что успел забыть ее.

Быть может, он сейчас и не помнил о своих ужинах с масками после балов; а она, конечно, не думала о былых свиданиях, когда бежала ранним утром по траве к дому любовника. Шум города еле доносился к ним, маленькая комната словно нарочно делала их уединение еще теснее. Эмма, в канифасовом пеньюаре, сидела откинувшись головой на спинку старого кресла; желтые обои казались сзади нее золотым фоном; ее непокрытые волосы с белой полоской прямого пробора отражались в зеркале; из-под черных прядей видны были кончики ушей.

— Ах, простите, — сказала она. — Я наскучила вам своими вечными жалобами.

— О нет, нет!

— Если бы вы знали все мои мечты, — снова заговорила она, устремляя к потолку свои прекрасные, увлажненные слезами глаза.

— А я! О, сколько я выстрадал! Я часто выходил на улицу, бродил по набережным, оглушал себя шумом толпы — и все же не мог прогнать неотступное наваждение. На бульваре у одного торговца эстампами выставлена итальянская гравюра — она изображает музу. Девушка, задрапированная в тунику, глядит на луну, а в ее распущенных волосах видны незабудки. Что-то непрестанно толкало меня туда; я стоял перед этим окном по целым часам.

И дрожащим голосом он добавил:

— Она была немного похожа на вас.

Г-жа Бовари отвернулась, чтобы он не увидел на ее губах невольной улыбки.

— Я часто писал вам письма, — заговорил он снова, — и тут же их рвал.

Она не отвечала.

— Иногда мне приходило в голову, — продолжал он, — что вы по какой-нибудь случайности можете быть в Париже. Мне казалось, что я узнаю вас на улице; я бегал за всеми фиакрами, из которых высовывался кончик шали, кончик вуалетки, похожей на вашу…

Она как будто решилась не прерывать его. Скрестив руки и опустив голову, она глядела на банты своих туфель, и пальцы ее ног время от времени тихонько двигались под атласом.

Но вот она вздохнула.

— А все-таки, ведь правда, самое ужасное — это влачить бесполезное существование, как вот я. Если бы мои горести могли быть кому-нибудь полезны, то можно было бы хоть утешиться мыслью о самопожертвовании!

Леон стал превозносить добродетель, долг и молчаливое самоотречение. Он сам ощущал неодолимую потребность отдать себя всего — и не мог ее утолить.

— Мне бы очень хотелось, — сказала Эмма, — быть сестрой милосердия.

— Увы, — отвечал Леон, — для мужчины нет такого святого призвания; я не представляю себе никакого занятия… кроме разве медицины…

Слегка пожав плечами, Эмма прервала его и стала жаловаться на свою болезнь: она чуть не умерла; как жаль, что этого не случилось. Тогда она по крайней мере не страдала бы. Леон тотчас стал вздыхать по *могильному* покою; однажды вечером он будто бы даже написал завещание, в котором просил, чтобы с ним положили в гроб тот прекрасный коврик с бархатной каемкой, который он получил от Эммы. Обоим в самом деле хотелось быть такими, как они говорили: они приукрашивали теперь свое прошлое согласно созданному идеалу. Ведь слово — это прокатный станок, на котором можно растягивать все чувства.

Но, услышав выдумку о коврике, Эмма спросила:

— Почему же это?

— Почему! — Он замялся. — Потому что я вас очень любил!

И, радуясь, что он преодолел главную трудность, Леон искоса взглянул ей в лицо.

Тогда как будто порыв ветра вдруг разогнал в небе облака. Казалось, все скопище печальных мыслей, омрачавших голубые глаза Леона, исчезло; лицо Эммы сияло.

Леон ждал. Наконец она ответила:

— Я всегда это подозревала.

И тут они принялись пересказывать друг другу все мелкие события того далекого времени, все радости и горести которого они только что охватили в одном слове. Он вспоминал беседку с клематитами, платья Эммы, обстановку ее комнаты, весь ее дом.

— А наши бедные кактусы? Где они?

— Этой зимой погибли от холода.

— Ах, знаете ли вы, сколько я о них думал? Часто-часто видел я их вновь перед собою, как в былые времена, когда летом, по утрам, солнце ярко освещало жалюзи… И я видел, как ваши обнаженные руки погружались в цветы.

— Бедный друг! — сказала она и протянула ему руку.

Леон поспешил прильнуть к ней губами. Потом глубоко вздохнул и заговорил дальше:

— В те времена вы были для меня какой-то непонятной силой, вы захватывали всю мою жизнь. Вот, например, один раз я к вам пришел… Но вы, конечно, этого не помните.

— Помню, — отвечала Эмма. — Продолжайте.

— Вы были внизу в передней, — собирались уходить, стояли на нижней ступеньке; на вас была шляпка с голубыми цветочками; и вот я без всякого приглашения с вашей стороны невольно пошел за вами. С каждой минутой во мне росло сознание собственной глупости, а я все шел да шел, не смея провожать вас по-настоящему и не желая с вами расстаться. Когда вы заходили в лавки, я оставался на улице, глядел в окно, как вы снимаете перчатки и отсчитываете на прилавке деньги. Наконец вы позвонили к госпоже Тюваш, вам открыли, — и вот за вами захлопнулась огромная, тяжелая дверь, а я остался перед ней, как дурак.

Слушая его, г-жа Бовари удивлялась, какая она стала старая; ей казалось, что все эти возрождающиеся в памяти события удлиняют прожитую жизнь; она возвращалась к необъятности чувств и время от времени говорила вполголоса, опустив глаза:

— Да, правда!.. правда!.. правда!..

На бесчисленных часах квартала Бовуазин, полного пансионов, церквей и заброшенных особняков, стало бить восемь. Леон и Эмма молчали; но они глядели друг на друга и слышали гул в ушах, словно из неподвижных зрачков собеседника исходило звучание. Вот они взялись за руки; прошедшее и будущее, воспоминания и мечты — все смешалось в сладостном восторге. Сумрак сгущался на стенах, где еще выделялись потускневшие во тьме яркие краски четырех эстампов, изображавших сцены из «Нельской башни» с французскими и испанскими надписями внизу. В подъемное окно был виден клочок темного неба между остроконечными крышами.

Эмма встала, зажгла на комоде две свечи и села снова.

— Так вот… — произнес Леон.

— Так вот… — отвечала она.

И он придумывал, как бы ему возобновить прерванный разговор, когда она сказала:

— Как это случилось, что до сих пор никто еще не выражал мне подобных чувств?

Клерк воскликнул, что идеальные натуры трудно поддаются пониманию. Вот он — он полюбил ее с первого взгляда; он приходил в отчаяние при мысли о том, как бы они были счастливы, если бы по воле судьбы встретились раньше и связались неразрывными узами.

— Я иногда думала об этом, — ответила она.

— Какая мечта! — шепнул Леон.

И, осторожно перебирая синюю бахрому ее длинного белого пояса, прибавил:

— Кто же нам мешает начать сначала?

— Нет, друг мой, — отвечала она. — Я слишком стара... вы слишком молоды... Забудьте меня! Вас еще будут любить... и вы полюбите.

— Не так, как вас! — воскликнул он.

— Дитя, дитя! Будем же благоразумны. Я так хочу.

Она стала говорить о невозможности любви между ними, о том, что они должны держаться, как и прежде, в пределах братской дружбы.

Серьезно ли говорила Эмма? Этого она, конечно, и сама не знала, — она была целиком захвачена прелестью обольщения и необходимостью защищаться; нежно глядя на молодого человека, она тихонько отталкивала робкие ласки его трепетных рук.

— Ах, простите! — сказал он, отступая назад.

И Эмму охватил смутный испуг перед этой робостью, которая была для нее опасней смелости Родольфа, когда тот приближался к ней с распростертыми объятьями. Никогда еще ни один человек не казался ей таким красивым. От каждого движения Леона веяло пленительным чистосердечием. Тихо опускались его длинные загнутые ресницы. Нежные щеки пылали, думалось ей, желанием, и ее томила непреодолимая жажда прикоснуться к ним губами. Тогда она склонилась к часам, как будто желая узнать время.

— Боже мой, уже поздно! — сказала она. — Как мы заболтались!

Он понял намек и стал искать шляпу.

— Я даже пропустила спектакль! А бедняга Бовари только для этого и оставил меня здесь! Я должна была пойти с г-ном Лормо и его женой; они живут на улице Гран-Пон.

Случай был упущен: завтра она уезжала.

— В самом деле? — спросил Леон.

— Да.

— Но я должен видеть вас еще раз, — заговорил он снова. — Мне надо сказать вам...

— Что?

— Одну вещь… очень важную, очень серьезную. Да нет, вы не уедете, это невозможно! Если бы вы знали!.. Выслушайте меня… Неужели вы меня не поняли? Неужели вы не угадали?

— А ведь вы так хорошо говорите, — сказала Эмма.

— Ах, вы шутите! Довольно, довольно! Сжальтесь, дайте мне еще увидеть вас!.. Один раз… только один!

— Что ж… — Эмма запнулась — и словно переменила решение: — О, только не здесь!

— Где вам угодно.

— Хотите…

Она словно задумалась и вдруг коротко сказала:

— Завтра в одиннадцать часов, в соборе.

— Буду! — воскликнул он и схватил ее руки, но она отняла их.

Оба уже стояли — он был позади Эммы, а она опустила голову; и вот он наклонился к ней и долгим поцелуем прильнул к шее у затылка.

— Да вы с ума сошли! Ах, вы с ума сошли! — звонко смеясь, говорила она под градом поцелуев.

А он, заглядывая через ее плечо, казалось, искал в ее глазах согласия. Но эти глаза устремились на него с выражением ледяного величия.

Леон сделал три шага назад, к выходу. Он остановился на пороге. И дрожащим голосом прошептал:

— До завтра.

Она ответила кивком и, словно птичка, упорхнула в смежную комнату.

Вечером Эмма написала клерку бесконечно длинное письмо, в котором отказывалась от свидания: теперь все в прошлом, и ради своего собственного счастья они не должны больше встречаться. Но, окончив письмо, она пришла в большое затруднение: адрес Леона был ей неизвестен.

— Отдам завтра сама, — решила она. — Он придет.

Наутро Леон открыл окно, вышел на балкон и, напевая, сам тщательно вычистил себе ботинки. Он надел белые панталоны, тонкие носки и зеленый фрак, вылил на носовой платок все свои духи, потом завился у парикмахера и растрепал завивку, чтобы придать ей элегантную естественность.

«Еще слишком рано!» — подумал он, взглянув в парикмахерской на часы с кукушкой: они показывали девять.

Он прочел старый модный журнал, вышел в переулок, закурил сигару, прогулялся по трем улицам и, наконец, решив, что уже пора, быстро направился к соборной площади.

Было прекрасное летнее утро. В витринах ювелиров сверкало серебро; солнечный свет, падая косыми лучами на собор, играл на изломах серых камней; птичья стайка носилась в голубом небе вокруг стрельчатых башенок; площадь гудела криками; благоухали окаймлявшие мостовую цветы — розы, жасмин, гвоздика, нарциссы, туберозы, разбросанные по влажной зелени среди степной мяты и курослепа; посредине журчал фонтан, и под широкими зонтами, среди уложенных пирамидами дынь, простоволосые торговки завертывали в бумагу букетики фиалок.

Молодой человек взял букет. Впервые в жизни покупал он цветы для женщины; когда он вдохнул их запах, грудь его расширилась от гордости, словно этот знак преклонения перед любимой обращался на него самого.

Но он боялся, как бы его не заметили, и решительно вошел в церковь.

На пороге, в самой середине левого портала, под «Пляшущей Марианной» стоял величественный, как кардинал, и блестящий, как святая дарохранительница, швейцар с султаном на шляпе, с булавой в руках, при шпаге.

Он шагнул к Леону и сказал с той вкрадчиво-добродушной улыбкой, какая бывает у служителей церкви, когда они говорят с детьми:

— Вы, сударь, конечно, приезжий? Вам, сударь, угодно осмотреть достопримечательности собора?

— Нет, — отвечал Леон.

Он обошел боковые приделы. Потом снова выглянул на площадь. Эммы не было. Он поднялся на хоры.

В чашах со святой водой отражался неф с нижней частью стрельчатых сводов и кусочками цветных окон. Но отражение росписи, преломляясь о края мрамора, протягивалось, словно пестрый ковер, дальше на плиты. Через три открытых портала тремя огромными полосами врывался в церковь солнечный свет. Время от времени в глубине храма проходил пономарь и по пути преклонял колено перед алтарем как-то набок, как делают набожные люди, когда торопятся. Неподвижно висели хрустальные люстры. На хорах горела серебряная лампада; из боковых приделов, из темных закоулков церкви доносился порой словно отзвук вздоха, и стук падающей решетки гулко отдавался под высокими сводами.

Леон важно шагал вдоль стен. Никогда еще жизнь не казалась ему такой приятной. Вот сейчас придет она — прелестная, возбужденная, украдкой ловя провожающие ее взгляды, придет с золотой лорнеткой, в платье с воланами, в изящных ботинках, — придет во всей своей изысканности, какой он никогда и не видывал, в невыразимом очаровании сдающейся добродетели. Вся церковь располагалась вокруг нее, словно гигантский будуар; своды склонялись, принимая в своей тени исповедь ее любви; цветные стекла только для того и сверкали, чтобы освещать ее лицо, кадильницы горели для того, чтобы она появилась ангелом в дыму благоуханий.

Но ее все не было. Он сел на скамью, и взгляд его упал на голубой витраж, где были изображены лодочники с корзинами. Он долго и внимательно глядел на него, считал чешуйки на рыбах и пуговицы на куртках, а мысль его блуждала в поисках Эммы.

Швейцар стоял в стороне и в душе негодовал на этого субъекта, позволяющего себе любоваться собором без его помощи. Ему казалось, что Леон ведет себя возмутительно, в некотором роде обкрадывает его, совершает почти святотатство.

Шуршанье шелка по плитам, край шляпки, черная накидка... Она! Леон вскочил и побежал навстречу.

Эмма была бледна. Она шла быстро.

— Прочтите! — сказала она, протягивая ему сложенную бумагу... — Ах, нет, не надо!

И она порывисто отняла руку, вошла в придел пречистой девы, опустилась на колени у стула и начала молиться.

Сначала молодой человек рассердился на эти ханжеские причуды; потом ощутил их своеобразную прелесть: в самом деле, во время свидания она углубилась в молитву, как андалузская маркиза; но Эмма все не вставала, и он скоро соскучился.

Эмма молилась или, вернее, силилась молиться, надеясь, что сейчас к ней сойдет с неба какое-то внезапное решение; чтобы привлечь божественную помощь, она изо всех сил глядела на блеск дарохранительницы, вдыхала запах белых фиалок, распустившихся в больших вазах, вслушивалась в церковную тишину, но сердечное смятение ее все росло.

Она поднялась, и оба собрались уходить, но вдруг к ним быстро подошел швейцар и сказал:

— Вы, сударыня, конечно, приезжая? Вам, сударыня, угодно осмотреть достопримечательности собора?

— Да нет! — крикнул клерк.

— Почему же? — возразила Эмма. Всей своей колеблющейся добродетелью она цеплялась за деву, за скульптуру, за могильные плиты — за все, что было вокруг.

И вот, желая провести все *по порядку,* швейцар повел их обратно к выходу на площадь и там показал булавой на большой черный круг без всяких надписей и украшений, выложенный из каменных плиток.

— Вот это, — величественно сказал он, — окружность прекрасного амбуазского колокола. Он весил сорок тысяч фунтов. Подобного ему не было во всей Европе. Мастер, который его отлил, умер от радости...

— Дальше! — прервал его Леон.

Толстяк двинулся вперед; вернувшись к приделу пречистой девы, он всеобъемлющим жестом распростер руки и с гордостью фермера, показывающего свои фруктовые деревья, заговорил:

— Под этой простой плитой покоятся останки Пьера де Брезе, сеньора де ла Варен и де Бриссак, великого маршала Пуату и губернатора нормандского, павшего в бою при Монлери 16 июля 1465 года...

Леон кусал губы и нетерпеливо переминался с ноги на ногу.

— Направо — закованный в железо рыцарь на вздыбленной лошади: это его внук, Луи де Брезе, сеньор де Бреваль и де Моншове, граф де Молеврие, барон де Мони, королевский камергер, кавалер ордена святого духа и тоже губернатор нормандский, скончавшийся, как гласит надпись, 23 июля 1531 года, в воскресенье; выше вы видите человека, готового сойти в могилу, это опять он. Не правда ли, трудно найти более совершенное изображение небытия?

Г-жа Бовари поднесла к глазам лорнет. Леон неподвижно глядел на нее, не пытаясь вымолвить слово, сделать какой-либо жест, — так обескуражен он был этим нарочитым соединением болтовни с безразличием.

А неотвязный гид продолжал свое:

— Рядом с ним — плачущая коленопреклоненная женщина: это его жена, Диана де Пуатье, графиня де Брезе, герцогиня де Валентинуа, родилась в 1499 году, умерла в 1566; налево, с младенцем — пресвятая дева. Теперь повернитесь в эту сторону: перед вами могилы Амбуазов. Они оба были кардиналами и руанскими архиепископами. Вот этот был министром при короле Людовике XII. Он сделал для собора много хорошего. По духовной отказал на бедных тридцать тысяч золотых экю.

Ни на минуту не умолкая, швейцар толкнул своих слушателей в часовню, заставленную балюстрадами, раздвинул их и открыл нечто вроде глыбы, которая в прошлом, вероятно, была плохой статуей.

— Когда-то, — сказал он с долгим вздохом, — она украшала могилу Ричарда Львиное Сердце, короля английского и герцога нормандского. В такое состояние, сударь, ее привели кальвинисты. Они по злобе своей закопали ее в землю, под епископским креслом монсеньора. Вот поглядите — через эту дверь монсеньор проходит в свои апартаменты. Теперь посмотрите стекла с изображением дракона.

Но Леон быстро вынул из кармана серебряную монетку и схватил Эмму за руку. Швейцар совершенно остолбенел, не понимая такой преждевременной щедрости: ведь этим приезжим еще столько полагалось осмотреть. И он закричал:

— А шпиль-то, сударь! Шпиль!..

— Благодарю, — сказал Леон.

— Пожалеете, сударь! В нем четыреста сорок футов, всего на девять футов меньше, чем в большой египетской пирамиде! Он весь литой, он...

Леон бежал; ему казалось, что вся его любовь, уже целых два часа недвижным камнем лежавшая в церкви, улетала теперь, словно дым, в этот полый ствол, в эту длинную кишку, в эту дымовую трубу, нелепо возвышавшуюся над собором, словно сумасбродная выдумка какого-то фантазера-жестяника.

— Куда же мы? — спросила Эмма.

Но Леон не отвечал и только ускорял шаг. Г-жа Бовари уже окунула пальцы в святую воду, как вдруг оба услышали за собою громкое пыхтенье и ритмическое постукивание булавы. Леон обернулся.

— Сударь!

— Что?

И он увидел швейцара, который тащил подмышкой штук двадцать толстых переплетенных томов, прижимая их для равновесия к животу. То были *сочинения о соборе.*

— Болван! — буркнул Леон и выскочил из церкви.

На площади играл уличный мальчик.

— Поди разыщи мне извозчика!

Мальчишка пустился стрелой по улице Катр-Ван; и вот Леон и Эмма на несколько минут остались вдвоем, с глазу на глаз. Оба были немного смущены.

— Ах, Леон!.. Я, право… не знаю… Следует ли мне…

Она жеманилась. Потом вдруг серьезно сказала:

— Вы знаете, это очень неприлично.

— Почему? — возразил клерк. — Так делают в Париже.

Эти слова, словно неопровержимый аргумент, заставили ее решиться.

Но фиакра все не было. Леон боялся, как бы она не вернулась в церковь. Наконец фиакр появился.

— Вы бы хоть вышли через северный портал, — кричал им с порога швейцар, — тогда бы вы увидели «Воскресение из мертвых», «Страшный суд», «Рай», «Царя Давида» и «Грешников» в адском пламени!

— Куда ехать? — спросил извозчик.

— Куда хотите! — ответил Леон, подсаживая Эмму в карету.

И тяжелая колымага тронулась.

Она спустилась по улице Гран-Пон, пересекла площадь Искусств, Наполеоновскую набережную, Новый мост и остановилась прямо перед статуей Пьера Корнеля.

— Дальше! — закричал голос изнутри.

Лошадь пустилась вперед и, разбежавшись под горку с перекрестка Лафайет, во весь галоп прискакала к вокзалу.

— Нет, прямо! — прокричал тот же голос.

Фиакр миновал заставу и вскоре, выехав на аллею, медленно покатился под высокими вязами. Извозчик вытер лоб, зажал свою кожаную шапку между коленями и поехал мимо поперечных аллей, по берегу, у травы.

Карета прогромыхала вдоль реки, по сухой мощеной дороге и долго двигалась за островами, в районе Уасселя.

Но вдруг она свернула в сторону, проехала весь Катр-Мар, Сотвиль, Гранд-Шоссе, улицу Эльбёф и в третий раз остановилась у Ботанического сада.

— Да поезжайте же! — еще яростней закричал голос.

Карета вновь тронулась, пересекла Сен-Севе, побывала на набережной Кюрандье, на набережной Мель, еще раз переехала мост и Марсово поле, прокатила за больничным садом, мимо заросшей плющом террасы, где гуляли на солнышке старики в черных куртках. Она поднялась по бульвару Буврейль, протарахтела по бульвару Кошуаз и по всей Мон-Рибуде, до самого Девильского склона.

Потом вернулась обратно и стала блуждать без цели, без направления, где придется. Ее видели в Сен-Поле, в Лескюре, у горы Гарган, в Руж-Марке, на площади Гайарбуа; на улице Маладрери, на улице Динандери, у церквей св. Ромена, св. Вивиана, св. Маклю, св. Никеза, перед таможней, у нижней старой башни, в Труа-Пип и на Большом кладбище. Время от времени извозчик бросал со своих козел безнадежные взгляды на кабачки. Он никак не мог понять, какая бешеная страсть к движению гонит этих людей с места на место, не давая им остановиться. Иногда он пытался натянуть вожжи, но тотчас же слышал за собой гневный окрик. Тогда он снова принимался нахлестывать взмыленных кляч и уже не объезжал ухабов, задевал за тумбы и сам того не замечал; он совсем пал духом и чуть не плакал от жажды, усталости и обиды.

И на набережной, среди тележек и бочонков, и на улицах, у угловых тумб, обыватели широко раскрывали глаза, дивясь столь невиданному в провинции зрелищу: карета с опущенными шторами все время появляется то там, то сям, замкнутая, словно могила, и проносится, раскачиваясь, как корабль в бурю.

Один раз, в самой середине дня, далеко за городом, когда солнце так и пылало огнем на старых посеребренных фонарях, из-под желтой полотняной занавески высунулась обнаженная рука и выбросила горсть мелких клочков бумаги; ветер подхватил их, они рассыпались и, словно белые бабочки, опустились на красное поле цветущего клевера.

А около шести часов карета остановилась в одном из переулков квартала Бовуазин; из нее вышла женщина под вуалью и быстро, не оглядываясь, удалилась.

II

Вернувшись в гостиницу, г-жа Бовари, к удивлению своему, не застала дилижанса: Ивер прождал ее пятьдесят три минуты и уехал.

Конечно, спешить было некуда, но она дала слово вернуться домой в этот вечер. К тому же Шарль ждал; она уже чувствовала в сердце трусливую покорность, которая для большинства женщин является и наказанием за измену, и одновременно ее искуплением.

Она поспешно уложилась, расплатилась, наняла тут же во дворе кабриолет и, подгоняя кучера, подбодряя его, поминутно спрашивая, сколько прошло времени и сколько километров проехали, в конце концов нагнала «Ласточку» у первых домов Кенкампуа.

Усевшись в своем углу, Эмма тотчас смежила веки и открыла глаза только у подножия холма, где уже издали увидела Фелиситэ, стоявшую дозором около кузницы. Ивер придержал лошадей, и кухарка, поднявшись на цыпочки, таинственно проговорила в окошко:

— Барыня, вам надо сейчас же ехать к господину Омэ. Очень спешно.

В городишке было тихо, как всегда. По всем углам виднелись тазы с дымящейся розовой пеной: в тот день весь Ионвиль варил варенье. Но перед аптекою таз был самый большой, он господствовал над всеми прочими, как лаборатория над частными очагами, общественная потребность — над индивидуальными прихотями.

Эмма вошла в дом. Большое кресло было опрокинуто, и даже «Руанский фонарь» валялся на полу между двумя пестиками. Она открыла дверь в коридор; на кухне, среди коричневых глиняных сосудов, наполненных общипанной со стебельков смородиной, сахарной пудрой и рафинадом, среди весов, возвышавшихся на столах, и тазов, кипевших на печи, она увидела всех Омэ от мала до велика, прикрытых до самого подбородка передниками, с ложками в руках. Жюстен стоял, потупив голову, и аптекарь кричал на него:

— Кто тебе велел идти в фармакотеку?

— Что такое? В чем дело?

— В чем дело? — отвечал г-н Омэ. — Мы варим варенье… оно кипит, пенка поднялась так высоко, что варенье чуть не убежало, и я приказываю подать еще один таз. И вот он, из лености, из нежелания двигаться, берет в моей лаборатории висящий на гвозде ключ от фармакотеки!

Так Омэ называл каморку под крышей, где хранилась аптекарская утварь и материалы. Часто он просиживал там в одиночестве по целым часам, наклеивая этикетки, переливая жидкости из сосуда в сосуд, перевязывая пакеты; это место он рассматривал не как простую кладовку, но как настоящее святилище: ведь отсюда исходили все созданные его руками крупные и мелкие пилюли, декокты, порошки, примочки и притирки, разносившие по всем окрестностям его славу. Сюда не смел ступить ни один человек на свете; Омэ относился к этой комнате с таким почтением, что даже сам подметал ее. Словом, если аптека, открытая всем и каждому, была местом, где он расцветал в своем тщеславии, то фармакотека была убежищем, где он с эгоистической сосредоточенностью наслаждался своими любимыми занятиями; понятно, что безрассудная выходка Жюстена представлялась ему чудовищной дерзостью; он был краснее своей смородины и кричал не умолкая.

— Да, от фармакотеки! Ключ от кислот и едких щелочей! Взять там запасный таз! Таз с крышкой! Да я, может быть, больше никогда и пользоваться им не стану! В тонких манипуляциях нашего искусства имеет значение каждая мелочь! Да и надо же, черт возьми, знать разницу между вещами, нельзя же употреблять для надобностей почти домашних то, что предназначено для фармацевтических процедур! Это все равно, что резать пулярку скальпелем, это все равно, как если бы судья стал…

— Да успокойся ты! — говорила г-жа Омэ.

А маленькая Аталия хватала его за полы сюртука:

— Папа, папа.

— Нет, оставьте меня! — продолжал кричать аптекарь. — Оставьте меня, черт побери! Честное слово, лучше уж тебе пойти в бакалейщики! Что ж, валяй! Не уважай ничего! Бей, ломай! Распусти пиявок, сожги алтею! Маринуй огурцы в лекарственных сосудах! Раздирай перевязочные материалы!

— Но ведь вам надо было… — сказала Эмма.

— Сейчас!.. Знаешь ли, чем ты рисковал?.. Ты ничего не заметил в углу налево, на третьей полке? Говори, отвечай, произнеси хоть что-нибудь!

— Не… не знаю, — пробормотал мальчик.

— Ах, ты не знаешь! Ну, так я знаю! Я! Ты видел банку синего стекла, запечатанную желтым воском, — она содержит белый порошок. На ней написано моей собственной рукой: «Опасно!» А знаешь ли ты, что в ней хранится?.. Мышьяк! И ты посмел прикоснуться к этому! Ты взял таз, который стоял рядом!

— Рядом! — всплеснув руками, воскликнула г-жа Омэ. — Мышьяк? Ты всех нас мог отравить!

Тут все ребята разревелись, словно уже ощутили жестокие схватки в животе.

— Или отравить больного! — продолжал аптекарь. — Так ты хотел, чтобы я попал на скамью подсудимых, в коронный суд? Ты хотел, чтобы меня повлекли на эшафот? Или ты не знаешь, какую осторожность я, при всей моей дьявольской опытности, соблюдаю во всех манипуляциях? Я часто сам пугаюсь, когда вспомню о своей ответственности. Ибо правительство нас преследует, а господствующее в нашей стране нелепое законодательство поистине нависло над нашей головою, как Дамоклов меч!

Эмма уже и спрашивать забыла, что ему от нее нужно, а Омэ, задыхаясь, продолжал:

— Так-то ты вознаграждаешь нас за нашу доброту? Так-то ты отвечаешь на мои отеческие заботы? Где бы ты был без меня? Что бы ты делал? Кто дает тебе пищу, одежду, воспитание — все средства, какие необходимы, чтобы когда-нибудь с честью вступить в ряды общества? Но для этого надо крепко, до поту налегать на весла, работать, как говорится, до мозолей. Fabricando fit faber, — age quod agis.[1]

Он находился в таком возбуждении, что заговорил по-латыни. Знай он по-китайски и по-гренландски, он бы и на этих языках заговорил; у него был один из кризисов, когда душа человеческая бессознательно открывает все, что в ней таится, как океан в бурю открывает все от прибрежных водорослей до глубинных песков.

— Я начинаю серьезно жалеть, что взялся заботиться о тебе! — продолжал он. — Конечно, было бы гораздо лучше, если бы я в свое время оставил тебя коснеть в грязи и нищете, там, где ты родился! Ты никогда и никуда не будешь годиться, кроме как в пастухи! У тебя нет никаких способностей к наукам! Ты едва умеешь наклеить этикетку! А между тем ты живешь здесь, у меня, — живешь, как каноник, катаешься как сыр в масле!

Но тут Эмма повернулась к г-же Омэ:

— Меня позвали…

— Ах, боже мой, — грустно перебила ее добрая женщина. — Не знаю, как и сказать вам… Такое несчастье!

Она не могла закончить. Аптекарь гремел:

— Очистить! Вымыть! Унести! Да торопись же!

И он стал так трясти Жюстена за шиворот, что у того выпала из кармана книжка.

Мальчик нагнулся, но Омэ опередил его, поднял томик и, выпучив глаза, раскрыв рот, стал разглядывать.

— «Супружеская… любовь»! — сказал он, веско разделяя эти два слова. — Прекрасно! Прекрасно! Очень хорошо! И еще с картинками!.. Нет, это уж слишком!

Г-жа Омэ подошла поближе.

— Нет! Не прикасайся!

Дети захотели поглядеть картинки.

---

[1] Мастер создается трудом, — делай же, что делаешь (лат.).

— Подите вон! — повелительно воскликнул отец.

И они вышли.

Держа в руке открытую книжку, Омэ крупными шагами ходил по кухне, вращая глазами, задыхаясь, весь багровый, близкий к удару. Потом он пошел прямо на своего ученика и, скрестив руки на груди, остановился перед ним:

— Так ты еще и испорчен, несчастный?.. Берегись, ты катишься по наклонной плоскости!.. Ты, следовательно, не подумал, что эта мерзкая книга могла попасть в руки моим детям, заронить в их души искру порока, запятнать чистоту Аталии, развратить Наполеона! Ведь он уже становится мужчиной. Уверен ли ты по крайней мере, что они ее не читали? Можешь ты в этом поручиться?..

— Да послушайте, наконец, сударь, — произнесла Эмма. — Вам надо было что-то мне сказать?..

— Совершенно верно, сударыня... Ваш свекор умер.

В самом деле, за день до того старик Бовари, вставая из-за стола, скоропостижно скончался от апоплексического удара; боясь, как бы это не взволновало чувствительную Эмму, Шарль обратился к г-ну Омэ с просьбой поосторожнее сообщить ей ужасную новость.

Аптекарь заранее обдумал, округлил, отшлифовал, ритмизировал каждую фразу; то был подлинный шедевр постепенности, осторожности и тонких, деликатных переходов; но гнев сорвал всю эту риторику.

Не желая слушать никаких подробностей, Эмма ушла из аптеки, ибо хозяин снова принялся распекать ученика. Но он уже понемногу успокаивался и, обмахиваясь своей феской, ворчал отеческим тоном:

— Не скажу, чтобы я полностью порицал этот труд! Автор его — врач. Книга содержит ряд научных положений, с которыми мужчине совсем не вредно быть знакомым, — я даже осмелюсь сказать, с которыми мужчина обязан быть знаком. Но позже, позже! Подожди по крайней мере, пока ты сам станешь мужчиной, пока у тебя установится темперамент.

Шарль поджидал Эмму, и как только она постучала в дверь, с распростертыми объятиями вышел ей навстречу.

— Ах, дорогой друг!.. — сказал он со слезами в голосе.

И тихонько наклонился поцеловать ее. Но едва Эмма прикоснулась к его губам, ее охватило воспоминание о другом; она содрогнулась и закрыла лицо рукой.

Но все же она ответила:

— Да, знаю… знаю.

Шарль показал ей письмо от матери, в котором та без всякой напускной чувствительности рассказывала о случившемся. Она только жалела, что муж ее не успел получить церковного напутствия: он умер в Дудвиле на улице, на пороге кафе, — после патриотической пирушки с отставными офицерами.

Эмма вернула письмо мужу; за обедом она из приличия притворилась, будто не может есть. Но Шарль стал уговаривать ее, и она решительно взялась за еду, а он в горестной позе неподвижно сидел против нее.

Время от времени он поднимал голову и бросал на жену долгий взгляд, исполненный тоски. Один раз он вздохнул:

— Хоть бы разок еще взглянуть на него!

Эмма молчала. Наконец она поняла, что надо что-нибудь сказать.

— Сколько лет было твоему отцу?

— Пятьдесят восемь!

— А!..

Вот и все.

Через четверть часа Шарль произнес:

— Бедная мама!.. Что-то с ней теперь будет?

Эмма пожала плечами.

Видя ее молчаливость, Шарль решил, что она слишком огорчена, и старался ничего не говорить, чтобы не растравлять ее горя: она умиляла его. Наконец он подавил свою собственную скорбь и спросил:

— Весело было вчера?

— Да.

Когда сняли скатерть, Бовари не встал из-за стола, Эмма тоже; чем дольше она глядела ему в лицо, тем больше бесцветность этого зрелища изгоняла из ее сердца всякое сострадание. Муж казался ей жалким, слабым, ничтожным — словом, со всех точек зрения презренным человеком. Как бы от него отделаться? Какой бесконечный вечер! Что-то отупляющее, словно опиум, наводило на нее полное оцепенение.

В передней послышался сухой стук палки по половицам. То был Ипполит: он принес барынин багаж. Складывая его на пол, он с напряжением описал своей деревяшкой четверть круга.

«Он об этом больше и не вспоминает!» — думала Эмма о муже, глядя на беднягу-конюха; из-под его длинных рыжих волос стекали на лоб капли пота.

Бовари рылся в кошельке, отыскивая мелочь; казалось, он не понимал, каким унижением был для него один вид этого человека, стоявшего здесь воплощенным укором его неизлечимой бездарности.

— Какой у тебя хорошенький букет! — сказал он, заметив на камине фиалки Леона.

— Да, — равнодушно ответила Эмма. — Я сегодня купила его… у нищенки.

Шарль взял фиалки и стал осторожно нюхать их, освежая покрасневшие от слез глаза. Эмма тотчас же выхватила цветы у него из рук и поставила в воду.

На другой день приехала г-жа Бовари-мать. Она много плакала вместе с сыном. Эмма скрылась под предлогом необходимых распоряжений.

На следующее утро пришлось вместе заняться трауром. Обе женщины уселись с рабочими шкатулками в беседке у воды.

Шарль думал об отце и сам удивлялся, что чувствует такую привязанность к этому человеку: до сих пор он, казалось, любил его не так уж сильно. Г-жа Бовари-мать думала о своем муже. Теперь ей представлялись завидными даже самые тяжелые дни былой жизни.

Инстинктивное сожаление о давно привычном сглаживало все, что было в нем плохого; старуха работала иголкой, и время от времени у нее скатывалась крупная слеза и повисала на кончике носа. Эмма думала о том, что всего сорок восемь часов назад они были вдвоем, вдали от мира, опьяненные любовью, не могли друг на друга наглядеться. Она пыталась припомнить все мельчайшие подробности этого ушедшего в прошлое дня. Но ей мешало присутствие свекрови и мужа. Она хотела бы ничего не слышать, ничего не видеть, чтобы ничто не нарушало сосредоточенности ее любви; несмотря на все усилия, она рассеивалась под натиском внешних впечатлений.

Эмма распарывала подкладку платья, лоскутки материи падали вокруг нее; старуха Бовари, не поднимая глаз, скрипела ножницами, а Шарль сидел, в веревочных туфлях и старом коричневом сюртуке, который служил ему халатом, — сидел, заложив руки в карманы, и тоже не говорил ни слова; Берта, в белом передничке, скоблила лопаткой усыпанную песком дорожку.

И вдруг в калитку вошел торговец мануфактурой, г-н Лере.

Он явился предложить свои услуги *в связи с роковыми обстоятельствами*. Эмма ответила, что как будто обойдется без него. Но торговец не унимался.

— Тысячу извинений, — сказал он. — Мне хотелось бы иметь с вами отдельную беседу.

И, понизив голос, добавил:

— Относительно того дела… знаете?

Шарль покраснел до ушей.

— Ах, да… в самом деле!

И, окончательно растерявшись, повернулся к жене:

— Ты бы не могла… дорогая?

Эмма как будто поняла его: она встала, а Шарль сказал матери:

— Пустяки! Должно быть, какая-нибудь мелочь по хозяйству.

Он боялся ее замечаний и потому не хотел, чтобы она узнала о векселе.

Оставшись с глазу на глаз с Эммой, г-н Лере принялся в довольно откровенных выражениях поздравлять ее с наследством, а потом заговорил о посторонних вещах: о фруктовых деревьях, об урожае, о своем здоровье — оно по-прежнему было ни так ни сяк, ни шатко ни валко. В самом деле, ведь он работает до седьмого пота, а еле выколачивает на хлеб с маслом, что бы там про него ни говорили.

Эмма не прерывала его. Она так страшно скучала эти два дня!

— А вы уже совсем поправились? — продолжал Лере. — Честное слово, мне не раз приходилось видеть вашего бедного супруга в ужасном состоянии. Отличный человек! Хотя затруднения у нас с ним и бывали.

Эмма спросила — какие: Шарль скрыл от нее все споры из-за покупок.

— Да вы сами знаете! — отвечал Лере. — Все из-за того вашего каприза, из-за чемоданов.

Он надвинул шляпу на глаза и, сложив руки за спиной, улыбаясь и посвистывая, совершенно недопустимым образом глядел Эмме прямо в лицо. Неужели он что-то подозревал? Эмма путалась в бесконечных предположениях. Но, наконец, он снова заговорил:

— В конце концов мы с ним столковались; я и сейчас пришел предложить выход из положения.

Речь шла о том, чтобы переписать вексель Бовари. Впрочем, господин доктор может поступить, как ему угодно; не стоит беспокоиться, особенно теперь, когда у него и без того будет множество хлопот.

— Он бы даже хорошо сделал, если бы переложил все эти заботы на кого-нибудь другого — например, на вас; надо подписать доверенность, и тогда будет очень удобно. А у нас с вами пойдут свои делишки…

Эмма не понимала. Лере замолчал. Потом он перешел к своей торговле и заявил, что г-жа Бовари никак не справится, если не возьмет у него чего-нибудь. Он пришлет ей двенадцать метров черного барежа на платье.

— То, что на вас, хорошо только для дома. А вам нужно платье для визитов! Я это понял с первого взгляда, как только вошел. Глаз у меня американский.

Материю он не прислал, а принес сам. Потом пришел еще раз, чтобы как следует ее отмерить. Пользуясь разными предлогами, он снова приходил, постоянно стараясь выказать любезность, услужливость, — раболепствуя, как сказал бы Омэ, — и всякий раз находил случай шепнуть Эмме какой-нибудь совет по поводу доверенности. О векселе Лере не говорил ни слова. Эмма о нем тоже не думала; когда она начала выздоравливать, Шарль, правда, как-то обмолвился вскользь о векселе, но с тех пор столько тревожных мыслей пронеслось в ее голове, что она об этом совсем забыла. К тому же она опасалась заводить какие бы то ни было денежные разговоры; г-жа Бовари-мать удивлялась этому и приписывала такую перемену религиозным чувствам, охватившим Эмму за время болезни.

Но как только старуха уехала, Эмма привела Бовари в удивление своим практическим здравым смыслом: надо навести справки, проверить закладные, сообразить, стоит ли принять на себя долги или лучше продать наследство с молотка. Она наудачу вставляла технические термины, говорила громкие слова о порядке, о будущем, о предусмотрительности — и постепенно преувеличивала затруднения с наследством; в конце концов она однажды показала мужу образец общей доверенности на «заведование и управление всеми делами, производство всех закупок, подпись и бланкирование векселей, уплату всех сумм и т.д.». Она воспользовалась уроками Лере.

Шарль наивно спросил, откуда взялась эта бумага.

— От господина Гильомена.

И Эмма с полнейшим хладнокровием добавила:

— Я не очень ему доверяю. О нотариусах говорят столько плохого! Надо бы посоветоваться… Но мы знакомы только… Нет, не с кем!..

— Разве что Леон… — подумав, заметил Шарль.

Но письменно столковаться было трудно. Эмма предложила, что она съездит в Руан. Шарль поблагодарил и сказал, что не надо. Она настаивала. Началась борьба великодуший. Наконец Эмма с напускной досадой воскликнула:

— Нет, прошу тебя! Я поеду.

— Как ты добра! — сказал Шарль, целуя ее в лоб.

На другой же день Эмма взяла место в «Ласточке» и поехала в Руан советоваться с г-ном Леоном; в городе она пробыла три дня.

III

То были прекрасные, великолепные, насыщенные дни — настоящий медовый месяц.

Любовники устроились на набережной, в гостинице «Булонь». Они жили, заперев дверь и закрыв ставни, пили сиропы со льдом, которые им приносили с утра, разбрасывали по полу цветы.

К вечеру они брали крытую лодку и уезжали обедать на остров.

Это был час, когда в доках конопатят суда. Тогда стук молотков о корабельные кузовы гулко разносится в воздухе, смоляной дым клубится между деревьями, а по воде, словно листы флорентинской бронзы, плывут большие жирные пятна, неровно колышущиеся под багровым светом солнца.

Лодка спускалась по реке, лавируя между стоящими у причала баркасами, слегка задевая краями навеса их длинные косые канаты.

Постепенно удалялись городские шумы: стук телег, звуки голосов, тявканье собак на палубе. Эмма развязывала ленты шляпки, лодка подплывала к острову.

Они усаживались в низеньком зале кабачка, на дверях которого висели черные рыбачьи сети. Обедали жареной корюшкой, сливками и вишнями. Потом валялись на траве, целовались под тополями; любовники хотели бы вечно жить в этом уголке, словно два Робинзона: в своем блаженстве они принимали его за прекраснейшее место на земле. Не впервые в жизни видели они деревья, голубое небо, траву, слышали журчание текущей воды и шелест ветерка в листве, но никогда еще они не наслаждались всем этим. Казалось, до сих пор не было природы, или она стала прекрасной только тогда, когда утолены были их желания.

К ночи они отправлялись обратно. Лодка шла вдоль острова. Они прятались в глубине, в тени, и молчали. Четырехугольные весла побрякивали в железных уключинах, словно метроном отбивал в тишине такт, а за неподвижным рулем слышалось беспрерывное журчание воды.

Как-то раз показалась луна; любовники не упустили случая почтить пышными фразами меланхоличное и поэтическое светило; Эмма даже запела:

Однажды вечером — ты помнишь? — мы блуждали…

Мелодичный слабый голос терялся в пространстве над волнами, ветер подхватывал переливы; и Леон слушал, как они носились вокруг него, словно плеск крыльев.

Эмма сидела, опершись на переборку, и луна освещала ее в открытое окошко. Черное платье, расходившееся книзу веером, делало ее тоньше и выше. Голова ее была закинута, руки сложены, глаза устремлены к небу. Иногда тень прибрежных ив закрывала ее всю, потом внезапно, словно видение, она снова выступала в лунном свете.

На дне лодки около Эммы Леон нашел пунцовую шелковую ленту.

Лодочник долго рассматривал ее и, наконец, сказал:

— А, это, наверно, от той компании, которую я на днях возил. Такие все весельчаки — и господа и дамы, — с пирогами, с шампанским, с трубами — пыль столбом! А один был забавнее всех — высокий красавец с усиками! Они все говорили: «А ну-ка, расскажи нам что-нибудь… Адольф… Додольф…» Как, бишь, его?

Эмма вздрогнула.

— Тебе нехорошо? — спросил Леон, придвигаясь ближе.

— Нет, пустяки. Просто ночь прохладная.

— И женщин у него, должно быть, немало, — тихо прибавил старый матрос, считая, что вежливость требует поддерживать разговор.

Потом он поплевал на ладони и снова взялся за весла.

Но, наконец, пришлось расстаться! Прощанье было очень грустное. Леон должен был адресовать свои письма тетушке Ролле; Эмма дала ему такие точные указания по части двойных конвертов, что он даже удивился ее ловкости в любовных делах.

— Так ты говоришь, все в порядке? — сказала она с последним поцелуем.

— Да, конечно!..

«Но с чего это, — думал он позже, шагая один по улице, — она так держится за доверенность?»

IV

Скоро Леон начал подчеркивать перед товарищами свое превосходство, уклоняться от их общества и окончательно запустил папки с делами.

Он ждал писем от Эммы; он читал и перечитывал их. Он писал ей. Он вызывал ее всеми силами желания в памяти. Жажда видеть ее вновь не только не утихла от разлуки, но усилилась, и однажды, в субботу утром, он улизнул из конторы.

Увидя с вершины холма долину и колокольню с вертящимся по ветру жестяным флажком флюгера, Леон ощутил ту радость, смешанную с торжествующим тщеславием и эгоистическим умилением, которую, должно быть, испытывает миллионер, когда попадает в родную деревню.

Он пошел бродить вокруг дома Эммы. В кухне горел свет. Леон подстерегал тень Эммы за занавесками, но ничего не было видно.

Увидев Леона, тетушка Лефрансуа разразилась громкими восклицаниями и нашла, что он «вытянулся и похудел»; Артемиза, наоборот, говорила, что он «пополнел и посмуглел».

Он, по-старому, отобедал в маленькой комнатке, но на этот раз один, без сборщика: г-н Бине устал дожидаться «Ласточки»; он окончательно перенес свою трапезу на час вперед и теперь обедал ровно в пять, причем постоянно уверял, что *старая развалина запаздывает.*

Наконец Леон решился: он подошел к докторскому дому и постучался у дверей. Г-жа Бовари была в своей комнате и спустилась оттуда лишь через четверть часа. Г-н Бовари, казалось, был в восторге, что вновь видит клерка, но ни в тот вечер, ни во весь следующий день не выходил из дому.

Леон увидел Эмму наедине лишь очень поздно вечером, в переулке за садом, — в том самом переулке, где она встречалась с другим! Была гроза, и они разговаривали под зонтом, при свете молний.

Расставание было невыносимо.

— Лучше смерть! — говорила Эмма.

Она ломала руки и плакала от тоски.

— Прощай!.. Прощай!.. Когда-то я тебя увижу?..

Они разошлись и снова бросились друг к другу, снова обнялись; и тут она обещала ему, что скоро найдет какое бы то ни было средство, какой бы то ни было постоянный предлог, который позволит им свободно встречаться по крайней мере раз в неделю. Эмма в этом не сомневалась. Да и вообще она была полна надежд. Скоро у нее должны появиться деньги.

На этом основании она купила для своей комнаты пару желтых занавесок с широкой каймой, — Лере превозносил их дешевизну; она мечтала о ковре, — Лере сказал, что это «не бог весть что», и любезно взялся достать. Теперь она совсем не могла жить без его услуг. По двадцать раз на день она посылала за ним, и он сейчас же, не позволяя себе ни малейших возражений, устраивал все, что требовалось. Кроме того, было не совсем понятно, с какой стати тетушка Ролле ежедневно завтракает у г-жи Бовари и даже делает ей особые визиты.

Примерно в это же время, то есть в начале апреля, Эмму охватило необычайное влечение к музыке.

Однажды вечером, когда ее игру слушал Шарль, она четыре раза подряд начинала одну и ту же пьеску и всякий раз бросала с досадой, тогда как он, не слыша никакой разницы, только кричал:

— Браво!.. Отлично!.. Да брось, напрасно ты недовольна.

На другой день он попросил ее *сыграть что-нибудь.*

— Что ж, если тебе это доставляет удовольствие…

И Шарлю пришлось признать, что она действительно немного потеряла технику. Эмма не попадала на клавиши, путала; потом вдруг оборвала игру:

— Нет, кончено! Мне бы надо брать уроки, но… — Она закусила губы и прибавила: — Двадцать франков за урок. Слишком дорого!

— Да, это действительно… дороговато… — наивно улыбаясь, сказал Шарль. — Но мне кажется, что можно устроиться и дешевле; есть ведь малоизвестные музыканты, но иногда они не хуже знаменитостей.

— Попробуй найди, — ответила Эмма.

На другой день, вернувшись домой, муж долго поглядывал на нее с лукавством и, наконец, не выдержал:

— Как ты иногда бываешь упряма! Сегодня я был в Барфешере. Ну что ж, госпожа Льежар уверяет, что ее три барышни, — они ведь учатся в монастыре Милосердия господня, — берут уроки по пятьдесят су. Да еще у прекрасной учительницы!

Эмма только пожала плечами и с тех пор не прикасалась к инструменту.

Но, проходя мимо него, она (если в комнате был Бовари) вздыхала:

— Ах, бедное мое фортепиано!

А когда бывали гости, никогда не забывала сообщить, что забросила музыку и по очень серьезным причинам не может к ней вернуться. Тогда ее начинали жалеть. Какая обида. У нее такое прелестное дарование! Об этом даже стали говорить с Бовари. Все его стыдили, особенно аптекарь.

— Вы делаете большую ошибку! Никогда не следует зарывать талант в землю. В конце концов, дорогой друг, подумайте хотя бы о том, что если вы поможете супруге заняться музыкой, то тем самым сэкономите на музыкальном воспитании дочери! Я лично нахожу, что детей должна всему учить мать. Эта идея принадлежит Руссо, она, быть может, еще несколько нова, но я уверен, что в конце концов восторжествует, как восторжествовали материнское кормление и оспопрививание.

Итак, Шарль еще раз вернулся к вопросу о фортепиано. Эмма с горечью ответила, что лучше всего его продать. Но этот бедный инструмент доставлял ей столько тщеславных радостей, что расстаться с ним было бы для Эммы почти самоубийством.

— Если ты хочешь… — говорил он, — брать время от времени урок-другой… В конце концов это было бы не так уж разорительно.

— Пользу приносят только регулярные уроки, — ответила жена.

Таким путем она добилась от мужа разрешения еженедельно ездить в город к любовнику. Через месяц многие даже нашли, что она сделала порядочные успехи.

V

Это было по четвергам. Эмма вставала и одевалась — тихонько, чтобы не разбудить Шарля, а то он еще стал бы говорить, что она слишком рано просыпается. Потом начинала ходить взад и вперед по комнате, останавливалась у окошек, глядела на площадь. Утро брезжило между рыночными столбами, и при бледном свете зари едва виднелись буквы вывески над закрытыми ставнями аптеки.

Когда часы показывали четверть восьмого, Эмма направлялась к «Золотому льву»; Артемиза, зевая, открывала ей дверь. Ради барыни она раздувала засыпанные золой угли. Эмма оставалась на кухне одна. Время от времени она выходила во двор. Ивер неторопливо запрягал лошадей и тут же слушал тетушку Лефрансуа, которая, высунув в окошко голову в ночном чепце, нагружала кучера поручениями и вдавалась в такие подробности, что всякий другой непременно бы спутался. Эмма прохаживалась по мощеному двору.

Наконец Ивер, поев похлебки, натянув на себя брезентовый пыльник, закурив трубку и зажав в кулаке кнут, спокойно усаживался на козлы.

Лошади трогали мелкой рысцой, и первые три четверти льё «Ласточка» то и дело останавливалась, чтобы взять пассажиров, поджидавших ее — кто у края дороги, кто у себя во дворе. Заказавшие место с вечера заставляли себя ждать; иные даже еще спали крепким сном; Ивер звал, кричал, ругался, потом, наконец, слезал с козел и изо всех сил стучал в ворота. Ветер дул в разбитые окошки дилижанса.

Понемногу на четырех скамейках набирался народ; тяжелая повозка катилась, яблони чередою убегали назад, и дорога, постепенно суживаясь, тянулась до самого горизонта между двумя канавами, полными желтой воды.

Эмма помнила ее всю, из конца в конец; она знала, что за выгоном будет столб, потом вяз, гумно и сторожка; иногда она даже нарочно закрывала глаза, чтобы сделать себе сюрприз. Но ей никогда не удавалось потерять точное чувство расстояния.

Наконец приближались кирпичные дома, дорога начинала греметь под колесами, «Ласточка» катилась среди садов, где, через отверстия в ограде, можно было видеть статуи, искусственные холмики, подстриженные тисы, веревочные качели. И вдруг перед глазами сразу открывался город.

Спускаясь амфитеатром, весь окутанный туманом, он смутно ширился над мостами. Дальше, однообразно и плавно приподнимаясь, уходило вдаль чистое поле, сливавшееся на горизонте с неопределенной чертой бледного неба. Отсюда, сверху, весь пейзаж казался неподвижным, как картинка; в углу теснились корабли, стоявшие на якорях, у подножия зеленых холмов закруглялась излучина реки, а продолговатые острова казались большими черными рыбами, неподвижно застывшими на воде. Фабричные трубы выбрасывали громадные темные, растрепанные по краям, султаны. Слышался дальний рокот литейных заводов и ясный перезвон выступавших из тумана церквей. Голые деревья бульваров темнели между домами, точно лиловый кустарник, а мокрые от дождя крыши блестели по склону горы где ярким, где тусклым глянцем, в зависимости от высоты. Порою ветер относил облака к холму св. Екатерины, и они, словно воздушные волны, беззвучно разбивались об откос.

Что-то головокружительное неслось к Эмме от этих скученных жилищ, и сердце ее переполнялось, как будто сто двадцать тысяч жизней, трепетавших там, вдали, все сразу посылали ей дыхание страстей, какие она в них предполагала. Любовь ее росла от ощущения простора, полнилась смутно поднимавшимся шумом. Эмма изливала ее на видневшиеся вдали площади, бульвары, улицы, и старый нормандский город развертывался в ее глазах в неизмеримо огромную столицу, — она словно въезжала в некий Вавилон. Ухватившись обеими руками за раму, она перегибалась в окно и глубоко вдыхала ветер; тройка скакала галопом, камни скрежетали в грязи, дилижанс раскачивался, и Ивер издалека окликал встречные повозки; между тем руанские буржуа, проведя ночь в Гильомском лесу, спокойно спускались по склону в своих семейных экипажах.

У заставы делали остановку; Эмма отстегивала деревянные подошвы, меняла перчатки, оправляла шаль и, проехав еще шагов двадцать, выходила из «Ласточки».

В это время город просыпался. Приказчики в фесках протирали магазинные витрины; торговки с корзинками у бедра звонко выкрикивали на перекрестках свой товар, Эмма шла потупив глаза, пробираясь у самых стен и радостно улыбаясь под черной вуалью.

Боясь, как бы ее не узнали, она обычно избегала кратчайшей дороги. Она углублялась в темные переулки и, когда, наконец, добиралась до нижнего конца улицы Насиональ, где был фонтан, от долгой ходьбы у нее все тело покрывалось испариной. Здесь был театральный квартал, квартал кабаков и женщин легкого поведения. Часто мимо Эммы проезжали телеги с трясущимися декорациями. Гарсоны в передниках посыпали песком тротуары, уставленные зелеными деревцами, пахло абсентом, сигарами и устрицами.

Эмма поворачивала за угол и узнавала Леона по кудрям, выбивающимся из-под шляпы.

Леон, не останавливаясь, проходил по улице. Она шла за ним к гостинице, он поднимался по лестнице, открывал дверь, входил в комнату… Какое объятие!

Вслед за поцелуями сыпались слова. Оба рассказывали о горестях истекшей недели, о своих предчувствиях, о беспокойстве из-за писем; но вот все забывалось, и они глядели друг другу в лицо со сладострастным смешком и призывом к нежности.

Кровать была большая, красного дерева, в виде челнока; спускавшийся с потолка полог из красного левантина слишком низко расходился у изголовья, где расширялась рама; и что могло быть прекраснее темных волос Эммы и ее белой кожи, резко оттенявшихся этим пурпуровым фоном, когда она стыдливым жестом прижимала к груди обнаженные руки, пряча лицо в ладони!

Теплая комната с мягким ковром, скрадывающим шаги, легкомысленными украшениями и спокойным светом была, казалось, создана для всех интимностей страсти. Карнизы кончались стрелками, медные розетки портьер и большие шары на каминной решетке сверкали от каждого солнечного луча. На камине между канделябрами лежали две большие розовые раковины, в которых, если приложить ухо, был слышен шум моря.

Как любили они эту комнату, милую и веселую, несмотря на потускневший ее блеск! Приходя в нее, они всегда заставали все вещи на старых местах, а иной раз под часами лежала еще, с прошлого четверга, головная шпилька Эммы. Завтракали у камина, на маленьком палисандровом столике с инкрустациями. Эмма, нежась и ласкаясь, резала мясо, подкладывала Леону куски на тарелку; шампанское вздымалось пеной над тонким стеклом бокала и выливалось ей на кольца, — она хохотала звонким и разнузданным смехом. Оба так безраздельно уходили в обладание друг другом, что это место казалось им собственным домом — домом, где они до самой смерти будут жить вечно юными супругами. «Наша комната», «наш ковер», «наше кресло», — говорили они. Эмма даже говорила «мои ночные туфли». То был ее каприз, подарок Леона — домашние туфли из розового атласа, отороченные лебяжьим пухом. Когда она садилась на колени к любовнику, ноги ее не доставали до полу, они висели в воздухе, и крохотные туфельки без задников держались только на голых пальцах.

Леон впервые в жизни наслаждался невыразимой прелестью женской элегантности. Никогда он не слышал такой изящной речи, не видел таких строгих туалетов, таких поз уснувшей голубки. Он восхищался восторженностью ее души и кружевами ее юбок. И ведь это была *женщина из общества,* да еще замужняя! Словом, настоящая любовница!

Переходя от настроения к настроению, то веселая, то таинственная, то говорливая, то безмолвная, то порывистая, то небрежная, она вызывала в нем тысячи желаний, пробуждала все новые инстинкты и воспоминания. Она была для него героиней всех романов, главным действующим лицом всех драм, загадочной возлюбленной, воспетой во всех стихах. Леон находил, что плечи у нее смуглы, как у купающейся одалиски, талия у нее длинная, как у феодальных дам; она напоминала также *бледную женщину из Барселоны,* но прежде всего — она была ангел.

Когда он глядел на нее, ему часто казалось, что душа его устремляется к ней, клубится облачком над ее головою и в экстазе ниспускается к белизне ее груди.

Он садился на пол у ног Эммы и, опершись локтями на ее колени, глядел на нее с обожанием, улыбался и, запрокинув голову, подставлял ей лоб.

Она склонялась к нему и, словно задыхаясь, в опьянении шептала:

— О, не шевелись! Не говори! Гляди на меня! Твои глаза лучатся так сладостно! Мне так хорошо!

Она называла его «дитя».

— Дитя, ты любишь меня?

И она не слышала ответа: губы его стремительно приникали к ее устам.

На часах был маленький бронзовый купидон, — он жеманно округлял руки под позолоченной гирляндой. Оба нередко смеялись над ним; но когда приходилось расставаться, все начинало казаться серьезным.

Недвижно стоя друг против друга, они повторяли:

— До четверга!.. До четверга!..

И вдруг она обеими руками брала его за голову, быстро целовала в лоб и, крикнув: «Прощай!», бросалась на лестницу.

Она шла на улицу Комедии к парикмахеру: надо было привести в порядок прическу. Спускалась ночь; зажигали газ.

Она слышала театральный звонок, призывавший актеров на представление; за окном проходили бледные мужчины, женщины в поношенных платьях; они исчезали на другой стороне улицы за дверью актерского входа.

В низеньком помещении, где среди париков и банок с помадой гудела железная печь, было жарко. Пахло горячими щипцами, сальные руки перебирали волосы Эммы; клонило ко сну, и она начинала дремать, закутавшись в халат. Во время завивки парикмахер нередко предлагал билет в маскарад.

А потом она уезжала! Она возвращалась по тем же улицам в «Красный крест», снова надевала деревянные подошвы, спрятанные утром под скамейку в «Ласточке», и проталкивалась между нетерпеливыми пассажирами на свое место. У подножия холма многие выходили. Она оставалась в дилижансе одна.

С каждым поворотом все яснее виднелся отсвет городских окон и фонарей, сиявший над темной грудой домов огромным лучистым облаком. Эмма становилась коленями на подушки, и взгляд ее блуждал в этом сверкании. Она глотала слезы, звала Леона, посылала ему нежные слова и поцелуи, разлетавшиеся по ветру.

В окрестности жил один нищий; он бродил с клюкой, подстерегая дилижансы. Тело его было едва прикрыто лохмотьями, лицо заслоняла старая касторовая шляпа без донышка, круглая, словно таз; когда он снимал ее, то было видно, что на месте век зияли кровавые язвы. Живое мясо свисало красными язычками; какая-то жидкость, застывая зелеными полосками, стекала из глазниц до самого носа; черные ноздри судорожно сопели. Когда несчастный говорил с человеком, то, по-идиотски смеясь, запрокидывал голову назад, и тогда его постоянно вращавшиеся синеватые белки закатывались под самый лоб к открытым ранам.

Гоняясь за экипажами, он пел песенку:

Ах, летний жар волнует кровь,
Внушает девушке любовь…

А дальше были птички, солнце, зеленые листья.

Иногда он вдруг появлялся без шляпы, прямо за спиной Эммы. Она с криком пряталась в карету. Ивер издевался над слепым. Он советовал ему снять балаган на ярмарке св. Ромена или со смехом спрашивал, как поживает его подружка.

Часто шляпа калеки вдруг просовывалась в окно на ходу дилижанса, а сам он в это время цеплялся свободной рукой за подножку, и колеса обдавали его грязью. Голос его, вначале слабый и лепечущий, становился пронзительным. Он тянулся в ночи, как непонятная жалоба какого-то отчаяния; прорезая звон бубенцов, шелест деревьев и стук пустого кузова кареты, он нес в себе что-то отдаленное, отчего Эмма приходила в волнение. Оно врывалось ей в душу, как вихрь в пропасть, уносило ее в просторы беспредельной меланхолии. Но Ивер, замечая, что дилижанс накренился, прогонял слепого кнутом. Плетеный кнут стегал прямо по ранам, и нищий с воем падал в грязь.

Потом пассажиры «Ласточки» понемногу засыпали — кто с открытым ртом, кто упираясь подбородком в грудь; один прислонялся к плечу соседа, другой брался рукою за ремень, — и все ритмично покачивались вместе с дилижансом, свет трясущегося снаружи фонаря отражался от крупа коренной внутрь дилижанса и, проходя сквозь ситцевые занавески шоколадного цвета, отбрасывал на неподвижных людей кровавую тень. Эмма, опьяненная печалью, дрожала от холода; ноги все больше зябли, тоска давила сердце.

Дома ее ждал Шарль; по четвергам «Ласточка» всегда запаздывала. Наконец-то приезжала барыня! Она еле вспоминала, что надо поцеловать девочку. Обед еще не готов — все равно! — она извиняла кухарку. Теперь Фелиситэ было все позволено.

Видя бледность Эммы, муж часто спрашивал, не больна ли она.

— Нет, — был ответ.

— Но у тебя сегодня какой-то странный вид, — возражал он.

— Ах, пустяки! Пустяки!

Иногда она, вернувшись домой, сразу поднималась к себе в комнату. Жюстен был уже там. Он двигался на цыпочках и прислуживал ей лучше самой вышколенной камеристки. Он подавал спички, свечу, книгу, раскладывал ночную рубашку, стлал постель.

— Ну, хорошо, ступай, — говорила Эмма.

А он все стоял, опустив руки и широко открыв глаза, словно опутанный бесчисленными нитями внезапной мечты.

Следующий день бывал ужасен, а дальнейшие еще невыносимее: так не терпелось Эмме вновь вкусить свое счастье. Это была жестокая, судорожная жажда, разжигаемая знакомыми образами; только на седьмой день она досыта утолялась ласками Леона. А он? Его пылкость таилась в излияниях благодарности и изумленном преклонении. Эмме нравилась робкая, поглощенная ею любовь Леона; она поддерживала ее всеми ухищрениями нежности и немного боялась со временем потерять.

Часто она с мягкой грустью в голосе говорила:

— Ах, ты покинешь меня!.. Ты женишься!.. Ты станешь, как другие.

Он спрашивал:

— Какие другие?

— Ну, вообще мужчины, — отвечала она.

И, томно отталкивая его, прибавляла:

— Все вы бессовестные!

Однажды, когда у них шел философический разговор о земных разочарованиях, она, чтобы испытать его ревность или, быть может, уступая тяге к сердечным признаниям, сказала, что когда-то, еще до него, она любила одного человека; «не так, как тебя!» — поспешно добавила она и тут же поклялась головою дочери, что *между ними ничего не было.*

Леон поверил, но все же стал расспрашивать, чем занимался тот человек.

— Он был капитаном корабля, друг мой.

Сказать так — не значило ли предупредить все розыски и в то же время придать себе некий ореол: ведь ее очарованию поддался будто бы человек героический по природе и привыкший к почету.

Тогда-то клерк почувствовал всю скромность своего положения; он стал завидовать эполетам, крестам, чинам. Такие вещи должны были нравиться ей; он подозревал это по ее расточительности.

А Эмма еще скрывала множество своих причуд, как, например, желание завести для поездок в Руан синее тильбюри с английской лошадью и грумом в ботфортах с отворотами. На эту мысль навел ее Жюстен: он умолял взять его к себе в лакеи. Если отсутствие элегантного выезда не ослабляло для Эммы радость поездок на свидания, то, уж, конечно, оно всякий раз усиливало горечь обратного пути.

Когда Леон и Эмма говорили о Париже, она шептала:

— Ах, как бы хорошо там жилось!

— А разве здесь мы не счастливы? — нежно спрашивал молодой человек, гладя ее волосы.

— Да, ты прав, я схожу с ума, — отвечала Эмма. — Поцелуй меня!

С мужем она была милее, чем когда бы то ни было, делала ему фисташковые кремы, а после обеда играла вальсы. И он считал себя счастливейшим из смертных, а Эмма жила в полном покое. Но однажды вечером он вдруг спросил:

— Ведь ты берешь уроки у мадмуазель Лемперер?

— Да.

— Знаешь, — отвечал Шарль, — я только что видел ее у госпожи Льежар. Я заговорил с ней о тебе; она тебя не знает.

Это было, как удар грома. Но Эмма очень естественно ответила:

— Что ж, она, верно, забыла мою фамилию.

— А может быть, — сказал врач, — в Руане есть несколько Лемперер — преподавательниц музыки?

— Возможно.

И сейчас же добавила:

— Но ведь у меня есть ее расписки! Вот погляди.

Она побежала к секретеру, перерыла все ящики, перепутала бумаги и в конце концов так растерялась, что Шарль стал просить ее не волноваться из-за этих несчастных квитанций.

— Нет, я найду! — говорила она.

И в самом деле, в ближайшую же пятницу Шарль, натягивая сапоги в темной каморке, куда было засунуто все его платье, нащупал под своим носком листок бумаги. Он вытащил его и прочел:

«Получено за три месяца обучения и за различные покупки шестьдесят пять франков.

Преподавательница музыки Фелиси Лемперер».

— Но каким же чертом это попало ко мне в сапог?

— Наверно, — отвечала Эмма, — упало из старой папки со счетами, которая лежит на полке с краю.

И с тех пор вся ее жизнь превратилась в сплошной обман. Непрестанными выдумками она, словно покрывалом, окутывала свою любовь, чтобы ее скрыть.

Ложь стала для нее потребностью, манией, наслаждением, и если она говорила, что вчера гуляла по правой стороне улицы, то надо было полагать, что на самом деле она шла по левой.

Однажды, когда она уехала, одевшись, по обыкновению, довольно легко, неожиданно выпал снег. Выглянув в окошко, Шарль увидел на улице г-на Бурнисьена, который отправлялся в повозке мэтра Тюваша в Руан. Тогда он сбежал по лестнице, вручил священнику теплую шаль и попросил передать ее жене в «Красном кресте». Войдя на постоялый двор, Бурнисьен тотчас спросил ионвильскую докторшу. Хозяйка отвечала, что она в ее заведении бывает очень редко. Вечером кюре увидел г-жу Бовари в «Ласточке» и рассказал ей о своем затруднении; впрочем, никакого значения он этому случаю, по-видимому, не придавал, так как тут же стал расхваливать соборного проповедника, который в это время производил огромный фурор: слушать его сбегались все дамы.

Но если Бурнисьен и не просил никаких объяснений, то другие могли впоследствии оказаться не такими скромными. Поэтому Эмма сочла нужным впредь всякий раз останавливаться в «Красном кресте», чтобы добрые ионвильцы, видя ее на лестнице, ничего не подозревали.

И все-таки в один прекрасный день, выйдя под руку с Леоном из гостиницы «Булонь», она встретила г-на Лере. Эмма испугалась, думая, что он станет болтать. Но он был не так глуп.

А три дня спустя Лере явился в ее комнату, прикрыл за собой дверь и сказал:

— Мне бы нужны деньги.

Эмма заявила, что у нее ничего нет. Лере рассыпался в жалобах, стал напоминать о всех своих услугах.

В самом деле, из двух подписанных Шарлем векселей Эмма до сих пор уплатила только по одному. Второй вексель торговец по ее просьбе согласился заменить двумя новыми, да и те уже были еще раз переписаны на очень далекий срок. Наконец Лере вытащил из кармана список неоплаченных покупок: занавески, ковер, обивка для кресел, несколько отрезов на платье, разные туалетные принадлежности — всего, примерно, тысячи на две.

Эмма опустила голову. Лере продолжал:

— Но если у вас нет наличных, то ведь зато есть *недвижимость.*

И он напомнил о жалком домишке в Барневиле, близ Омаля, почти не дававшем дохода. Когда-то он входил в состав небольшой фермы, проданной еще г-ном Бовари-отцом. Лере знал все, вплоть до точного числа гектаров земли и фамилий всех соседей.

— На вашем месте, — говорил он, — я бы разделался со всем этим, и когда вы расплатитесь с долгами, у вас еще останутся деньги.

Эмма возразила, что трудно найти покупателя. Лере обнадежил ее, что разыщет; но тут она спросила, что же ей сделать, чтобы получить возможность продать домик.

— Разве у вас нет доверенности? — отвечал Лере.

Эти слова подействовали на Эмму, как глоток свежего воздуха.

— Оставьте мне счет, — сказала она.

— О, не стоит! — возразил Лере.

На следующей неделе он пришел снова и похвастался, что после энергичных поисков напал на некоего Ланглуа, который давно уже точит зубы на этот участок, но только не говорит, какую согласен дать цену.

— Не в цене дело! — воскликнула Эмма.

Но Лере предложил выждать, прощупать этого молодчика. Стоило даже съездить на место, и так как Эмма этого сделать не могла, то он обещал сам поехать и столковаться с Ланглуа. Вернувшись, он заявил, что покупатель дает четыре тысячи франков.

При этой вести Эмма просияла.

— По правде сказать, — заключил Лере, — цена хорошая.

Половину суммы Эмма получила немедленно, а когда она заговорила о счете, торговец заметил:

— Честное слово, мне жаль сразу отнимать у вас такую *порядочную* сумму!

Тогда она взглянула на ассигнации и, представив себе, как много свиданий сулят эти две тысячи франков, забормотала:

— То есть как же? Как это?

— О, — отвечал он с добродушным смехом, — со счетом ведь можно сделать все, что угодно. Разве я не понимаю семейных обстоятельств?

И, медленно пропуская между пальцами два длинных листа бумаги, он пристально посмотрел на нее. Потом открыл бумажник и разложил на столе четыре векселя, на тысячу франков каждый.

— Подпишите, — сказал он, — и оставьте деньги себе.

Она оскорбленно вскрикнула.

— Но ведь я вам отдаю остаток, — нагло отвечал г-н Лере. — Разве я вам не оказываю этим услугу?

И взяв перо, написал под счетом: «Получено от госпожи Бовари четыре тысячи франков».

— О чем вы беспокоитесь, когда через шесть месяцев вы получите окончательный расчет за свой домишко, а я на последнем векселе проставил более дальний срок?

Эмма немного путалась во всех этих вычислениях, в ушах у нее звенело, как будто золотые монеты просыпались из мешков и падали вокруг нее на пол. Наконец Лере объяснил, что у него есть в Руане один приятель-банкир, некто Венсар, который учтет ему эти четыре векселя; а потом он сам вернет г-же Бовари остаток против настоящего долга.

Но вместо двух тысяч франков он принес только тысячу восемьсот: как и *полагается,* двести удержал за счет и комиссию приятель Венсар.

При этом он небрежно попросил расписку:

— Сами знаете... дело торговое... иногда бывает... И дату, — пожалуйста, не забудьте дату.

И тут перед Эммой открылись широкие горизонты осуществимых фантазий. У нее хватило благоразумия отложить тысячу экю, которыми она оплатила в срок первые три векселя, но четвертый случайно попал в дом как раз в четверг, и потрясенный Шарль стал терпеливо ждать, пока вернется жена и все ему объяснит.

Ах, если она не говорила об этом векселе, то только потому, чтобы избавить его от хозяйственных мелочей. Она уселась к нему на колени, стала ласкаться, ворковать, долго пересчитывала вещи, которые поневоле пришлось взять в кредит.

— Согласись, что за такую уйму вещей это не слишком уж дорого.

Не зная, что делать, Шарль скоро прибег к тому же Лере. Тот дал слово, что все устроит, если только господин доктор подпишет ему два векселя, в том числе один на семьсот франков сроком на три месяца. Чтобы как-нибудь выйти из положения, Шарль написал матери отчаянное письмо. Вместо ответа она приехала сама; когда Эмма спросила, удалось ли ему чего-нибудь от нее добиться, он ответил:

— Да. Но она требует, чтобы ей показали счет.

На следующее утро Эмма чуть свет побежала к г-ну Лере и попросила его выписать поддельный документ, не больше как на тысячу франков: показать счет на четыре тысячи — значило бы сознаться, что на две трети он уже оплачен, то есть открыть продажу участка — сделку, которую торговец провел в полной тайне, так что она в самом деле обнаружилась лишь гораздо позже.

Хотя цены на все товары были проставлены очень низкие, г-жа Бовари-мать, разумеется, нашла расходы недопустимо большими.

— Разве нельзя было обойтись без ковра? И к чему это менять обивку на креслах? В мое время в каждом доме полагалось только одно кресло — для пожилых: так по крайней мере было у моей маменьки, а она, уверяю вас, была женщина порядочная. Не всем же быть богачами! На мотовство не хватит никакого состояния! Я бы стыдилась баловать себя так, как вы, а ведь я — старуха, я нуждаюсь в заботах. Да, вот они — ваши наряды! Вот что значит пускать пыль в глаза! Как, на подкладку шелк по два франка?.. Есть ведь отличный жаконет по десяти, даже по восьми су.

Эмма, полулежа на козетке, отвечала как только могла спокойнее:

— Ну, довольно! Довольно, сударыня…

Но свекровь продолжала отчитывать ее и все предсказывала, что Шарль с женой окончат дни в убежище для бедных. Впрочем, он сам виноват. Хорошо еще, что он обещал уничтожить эту доверенность.

— Как?..

— Да, он поклялся мне, — отвечала старуха.

Эмма открыла окошко, позвала Шарля, и бедняга вынужден был признаться в обещании, насильно вырванном у него матерью.

Эмма убежала, но тотчас же вернулась и величественно протянула толстый лист бумаги.

— Благодарю вас, — сказала свекровь и бросила доверенность в огонь.

Эмма захохотала резким, пронзительным, безостановочным смехом: с ней сделался нервный припадок.

— Ах, боже мой! — закричал Шарль. — Хороша и ты тоже! Устраиваешь ей сцены!..

Мать только пожала плечами и заявила, что *все это одни штучки.*

Но тут Шарль впервые в жизни взбунтовался и стал на сторону жены, так что г-жа Бовари-мать решила уехать. Она отправилась на другой же день, и когда сын попытался удержать ее на пороге, сказала ему:

— Нет, нет! Ты ее любишь больше, чем меня, — и ты прав: это в порядке вещей. Ну что ж, ничего не поделаешь. Увидишь сам. Будь здоров!.. Я вовсе не хочу приезжать сюда делать ей сцены, как ты выражаешься.

И все-таки Шарль чувствовал себя с Эммой очень неловко: она нисколько не скрывала, что все еще обижена на него за его подозрения. Прежде чем она согласилась снова взять доверенность, ему пришлось долго просить ее. Он даже пошел вместе с нею к г-ну Гильомену заказывать новый, точно такой же документ.

— Я вас понимаю, — сказал нотариус. — Человек науки не должен затруднять себя мелочами практической жизни.

Это лукавое замечание утешило Шарля: оно прикрывало его слабость лестною видимостью более возвышенных занятий.

Что было в следующий четверг, в гостинице, в их с Леоном комнате! Эмма смеялась, плакала, пела, плясала, заказывала шербеты, хотела курить папиросы, показалась любовнику экстравагантной, но великолепной, очаровательной.

Он не знал, какая реакция происходила во всем ее существе, когда она все глубже и глубже уходила в наслаждение жизнью. Она стала раздражительной, привередливой и чувственной; она гуляла с ним по улицам, высоко неся голову, и говорила, что не боится скомпрометировать себя. И все же порой она внезапно вздрагивала при мысли о возможной встрече с Родольфом: хотя они и расстались навсегда, ей казалось, что она не совсем еще освободилась от его власти.

Однажды вечером Эмма даже не вернулась в Ионвиль. Шарль совсем потерял голову, а маленькая Берта не хотела ложиться спать без мамы и так рыдала, что у нее чуть не разрывалась грудка. Жюстен на всякий случай вышел на дорогу. Г-н Омэ покинул свою аптеку.

Наконец Шарль не выдержал. В одиннадцать часов он запряг свой шарабанчик, вскочил на сиденье, стал нахлестывать лошадь и к двум часам ночи приехал в «Красный крест». Никого! Он подумал, что, может быть, Эмму видел клерк; но где же он живет? К счастью, Шарль вспомнил адрес его патрона. Он побежал туда.

Начинало светать. Шарль разглядел дощечку над дверью; постучался. Кто-то, не открывая, с криком ответил ему на вопрос и вдобавок крепко обругал всех, кто беспокоит людей по ночам.

В доме, где жил клерк, не оказалось ни звонка, ни молотка, ни привратника. Шарль застучал кулаком в ставни. Показался полицейский; тогда Шарль испугался и ушел.

«Я с ума спятил, — говорил он сам с собой. — Она, наверно, осталась обедать у господина Лормо».

Семейство Лормо уже не жило в Руане.

«Значит, она ухаживает за госпожой Дюбрейль. Ах, да ведь госпожа Дюбрейль вот уж десять месяцев как умерла!.. Так где же она?»

Ему пришла в голову новая мысль. Он зашел в кафе, спросил «Ежегодный справочник» и быстро отыскал в нем девицу Лемперер. Оказалось, что она проживает по улице Ренель-де-Марокинье, в доме № 74.

Когда он свернул в эту улицу, на другой стороне вдруг показалась сама Эмма; он даже не обнял ее, а прямо набросился с криком:

— Почему ты вчера не приехала?

— Я захворала!

— Чем?.. Где?.. Как?..

Она провела рукой по лбу и ответила:

— У мадмуазель Лемперер.

— Это я и думал! Я бежал к ней.

— О, не стоило, — сказала Эмма. — Она только что ушла. Но впредь, пожалуйста, не беспокойся так. Ты ведь понимаешь, я не могу чувствовать себя свободной, если знаю, что тебя волнует малейшее мое запоздание.

Так она установила для себя своеобразное право не стесняться в своих похождениях. И стала без всякого смущения пользоваться этим правом очень широко. Когда ей хотелось видеть Леона, она под каким-нибудь предлогом уезжала в Руан, и так как любовник ждал ее только по четвергам, то являлась прямо к нему в контору.

Сначала это всякий раз было для него великим счастьем. Но вскоре он перестал скрывать от нее истину: патрон очень недоволен его беспорядочным поведением.

— Ну, вот еще! — отвечала Эмма.

И он отмалчивался.

Эмма захотела, чтобы он одевался во все черное и отпустил эспаньолку: тогда он будет похож на портрет Людовика XIII. Она пожелала взглянуть на его комнату и нашла ее очень невзрачной; он покраснел, она этого не заметила и посоветовала ему купить такие же занавески, какие висели у нее. А когда он сказал, что это очень дорого, она рассмеялась и ответила:

— А, тебе жалко денег!

Каждый раз Леон должен был рассказывать ей все, что он делал с прошлого свидания. Она требовала стихов, стихов с посвящением, любовную поэму в свою честь; он никогда в жизни не умел срифмовать двух строчек и в конце концов списал сонет из кипсека.

Он сделал это не столько из тщеславия, сколько желая угодить ей. Он не оспаривал ее взглядов; он соглашался со всеми ее вкусами; в сущности не она, а он был ее любовницей. Она знала такие нежные слова, такие поцелуи, от которых у него замирала душа. Где впитала она в себя эту почти бесплотную, глубокую и скрытую порочность?

VI

Приезжая к ней, чтобы ее повидать, Леон нередко обедал у аптекаря и однажды из вежливости счел себя обязанным пригласить его к себе.

— С удовольствием! — отвечал г-н Омэ. — Да мне и необходимо немного встряхнуться: я здесь совсем закис. Пойдем в театр, в ресторан, кутнем!

— Ах, мой друг! — нежно прошептала г-жа Омэ: ей мерещились какие-то неведомые опасности.

— Ну, в чем дело? Ведь я постоянно живу среди испарений аптечных веществ; ты думаешь, это не вредит моему здоровью? Вот они, женщины! Сперва ревнуют к науке, а потом не позволяют вам доставить себе законнейшее развлечение. Но все равно, можете на меня рассчитывать. На днях я нагряну в Руан, и мы с вами *посорим мелочью.*

В прежние времена аптекарь воздержался бы от подобного выражения, но теперь он вдавался в легкомысленный парижский тон, который в его глазах был признаком самого лучшего вкуса; как и его соседка, г-жа Бовари, он с любопытством расспрашивал клерка о столичных нравах и даже, желая поразить буржуа, пересыпал свою речь жаргонными словечками: *тряпье, комнатенка, физия, шикозный,* и вместо «я ухожу» говорил *улетучиваюсь.*

И вот, в один из четвергов Эмма с удивлением встретила в «Золотом льве», на кухне, г-на Омэ в дорожном костюме, то есть в старом плаще, которого никто раньше не видел. В одной руке у него был чемодан, а в другой грелка из собственной аптеки. Боясь встревожить своим отъездом клиентуру, он никому о нем не сообщил.

Его, должно быть, возбуждала мысль, что скоро он вновь увидит места, где протекала его юность; всю дорогу он не переставал рассуждать вслух; не успел дилижанс остановиться, как он поспешно выскочил из него и побежал разыскивать Леона. Как ни отбивался клерк, г-н Омэ затащил его в большое кафе «Нормандия», куда величественно вошел в шляпе: он считал, что снимать шляпу, входя в общественное место, — величайший провинциализм.

Эмма прождала Леона три четверти часа. Потом побежала к нему в контору и, теряясь во всевозможных предположениях, обвиняя его в равнодушии, а себя в слабости, простояла полдня в комнате, прижавшись лицом к оконному стеклу.

В два часа Леон и аптекарь еще сидели друг против друга за столиком. Зал пустел; золоченая листва разделанного под пальму дымохода расстилалась по белому потолку; рядом с приятелями, за стеклянной перегородкой, журчал под солнцем маленький фонтан, и брызги его падали в мраморный бассейн, где среди кресс-салата и спаржи лежали, вытянувшись, три сонных омара, а по краям — пирамидки повернутых боком перепелок.

Омэ наслаждался. Хотя роскошь и возбуждала его еще больше, чем хороший стол, но все-таки помарское немного опьянило его, и, когда подали омлет с ромом, он принялся излагать безнравственные теории о женщинах. Больше всего на свете его прельщал *шик.* Он обожал элегантные туалеты и хорошо меблированные будуары, в отношении же телесных качеств был неравнодушен к *крошкам.*

Леон безнадежно глядел на стенные часы. Аптекарь пил, ел и разглагольствовал.

— Вы, должно быть, чувствуете себя в Руане довольно одиноким, — заявил он вдруг. — Впрочем, ваш предмет живет не так уж далеко.

Клерк покраснел.

— Ну, будьте же откровенны! Неужели вы станете отрицать, что в Ионвиле у вас…

Молодой человек что-то забормотал.

— Вы ни за кем не ухаживаете у госпожи Бовари?..

— Да за кем же?

— За служанкой!

Он вовсе не шутил; но самолюбие оказалось в Леоне сильнее осторожности, и он невольно стал отрицать. Он ведь любит только брюнеток!

— Вы совершенно правы, — сказал аптекарь. — У них сильнее темперамент.

И, наклонившись к приятелю, он стал на ухо перечислять ему признаки темперамента у женщин. Он даже пустился в этнографические рассуждения: немки истеричны, француженки легкомысленны, итальянки страстны.

— А негритянки? — спросил клерк.

— Ну, это дело художественного вкуса! — сказал Омэ. — Гарсон, две полпорции.

— Что ж, идем? — нетерпеливо спросил, наконец, Леон.

— Yes.[1]

Но перед уходом Омэ непременно захотел поговорить с хозяином и сделал ему несколько комплиментов.

Чтобы избавиться от него, молодой человек сослался на то, что ему надо идти по делу.

— О, я провожу вас! — воскликнул Омэ.

И, не отставая от него ни на шаг, заговорил о своей жене, о детях, об их будущем, о своей аптеке, рассказал, в каком упадке она была когда-то и до какого процветания он поднял ее теперь.

Дойдя до гостиницы «Булонь», Леон внезапно бросил его, взбежал по лестнице и застал Эмму в величайшем волнении.

Услышав имя аптекаря, она вышла из себя. Но Леон засыпал ее оправданиями: он не виноват, разве она сама не знает г-на Омэ? Неужели она может подумать, что он предпочел его общество? Она все отворачивалась; он цеплялся за ее платье, потом опустился на колени и, обеими руками охватив ее за талию, застыл в томной позе сладострастной неги и мольбы.

---

[1] Да (англ.).

Эмма стояла неподвижно, ее огромные пылающие глаза глядели на него серьезным и почти страшным взглядом. Потом они затуманились слезами, дрогнули розовые веки, она перестала отнимать руки, и Леон уже подносил их к губам, как вдруг постучался слуга и доложил, что его спрашивает какой-то господин.

— Ты вернешься? — спросила Эмма.

— Да.

— Но когда?

— Сейчас же…

— Это просто *трюк,* — воскликнул аптекарь, увидев Леона. — Я хотел прекратить этот визит: мне показалось, что вам он неприятен. Пойдем к Бриду, выпьем желудочной.

Леон клялся, что ему пора в контору. Тогда фармацевт стал вышучивать бумажные дела, судебные кляузы.

— Да бросьте вы на минуту всех этих Кюжасов и Бартоло, черт побери! Что вам мешает? Будьте молодцом! Идем к Бриду; вы увидите его собаку. Это очень любопытно!

И когда клерк заупрямился, он заявил:

— Я иду с вами. Пока вы будете работать, я почитаю газеты или просмотрю ваш Свод законов.

Леон, подавленный гневом Эммы, болтовней Омэ, а может быть, и плотным завтраком, колебался, словно поддавшись какому-то гипнозу аптекаря; а тот все повторял:

— Идем к Бриду! Это всего в двух шагах на улице Мальпалю.

И Леон, по слабости, по глупости, из-за того неопределимого чувства, которое толкает нас на самые нелепые поступки, позволил увести себя к Бриду. Они застали его во дворе: он приглядывал за тремя парнями, которые, запыхавшись, вертели большое колесо машины для сельтерской воды. Омэ стал давать им советы; он обнялся с Бриду; выпили желудочной. Двадцать раз Леон собирался уходить, но Омэ удерживал его за руку и говорил:

— Сейчас! Я тоже иду. Мы забежим в «Руанский фонарь», повидаем всех этих господ. Я вас познакомлю с Томассеном.

Но Леон все-таки отделался от него и бегом бросился в гостиницу. Эммы там уже не было.

Она уехала вне себя от бешенства. Теперь она ненавидела его. Не прийти на назначенное свидание! Это казалось ей оскорблением, и она искала новых и новых оснований, чтобы порвать с Леоном: он не способен на героизм, он слабый, заурядный человек, он мягче женщины, и к тому же скуп и малодушен.

Понемногу успокоившись, она поняла, что клевещет на него. Но всякий раз, как мы осуждаем того, кого любим, это как-то отдаляет нас от него. Нельзя прикасаться к идолам: их позолота остается у нас на пальцах.

С тех пор они стали чаще говорить на темы, не относящиеся к их любви; в письмах к Леону Эмма толковала о цветах, о стихах, о луне и звездах — наивных источниках слабеющей страсти, пытающейся внешними средствами влить в себя новую жизнь! От каждого свидания Эмма ждала глубочайшего счастья, а потом невольно признавалась, что ничего необычайного не испытала. Но вскоре разочарование уступало место новой надежде, и Эмма возвращалась к любовнику еще более воспламененной, еще более жадной. Она раздевалась резкими движениями, выдергивала тонкий шнурок корсета, и он свистел на ее бедрах, как скользящая змея. Босиком, на цыпочках, она еще раз подходила к порогу проверить, заперта ли дверь, и вдруг одним жестом сбрасывала с себя все одежды и, бледная, без слов, без улыбки, с долгим содроганием прижималась к груди Леона.

Но на этом покрытом холодными каплями лбу, на этих лепечущих губах, в этих блуждающих зрачках, в этих ее объятиях было какое-то отчаяние, что-то смутное и мрачное; Леону казалось, что оно потихоньку проползает между ними, разделяет их.

Он не осмеливался задавать ей вопросы; но, думал он, она так опытна, что, наверно, уже успела в прошлом испытать все муки и все наслаждения. То самое, что когда-то очаровывало его, теперь вызывало в нем страх. Кроме того, он начинал восставать против растущего день ото дня порабощения его личности. Он не мог простить Эмме ее постоянной победы над ним. Он даже пытался разлюбить ее, но при одном звуке ее шагов снова чувствовал себя бессильным, как пьяница при виде спиртного.

Правда, она не уставала расточать ему тысячи знаков внимания, начиная с утонченности стола, кончая элегантностью туалета и томными взглядами. Она у себя на груди привозила из Ионвиля розы и осыпала ими его лицо; она выражала беспокойство о его здоровье, давала ему советы, как вести себя; чтобы крепче привязать его к себе, она, в надежде на помощь неба, повесила ему на шею ладанку с изображением пречистой девы. Она, как добрая мать, расспрашивала его о товарищах. Она говорила ему:

— Не встречайся с ними, не ходи никуда, думай только обо мне, люби меня!

Она хотела бы проследить весь образ его жизни, ей даже пришло в голову нанять человека, который наблюдал бы за ним на улице. Близ гостиницы постоянно приставал к путешественникам какой-то бродяга; он, конечно, не отказался бы... Но тут возмутилась ее гордость.

— Нет, все равно! Пусть он меня обманывает, — какое мне дело! Разве я так уж держусь за него.

Однажды, когда она раньше обычного рассталась с Леоном и одна возвращалась пешком по бульвару, ей бросились в глаза стены ее монастыря; и вот она присела на скамейку под вязами. Как спокойно жилось в те времена! Какими завидными казались ей теперь те неизъяснимые любовные чувства, которые она тогда пыталась вообразить себе по книгам!

Первые месяцы брачной жизни, лесные прогулки верхом, вальсирующий виконт, пение Лагарди — все прошло перед ее взором... И вдруг ей явился Леон — в таком же отдалении, как и прочие.

«Но ведь я его люблю!» — подумала она.

Пусть так! Все равно у нее нет и никогда не было счастья. Откуда же взялась эта неполнота жизни, это разложение, мгновенно охватывающее все, на что она пыталась опереться?.. Но если есть где-то существо сильное и прекрасное, благородная натура, исполненная и восторженных чувств, и утонченности, сердце поэта в ангельском теле, меднострунная лира, возносящая к небу трогательные эпиталамы, то почему бы им не найти случайно друг друга? О, это невозможно! Да и нет ничего, что стоило бы искать; все лжет! За каждой улыбкой скрывается скучливый зевок, за каждой радостью — проклятие, за блаженством — пресыщение, и даже от самых сладких поцелуев остается на губах лишь неутолимая жажда более высокого сладострастия.

В воздухе разнесся металлический хрип; на монастырской колокольне прозвенело четыре раза. Четыре часа! А ей казалось, что здесь, на этой скамейке, она провела целую вечность. Но в одной минуте может сосредоточиться бесчисленное множество страстей, как в узком закоулке — толпа народа.

Эмма всецело была поглощена этими страстями и о деньгах заботилась не больше какой-нибудь эрцгерцогини.

Но однажды к ней явился какой-то тщедушный, краснолицый, лысый человек и заявил, что его прислал г-н Венсар из Руана. Он вытащил булавки, которыми был заколот боковой карман его длинного зеленого сюртука, воткнул их в рукав и вежливо подал бумагу.

Это был подписанный Эммой вексель на семьсот франков: Лере нарушил все свои обещания и передал его Венсару.

Г-жа Бовари послала за Лере служанку. Он не мог прийти.

Тогда незнакомец — он все стоял, с любопытством поглядывая направо и налево из-под нависших белесых бровей, — с наивным видом спросил:

— Что сказать господину Венсару?

— Ну... — ответила Эмма, — передайте ему... что у меня нет... На той неделе... Пусть подождет... Да, на той неделе.

И человек ушел, не сказав ни слова.

Однако на другой день, в двенадцать часов, Эмма получила протест; и при одном виде гербовой бумаги, на которой в разных местах было написано большими буквами: «Судебный пристав города Бюши, мэтр Аран», так испугалась, что сейчас же побежала к торговцу тканями.

Она застала его в лавке; он перевязывал пакет.

— Ваш покорнейший слуга! — сказал он. — К вашим услугам.

Лере все же не прервал своей работы; ему помогала горбатенькая девочка лет тринадцати, которая служила у него и приказчиком и кухаркой.

Потом, стуча деревянными башмаками по ступенькам, он поднялся из лавки на второй этаж, — Эмма шла за ним, — и ввел ее в тесный кабинет, где на большом еловом письменном столе лежала стопка конторских книг, прижатая железным бруском на висячем замке. У стены виднелся за ситцевыми занавесками несгораемый шкаф, такой огромный, что в нем, наверно, должны были храниться вещи покрупнее денег и векселей. В самом деле, г-н Лере занимался закладами, — и именно здесь лежали у него золотая цепочка г-жи Бовари и серьги бедного дядюшки Телье, которому в конце концов пришлось продать свой трактир и купить в Кенкампуа крохотную бакалейную лавочку; там он стал желтее свечей, пачками громоздившихся вокруг него на полках, и умирал от катара.

Лере уселся в большое соломенное кресло и спросил:

— Что нового?

— Вот, поглядите.

И Эмма показала ему бумагу.

— Что же я могу сделать?

Тогда она вспылила, напомнила ему, что он обещал не пускать ее векселей в ход; он не стал спорить.

— Но мне больше ничего не оставалось; самому деньги были нужны дозарезу.

— Что же теперь будет? — снова заговорила Эмма.

— О, тут все очень просто: сперва суд, а там и опись… *Дело табак!*

Эмма сдерживалась, чтобы не ударить его. Она мягко спросила, нет ли возможности урезонить г-на Венсара.

— Ну да, как же! Урезонить Венсара! Вы его еще не знаете — он свирепей всякого ростовщика.

А все-таки г-н Лере должен вмешаться и как-нибудь помочь.

— Но послушайте! Я, кажется, до сих пор был с вами достаточно любезен.

Он открыл одну из своих книг:

— Вот!

И стал водить пальцем по странице:

— Сейчас… сейчас… 3 августа — двести франков… 17 июня — полтораста… 23 марта — сорок шесть… Апрель…

Он остановился, словно боясь допустить какую-нибудь оплошность.

— Я уже не говорю о долговых обязательствах господина доктора, — одно на семьсот франков, другое на триста! А что до ваших уплат по мелочам, рассрочек, процентов, то этому просто конца нет, запутаться можно. Я умываю руки!

Эмма плакала, она даже назвала его «милым господином Лере». Но он все взваливал на «эту собаку Венсара». К тому же у него сейчас ни сантима: никто не платит долгов, и все только тянут с него; такой бедный лавочник, как он, не может давать авансы.

Эмма умолкла; г-н Лере покусывал перо; ее молчание, должно быть, беспокоило его; вдруг он заговорил снова:

— Но, конечно, если на этих днях у меня будут какие-нибудь поступления… Я тогда смогу…

— Во всяком случае, — сказала Эмма, — как только будут остальные деньги за Барневиль…

— Что такое?..

Узнав, что Ланглуа еще не расплатился окончательно, Лере, казалось, чрезвычайно удивился. А потом заговорил медовым голосом:

— Так вы говорите, мы столкуемся?..

— О, все, что вам угодно!

Тогда он закрыл глаза, подумал, потом набросал на бумаге несколько цифр и, заявив, что все это ему очень неприятно, что дело очень скверное, что он просто *пускает себе кровь,* продиктовал четыре векселя по двести пятьдесят франков. Срок каждого истекал через месяц после предыдущего.

— Только бы Венсар стал меня слушать! Но как бы то ни было, решено; я не вожу за нос, у меня все начистоту.

Затем он небрежно показал кой-какие новые товары; по его мнению, ничто здесь не заслуживало внимания г-жи Бовари.

— Подумать только, вот эта материя на платье идет по семи су метр, да еще с ручательством, что не линяет! И все-таки ее так и расхватывают! Вы сами понимаете, им не рассказываешь, в чем тут дело.

Признаваясь, что он обманывает других покупателей, Лере хотел окончательно убедить Эмму в своей честности.

Потом он снова задержал ее и показал три локтя гипюра, — этот кусок ему недавно удалось найти на распродаже.

— Какая прелесть! — говорил Лере. — Теперь этот товар много берут на накидки к креслам; он в большой моде.

И тут же ловко, точно фокусник, завернул гипюр в синюю бумагу и вложил Эмме в руки.

— Но скажите по крайней мере…

— Ах, об этом после, — отвечал Лере и повернулся на каблуках.

В тот же вечер Эмма заставила Бовари написать матери, чтобы та немедленно выслала все, что осталось ему от наследства. Свекровь ответила, что у нее ничего больше нет; ликвидация закончена, и, кроме Барневиля, на долю супругов приходится шестьсот ливров годового дохода, которые она и будет аккуратно выплачивать.

Тогда г-жа Бовари отправила двум-трем пациентам счета и скоро стала очень широко пользоваться этим удачным средством. В постскриптуме она никогда не забывала добавить: «Не говорите об этом мужу: вы знаете, как он самолюбив… Извините меня, пожалуйста… Готовая к услугам…» Пришло несколько протестующих писем: она их перехватила.

Чтобы как-нибудь раздобыть денег, она принялась распродавать свои поношенные шляпки и перчатки, железный лом; она торговалась свирепо, — в ее стремлении побольше заработать сказывалась крестьянская кровь. Она решила, что во время своих поездок в город станет покупать всякие безделушки, которые у нее, конечно, будет брать г-н Лере, если не другие. И вот она накупила страусовых перьев, китайского фарфора, шкатулок; она занимала деньги у Фелиситэ, у г-жи Лефрансуа, в гостинице «Красный крест» — у всех без разбора. Получив, наконец, всю сумму за Барневиль, она оплатила два векселя; но тогда наступил срок новому — на полторы тысячи. Она снова задолжала. И так до бесконечности!

Иногда она, правда, пыталась подвести счета; но положение оказывалось таким ужасным, что она сама себе не верила. И тогда она начинала пересчитывать, очень скоро запутывалась и, махнув рукой, переставала об этом думать.

Дом ее имел теперь самый жалкий вид. Поставщики выходили оттуда в ярости. По всем каминам валялись носовые платки; маленькая Берта, к великому ужасу г-жи Омэ, ходила в дырявых чулках. Если Шарль позволял себе какое-нибудь робкое замечание, Эмма резко отвечала, что она не виновата.

Откуда эта раздражительность? Бовари объяснял все старой нервной болезнью жены; он упрекал себя, что принимает ее нездоровье за нравственные недостатки, обвинял себя в эгоизме, готов был бежать к ней с распростертыми объятиями.

«О, нет, — думал он сейчас же, — не надо ей надоедать».

И не решался подойти к ней.

После обеда Шарль один гулял в саду; он сажал к себе на колени Берту, открывал медицинский журнал и пробовал показывать ей буквы. Но девочка никогда ничему не училась; она широко открывала грустные глазки и начинала плакать. Тогда отец принимался утешать ее: приносил в лейке воду и устраивал на песке ручейки, обламывал бирючину и втыкал ветки в клумбу, будто это деревья, что не слишком безобразило сад, и без того заросший высокой травой: Лестибудуа уже так давно не получал денег! Потом Берта начинала зябнуть и спрашивала, где мама.

— Позови няню, — говорил Шарль. — Ты ведь знаешь, детка: мама не любит, чтобы ее беспокоили.

Наступала осень, уже падал лист, — совсем как два года назад, когда Эмма лежала больная. Когда же все это кончится! И он все шагал по дорожкам, заложив руки за спину.

Эмма сидела у себя в комнате. К ней никто не смел входить. Здесь она проводила целые дни, сонная, кое-как одетая, и только время от времени приказывала покурить росным ладаном, который купила в Руане у алжирца. Чтобы ночью рядом с ней не лежал и не спал ее муж, она бесконечными капризами заставила его перебраться на третий этаж и до самого утра читала нелепые романы с картинами оргий и кровавыми интригами. Часто ей становилось страшно, она вскрикивала; прибегал Шарль.

— Ах, уйди! — говорила она.

А порой, когда ее сильнее обжигало внутреннее пламя, раздуваемое преступной любовью, она, задыхаясь, взволнованная желанием, открывала окно, жадно глотала холодный воздух, распускала по ветру свои тяжелые волосы и, глядя на звезды, мечтала о прекрасном принце. Она думала о нем, о Леоне. В такие моменты Эмма с радостью отдала бы все за одно утоляющее ее свидание.

А когда оно наступало, то был ее праздник. Эмма хотела, чтобы дни свиданий с любовником были великолепны! И если он не мог покрыть всех расходов, она, не считая, тратила свои деньги; это случалось почти всякий раз. Леон пытался внушить ей, что им было бы так же хорошо и в какой-нибудь более скромной гостинице, но она находила бесконечные возражения.

Однажды Эмма вынула из ридикюля полдюжины золоченых ложечек (то был свадебный подарок дядюшки Руо) и попросила Леона сейчас же заложить их от ее имени в ломбарде; Леон побоялся себя скомпрометировать.

Подумав как следует на досуге, он нашел, что его любовница начинает вести себя как-то странно, и, пожалуй, было бы неплохо отделаться от нее.

В самом деле, его мать уже успела получить длинное анонимное письмо, в котором сообщалось, что сын ее *губит себя с замужней женщиной;* добродушной старушке сразу представилось вечное пугало всех семей — какое-то непонятное роковое существо, сирена, фантастическое чудовище, обитающее в глубинах любви, — и она тотчас же написала патрону своего сына, мэтру Дюбокажу. Тот повел себя в этом деле как нельзя лучше. Битых три четверти часа продержал он Леона у себя в кабинете, стараясь открыть ему глаза, указать на зияющую перед ним пропасть. Подобная интрига может впоследствии испортить молодому человеку карьеру. Он умолял его порвать эту связь, если не в своих собственных интересах, то хоть ради него, Дюбокажа!

В конце концов Леон дал слово, что больше не будет встречаться с Эммой; и он упрекал себя, что не держит обещания, вперед высчитывал все ссоры и неприятности, какие может в будущем навлечь на него эта женщина, не говоря уже о том, что по утрам, у печки, товарищи по работе и теперь донимали его насмешками. К тому же он должен был скоро получить место старшего клерка: пора стать серьезным человеком. Он уже отказался от флейты, от восторженных чувств, от воображения, ибо какой буржуа в пылу своей юности хотя бы один день, одну минуту не считал себя способным на безмерные страсти, на высокие подвиги? Самый пошлый распутник в свое время мечтал о султаншах; каждый нотариус носит в себе обломки поэта.

Теперь Леон только скучал, когда Эмма вдруг разражалась на его груди рыданиями; подобно людям, чей слух выносит музыку лишь в известном количестве, сердце его равнодушно дремало под шум страсти, в тонкостях которой не могло более разобраться.

Любовники слишком хорошо знали друг друга, чтобы испытывать ту изумленную растерянность, которая во сто раз увеличивает радость обладания. Эмма настолько же пресытилась Леоном, насколько и он устал от нее. В преступной любви она вновь видела всю будничность любви супружеской.

Но как положить этому конец? Как ни ясно ощущала Эмма всю унизительность такого жалкого счастья, она, по привычке или по испорченности, все цеплялась за него; с каждым днем она набрасывалась на него все ожесточеннее, иссушая всякую радость тоской по более высокому блаженству. Она обвиняла Леона в том, что не сбылись ее надежды, словно он нарочно обманул ее; ей даже хотелось катастрофы, которая заставила бы их разлучиться: сделать это самой у нее не хватало духу.

И все же она не переставала писать ему влюбленные письма — она была убеждена, что женщина всегда обязана писать своему любовнику.

Но, набрасывая эти письма, она видела перед собой другого человека — призрак, созданный из самых жарких ее воспоминаний, самых прекрасных книг, самых мощных желаний; понемногу он становился так реален и доступен, что она трепетала в изумлении — и все же не могла отчетливо представить его себе: подобно богу, он терялся под множеством своих атрибутов. Он жил в голубой стране, где с балконов свисают, качаясь, шелковые лестницы, жил в запахе цветов, в лунном свете. Она чувствовала его близко, — сейчас он придет и всю ее возьмет в одном лобзании. И наконец, измученная, она падала пластом: эти порывы призрачной любви были утомительнее самых крайних излишеств.

Теперь она всегда и всюду чувствовала себя совершенно разбитой. Получая вызовы в суд, гербовые бумаги, она еле глядела на них. Ей хотелось бы не жить или не просыпаться.

В праздник ми-карэм она не вернулась в Ионвиль, а пошла вечером на маскарад. На ней были бархатные штаны и красные чулки, пудреный парик с косичкой, цилиндр набекрень. Всю ночь она проплясала под яростный рев тромбонов; люди теснились к ней со всех сторон; утром она оказалась под театральной колоннадой, вместе с пятью-шестью масками из приятелей Леона, одетых матросами и грузчиками. Все говорили, что пора ужинать.

Соседние кафе были переполнены. Нашли очень посредственный ресторанчик на набережной; хозяин отвел компании крохотную комнатку на пятом этаже.

Мужчины шептались в уголке, вероятно, обсуждая предстоящие расходы. Был один клерк, два студента-медика и приказчик: какое общество для Эммы! Что касается женщин, то по одному звуку их голосов Эмма скоро догадалась, что почти все они были самого последнего разбора. Тут ей стало страшно, она отодвинулась со своим стулом подальше и опустила глаза.

Все прочие принялись за еду. Она ничего не ела; лоб ее был в огне, в веках покалывало, по коже пробегал ледяной озноб. После бала ей все еще казалось, что в голове у нее гудит, а пол ритмически сотрясается под ногами танцующих. Потом ей стало дурно от запаха пунша и сигарного дыма; она потеряла сознание, ее отнесли к окошку.

Начинало светать, и на бледном небе, в стороне холма св. Екатерины, ширилось большое пурпурное пятно. Свинцово-серая река трепетала от порывов ветра; на мостах не было ни души; гасли фонари.

Между тем Эмма пришла в себя и вспомнила о Берте, которая спала там, в Ионвиле, у няни в комнате. Но тут под окнами проехала телега, нагруженная длинными железными полосами, и оглушительный металлический грохот ударил в стены.

Эмма вдруг убежала, сбросила свой маскарадный костюм, сказала Леону, что ей пора домой, и, наконец, осталась одна в гостинице «Булонь». Все было ей невыносимо, в том числе и она сама. О, если бы можно было птицей улететь куда-нибудь далеко, в незапятнанные пространства, чтобы обрести новую молодость.

Она вышла на улицу, пересекла бульвар, Кошскую площадь и предместье и попала на мало застроенную улицу, всю в садах. Эмма шагала быстро, свежий воздух успокаивал ее; и понемногу толпа, лица, маски, кадрили, люстры, ужин, эти женщины — все исчезло, как уносится туман. Дойдя до «Красного креста», она поднялась в свою комнату на третьем этаже, где висели картинки из «Нельской башни», и бросилась на кровать. В четыре часа дня ее разбудил Ивер.

Дома Фелиситэ показала ей серую бумагу, спрятанную за часами. Она прочла:

«На основании исполнительного постановления суда...»

Какого суда? Действительно, Эмма не знала, что накануне уже приносили другую бумагу, и она оцепенела, прочтя:

«Именем короля, закона и правосудия повелевается госпоже Бовари...»

Пропустила несколько строк и увидела:

«Не позже, как через двадцать четыре часа... (Что это такое?..) уплатить всю сумму в восемь тысяч франков».

А еще ниже значилось:

«К чему она и будет принуждена всеми законными средствами, в частности же наложением ареста на движимое и недвижимое имущество».

Что делать?.. Через двадцать четыре часа: значит — завтра! «Должно быть, Лере снова пугает», — подумала она; ей сразу стала понятна его тактика, конечная цель всех его любезностей. Самая чрезмерность суммы несколько успокоила ее.

Но на самом деле, покупая вещи и не платя за них, занимая деньги, подписывая и переписывая векселя, — причем с каждой отсрочкой сумма долга все увеличивалась, — Эмма успела подготовить г-ну Лере целый капитал, и теперь он с нетерпением ждал его для дальнейших комбинаций.

Эмма явилась к нему с самым непринужденным видом.

— Вы знаете, что я получила? Это, конечно, шутка?

— Нет.

— Как это?

Он медленно отвернулся, скрестил на груди руки и сказал:

— Уж не думаете ли вы, милая барынька, что я до скончания веков буду служить вам поставщиком и банкиром ради одних ваших прекрасных глаз? Судите сами: надо же мне вернуть свои деньги!

Эмма возмутилась суммой.

— Ну что ж! Она признана судом! Судебное постановление! Вам эта цифра заявлена официально. Да, впрочем, это ведь все не я, а Венсар.

— Но разве вы не могли бы?..

— О, решительно ничего.

— Но... все-таки... Давайте подумаем...

И она понесла всякий вздор: она ничего не знала... такая неожиданность.

— А кто виноват? — с ироническим поклоном возразил Лере. — Я спускаю с себя семь потов, словно негр, а вы в это время развлекаетесь.

— Ах, пожалуйста, без нравоучений!

— Это никогда не вредит, — был ответ.

Эмма унижалась, умоляла; она даже тронула купца за колено своими красивыми длинными белыми пальцами.

— Только уж оставьте меня! Можно подумать, что вы хотите меня соблазнить!

— Негодяй! — воскликнула она.

— Ого, какие мы скорые! — со смехом ответил Лере.

— Все будут знать, кто вы такой. Я скажу мужу...

— Ну что ж! А я ему, вашему мужу, кое-что покажу!

И Лере вытащил из несгораемого шкафа расписку на тысячу восемьсот франков, полученную от Эммы, когда Венсар учитывал ее векселя.

— Вы думаете, — добавил он, — что бедняга не поймет вашего милого воровства?

Эмма вся так и сжалась, точно ее ударили обухом по голове. Лере прохаживался от окна к столу и обратно и все повторял:

— А я покажу... А я покажу...

Потом вдруг подошел поближе и мягко сказал:

— Я знаю, что это не очень приятно, но в конце концов от этого еще никто не умирал, и раз другого способа вернуть мне деньги у вас нет…

— Но где же мне их взять? — ломая руки, говорила Эмма.

— Э, да у вас ведь есть друзья!

И поглядел на нее так пронзительно и страшно, что она вся содрогнулась.

— Обещаю вам! — сказала она. — Я подпишу…

— Хватит с меня ваших подписей!

— Я еще продам…

— Да бросьте! — проговорил Лере, пожимая плечами. — У вас больше ничего нет.

И крикнул в слуховое окошко, выходившее в лавку:

— Аннет! Не забудь о трех отрезах номер четырнадцать.

Появилась служанка; Эмма поняла и спросила, сколько нужно денег, чтобы прекратить все дело.

— Слишком поздно!

— Но если я вам принесу несколько тысяч франков, четверть суммы, треть — почти все?

— Нет, нет, ни к чему это.

Он осторожно подталкивал ее к лестнице.

— Заклинаю вас, господин Лере, еще хоть несколько дней!

Она рыдала.

— Ну вот! Теперь слезы!

— Вы приводите меня в отчаяние!

— Подумаешь! — сказал Лере и запер дверь.

VII

На другой день, когда судебный пристав мэтр Аран с двумя понятыми явился к ней описывать имущество, она вела себя стоически.

Посетители начали с кабинета Бовари, но не стали накладывать арест на френологическую голову, отнеся ее к *орудиям профессиональной деятельности;* зато переписали в кухне все блюда, горшки, стулья, подсвечники, а в спальне — все безделушки, какие были на этажерке. Пересмотрели все платья Эммы, белье, туалетную комнату; все ее существование, со всеми интимнейшими своими уголками, лежало перед этими тремя мужчинами на виду, словно вскрываемый труп.

Мэтр Аран, в застегнутом на все пуговицы тонком черном фраке, в белом галстуке и панталонах с крепко натянутыми штрипками, время от времени повторял:

— Вы разрешаете, сударыня? Вы разрешаете?

Часто раздавались его восклицания:

— Прелестно!.. Очень изящно!

И снова он принимался писать, макая перо в роговую чернильницу, которую держал в левой руке.

Покончив с комнатами, поднялись на чердак.

Там у Эммы стоял пюпитр, где были заперты письма Родольфа. Пришлось открыть.

— Ах, корреспонденция! — со скромной улыбкой сказал мэтр Аран. — Но разрешите, пожалуйста: я должен убедиться, что в ящике ничего другого нет.

И он стал легонько наклонять конверты, словно высыпая из них червонцы. Негодование охватило Эмму, когда она увидела, как эта толстая рука с красными, влажными, словно слизняки, пальцами касается тех листков, над которыми некогда трепетало ее сердце.

Наконец-то они убрались! Вернулась Фелиситэ: Эмма выслала ее в дозор, чтобы она отвлекла Бовари; сторожа, оставленного при имуществе, быстро поместили на чердаке и взяли с него слово, что он оттуда не двинется.

Вечером Эмме показалось, что Шарль очень озабочен. Она тоскливо следила за ним, и в каждой складке его лица ей чудилось обвинение. Но вот глаза ее обращались к заставленному китайским экраном камину, к широким портьерам, к креслам, ко всем этим вещам, услаждавшим ей горечь жизни, — тогда ее охватывало раскаяние, или, скорее, бесконечная досада, не гасившая страсть, а только разжигавшая ее. Шарль спокойно помешивал угли в камине, поставив ноги на решетку.

Был момент, когда сторож, наверно соскучившись в своем тайнике, произвел какой-то шум.

— Там кто-то ходит? — сказал Шарль.

— Да нет, — отвечала Эмма, — это, верно, забыли закрыть окно, и ветер хлопает рамой.

На другой день, в воскресенье, она поехала в Руан и обегала там всех банкиров, о каких только слыхала. Но все они были за городом или в отъезде. Эмма не сдавалась; у тех немногих, кого ей удалось застать, она просила денег, уверяя, что ей очень нужно и что она отдаст. Иные смеялись ей прямо в лицо; все отказали.

В два часа она побежала к Леону, постучалась. Ее не впустили.

Наконец появился он сам.

— Зачем ты здесь?

— Тебе это неприятно?

— Нет... но...

И он признался: хозяин не любит, чтобы жильцы «принимали женщин».

— Мне надо с тобой поговорить, — сказала Эмма.

Он взялся за ключ. Она удержала его.

— О нет, не здесь — у нас.

И они пошли в свою комнату в гостиницу «Булонь».

Войдя, Эмма выпила большой стакан воды. Она была очень бледна. Она сказала:

— Леон, ты должен оказать мне услугу.

И, крепко схватив его за руки, тряся их, объявила:

— Послушай, мне нужны деньги — восемь тысяч франков!

— Да ты с ума сошла!

— Нет еще!

И она тотчас рассказала про опись, обрисовала свое отчаянное положение: Шарль ничего не знает, свекровь ненавидит ее, отец ничем не может помочь; но он, Леон, он должен похлопотать и найти эту необходимую сумму…

— Но что же делать?..

— Как ты жалок! — воскликнула Эмма.

Тогда он глупо сказал:

— Ты преувеличиваешь беду. Возможно, твой старик успокоится на какой-нибудь тысяче экю.

Тем больше оснований попытаться что-нибудь сделать; быть не может, чтобы нельзя было достать три тысячи франков. Наконец Леону удалось бы занять и от ее имени.

— Иди же, попытайся! Так надо! Ну, беги!.. О, постарайся, постарайся! Я буду так любить тебя!

Он ушел, но через час вернулся и торжественно сказал:

— Я был у троих… ничего не вышло!

Неподвижно, молча сидели они лицом к лицу по обе стороны камина. Эмма, вся кипя, пожимала плечами. Он услышал ее шепот:

— На твоем месте я бы уж нашла!

— Но где же?

— У себя в конторе!

И она поглядела на него.

Адская смелость лучилась из ее горящих глаз; веки сладострастно смежались, она подстрекала его взглядом. Леон почувствовал, что воля в нем слабеет под немым воздействием этой женщины, толкающей его на преступление. Тогда он испугался и, чтобы прервать разговор на эту тему, вдруг хлопнул себя по лбу.

— Да ведь ночью должен вернуться Морель! — воскликнул он. — Надеюсь, он мне не откажет. (Морель, сын очень богатого коммерсанта, был его приятелем.) Завтра я принесу тебе деньги, — заключил он.

Эмма, казалось, приняла это далеко не с таким восторгом, как он воображал. Неужели она подозревала ложь? Он покраснел и заговорил снова:

— Но если к трем часам я не явлюсь, дорогая, ты больше меня не жди. Ну, прости меня: пора уходить. Прощай!

Он пожал ей руку, но пальцы ее оставались неподвижны. У Эммы не было сил ни на какое чувство.

Пробило четыре часа, и, повинуясь привычке, она, словно автомат, встала с места, чтобы ехать обратно в Ионвиль.

Погода стояла прекрасная; был один из тех ясных и свежих мартовских дней, когда солнце сверкает в совершенно белом небе. Разряженные по-воскресному руанцы гуляли по улицам и, казалось, были счастливы. Эмма попала на соборную площадь. Народ выходил от вечерни; толпа текла из трех порталов, словно река из трех пролетов моста, а по самой середине неподвижно, как скала, стоял швейцар.

И тут Эмма вспомнила день, когда, вся взволнованная сомнениями и надеждами, она входила в этот огромный неф, а любовь ее была еще глубже храма; оглушенная, растерянная, чуть не теряя сознание, она шла все дальше, и под вуалью слезы катились из ее глаз.

— Берегись! — крикнул голос из распахнувшихся внезапно ворот.

Она остановилась и пропустила тильбюри: вороная лошадь так и плясала в его оглоблях; правил какой-то джентльмен в собольей шубе. Кто бы это был? Он показался Эмме знакомым... Экипаж покатил вперед и исчез.

Да, это он, виконт! Эмма обернулась: улица была пуста. И она почувствовала себя такой разбитой, такой несчастной, что прислонилась к стене, чтобы не упасть.

Потом она подумала, что ошиблась. В конце концов она ведь ничего не знала. Все, что было в ней самой и во внешнем мире, — все теперь ее обманывало. Ей казалось, что она погибла, что она безвольно катится в бездонную пропасть; и, дойдя до «Красного креста», она почти с радостью увидела милого Омэ; он наблюдал, как носильщики грузили в «Ласточку» большой ящик аптекарских товаров. В руке он держал узелок с полдюжиной местных *тюрбанчиков* для жены.

Г-жа Омэ очень любила эти жесткие булочки в форме чалмы. Их едят постом, намазывая соленым маслом: это уцелевший пережиток средневековой кухни, восходящий, быть может, ко времени крестовых походов. Когда-то таким хлебом наедались коренастые нормандцы: при желтом свете факелов им казалось, что перед ними на столе, среди кувшинов вина с корицей и гигантских окороков, лежат сарацинские головы. Несмотря на свои плохие зубы, аптекарша, подобно предкам, героически грызла *тюрбанчики,* и потому г-н Омэ в каждый свой приезд в город неукоснительно покупал их для нее у искуснейшего булочника на улице Массакр.

— Рад вас видеть! — сказал он, подсаживая Эмму в «Ласточку».

Затем он подвесил покупку к ремням багажной сетки, снял шляпу и, скрестив руки, застыл в наполеоновской задумчивой позе.

Но когда у подошвы холма, по обыкновению, показался слепой, он воскликнул:

— Не понимаю, как это власти все еще терпят столь предосудительный промысел! Таких несчастных следовало бы изолировать и принуждать к какому-нибудь полезному труду. Честное слово, прогресс идет черепашьим шагом, мы все еще коснеем в полном варварстве!

А слепой протягивал шляпу, и она тряслась у края занавески, словно отставший от стены лоскут обоев.

— Характерная золотуха! — сказал фармацевт.

Он отлично знал бедного малого, но притворился, будто видит его впервые, и стал бормотать ученые слова: *роговая оболочка, непрозрачная роговая оболочка, склероз, habitus,*[1] а потом отеческим тоном спросил:

— Давно ли, друг мой, ты страдаешь этим ужасным заболеванием? Вместо того чтобы пьянствовать в кабаках, тебе бы лучше придерживаться полезного режима!

И посоветовал хорошее вино, хорошее пиво, хорошее жаркое. Слепой все тянул свою песенку; он вообще казался полуидиотом. Наконец господин Омэ открыл свой кошелек.

— На вот тебе су, дай мне два лиара сдачи. И не забывай моих советов — они пойдут тебе впрок.

Ивер позволил себе высказать вслух сомнение. Но аптекарь заявил, что мог бы сам вылечить этого больного противовоспалительной мазью, и назвал свой адрес:

— Господин Омэ, возле рынка. Все знают.

— Ну, — сказал Ивер, — за все это беспокойство ты нам *разыграешь комедию.*

Слепой присел на корточки, закинул голову, высунул язык, стал вращать своими гнойными глазами и, обеими руками растирая живот, глухо зарычал, словно голодная собака. Отвращение охватило Эмму; она кинула ему через плечо пятифранковик. То было все ее состояние. Ей казалось прекрасным выбросить его таким образом.

Дилижанс уже покатил дальше, когда господин Омэ вдруг высунулся в окошко и закричал:

— Ни мучного, ни молочного! Носить на теле шерстяное белье и подвергать пораженные участки кожи действию можжевелового дыма!

Вид знакомых предметов, все время чередою бежавших перед глазами, понемногу отвлекал Эмму от ее горя. Невыносимая усталость

---

[1] Наружный вид (лат.).

давила ее, и домой она вернулась в каком-то отупении, без сил, в полудремоте.

«Будь что будет!» — думала она.

Да и кто знает? Разве каждую минуту не может случиться какое-нибудь совершенно необычайное происшествие? Может даже умереть Лере.

В девять часов утра ее разбудил крик на площади: у рынка толпился народ, — все старались прочесть большое объявление, наклеенное на столбе: Жюстен, взобравшись на тумбу, срывал объявление. Но как раз в этот момент его схватил за шиворот сторож. Г-н Омэ вышел из аптеки; в центре толпы стояла и, казалось, разглагольствовала тетушка Лефрансуа.

— Барыня, барыня! — закричала, вбегая, Фелиситэ. — Беда-то какая!

И бедная девушка в волнении протянула ей желтую бумагу, которую только что сняла с двери. Эмма с первого взгляда увидела, что это объявление о распродаже всего их имущества.

Обе молча глядели друг на друга. У барыни и служанки не было друг от друга никаких секретов. Наконец Фелиситэ вздохнула.

— На вашем месте, барыня, я бы пошла к господину Гильомену.

— Ты думаешь?..

Этот вопрос означал: «Ты ведь все знаешь через слугу; разве его хозяин когда-нибудь говорил обо мне?»

— Да, зайдите. Это будет правильно.

Эмма привела туалет в порядок, надела черное платье и шляпу с отделкой из стекляруса; чтобы ее не увидели (на площади все еще было много народу), она пошла задворками по берегу.

Задыхаясь, добралась она до калитки у дома нотариуса; небо было пасмурное, падал редкий снежок.

На звонок вышел Теодор, в красном жилете; он почти фамильярно, как свою знакомую, впустил с крыльца г-жу Бовари и провел ее в столовую.

Под кактусом, заполнявшим собою нишу, гудела большая изразцовая печь; на стенах, оклеенных обоями под дуб, висели в черных деревянных рамах «Эсмеральда» Штейбена и «Жена Пентефрия» Шопена. Накрытый стол, две серебряные грелки, хрустальная дверная ручка, паркетный пол, мебель — все сверкало безупречной английской чистотой; в окнах были вставлены по уголкам квадратики цветного стекла.

«Вот бы мне такую столовую», — подумала Эмма.

Вошел нотариус; левой рукой он придерживал расшитый пальмовыми листьями халат, а правой то приподнимал, то снова надевал коричневую бархатную шапочку, претенциозно сдвинутую на правый бок, где кончались три белокурые пряди; расходясь от затылка, они окружали весь его лысый череп.

Предложив даме кресло, Гильомен извинился за бесцеремонность и принялся завтракать.

— У меня к вам просьба, сударь, — сказала Эмма.

— В чем дело, сударыня? Я слушаю.

Она стала излагать положение.

Мэтр Гильомен знал его и сам: у него были секретные отношения с Лере, — тот всегда давал ему деньги, когда нотариуса просили устроить ссуду под закладные.

Таким образом, он был в курсе (и лучше самой Эммы) всей длинной истории этих векселей, сначала незначительных, бланкированных разными людьми, разбитых на долгие сроки, но постепенно переписывавшихся, пока в один прекрасный день купец не собрал все протесты и не поручил своему другу Венсару начать от своего имени судебное дело: он не хотел, чтобы его считали в городе кровопийцей.

Эмма вплетала в свой рассказ обвинения против Лере — обвинения, на которые нотариус лишь изредка отвечал какими-нибудь безразличными словами. Он ел котлетку, пил чай, утопая подбородком в своем голубом галстуке, заколотом двумя брильянтовыми булавками с золотой соединительной цепочкой, и все улыбался какой-то странной улыбкой, слащавой и двусмысленной. Но вот он заметил, что у гостьи промокли ноги…

— Сядьте же поближе к печке!.. Поставьте ноги повыше… к кафелям.

Эмма боялась запачкать изразцы. Но нотариус галантно заявил:

— То, что прекрасно, ничего не может испортить.

Тогда она попробовала растрогать его и, увлекшись сама, стала рассказывать о своем скудном хозяйстве, о своих домашних дрязгах, своих потребностях. Мэтр Гильомен ее понимал: элегантная женщина! И, не переставая жевать, он совсем повернулся к ней, так что колено его касалось ее ботинка, от покоробившейся подошвы которого шел пар.

Но когда Эмма попросила тысячу экю, он сжал губы. Ему очень жаль, заявил он, что в свое время она не поручила ему распорядиться ее состоянием: есть множество очень удобных, даже для дамы, способов извлекать доходы из своих денег. Можно было бы почти без всякого риска предпринять выгоднейшие спекуляции на грюменильских торфяных разработках или на гаврских земельных участках… Нотариус просто в бешенство привел Эмму фантастическими цифрами, которые она могла заработать наверняка.

— Как это случилось, — продолжал он, — что вы не обратились ко мне?

— Сама не знаю, — отвечала она.

— Но почему же, в самом деле?.. Значит, вы меня боялись? Это я, а не вы, принужден жаловаться на судьбу! Мы были еле знакомы. А между тем я предан вам бесконечно; теперь вы в этом, надеюсь, не сомневаетесь?

Он потянулся за ее рукой, приник к ней жадным поцелуем, потом положил на свое колено; и, тихонько играя пальцами Эммы, стал нашептывать всякие нежности.

Его тусклый голос журчал, как ручеек; сквозь отсветы очков пробивался блеск глаз, пальцы его осторожно продвигались в рукав

Эммы, ощупывая ее руку. Она чувствовала на своей щеке судорожное дыхание. Этот человек был ей ужасно неприятен.

Она резко встала и сказала:

— Я жду, сударь!

— Чего же? — произнес нотариус; он вдруг стал необычайно бледен.

— Денег.

— Но...

И внезапно он поддался напору желания:

— Ну, хорошо!..

Забыв о своем халате, он полз к ней на коленях.

— Останьтесь! Умоляю вас! Я вас люблю!

Он схватил ее за талию.

Волна крови залила щеки г-жи Бовари. Лицо ее было ужасно; она отскочила и крикнула:

— Вы бесстыдно пользуетесь моим отчаянием, милостивый государь! Я женщина несчастная, но не продажная!

И вышла.

Нотариус остался в полном оцепенении; он сидел, уставившись на свои прекрасные ковровые туфли. То был любовный подарок. Их вид понемногу утешил его. К тому же, думал он, подобное приключение могло бы его завести слишком далеко.

Эмма нервным шагом бежала под придорожными осинами.

— Какой подлец! Какой хам!.. Какая гадость! — говорила она.

Негодование оскорбленной стыдливости еще больше разжигалось в ней досадой на неуспех: ей казалось, что провидение сознательно и упорно преследует ее, и это льстило ее самолюбию; никогда она еще не ставила себя так высоко, никогда так не презирала людей. Ее охватило какое-то буйство. Ей хотелось бить всех мужчин, плевать им в лицо, топтать их ногами; бледная, трепещущая, взбешенная, она, не останавливаясь, быстро шагала все вперед и вперед, глядя сквозь слезы на пустой горизонт и словно наслаждаясь душившей ее ненавистью.

Когда она увидела свой дом, силы покинули ее. Она не могла идти; но это было необходимо. Да и куда деваться?

Фелиситэ ждала г-жу Бовари на пороге.

— Ну, что?..

— Нет, — сказала Эмма.

И целых четверть часа обе перебирали всех ионвильцев, какие только могли прийти на помощь. Но всякий раз, как Фелиситэ называла чье-нибудь имя, Эмма возражала:

— Невозможно! Не захотят они.

— А ведь скоро барин вернется!

— Знаю... Оставь меня.

Она испробовала все. Больше ничего не оставалось; когда придет Шарль, она прямо скажет ему:

— Уйди. Ковер, по которому ты ступаешь, уже не наш. В твоем доме у тебя не стало ни одной своей вещи, ни одной булавки, ничего! И это я разорила тебя, несчастный!

Тогда он страшно разрыдается, потом прольет обильные слезы и, наконец, когда пройдет приступ отчаяния, простит ее.

— Да, — шептала она, скрежеща зубами, — он простит меня, — он, кому я и за миллион не простила бы, что узнала его... Ни за что! Ни за что!

Мысль, что Бовари взял над ней верх, выводила ее из себя. Но сознается она ему или не сознается, все равно: не сегодня — завтра он узнает о катастрофе; значит, приходится ждать этой ужасной сцены, приходится принять на себя груз его великодушия. Ей захотелось еще раз пойти к Лере. Но к чему?.. Написать отцу?.. Поздно! Быть может, она уже жалела, что не уступила нотариусу, когда вдруг услышала лошадиный топот. То приехал Шарль, он открыл калитку, он был белее штукатурки... Эмма бросилась на лестницу, бегом пересекла площадь; жена мэра, которая болтала у церкви с Лестибудуа, увидела, как Эмма вошла к сборщику налогов.

Г-жа Тюваш тотчас побежала и рассказала все г-же Карон. Обе дамы поднялись на чердак и, спрятавшись за развешанным бельем, устроились так, чтобы видеть все, что происходит у Бине.

Сидя один в своей мансарде, он вытачивал из дерева имитацию одной из тех неописуемых костяных безделушек, которые состоят из полумесяцев, из шариков, помещенных внутри других шариков, а все вместе представляет собой прямую конструкцию вроде обелиска и ни на что не годится; он как раз брался за последнюю деталь, он почти дошел до конца! В полумраке мастерской от его инструмента брызгала белая пыль, словно пучок искр, вылетающих из-под звонких подков скакуна; крутились, скрипели два колеса. Бине, наклонив голову над работой, раздувал ноздри; он улыбался и, казалось, был поглощен тем полным счастьем, какое дают, конечно, только несложные занятия, забавляющие ум легкими трудностями, усыпляющие его достигнутыми результатами, не оставляющие места для мечты о более высоком совершенствовании.

— Ага, вот она! — произнесла г-жа Тюваш.

Но станок так визжал, что разобрать слова Эммы было невозможно.

Наконец дамам показалось, что они слышат слово «франки», и тетушка Тюваш тихонько шепнула:

— Она его просит, чтобы он помог отсрочить долги.

— Притворяется! — ответила подруга.

Потом они увидели, как Эмма стала расхаживать по мастерской, разглядывая по стенам кольца для салфеток, подсвечники, шары для перил, а Бине в это время самодовольно поглаживал подбородок.

— Может быть, она хочет ему что-нибудь заказать? — спросила г-жа Тюваш.

— Да он ничего не продает! — возразила соседка.

Сборщик, по-видимому, слушал и при этом так таращил глаза, как будто ничего не понимал. Эмма все говорила нежным, умоляющим тоном. Она придвинулась к нему; грудь ее волновалась; теперь оба молчали.

— Неужели она делает ему авансы? — сказала г-жа Тюваш.

Бине покраснел до ушей. Эмма взяла его за руку.

— О, это уж слишком!

Тут она явно предложила ему нечто совершенно ужасное, ибо сборщик налогов, — а ведь он был человек храбрый, он бился при Бауцене и Люцене, он защищал Париж от союзников и даже был *представлен к кресту,* — вдруг, словно завидев змею, отскочил далеко назад и закричал:

— Сударыня! Понимаете ли вы, что говорите?..

— Таких женщин надо просто сечь! — сказала г-жа Тюваш.

— Но где же она? — спросила г-жа Карон, ибо в этот момент Эмма исчезла.

Потом, увидев, что она побежала по большой улице и свернула направо, как будто к кладбищу, дамы окончательно растерялись от предположений.

— Тетушка Ролле, — сказала Эмма, войдя к кормилице, — мне душно!.. Распустите мне шнуровку.

И она упала на кровать. Она рыдала. Тетушка Ролле накрыла ее юбкой и стала рядом. Но барыня не отвечала ни на какие вопросы, и вскоре кормилица отошла, взялась за свою прялку.

— Ах, перестаньте! — прошептала Эмма; ей казалось, что она слышит токарный станок Бине.

«Что это с ней? — раздумывала кормилица. — Зачем она сюда пришла?»

А она прибежала от ужаса: дома она быть не могла.

Неподвижно лежа на спине, Эмма пристально глядела перед собой и лишь смутно различала вещи, хотя рассматривала их внимательно, с какой-то тупой настойчивостью. Она исследовала трещины в стене, две дымящиеся головешки и продолговатого паука, бегавшего над ее головою по щели в балке. Наконец ей удалось собраться с мыслями. Она вспомнила… Однажды с Леоном… О, как это было давно… Солнце сверкало на реке, благоухали клематиты… И вот воспоминания понесли ее, как бурлящий поток, и скоро она припомнила вчерашний день.

— Который час? — спросила она.

Тетушка Ролле вышла во двор, протянула правую руку к самой светлой части неба и неторопливо вернулась со словами:

— Скоро три.

— А, спасибо, спасибо!

Ведь Леон сейчас приедет. Наверное приедет!.. Он достал деньги. Но ведь он не знает, что она здесь; он, может быть, пойдет туда; и Эмма велела кормилице бежать к ней домой и привести его.

— Да поскорее!..

— Иду, иду, милая барыня!

Теперь Эмма удивилась, что не подумала о нем с самого начала; вчера он дал слово, он не обманет, она ясно представляла себе, как она войдет к Лере и выложит ему на стол три банковых билета. Но надо еще выдумать какую-нибудь историю, объяснить все мужу. Что сказать?

А между тем кормилица что-то долго не возвращалась. Но так как часов в лачуге не было, то Эмма боялась, что, возможно, преувеличивает протекшее время. Она стала тихонько прогуливаться по саду, прошлась вдоль изгороди и быстро вернулась, надеясь, что кормилица уже прибежала другой дорогой. Наконец она устала ждать; опасения охватывали ее со всех сторон, она отталкивала их и, уже не понимая, сколько времени пробыла здесь, — целый век или одну минуту, — села в уголок, закрыла глаза, зажала уши. Скрипнула калитка, она вскочила с места; не успела она открыть рот, как тетушка Ролле сказала:

— У вас никого нет!

— Как?

— Да, да, никого! А барин плачет. Он вас зовет. Вас ищут.

Эмма не отвечала. Она задыхалась, глаза ее блуждали, и крестьянка, испугавшись ее лица, инстинктивно попятилась от нее: ей показалось, что барыня сошла с ума. Вдруг Эмма вскрикнула и ударила себя по лбу: словно молния в глухой ночи, пронизала ей душу мысль о Родольфе. Он так добр, так деликатен, так великодушен! Да, наконец, если он даже поколеблется оказать ей эту услугу, она всегда может заставить его: довольно одного взгляда, чтобы вновь вызвать в нем погибшую любовь. И вот она пустилась в Ла-Юшетт, не замечая, что теперь сама бежит предлагать себя, сделать то, что недавно так возмущало ее, ни на секунду не видя в этом бесчестья.

VIII

«Что мне сказать? Как начать?» — думала она по дороге. И чем дальше она шла, тем яснее узнавала кусты, деревья, заросли дрока в долине, дальний замок. Она вновь ощущала былую, первую нежность, и ее бедное сжавшееся сердце влюбленно распускалось в этом чувстве. Мягкий ветер дул ей в лицо, снег таял, и с почек на траву медленно падали капли.

Как и в былые времена, она вошла в парк через калитку, потом попала на передний двор, окаймленный двойным рядом густых лип. Со свистом раскачивались длинные ветви. На псарне залились собаки, но никто не вышел на их звонкий лай.

Она поднялась по широкой прямой лестнице с деревянными перилами, которая вела в вымощенный пыльными плитами коридор, куда, словно в монастыре или гостинице, выходил длинный ряд комнат. Комната Родольфа была в самом конце, налево. Когда Эмма взялась за дверную ручку, силы вдруг покинули ее. Она боялась, что не застанет его, она почти желала этого, — а ведь это была ее единственная надежда, последняя возможность спасения. Она остановилась на минуту, чтобы прийти в себя, укрепила дух мыслью о необходимости и вошла.

Он сидел у камина, поставив ноги на решетку, и курил трубку.

— Как, это вы! — сказал он, быстро вставая.

— Да, я!.. Родольф, я хочу попросить у вас совета.

Несмотря на все свои усилия, она с трудом могла разжать губы.

— Вы не изменились, вы по-прежнему очаровательны!

— Жалкое очарование, друг мой, — горько ответила она. — Ведь вы пренебрегли им.

Тогда он стал объяснять свое поведение, приводить какие-то запутанные оправдания: лучших он не мог найти.

Эмма поддалась его словам, а еще больше — его голосу и виду; она притворилась, будто верит, а быть может, и в самом деле поверила его выдумке о причине разрыва: то была какая-то тайна, от которой зависела честь или даже жизнь третьего лица.

— Пусть так! — сказала она, грустно глядя на него. — Все равно, я очень страдала!

— Такова жизнь! — философически ответил он.

— По крайней мере, — вновь заговорила Эмма, — сладка ли она была для вас с тех пор, как мы расстались?

— О, ни сладка… ни горька.

— Может быть, нам было бы лучше не оставлять друг друга?

— Да… может быть!

— Ты думаешь? — сказала Эмма, придвигаясь ближе, и вздохнула: — О Родольф! Если бы ты знал! Я тебя так любила!

Только теперь она взяла его за руку, и пальцы их долго оставались сплетенными — как в первый день, на съезде. Он из самолюбия боролся с возникающей нежностью, но Эмма прижалась к его груди и сказала:

— Как же мне было жить без тебя? Разве можно отвыкнуть от счастья! Я была в отчаянии, я думала, что умру! Я тебе все расскажу, ты увидишь. А ты… ты бежал от меня.

В самом деле, он все три года, с прирожденной трусостью, характерной для сильного пола, тщательно уклонялся от встреч с нею. Тихонько кивая головой, Эмма, нежно ластясь к нему, продолжала:

— Признайся, ты любишь других? О, я их понимаю, я прощаю им; ты, верно, соблазняешь их, как соблазнил меня. Ты настоящий мужчина! В тебе есть все, что может вызвать любовь. Но мы все начнем снова — правда? Мы будем любить друг друга! Смотри, я смеюсь, я счастлива!.. Да говори же!

Она была очаровательна. Слезы дрожали на ее глазах, как дождевые капли после грозы в синей чашечке цветка.

Он притянул ее к себе на колени и ласково проводил тыльной частью руки по ее тугой, гладкой прическе, на которой золотою стрелкой последнего солнечного луча играл свет вечерней зари. Она склонила голову; он тихонько, кончиком губ поцеловал ее в веки.

— Но ты плакала! — сказал он. — О чем же?

Она разрыдалась. Родольф подумал, что это порыв любви; когда Эмма стихла, он принял ее молчание за последний остаток стыдливости и воскликнул:

— О, прости меня! Ты единственная, кого я люблю. Я поступил глупо и зло! Я люблю тебя, всегда буду любить! Что с тобой? Скажи мне!

Он встал на колени.

— Ну… я разорилась, Родольф! Ты должен дать мне взаймы три тысячи франков!

— Но… ведь… — заговорил Родольф, понемногу поднимаясь на ноги; лицо его принимало серьезное выражение.

— Знаешь, — быстро продолжала Эмма, — мой муж поместил все свои деньги у нотариуса, нотариус сбежал. Мы наделали долгов; пациенты нам не платили. Впрочем, ликвидация еще не закончилась; у нас еще будут деньги. Но теперь нам не хватило трех тысяч — и нас описали; это было сейчас, сию минуту; и вот я пришла в надежде на твою дружбу.

«Ах, вот зачем она пришла!» — сразу побледнев, подумал Родольф.

И очень спокойно ответил:

— У меня нет денег, сударыня.

Он не лгал. Будь у него деньги, он, конечно, дал бы, хотя делать такие великолепные жесты вообще не слишком приятно: ведь денежная просьба — это самое расхолаживающее, самое опасное из всех испытаний любви.

Несколько минут Эмма глядела на него молча.

— У тебя нет!..

Она несколько раз повторила:

— У тебя нет!.. Мне бы следовало избавить себя от этого последнего унижения. Ты никогда не любил меня! Ты не лучше других!

Она выдавала, губила себя.

Родольф прервал ее и стал уверять, что он сам «в стесненном положении».

— Ах, как мне тебя жаль! — отвечала Эмма. — Да, очень жаль!..

И она задержала взгляд на карабине с насечкой, который блестел на щите, обтянутом сукном.

— Но тот, кто беден, не отделывает приклад ружья серебром! Не покупает часов с перламутровой инкрустацией, — продолжала она, показывая на часы работы Буля, — не заводит хлыстов с золотыми рукоятками (она потрогала эти хлысты), не вешает на часы брелоков! О, у тебя ни в чем нет недостатка! У тебя в комнате есть даже поставец с ликерами! Ты любишь себя, ты хорошо живешь, у тебя замок, ферма, леса, у тебя псовая охота, ты ездишь в Париж… Ах, даже вот это, — воскликнула она, хватая с камина пару запонок, — даже малейшую из этих безделушек можно превратить в деньги!.. О, мне не надо! Оставь себе.

И она так отбросила запонки, что они ударились об стену и разорвалась их золотая цепочка.

— А я… Я бы тебе все отдала, я бы все продала! я бы работала на тебя своими руками, я бы милостыню собирала по дорогам за одну твою улыбку, за один взгляд, за то, чтобы услышать от тебя спасибо… А ты спокойно сидишь в кресле, словно мало еще ты принес мне страданий! Знаешь ли, что если б не ты, я могла бы быть счастливой! Кто тебя заставлял?.. Или, может быть, это было пари? Но ведь ты любил меня, ты сам так говорил!.. И даже только что, сейчас… Ах, лучше бы ты прогнал меня! У меня руки еще не остыли от твоих поцелуев, вот здесь, на этом ковре, ты у моих ног клялся мне в вечной любви… Ты заставил меня поверить: ты два года держал меня во власти самой великолепной и сладостной мечты!.. А помнишь ты наши планы путешествия? О, письмо твое, письмо! Оно истерзало мне сердце! А теперь, когда я снова прихожу к нему, — к нему, богатому, счастливому, свободному! — прихожу и умоляю о помощи, которую оказал бы мне первый встречный, когда я заклинаю его, когда я вновь приношу ему всю свою нежность, — он отталкивает меня, потому что это обойдется ему в три тысячи франков!

— У меня нет денег! — отвечал Родольф с тем непоколебимым спокойствием, которым, словно щитом, прикрывается сдержанный гнев.

Эмма вышла. Стены качались, потолок давил ее; спотыкаясь о кучи опавшего листа, разносимые ветром, она снова пробежала длинную аллею. Наконец она добралась до рва, устроенного перед решеткой; она так торопилась открыть калитку, что обломала ногти о засов. Отойдя еще шагов сто, она остановилась, задыхаясь, чуть не падая. И, обернувшись назад, снова увидала бездушный господский дом, его парк, сады, три двора, все окна по фасаду.

Она вся оцепенела, она ощущала себя только по биению сердца, — его стук казался ей оглушительной музыкой, разносящейся по всему полю. Земля под ногами была податливее воды, борозды колыхались, как огромные бушующие коричневые волны. Все мысли, все воспоминания, какие только были в ней, вырвались сразу, словно тысячи огней гигантского фейерверка. Она увидела отца, кабинет Лере, комнату в гостинице «Булонь», другой пейзаж... Она сходила с ума, ей стало страшно, и она кое-как заставила себя очнуться, — правда, не до конца: она все не могла вспомнить причину своего ужасного состояния — денежные дела. Она страдала только от любви, она ощущала, как вся душа ее уходит в это воспоминание — так умирающий чувствует в агонии, что жизнь вытекает из него сквозь кровоточащую рану.

Спускалась ночь, летали вороны.

И вдруг ей показалось, что в воздухе вспыхивают огненные шарики, словно светящиеся пули, а потом сжимаются в плоские кружки и вертятся, вертятся, и тают в снегу, между ветвями деревьев. На каждом появлялось посредине лицо Родольфа. Они все множились, приближались, проникали в нее; и вдруг все исчезло. Она узнала огоньки домов, мерцавшие в дальнем тумане.

И вот истинное положение открылось перед ней, как пропасть. Она задыхалась так, что грудь ее еле выдерживала. Потом в каком-то героическом порыве, почти радостно, бегом спустилась с холма, миновала коровий выгон, тропинку, дорогу, рынок — и очутилась перед аптекой.

Там никого не было. Эмма хотела туда проникнуть; но на звонок мог кто-нибудь выйти; она скользнула в калитку и, задерживая дыхание, цепляясь за стены, добралась до дверей кухни, где на плите горела свечка. Жюстен, без пиджака, понес в комнаты блюдо.

— А, они обедают. Надо подождать.

Жюстен вернулся. Она постучалась в окно.

Он вышел на порог.

— Ключ… от верха, где лежит…

— Что?

И он глядел на нее, поражаясь бледности лица, белым пятном выделявшегося на черном фоне ночи. Она казалась ему изумительно прекрасной, величественной, как видение; не понимая, чего она хочет, он предчувствовал что-то ужасное.

Но она быстро ответила тихим, нежным, обезоруживающим голосом:

— Я так хочу! Дай ключ.

Сквозь тонкую перегородку из столовой доносилось звяканье вилок по тарелкам.

Эмма солгала, будто хочет травить крыс: они мешают ей спать.

— Надо бы сказать хозяину.

— Нет! Не ходи туда!

И безразлично добавила:

— Не стоит, я скажу потом. Ну, посвети мне!

Она вошла в коридор, где была дверь в лабораторию. На стене висел ключ с этикеткой «Фармакотека».

— Жюстен! — чем-то обеспокоившись, закричал Омэ.

— Идем!

И Жюстен пошел за ней.

Ключ повернулся в скважине, и Эмма двинулась прямо к третьей полке, — так верно вела ее память, — схватила синюю банку, вырвала из нее пробку, засунула руку внутрь и, вынув горсть белого порошка, тут же принялась глотать.

— Перестаньте! — закричал, бросаясь на нее, Жюстен.

— Молчи! Придут…

Он был в отчаянии, он хотел звать на помощь.

— Не говори никому, а то за все ответит твой хозяин.

И, внезапно успокоившись, словно в безмятежном сознании исполненного долга, она ушла.

Когда Шарль, потрясенный вестью об описи имущества, поспешил домой, Эмма только что вышла. Он кричал, плакал, упал в обморок, но она не возвращалась. Где могла она быть? Он посылал Фелиситэ к Омэ, к Тювашу, к Лере, в трактир «Золотой лев» — всюду, а когда его волнение на секунду затихало, вспоминал, что репутация его погибла, состояние пропало, будущее Берты разбито. Но что же было тому причиной?.. Ни слова в ответ! Он ждал до шести часов вечера. Потом не мог больше сидеть на месте, вообразил, что Эмма уехала в Руан, вышел на большую дорогу, прошагал с пол-льё, никого не встретил, подождал еще и вернулся.

Она была дома.

— Что случилось?.. В чем дело?.. Объясни!..

Эмма села за свой секретер, написала письмо, поставила месяц, число, час и медленно запечатала. Потом торжественно сказала:

— Ты это прочтешь завтра; а до тех пор, прошу тебя, не задавай мне ни одного вопроса!.. Нет, ни одного!

— Но…

— Ах, оставь меня!

Она легла на кровать и вытянулась во весь рост.

Ее пробудил терпкий вкус во рту. Она увидела Шарля и снова закрыла глаза.

Эмма с любопытством вслушивалась в себя, старалась различить боль. Но нет, пока ничего не было. Она слышала тиканье стенных часов, потрескиванье огня, дыхание Шарля, стоявшего у изголовья.

«О, какие это пустяки — смерть! — думала она. — Вот я засну, и все будет кончено».

Она выпила глоток воды и отвернулась к стене.

Отвратительный чернильный вкус все не исчезал.

— Пить!.. Ох, пить хочу! — простонала она.

— Что с тобой? — спросил Шарль, подавая стакан воды.

— Ничего... Открой окно... душно!

И вдруг ее стало рвать — так внезапно, что она едва успела выхватить из-под подушки носовой платок.

— Унеси его! — быстро проговорила она. — Выбрось!

Шарль стал расспрашивать; Эмма не отвечала. Она лежала совершенно неподвижно, боясь, что от малейшего движения ее может снова стошнить. И чувствовала, как от ног поднимается к сердцу ледяной холод.

— А, начинается! — шепнула она.

— Что ты говоришь?

Она мягким, тоскливым движением поворачивала голову из стороны в сторону, и рот ее был открыт, словно на языке у нее лежало что-то очень тяжелое. В восемь часов снова началась рвота.

Шарль разглядел на дне таза приставшие к фарфору белые крупинки какого-то порошка.

— Странно! Удивительно! — повторял он.

Но она громко сказала:

— Нет, ты ошибаешься.

Тогда он осторожно, почти ласкающим движением руки тронул ей живот. Она громко вскрикнула. Он в ужасе отскочил.

Потом Эмма стала стонать, сначала тихо. Плечи ее судорожно содрогались, она стала белее простыни, за которую цеплялись ее скрюченные пальцы. Пульс бился теперь неровно, его еле удавалось прощупать.

Пот каплями катился по ее посиневшему лицу, оно казалось застывшим в какой-то металлической испарине. Зубы стучали, расширенные зрачки смутно глядели кругом; на вопросы Эмма отвечала только кивками; два или три раза она даже улыбнулась, но понемногу стоны ее стали громче. Вдруг у нее вырвался глухой вопль. Она стала говорить, будто ей лучше, будто скоро она встанет. Но тут начались судороги.

— Боже мой, это жестоко! — воскликнула она.

Шарль бросился перед кроватью на колени.

— Говори, что ты ела? Отвечай же, ради бога!

И он смотрел на нее с такой нежностью, какой она никогда еще не видала.

— Там… там… — сказала она замирающим голосом.

Он бросился к секретеру, сломал печать и прочел вслух: «Прошу никого не винить…» Остановился, провел рукой по глазам, потом перечел еще раз.

— Как!.. На помощь! Ко мне!

Он только все повторял: «Отравилась, отравилась!» — и больше ничего не мог сказать. Фелиситэ побежала к Омэ, который прокричал то же слово; в «Золотом льве» его услышала г-жа Лефрансуа; многие вставали с кроватей, чтобы передать его соседям, — и всю ночь городок волновался.

Растерянный, бормоча, чуть не падая, Шарль метался по комнате; он натыкался на мебель, рвал на себе волосы. Аптекарь никогда не думал, что на свете может быть такое ужасающее зрелище.

Бовари ушел в свою комнату написать г-ну Каниве и доктору Ларивьеру. Он совсем потерял голову; он переписывал больше пятнадцати раз. Ипполит отправился в Нефшатель, а Жюстен так пришпоривал докторскую лошадь, что у Гильомского леса ему пришлось бросить ее: она была загнана и чуть не издыхала.

Шарль стал листать медицинский словарь; но он ничего не видел, строчки плясали у него перед глазами.

— Спокойствие! — говорил аптекарь. — Все дело в том, чтобы прописать какое-нибудь сильное противоядие. Чем она отравилась?

Шарль показал ему письмо: мышьяк!

— Значит, — сказал Омэ, — надо сделать анализ.

Он знал, что при всех отравлениях полагается делать анализ; а Бовари, ничего не понимая, отвечал:

— Ах, сделайте, сделайте! Спасите ее.

И он снова подошел к ней, опустился на ковер, уронил голову на край кровати и разрыдался.

— Не плачь! — сказала она ему. — Скоро я перестану тебя мучить!

— Зачем? Кто тебя заставил!

— Так было надо, друг мой, — отвечала она.

— Разве ты не была счастлива? Чем я виноват? Я ведь делал все, что только мог!

— Да… правда… Ты… ты — добрый!

И она медленно погладила его по волосам. Сладость этого ощущения переполнила чашу его горя; все его существо отчаянно содрогалось при мысли, что теперь он ее потеряет, — теперь, когда она выказала ему больше любви, чем когда бы то ни было; а он ничего не мог придумать, он не знал, он не смел, — необходимость немедленного решения окончательно отнимала у него власть над собой.

Кончились, думала она, все мучившие ее обманы, все низости, все бесчисленные судорожные желания. Она перестала ненавидеть кого бы то ни было, смутные сумерки обволакивали ее мысль, и из всех шумов земли она слышала лишь прерывистые, тихие, неясные жалобы этого бедного сердца, словно последние отзвуки замирающей симфонии.

— Приведите девочку, — сказала она, приподнимаясь на локте.

— Тебе ведь теперь не больно? — спросил Шарль.

— Нет, нет!

Служанка принесла малютку в длинной ночной рубашонке, из-под которой виднелись босые ножки; Берта была серьезна и еще не совсем проснулась. Изумленно оглядывая беспорядок, царивший в комнате, она мигала глазами — ее ослепляли горевшие повсюду свечи. Все это, должно быть, напоминало ей Новый год или ми-карэм, когда ее тоже будили рано утром, при свечах, и приносили к матери, а та дарила ей игрушки.

— Где же это всё, мама? — сказала она.

Но все молчали.

— А куда спрятали мой башмачок?

Фелиситэ наклонила ее к постели, а она продолжала глядеть в сторону камина.

— Его кормилица взяла? — спросила она.

Слово «кормилица» вызвало в памяти г-жи Бовари все ее измены, все ее несчастья, и она отвернулась, словно к горлу ее подступила тошнота от другого, еще более сильного яда. Берта все сидела на постели.

— Мамочка, какие у тебя большие глаза! Какая ты бледная! Ты вся в поту...

Мать взглянула на нее.

— Боюсь! — сказала девочка и резко отодвинулась назад.

Эмма взяла ее ручку и хотела поцеловать; Берта стала отбиваться.

— Довольно! Унесите ее! — вскрикнул Шарль. Он рыдал в алькове.

Болезненные явления ненадолго прекратились; Эмма казалась спокойней; от каждого ее незначительного слова, от каждого сколько-нибудь свободного вздоха в Шарле возрождалась надежда. Наконец явился Каниве. Несчастный со слезами бросился ему на шею.

— Ах, это вы! Спасибо вам! Вы так добры! Но теперь ей уже лучше. Вот поглядите сами...

Коллега отнюдь не присоединился к такому мнению и, не желая, как он сам выразился, *ходить вокруг да около,* прописал рвотное, чтобы как следует очистить желудок.

Сейчас же началась рвота кровью. Губы Эммы стянулись еще больше. Руки и ноги сводила судорога, по телу пошли коричневые пятна, пульс бился под пальцем, как натянутая нить, как готовая порваться струна.

Вскоре она начала ужасно кричать. Она проклинала яд, ругала его, умоляла поторопиться, она отталкивала коченеющими руками все, что подносил ей больше нее измученный Шарль. Он стоял, прижимая платок к губам, и хрипел, плакал, задыхался; рыдания сотрясали все его тело с головы до ног. Фелиситэ бегала по комнате из стороны в сторону; Омэ, не двигаясь с места, глубоко вздыхал, а г-н Каниве хотя и не терял апломба, но все же начинал чувствовать внутреннее смущение.

— Черт!.. Как же это?.. Ведь желудок очищен, а раз устраняется причина…

— Должно устраниться и следствие, — подхватил Омэ. — Это очевидно.

— Да спасите же ее! — воскликнул Бовари.

И Каниве, не слушая аптекаря, который пытался развить гипотезу: «Быть может, это спасительный кризис», собрался прописать териак, когда во дворе послышалось щелканье бича; все стекла затряслись, и из-за угла рынка во весь дух вылетел на взмыленной тройке почтовый берлин. В нем был доктор Ларивьер.

Если бы в комнате появился бог, то и это не произвело бы большего эффекта. Бовари поднял руки к потолку, Каниве прикусил язык, а Омэ, еще задолго до того, как доктор вошел в дом, снял свою феску.

Ларивьер принадлежал к великой хирургической школе, вышедшей из аудитории Биша, — к уже вымершему ныне поколению врачей-философов, которые относились к своему искусству с фанатической любовью и применяли его вдохновенно и осмотрительно. Вся больница дрожала, когда он приходил в гнев, а ученики так обожали его, что, едва приступив к самостоятельной работе, старались копировать его в чем только возможно. По окрестным городам было немало врачей, перенявших у него даже длинное стеганое пальто с мериносовым воротником и широкий черный фрак с вечно расстегнутыми манжетами; у самого учителя из-под них выступали крепкие мясистые руки, — очень красивые руки, на которых никогда не было перчаток, словно они всегда торопились погрузиться в человеческие страдания. Он презирал чины, кресты и академии, был гостеприимен и щедр, к бедным относился, как родной отец, и, не веря в добродетель, был ее образцом; его, верно, считали бы святым, не будь у него тонкой проницательности, из-за которой его боялись, как демона. Взгляд его был острее ланцета, — он проникал прямо в душу и, отбрасывая все обиняки и стыдливые недомолвки, сразу вскрывал всякую ложь. Так держал он себя, исполненный того добродушного величия, которое дается сознанием большого таланта, счастья и сорокалетней безупречной трудовой жизни.

Еще на пороге он сдвинул брови, увидев землистое лицо Эммы. Она лежала вытянувшись на спине, рот ее был открыт. Потом, делая вид, что слушает Каниве, он поднес палец к носу и проговорил:

— Хорошо, хорошо.

Но при этом медленно пожал плечами. Бовари следил за ним. Они обменялись взглядом, и этот человек, так привыкший к зрелищу страданий, не мог удержать слезу; она скатилась на его жабо.

Он ушел с Каниве в соседнюю комнату. Шарль побежал за ним.

— Ей очень плохо, правда? Может быть, поставить горчичники? Я сам не знаю. Найдите же какое-нибудь средство, — вы ведь столько людей спасли!

Шарль обхватил его обеими руками и, почти повиснув на нем, глядел на него растерянно, умоляюще.

— Крепитесь, мой милый друг! Больше делать нечего!

И доктор Ларивьер отвернулся.

— Вы уходите?

— Я вернусь.

Вместе с Каниве, который не сомневался, что Эмма умрет у него на руках, он вышел, будто бы отдать распоряжения кучерам.

На площади их догнал аптекарь. По самому свойству своей натуры он не мог отойти от знаменитостей. И он умолил г-на Ларивьера оказать ему великую честь, пожаловать к завтраку.

Сейчас же послали в гостиницу «Золотой лев» за голубями, скупили у мясника весь запас котлет, у Тюваша сливки, у Лестибудуа яйца. Хозяин лично участвовал в приготовлениях к столу, а г-жа Омэ все перебирала завязки кофты и говорила:

— Вы уж нас извините, сударь. В наших несчастных местах, если не знаешь с вечера…

— Рюмки!!! — шипел Омэ.

— Будь то в городе, можно было бы в крайнем случае подать фаршированные ножки.

— Замолчи!.. Пожалуйте к столу, доктор!

Когда были проглочены первые куски, Омэ счел уместным сообщить некоторые подробности катастрофы.

— Сначала появилось ощущение сухости в глотке, затем наступили невыносимые боли в наджелудочной области, неукротимая рвота, коматозное состояние.

— Как это она отравилась?

— Понятия не имею, доктор; я даже не очень-то представляю себе, где она могла достать эту мышьяковистую кислоту.

Жюстен, как раз входивший в комнату со стопкой тарелок, весь затрясся.

— Что с тобой? — спросил аптекарь.

При этом вопросе юноша с грохотом уронил всю стопку на пол.

— Болван! — заорал Омэ. — Медведь! Увалень! Осел этакий!

Но тут же овладел собою.

— Я решил, доктор, попробовать произвести анализ и, primo,[1] осторожно ввел в трубочку…

— Лучше бы вы, — сказал хирург, — ввели ей пальцы в глотку.

Второй врач молчал: он только что получил крепкую, хотя и секретную нахлобучку за свое рвотное; таким образом, теперь этот милый Каниве, который во время истории с искривленной стопой был так самоуверен и многоречив, держался очень скромно; он не вмешивался в разговор и только все время одобрительно улыбался.

Омэ весь сиял гордостью амфитриона, а печальные мысли о Бовари еще больше увеличивали его блаженство, когда он эгоистически возвращался к самому себе. Кроме того, его вдохновляло присутствие доктора. Он щеголял эрудицией, он вперемежку упоминал о шпанских мухах, анчаре, мансенилле, змеином яде.

— Я даже читал, доктор, что некоторые лица отравлялись и падали, как бы сраженные громом, от обыкновенной колбасы, подвергнутой неумеренному копчению! Так по крайней мере гласит прекраснейшая статья, принадлежащая перу одного из наших фармацевтических светил, одного из наших учителей, знаменитого Каде де Гассикура.

Появилась г-жа Омэ с шаткой машинкой, обогреваемой спиртом: Омэ всегда требовал, чтобы кофе варилось тут же, за столом; мало того, он сам его подвергал обжиганию, сам измельчал до порошкообразного состояния, сам соединял в смеси.

— Saccharum, доктор, — сказал он, предлагая сахар.

Затем велел привести всех своих детей: ему было любопытно узнать мнение хирурга об их сложении.

Г-н Ларивьер уже собирался уходить, когда г-жа Омэ попросила медицинского совета для ее мужа: у него такая густая кровь, что он каждый вечер засыпает после обеда, и она боится кровоизлияния в мозг.

— О, *мозг* у него не слишком *полнокровен.*

---

[1] Во-первых (лат.).

И, улыбнувшись исподтишка этому незамеченному каламбуру, доктор открыл дверь. Но вся аптека была забита людьми. Он еле отделался от г-на Тюваша, который боялся, как бы его жена не заболела воспалением легких: у нее была привычка харкать в камин; потом от г-на Бине, который иногда ощущал нестерпимый аппетит; от г-жи Карон, у которой бывали покалывания; от Лере, который страдал головокружениями; от Лестибудуа, который страдал от ревматизма; от г-жи Лефрансуа, которая страдала кислой отрыжкой. Наконец тройка лошадей взяла с места, и все ионвильцы решили, что доктор не слишком-то любезен.

Но тут общественное внимание было отвлечено появлением г-на Бурнисьена: он проходил под базарным навесом, неся в руках святые дары.

Омэ, как и требовали от него принципы, сравнил попов с воронами, слетающимися на трупный запах; вид всякого священника причинял ему личную неприятность, так как сутана напоминала ему о саване, — и из страха перед последним он недолюбливал первую.

Однако Омэ не отступил перед тем, что он называл своей миссией, и вернулся к Бовари; вместе с ним пошел и Каниве, которого об этом очень просил перед отъездом г-н Ларивьер; если бы не возражения супруги, аптекарь взял бы и обоих сыновей: он хотел приучить их к трагическим обстоятельствам, показать им поучительный пример и величественную картину, которая навсегда осталась бы у них в памяти.

Когда они вошли, комната была исполнена мрачной торжественности. На покрытом белой салфеткой рабочем столике лежало на серебряном блюде пять-шесть комков ваты, а рядом — две горящие свечи, и между ними большое распятие. Эмма, наклонив голову так, что подбородок прикасался к груди, глядела необычайно широко открытыми глазами; бедные ее руки цеплялись за одеяло некрасивым и слабым движением, свойственным всем умирающим: они словно заранее натягивают на себя саван. Бледный, как статуя, с красными, как угли, глазами, Шарль, без слез, стоял напротив, в ногах постели; священник, преклонив одно колено, тихо шептал молитвы.

Эмма медленно повернула лицо; казалось, радость охватила ее, когда она вдруг увидела фиолетовую епитрахиль; в необычайном умиротворении она, видимо, вновь нашла забытое сладострастие своих первых мистических порывов, видение наступающего вечного блаженства.

Священник встал и взял распятие. Тогда она вытянула шею, как человек, который хочет пить, и, прильнув устами к телу богочеловека, со всею своей иссякающей силой запечатлела на нем самый жаркий поцелуй любви, какой только она знала в жизни. Священник тотчас прочел Misereatur[1] и Indulgentiam,[2] обмакнул большой палец правой руки в елей и начал помазание: сначала умастил глаза, много алкавшие пышной прелести земной; потом — ноздри, жадные к теплому ветру и любовным благоуханиям; потом уста, отверзавшиеся для лжи, стекавшие в похоти и кричавшие в гордыне; потом — руки, познавшие негу сладостных касаний, и, наконец, — подошвы ног, столь быстрых в те времена, когда женщина эта бежала утолять свои желания, а ныне остановившихся навеки.

Кюре вытер пальцы, бросил в огонь замасленную вату и вновь сел рядом с умирающей. Он сказал ей, что теперь она должна слить свои муки с муками Иисуса Христа и вручить себя милосердию божию.

Кончив увещание, он попытался вложить ей в руки освященную свечу — символ той небесной славы, которая должна была так скоро окружить умирающую. Но Эмма была слишком слаба и не могла удержать ее, так что, не будь г-на Бурнисьена, свеча упала бы на пол.

А между тем она была уже не так бледна, как раньше, и лицо ее приняло безмятежное выражение, словно таинство вернуло ей здоровье.

Священник не упустил случая заметить это вслух; он даже сообщил Шарлю, что иногда господь продлевает человеку жизнь, если сочтет это нужным для его душевного спасения. И Шарль вспомнил, как она однажды уже была при смерти и причащалась.

---

[1] «Да смилуется» (лат.).

[2] «Ныне отпущаеши» (лат.).

«Быть может, еще рано терять надежду», — подумал он.

В самом деле, Эмма оглядела все кругом — медленно, словно пробудившись от сна; потом отчетливым голосом попросила зеркало и, наклонившись, долго смотрелась в него, пока из глаз ее не скатились две крупных слезы. Тогда она откинула голову и со вздохом упала на подушки.

И тотчас грудь ее задышала необычайно часто. Язык весь высунулся изо рта; глаза закатились и потускнели, как абажуры на гаснущих лампах; если бы не невероятно быстрое движение ребер, сотрясавшихся в яростном дыхании, словно душа вырывалась из тела скачками, можно было бы подумать, что Эмма уже мертва. Фелиситэ упала на колени перед распятием; даже сам аптекарь слегка подогнул ноги; г-н Каниве глядел в окно на площадь. Бурнисьен снова начал молиться, наклонившись лицом к краю смертного ложа, и длинные полы его черной сутаны раскинулись по полу. Шарль стоял на коленях по другую сторону кровати и тянулся к Эмме. Он схватил ее за руки, сжимал их и содрогался при каждом ударе ее сердца, словно отзываясь на толчки разваливающегося здания. Чем громче становился хрип, тем быстрее священник читал молитвы; они сливались с подавленными рыданиями Бовари, и порой все тонуло в глухом рокоте латыни, гудевшей, как похоронный звон.

Вдруг на улице послышался стук деревянных башмаков, зашуршала по камням палка и раздался голос, хриплый, поющий голос:

Ах, летний жар волнует кровь,
Внушает девушке любовь…

Эмма приподнялась, словно гальванизированный труп; волосы ее рассыпались, широко открытые глаза пристально глядели в одну точку.

Проворней серп блестит, трудясь,
И ниву зрелую срезает;
Наннета, низко наклонясь,
Колосья в поле собирает…

— Слепой! — вскрикнула Эмма и засмеялась диким, бешеным, отчаянным смехом, — ей казалось, что она видит отвратительное лицо урода, пугалом встающее в вечном мраке.

Проказник-ветер крепко дул
И ей юбчонку завернул.

Судорога отбросила Эмму на подушки. Все придвинулись ближе. Ее не стало.

IX

Когда человек умирает, кругом распространяется какое-то изумление, — так трудно понять это наступление небытия, заставить себя поверить в него. Но вот Шарль все-таки увидел неподвижность Эммы и бросился к ней с криком:

— Прощай, прощай!

Омэ и Каниве насильно увели его из комнаты.

— Успокойтесь!

— Хорошо, — говорил он, вырываясь, — я буду благоразумен, я ничего плохого не сделаю. Но пустите меня! Я хочу ее видеть! Ведь это моя жена!

Он плакал.

— Плачьте, — советовал аптекарь, — не противьтесь природе, это принесет вам облегчение!

Шарль был слаб, как ребенок. Он позволил отвести себя вниз, в столовую, и скоро г-н Омэ вернулся домой.

На площади к нему пристал слепой: уверовав в противовоспалительную мазь, он дотащился до Ионвиля и теперь спрашивал всех встречных, где живет аптекарь.

— Ну, вот еще! У меня есть дела поважнее. Ладно, приходи потом!

И Омэ поспешно вошел в аптеку.

Надо было написать два письма, приготовить для Бовари успокоительное, придумать какую-нибудь ложь, чтобы скрыть самоубийство, оформить эту ложь в статью для «Фонаря», — это еще не считая бесчисленных посетителей, которые ждали новостей. Когда, наконец, все ионвильцы до последнего выслушали историю, как г-жа Бовари, приготовляя ванильный крем, спутала мышьяк с сахаром, Омэ снова вернулся к Шарлю.

Тот сидел один (г-н Каниве только что уехал) в кресле у окна и бессмысленно глядел на пол.

— Теперь вам следовало бы, — сказал аптекарь, — самому назначить час церемонии.

— К чему? Какая церемония?

И Шарль, заикаясь, испуганно пролепетал:

— Ах, нет, пожалуйста, не надо! Нет, пусть она останется со мной.

Омэ из приличия взял с этажерки графин и стал поливать герань.

— Ах, спасибо, — сказал Шарль, — вы так добры!

И умолк, задыхаясь под грузом воспоминаний, вызванных этим жестом аптекаря.

Тогда Омэ счел уместным немного развлечь его разговором о садоводстве, — все растения нуждаются во влаге. Шарль наклонил голову в знак согласия.

— Впрочем, теперь снова скоро будет тепло!

— А! — сказал Бовари.

Фармацевт, решительно не зная, что делать, осторожно раздвинул занавески.

— А вот идет господин Тюваш.

Шарль, словно машина, повторил:

— Идет господин Тюваш.

Омэ не решался возобновить с ним разговор об устройстве похорон; это удалось священнику.

Шарль заперся в своем кабинете, взял перо и после долгих рыданий написал:

«Я хочу, чтобы ее похоронили в подвенечном платье, в белых туфлях, в венке. Волосы распустить по плечам; гробов три: один — дубовый, другой — красного дерева и еще — металлический. Не говорите со мной ни о чем, я найду в себе силы. Сверху накрыть ее большим куском зеленого бархата. Я так хочу. Сделайте это».

Все очень удивились романтическим выдумкам Бовари, и аптекарь тут же сказал ему:

— Бархат кажется мне чрезмерной роскошью. К тому ж это и обойдется…

— Какое вам дело? — закричал Шарль. — Оставьте меня! Не вы ее любили! Уходите.

Священник взял его под руку и увел в сад прогуляться. Там он завел разговор о бренности всего земного. Господь велик и благ; мы должны безропотно подчиняться его воле, даже благодарить его.

Шарль разразился кощунствами:

— Мерзок он мне, ваш господь!

— Дух непокорства еще живет в вас, — вздохнул священник.

Бовари был уже далеко. Он широко шагал вдоль стены у шпалеры фруктовых деревьев и, скрежеща зубами, гневно глядел в небо; но ни один лист не шелохнулся.

Накрапывал дождик. Рубашка у Шарля была распахнута на груди, и скоро он задрожал от холода; тогда он вернулся домой и уселся в кухне.

В шесть часов на площади послышалось металлическое дребезжание: приехала «Ласточка». Шарль прижался лицом к стеклу и глядел, как вереницей выходили пассажиры. Фелиситэ постлала ему в гостиной тюфяк; он лег и заснул.

Г-н Омэ был философом, но мертвых уважал. Итак, не обижаясь на бедного Шарля, он пришел вечером, чтобы просидеть ночь возле покойницы, причем захватил с собою три книги и папку для выписок.

Г-н Бурнисьен уже был на месте; у изголовья кровати, которую выставили из алькова, горели две высокие свечи.

Тишина угнетала аптекаря, и он произнес несколько сочувственных замечаний по адресу «несчастной молодой женщины». Священник ответил, что теперь остается только молиться за нее.

— Но ведь одно из двух, — заметил Омэ, — либо она почила во благодати (как выражается церковь), — и тогда наши молитвы ей ни к чему; либо же она скончалась нераскаянною (если не ошибаюсь, церковная терминология именно такова), — и в этом случае…

Бурнисьен прервал его и угрюмо сказал, что, как бы там ни было, а молиться все равно надо.

— Но если бог и сам знает все наши потребности, — возразил аптекарь, — то какую пользу может принести молитва?

— Как! — произнес священник. — Молитва? Так вы, значит, не христианин?

— Извините! — отвечал Омэ. — Я преклоняюсь перед христианством. Прежде всего оно освободило рабов, ввело в мир новую мораль...

— Не в том дело! Все тексты...

— Ах, что до текстов, то откройте только историю: всем известно, что они подделаны иезуитами.

Вошел Шарль и, приблизившись к кровати, медленно раздвинул полог.

Голова Эммы была наклонена к правому плечу. Приоткрытый угол рта черной дырою выделялся на лице; большие закостенелые пальцы пригнуты к ладони; на ресницах появилась какая-то белая пыль, а глаза уже застилало что-то мутное и клейкое, похожее на тонкую паутинку. Приподнятое на груди одеяло полого опускалось к коленям, а оттуда снова поднималось к ступням. Шарлю казалось, что Эмму давит какая-то бесконечная тяжесть, какой-то невероятный груз.

На церковных часах пробило два. Отчетливо слышался сильный плеск реки, протекавшей во тьме у подножия террасы. Время от времени шумно сморкался г-н Бурнисьен, да Омэ скрипел пером по бумаге.

— Друг мой, — сказал он, — вам лучше уйти. Это зрелище раздирает вам душу!

Когда Шарль скрылся, аптекарь и кюре возобновили спор.

— Прочтите Вольтера! — говорил один. — Прочтите Гольбаха, прочтите «Энциклопедию»!

— Прочтите «Письма некоторых португальских евреев»! — говорил другой. — Прочтите «Смысл христианства», сочинение бывшего судейского чиновника Николя.

Спорщики разгорячились, раскраснелись, кричали разом и не слушали друг друга; Бурнисьен возмущался «подобной дерзостью»,

Омэ изумлялся «подобной тупости»; и они уже почти переходили к перебранке, как вдруг опять появился Шарль. Словно какие-то чары влекли его сюда. Он то и дело поднимался по лестнице.

Чтобы лучше видеть, он становился напротив Эммы, он весь уходил в это созерцание, такое глубокое, что в нем исчезала боль.

Он припоминал рассказы о каталепсии, чудесах магнетизма и думал, что, может быть, стоит только захотеть с предельным напряжением воли, и ему удастся воскресить ее. Один раз он даже нагнулся к ней и шепотом закричал: «Эмма! Эмма!» Только пламя свечей заплясало на стене от его тяжелого дыхания.

Рано утром приехала г-жа Бовари-мать; Шарль обнял ее и снова разрыдался, как ребенок. Она повторила попытку аптекаря сделать ему кое-какие замечания относительно дороговизны похорон. Он так вспылил, что она прикусила язык и даже взялась немедленно поехать в город и купить все необходимое.

До вечера Шарль оставался один; Берту отвели к г-же Омэ. Фелиситэ сидела наверху с тетушкой Лефрансуа.

Вечером Шарль принимал визиты. Он вставал и, не в силах говорить, молча пожимал посетителю руку, потом гость садился вместе с другими; все держались полукругом у камина. Потупив голову и заложив ногу на ногу, каждый покачивал носком сапога, время от времени глубоко вздыхая; скучали отчаянно, но упорно старались друг друга пересидеть.

В девять часов снова пришел Омэ (все эти два дня он только и делал, что бегал по площади взад и вперед) и принес с собою запас камфары, бензола и ароматических трав. Кроме того, он захватил для устранения миазмов целую банку хлора. В этот момент служанка, г-жа Лефрансуа и старуха Бовари хлопотали вокруг Эммы, заканчивая ее одеванье; они как раз опускали длинную прямую вуаль, которая прикрыла ее до самых атласных туфель.

Фелиситэ рыдала:

— Ах, бедная барыня, бедная барыня!

— Поглядите только, — вздыхая, говорила трактирщица, — какая она еще хорошенькая. Вот так и кажется, что сейчас встанет.

И все три, нагнувшись, стали надевать венок.

Голову для этого пришлось немного приподнять, и тогда изо рта, словно рвота, хлынула черная жидкость.

— Ах, боже мой, платье! Осторожно! — закричала г-жа Лефрансуа. — Помогите же нам, — сказала она аптекарю. — Да вы уж не боитесь ли?

— Боюсь? — отвечал тот, пожимая плечами. — Есть чего бояться! Я еще не то видал в больнице, когда изучал фармацию. В анатомическом театре мы варили пунш! Небытие не устрашает философа, как мне нередко приходится упоминать; я даже намереваюсь завещать свой труп в клинику, чтобы тем самым и после смерти послужить науке.

Пришел кюре и спросил, как здоровье г-на Бовари; выслушав ответ аптекаря, он добавил:

— Понимаете, у него еще слишком свежа рана!

Тогда Омэ поздравил его с тем, что он не подвержен, как все прочие, постоянной опасности потерять горячо любимую подругу; в результате разгорелся спор о безбрачии священников.

— Ибо, — говорил аптекарь, — для мужчины обходиться без женщины противоестественно! История знает примеры преступлений…

— Тьфу, пропасть! — воскликнул священник. — Да как же вы хотите, чтобы женатый человек соблюдал, например, тайну исповеди?

Омэ обрушился на исповедь. Бурнисьен выступил в ее защиту; он стал распространяться о производимом ею нравственном возрождении. Рассказал несколько анекдотов о ворах, которые вдруг превращались в порядочных людей. Многие военные, приближаясь к исповедальне, чувствовали, как у них пелена спадала с глаз. В Фрейбурге был один священник…

Собеседник его спал. Скоро Бурнисьену стало душно в спустившейся атмосфере комнаты, и он открыл окно; это разбудило аптекаря.

— А ну-ка, возьмите понюшку, — предложил ему кюре. — Не отказывайтесь, это разгоняет сон.

Где-то вдали непрерывно заливалась протяжным лаем собака.

— Слышите, собака воет? — сказал фармацевт.

— Говорят, они чуют покойников, — отвечал священник. — Вот и пчелы тоже: когда кто умрет, они улетают из ульев.

Омэ не спорил против этих предрассудков: он снова задремал.

Г-н Бурнисьен был крепче аптекаря и еще некоторое время беззвучно шевелил губами; потом и у него незаметно склонилась голова, он уронил свою толстую черную книгу и захрапел.

Так сидели они друг против друга, выпятив животы, оба надутые, нахмуренные; наконец-то после стольких раздоров они сошлись в единой человеческой слабости; оба были неподвижны, как лежавшая рядом покойница, которая, казалось, тоже спала.

Вошел Шарль; они не проснулись. То было в последний раз — он пришел проститься с нею.

Ароматические травы еще курились, и струи синеватого дыма смешивались у окон с туманом, вползавшим в комнату. Кое-где на небе виднелись звезды, ночь была теплая.

Восковые свечи крупными каплями опадали на простыни постели. Шарль глядел, как они горят, и глаза его утомлял отблеск желтого огня.

Муаровые отливы дрожали на белом, как лунный свет, атласном платье. Эмма терялась под ним; и Шарлю чудилось, будто она излучается сама из себя, смешивается со всем окружающим, прячется в нем, — в тишине, в ночи, в пролетающем ветре и влажных запахах, встающих от реки.

Или вдруг он видел ее в саду в Тосте, на скамейке близ колючей изгороди, или на руанских улицах, или на пороге родного дома, во дворе фермы Берто. Он слышал веселый хохот пляшущих под яблонями парней; комната была полна благоухания ее волос, платье искристо шуршало в его руках. Ведь это все она, вот эта самая!

Долго вспоминал он все былые радости, ее позы, ее движения, звук ее голоса. Безнадежные сожаления следовали друг за другом, непрерывно, неистощимо, как волны в прилив.

Глубокое любопытство охватило его: содрогаясь, он медленно, кончиками пальцев приподнял вуаль. И тотчас у него вырвался крик ужаса, от которого вскочили оба спящих. Они увели его вниз, в столовую.

Скоро пришла Фелиситэ и сказала, что он просит прядь ее волос.

— Отрежьте! — ответил аптекарь.

Но служанка не решалась, и тогда он сам подошел к покойнице с ножницами в руках. Его так трясло, что он в нескольких местах проткнул на висках кожу; но в конце концов кое-как справился с волнением и два-три раза хватил наудачу, так что в прекрасной шевелюре Эммы остались белые отметины.

Затем фармацевт и кюре вернулись к своим занятиям, но время от времени оба засыпали и упрекали друг друга в этом при каждом пробуждении. Проснувшись, г-н Бурнисьен всякий раз кропил комнату святой водой, а Омэ рассыпал по полу немного хлору.

Фелиситэ позаботилась оставить им на комоде бутылку водки, кусок сыру и большую булку. Часа в четыре утра аптекарь не выдержал и вздохнул:

— Честное слово, я бы с удовольствием подкрепился!

Священник не заставил себя просить; он ушел служить обедню и скоро вернулся; потом они чокнулись и закусили, слегка посмеиваясь, сами не зная над чем: ими овладела та непонятная веселость, которая часто охватывает нас после грустного зрелища; а проглотив последнюю рюмку, священник хлопнул фармацевта по плечу и сказал:

— В конце концов мы с вами сговоримся!

Внизу, в передней, они встретили рабочих. И тогда Шарлю пришлось пережить двухчасовую пытку: он слушал, как стучал о доски молоток. Потом Эмму положили в дубовый гроб, а этот гроб заключили в два остальных; но так как внешний оказался слишком просторным, то промежутки пришлось забить шерстью из тюфяка. Наконец, когда все три гроба были прилажены, сшиты гвоздями, обтянуты скрепами, — покойницу выставили у входных дверей; дом открылся настежь, и начали сходиться ионвильцы.

Прискакал дядюшка Руо. Увидев черную драпировку у входных дверей, он упал на площади без чувств.

X

Письмо аптекаря он получил только через полтора дня после происшествия; щадя чувствительность отца, г-н Омэ составил это письмо таким образом, что понять, какое, собственно, случилось несчастье, было совершенно невозможно.

Сначала старик упал, как громом пораженный. Потом понял так, что Эмма не умерла, но могло быть и это… Словом, он натянул блузу, схватил шапку, прицепил к башмаку шпору и поскакал во весь опор; всю дорогу он задыхался, терзаясь беспокойством. Один раз ему даже пришлось сойти с седла. Он ничего не видел кругом, в ушах у него звучали какие-то голоса, он чувствовал, что сходит с ума.

Рассвело. Он увидел на дереве трех спящих черных кур; эта примета ужаснула его, он весь затрясся. Тут он дал пресвятой деве обет пожертвовать на церковь три ризы и дойти босиком от кладбища в Берто вплоть до Вассонвильской часовни.

Он домчался до Мароммы и еще на скаку стал громко скликать трактирных слуг, потом вышиб дверь плечом, схватил мешок овса, вылил в кормушку бутылку сладкого сидра, снова взобрался на свою лошадку и погнал ее так, что искры летели из-под копыт.

Он уговаривал себя, что Эмму, наверно, спасут; врачи найдут какое-нибудь средство, иначе быть не может! Он припоминал все чудесные исцеления, о каких ему только приходилось слышать.

Потом она снова стала представляться ему мертвой. Вот она лежит на спине — тут, перед, ним, посреди дороги. Он натягивал поводья, и галлюцинация прекращалась.

В Кенкампуа, чтобы немного поддержать свои силы, он выпил три чашки кофе.

Он уже подумал, что тот, кто писал письмо, ошибся именем. Стал искать в кармане конверт, нащупал его, но не решился открыть.

Он дошел даже до предположения, что, быть может, все это *шуточка,* чья-то месть, чья-то выдумка под пьяную руку; ведь если бы Эмма умерла, это бы чувствовалось! Но нет, природа кругом имела самый обычный вид: небо было голубое, колыхались деревья, прошло стадо овец. Показался Ионвиль; он влетел в него, весь скорчившись на седле и изо всех сил нахлестывая лошадь; с ее подпруги капала кровь.

Придя в сознание, Руо весь в слезах бросился в объятия Бовари:

— Дочь моя! Эмма! Дитя мое! Что случилось?..

А тот, рыдая, отвечал:

— Не знаю! Не знаю! Какое-то проклятие!

Аптекарь развел их.

— Все эти ужасные детали ни к чему. Я сам все объясню господину Руо. Смотрите, собирается народ. Больше достоинства, черт возьми! Больше философии!

Бедняга Бовари тоже хотел казаться мужественным и все повторял:

— Да, да... Надо крепиться!

— Ладно же, — закричал старик, — я буду крепиться, черт возьми! Я провожу ее до конца.

Колокол гудел. Все было готово. Пора двигаться в путь.

И, сидя рядом на откидных скамьях в церкви, отец и муж глядели на троих расхаживающих взад и вперед гнусавящих певчих. Громко ревела змеевая труба. Тонким голоском пел г-н Бурнисьен в торжественном облачении; он склонялся перед дарохранительницей, воздевал руки, простирал их. Лестибудуа шагал по церкви со своей черной планкой; близ налоя стоял гроб, окруженный четырьмя рядами свечей. Шарлю все хотелось встать и задуть их. Но все же он пытался возбудить в себе благочестивые чувства, отдаться надежде на будущую жизнь, где он снова увидит ее. Он воображал, что она уехала, — уехала давно и далеко. Но стоило ему вспомнить, что она лежит вот здесь, что все кончено, что ее унесут и зароют в землю, как его охватывало дикое, мрачное, отчаянное бешенство. Временами ему казалось, что он ничего больше не чувствует; и он наслаждался этими отливами горя, сам себя при этом упрекая в ничтожестве.

Послышался короткий стук, словно кто-то мерно бил по плитам пола окованной палкой. Стук этот шел из глубины церкви и вдруг оборвался в боковом приделе. Человек в грубой коричневой куртке с трудом преклонил колено. То был Ипполит, конюх из «Золотого льва»; он надел свою новую ногу.

Один из певчих обошел церковь с блюдом; тяжелые су поодиночке звякали о серебро.

— Да поторопитесь же! Ведь я измучился! — вскрикнул Бовари, с гневом бросая ему пятифранковик.

Клирик поблагодарил его медлительным поклоном.

Снова пели, становились на колени, вставали, — конца этому не было. Шарль вспомнил, что однажды, давно, они с Эммой вместе пошли к обедне и сидели по другую сторону, справа у стены. Опять зазвонил колокол. Кругом громко задвигали скамьями. Носильщики подсунули под гроб три жерди, и народ вышел из церкви.

Тогда на пороге аптеки появился Жюстен. И вдруг весь бледный, шатаясь, вошел обратно.

На похороны глядели даже из окон. Впереди всех, напряженно выпрямившись, шел Шарль. Он старался держаться молодцом и кивал запоздалым ионвильцам, которые, появляясь из дверей и переулков, присоединялись к провожающим.

Шесть человек — по три с каждой стороны — шли медленно и немного задыхались. Священники, певчие и двое мальчиков из хора возглашали De profundis,[1] голоса их терялись в полях, то поднимаясь,

---

[1] «Из глубины воззвах» — псалом (лат.).

то опускаясь в переливах мелодии. Порой хор скрывался за поворотом тропинки, но высокое серебряное распятие все время было видно между деревьями.

Женщины шли в черных накидках с опущенными капюшонами; в руках они несли толстые горящие свечи, и Шарль почти терял сознание от этих бесконечных молитв и огней, от противных запахов воска и сутаны. Дул свежий ветерок, зеленели рожь и рапс, по краям дороги на живых изгородях дрожали капельки росы. Все кругом было полно всевозможных веселых звуков: громыхала вдали по колеям телега, отдавался эхом петушиный крик, топали копыта убегавшего к яблоням жеребенка. В ясном небе кое-где виднелись розовые облачка; над камышовыми кровлями загибался книзу синеватый дымок; Шарль на ходу узнавал дворы. Ему вспоминались такие же утра, как вот это, когда он выходил от больного и возвращался к ней.

Время от времени черное сукно, усыпанное белыми «слезками», приподнималось и приоткрывало гроб. Усталые носильщики замедляли шаг, и гроб подвигался толчками, словно лодка, равномерно покачивающаяся на каждой волне.

Дошли.

Мужчины проводили покойницу до самого конца спуска, где на лужке была вырыта могила.

Столпились кругом; священник читал молитвы, а красная глина бесшумно, непрерывно осыпалась в яму по углам.

Приладили четыре веревки и стали спускать гроб. Шарль глядел, как он уходит. Он все уходил вниз.

Наконец послышался толчок; веревки со скрипом вырвались наверх. Тогда Бурнисьен взял у Лестибудуа заступ; кропя могилу правой рукой, он левой захватил на лопату большой ком земли и с силой сбросил его в яму; и мелкие камешки, ударившись о деревянный гроб, издали тот потрясающий звук, который кажется нам отголоском вечности.

Священник передал кропило соседу. То был г-н Омэ. Он с важностью взмахнул кропилом и передал его Шарлю; тот стоял по колено в рыхлой земле, горстями бросал ее в могилу и кричал: «Прощай!», посылая воздушные поцелуи; он тянулся к Эмме, чтобы его засыпали вместе с ней.

Его увели; и он очень скоро успокоился, — может быть, он, как и все другие, был смутно доволен, что, наконец-то, с этим покончено.

Дядюшка Руо, придя домой, спокойно закурил трубку; Омэ внутренне осудил его, сочтя это не вполне приличным. Он также отметил, что г-н Бине воздержался от участия в похоронах, что Тюваш «сбежал» тотчас же после панихиды, а Теодор, слуга нотариуса, пришел в синем фраке — «как будто нельзя было найти черный, раз уж таков, черт возьми, обычай!» Переходя от одной группы ионвильцев к другой, он всем сообщал свои замечания. Все оплакивали смерть Эммы, особенно Лере, который, конечно, не преминул явиться на похороны.

— Бедная дамочка! Какое несчастье для мужа!

А аптекарь подхватывал:

— Вы знаете, не будь меня, он мог бы сделать над собой что-нибудь неладное!

— Такая милая особа! Подумать только, что еще в субботу она была у меня в лавке!

— Я не имел досуга, — сказал Омэ, — подготовить хоть несколько слов, чтобы почтить ее прах.

Вернувшись домой, Шарль разделся, а дядюшка Руо разгладил свою синюю блузу. Она была совсем новая, и так как по дороге старик много раз вытирал глаза рукавами, то они полиняли и запачкали ему лицо; следы слез прорезывали слой пыли.

Тут же была г-жа Бовари-мать. Все трое молчали. Наконец старик вздохнул:

— Помните, друг, как я приехал в Тост, когда вы потеряли вашу покойную жену. Тогда я вас утешал. Я находил, что сказать; а теперь... — Долгий вздох высоко поднял его грудь. — Ах, теперь, видите ли, мне конец! Умерла моя жена... потом сын... а теперь и дочь.

Он хотел сейчас же вернуться в Берто — здесь ему не заснуть. Он даже отказался поглядеть на внучку:

— Нет, нет, это для меня слишком тяжело! Но только вы ее крепко поцелуйте! Прощайте! Вы добрый малый! И потом, — добавил он, ударив себя по ноге, — об этом я никогда не забуду. Не бойтесь, вы всегда будете получать свою индюшку.

Но, очутившись на вершине холма, он обернулся, как обернулся когда-то, расставаясь с дочерью на дороге в Сен-Виктор. Окна в Ионвиле горели под косыми лучами заходившего в лугах солнца. Старик прикрыл глаза рукой и разглядел на горизонте садовую стену, где там и сям между белыми камнями выделялась темная листва деревьев; потом поехал дальше мелкой рысцой: лошаденка захромала.

А Шарль с матерью, несмотря на усталость, сидели и беседовали до позднего вечера. Они говорили о былых днях, о будущем. Мать переедет в Ионвиль, будет вести хозяйство, они больше никогда не расстанутся. Она была находчива и ласкова, она радовалась про себя, что теперь к ней возвращается так долго от нее ускользавшая привязанность сына. Пробило полночь. Городок был тих, как всегда, а Шарль не спал и все думал о ней.

Родольф, который от нечего делать весь день бродил по лесу, спокойно спал в своем замке; спал у себя и Леон.

Но был еще один человек, который не спал в этот час.

Над могилой, среди елей, стоял на коленях мальчик и плакал; грудь его разрывалась от рыданий, он задыхался во тьме под бременем безмерной жалости, нежной, как луна, и непостижимой, как ночь. Вдруг стукнула решетка. То был Лестибудуа; он пришел за позабытой здесь лопатой. Мальчик быстро вскарабкался на стену, и Лестибудуа узнал Жюстена, — тогда он сразу понял, какой злодей таскал у него картошку.

XI

На другой день Шарль велел привести девочку домой. Она спросила, где мама. Ей ответили, что мама уехала, что она вернется и привезет ей игрушек. Берта еще несколько раз заговаривала об этом, но потом понемножку забыла. Ее детская веселость надрывала отцу сердце, а ведь ему еще приходилось терпеть невыносимые утешения аптекаря.

Скоро опять начались денежные дела — г-н Лере вновь натравил своего друга Венсара. Шарль влез в невероятные долги: он ни за что не соглашался продать хоть малейшую из принадлежавших Эмме вещиц. Мать его была вне себя. Но он рассердился на нее еще сильнее; он совсем переменился. Она уехала.

Тогда все принялись *пользоваться случаем*. Мадмуазель Лемперер потребовала уплаты за шесть месяцев, хотя Эмма (несмотря на расписку, которую показывала мужу) не взяла у нее ни одного урока: между ними было особое соглашение; хозяин библиотеки потребовал деньги за три года; тетушка Ролле потребовала деньги за доставку двадцати писем; когда Шарль спросил объяснений, у нее хватило деликатности ответить:

— Я, право, ничего не знаю. У нее были какие-то свои дела.

Уплачивая каждый долг, Шарль думал, что на этот раз все кончено. Но непрерывно появлялись новые.

Он обратился к пациентам, чтобы они заплатили ему за старые визиты. Те показали ему письма от Эммы. Пришлось извиниться.

Фелиситэ носила теперь барынины туалеты, хотя ей досталось и не всё; несколько платьев Шарль оставил себе и разглядывал их, запираясь в гардеробной; служанка была почти того же роста, что и Эмма, и иногда Шарль, увидев ее сзади, поддавался иллюзии и вскрикивал:

— О, останься, останься!

Но на троицын день Фелиситэ убежала из Ионвиля с Теодором, причем украла все платья, какие еще оставались.

Как раз в это время г-жа Дюпюи-вдова имела честь известить г-на Бовари о «бракосочетании сына своего, нотариуса города Ивето, г-на Леона Дюпюи, с девицею Леокади Лебёф из Бондвиля». Шарль ответил поздравительным письмом, в котором, между прочим, была такая фраза:

«Как счастлива была бы моя бедная жена!»

Однажды, бесцельно блуждая по дому, он поднялся на чердак и там ощутил под туфлей комок тонкой бумаги. Он развернул его и прочел: «Крепитесь, Эмма! Крепитесь! Я не хочу быть несчастьем вашей жизни». Это было письмо Родольфа, — оно завалилось между ящиками, осталось на полу, и теперь ветер из слухового окна занес его к двери. Неподвижный, оцепенелый Шарль застыл на том самом месте, где когда-то стояла в отчаянии Эмма, была еще бледнее его и хотела умереть. Наконец внизу второй страницы он разглядел маленькое заглавное *Р.* Кто это был? Он вспомнил, как часто бывал у них Родольф, как он вдруг исчез, какой неестественный вид имел он потом при двух-трех случайных встречах. Но почтительный тон письма обманул Шарля.

«Быть может, они любили друг друга платонически», — подумал он.

Шарль вообще был не из тех людей, которые доискиваются сущности событий; он отступал перед доказательствами, и его смутная ревность терялась в безграничном горе.

«Все должны были обожать ее, — думал он. — Ее, конечно, желали все мужчины». И от этого она стала казаться ему еще прекраснее; теперь он ощущал к ней непрерывное, бешеное вожделение, оно разжигало его тоску и не имело пределов, так как было неосуществимо.

Он стал угождать ей, словно она еще была жива; он подчинился всем ее вкусам, всем взглядам. Он купил лаковые ботинки, стал носить белые галстуки. Теперь он душил усы и, как Эмма, подписывал векселя. Она развращала его из могилы.

Пришлось понемногу распродать все серебро; потом за ним последовала мебель из гостиной. Все комнаты пустели; только одна — ее комната — оставалась неприкосновенной. Шарль поднимался туда после обеда. Он придвигал к камину круглый столик, подставлял ее кресло. Потом садился напротив. Горела свеча в позолоченном канделябре. Рядом Берта раскрашивала картинки.

Бедняге отцу было больно, что она так плохо одета, что у нее башмачки без шнурков, а кофточка разорвана от подмышек до самых бедер: служанка об этом совершенно не заботилась. Но девочка была так тиха, прелестна, ее маленькая головка так грациозно склонялась, роняя на розовые щечки белокурые пряди пушистых волос, что он ощущал бесконечное наслаждение, какую-то радость, исполненную горечи: так терпкое вино отдает смолой. Он приводил в порядок ее игрушки, вырезывал ей картонных паяцев, зашивал ее куклам прорванные животы. Но если взгляд его падал на рабочую шкатулку, на валявшуюся ленту или даже на застрявшую в щелке стола булавку, он вдруг задумывался, и вид у него бывал такой убитый, что и девочка становилась печальной вместе с ним.

Теперь к ним никто не ходил. Жюстен убежал в Руан и поступил там мальчиком в бакалейную лавку, а дети аптекаря бывали у Берты все реже и реже. Г-н Омэ учитывал разницу в их социальном положении и не старался поддерживать прежнюю дружбу.

Слепой, которого он так и не вылечил своей мазью, вернулся к холму, где растет Гильомский лес, и так много рассказывал путешественникам о неудачной попытке аптекаря, что теперь Омэ, отправляясь в город, прятался от него за занавесками «Ласточки». Он ненавидел этого калеку; желая в интересах своей репутации во что бы то ни стало избавиться от него, он предпринял целую скрытую кампанию, в которой до конца показал всю глубину своего ума и всю преступность своего тщеславия. На протяжении целых шести месяцев в «Руанском фонаре» то и дело попадались заметки такого рода:

«Все путешественники, направляющиеся в плодородные долины Пикардии, замечали, конечно, в окрестностях холма, покрытого Гильомским лесом, несчастного калеку, пораженного ужасной язвой на лице. Он пристает к вам, преследует вас и взимает с проезжих настоящий налог. Неужели же мы еще не вышли из чудовищных времен средневековья, когда бродягам разрешалось распространять в общественных местах занесенные из крестовых походов проказу и золотуху?»

Или же:

«Несмотря на законы против бродяжничества, окрестности крупнейших наших городов все еще наводнены шайками нищих. Иные из них слоняются поодиночке, — и это, быть может, не самые безопасные. О чем думают наши эдилы!»

Наконец Омэ выдумывал происшествия:

«Вчера близ холма, где Гильомский лес, испуганная лошадь...» Дальше следовал рассказ о несчастном случае, вызванном слепым.

Он добился того, что беднягу арестовали. Но потом выпустили. Слепой снова взялся за свое, и Омэ тоже снова взялся за свое. То была настоящая борьба. Победил в ней аптекарь: его врага приговорили к пожизненному заключению в богадельне.

Такой успех окрылил фармацевта. С тех пор не было случая, чтобы в округе задавили собаку, или сгорела рига, либо побили женщину и Омэ немедленно не доложил бы обо всем публике, постоянно вдохновляясь любовью к прогрессу и ненавистью к попам. Он проводил параллели между начальными школами и братьями игноратинцами, причем в ущерб последним; по поводу каждых ста франков, пожертвованных на церковь, он напоминал о Варфоломеевской ночи; он вскрывал злоупотребления, он метал ядовитые стрелы. Так утверждал он сам. Омэ вел подкопы; он становился опасен.

А между тем он задыхался в узких границах журналистики, и скоро ему понадобилось написать книгу, настоящий труд! Тогда он составил «Общую статистику Ионвильского кантона с прибавлением климатологических наблюдений», статистика же толкнула его к философии. Он занялся глубочайшими вопросами: социальной проблемой, распространением морали среди неимущих классов, рыбоводством, каучуком, железными дорогами и прочим. Дошло до того, что он стал стыдиться своей буржуазности. Он кичился *артистическим тоном,* он начал курить! Для своей гостиной он купил две шикарных статуэтки в стиле Помпадур.

Но аптеку он не забывал. Напротив! Он был в курсе всех открытий. Он следил за мощным движением в производстве шоколада. Он первый ввел в департаменте Нижней Сены «шо-ка» и «ревaленциа». Он был восторженным поклонником гидроэлектрических цепей Пульвермахера; он сам носил такие цепи, и по вечерам, когда он снимал свой фланелевый жилет, г-жа Омэ каменела при виде обвивавшей его золотой спирали; страсть ее к этому мужчине, закованному в доспехи, как скиф, и сверкающему, как маг, удваивалась.

Ему приходили блестящие мысли относительно могильного памятника для Эммы. Сперва он предложил обломок колонны с драпировкой, потом пирамиду, потом храм Весты — нечто вроде ротонды… или же «груду руин». Ни в одном из своих проектов Омэ не забывал о плакучей иве, которая казалась ему обязательным символом печали.

Он съездил вместе с Шарлем в Руан посмотреть в мастерской памятники. С ними пошел один художник, друг Бриду, некто Вофрилар; он все время сыпал каламбурами. Изучив до сотни проектов, заказав смету и съездив в Руан еще раз, Шарль, наконец, решился и выбрал мавзолей, у которого на обоих главных фасадах должно было быть изображено по «гению с опрокинутым факелом».

Что касается надписи, то Омэ не знал ничего прекраснее, чем Sta, viator!.. [1] Но на этом он и застрял. Он изо всех сил напрягал воображение; он беспрерывно повторял: Sta, viator… Наконец он нашел: Amabilem conjugem calcas![2] — и это было принято.

---

[1] Остановись, прохожий! (лат.)

[2] Ты попираешь стопою любезную супругу! (лат.).

Странно, что Бовари, не переставая думать об Эмме, все же забывал ее; он с отчаянием чувствовал, что, как ни силится удержать в памяти ее образ, образ этот все же ускользает. Но она снилась ему каждую ночь. То был всегда один и тот же сон: он приближался к ней, но, как только хотел обнять, она рассыпалась в его руках прахом.

Целую неделю он каждый вечер ходил в церковь. Г-н Бурнисьен даже побывал у него два-три раза, но потом перестал заходить. Впрочем, этот старичок, как говорил Омэ, становился нетерпимым фанатиком; он громил дух современности и, читая каждые две недели проповедь, никогда не забывал рассказать об агонии Вольтера: всем известно, что этот человек, умирая, пожирал собственные испражнения.

Как ни экономно жил Бовари, ему все не удавалось расплатиться со старыми долгами. Лере отказался впредь возобновлять векселя. Надвигалась опись имущества. Тогда он обратился к матери. Она разрешила ему заложить ее имение, но при этом написала очень много дурного об Эмме; в награду за свое самопожертвование она просила у него шаль, которую не успела украсть Фелиситэ. Шарль отказал. Произошла ссора.

Первый шаг к примирению сделала мать: она предложила взять к себе Берту, говоря, что ребенок будет утешать ее в одиночестве. Шарль согласился. Но когда пришло время отправить ее, у него не хватило на это духу. Тогда наступил полный, окончательный разрыв.

Постепенно теряя все привязанности, он все глубже отдавался любви к ребенку. Но Берта беспокоила его: она часто кашляла, и на щеках у нее появились красные пятна.

А напротив наслаждалась жизнью цветущая, веселая семья аптекаря, которому шло впрок все на свете. Наполеон помогал ему в лаборатории, Аталия вышивала ему феску, Ирма вырезывала бумажные кружки для банок с вареньем, а Франклин одним духом выпаливал всю таблицу умножения. Омэ был счастливейшим из отцов, блаженнейшим из смертных.

Увы! Его грызло тайное честолюбие: ему хотелось получить крестик. В основаниях к тому недостатка не было: он 1) во время холеры отличился безграничной преданностью; 2) напечатал — и притом за свой собственный счет — целый ряд общественно-полезных трудов, как то… (и он припоминал свою статью «О сидре, его приготовлении и действии»; далее — посланные в Академию наблюдения над шерстоносной травяной тлей; наконец свою статистическую книгу и даже студенческую диссертацию по фармации); не говоря уже о том, что он состоит членом ряда ученых обществ (на самом деле он числился лишь в одном).

Тут аптекарь делал неожиданный поворот.

— Наконец, — восклицал он, — довольно уж и того, что я отличаюсь на пожарах!

И вот Омэ перешел на сторону власти. Он тайно оказал господину префекту значительные услуги во время выборов. Словом, он продался, проституировал себя. Он даже подал прошение на высочайшее имя, в котором умолял *быть к нему справедливым;* в этом прошении он называл государя «наш добрый король» и сравнивал его с Генрихом IV.

Каждое утро аптекарь набрасывался на газету и жадно искал, не сообщается ли там о его награждении; но ничего не находил. Наконец он не выдержал и устроил у себя в саду грядку в форме орденской звезды; от ее верхнего края отходили две полоски травы, изображавшие ленту. Омэ расхаживал вокруг этой эмблемы, скрестив руки, и рассуждал о неспособности правительства и человеческой неблагодарности.

Из уважения ли к памяти покойной, или из особой чувственности, которую он находил в медлительности, но Шарль так и не открывал еще потайного ящичка того палисандрового бюро, за которым обычно писала Эмма. Но однажды он, наконец, уселся перед ним, повернул ключ и нажал пружину. Там лежали все письма Леона. Теперь сомнений уже не оставалось! Он поглотил все до последней строчки, обыскал все уголки, все шкафы и комоды, все ящики, все стены; он рыдал, он выл, он был вне себя, он обезумел. Наконец он нашел какую-то коробку и разбил ее ногой. В лицо ему полетел портрет Родольфа и целый ворох любовных писем.

Окружающие изумлялись его отчаянию. Он перестал выходить из дому, никого не принимал, отказывался даже посещать больных. Тогда все решили, что он *запирается и пьет.*

Иногда все же какой-нибудь любопытный заглядывал через изгородь в сад и удивленно смотрел на дикого, грязного, обросшего бородой человека, который бродил по дорожкам и громко плакал.

Летом, по вечерам, он брал с собой девочку и уходил на кладбище. Возвращались они ночью, когда на площади не было видно ни огонька и освещенным оставалось лишь окошко у Бине.

Но сладострастие его горя было неполное; ему не с кем было поделиться им, и иногда он заходил поговорить о нем к тетушке Лефрансуа. Однако трактирщица слушала его одним ухом, у нее были свои огорчения: Лере, наконец, открыл постоялый двор «Любимцы коммерции», а Ивер, который пользовался отличнейшей репутацией по части комиссий, требовал прибавки жалованья и грозился уйти «к конкуренту».

Однажды Бовари отправился на базар в Аргейль продавать лошадь, — последний свой ресурс, — и встретил Родольфа.

Увидев друг друга, оба побледнели. Родольф, который после смерти Эммы ограничился тем, что прислал свою визитную карточку, сначала забормотал какие-то извинения, но потом осмелел и даже дошел в наглости до того, что пригласил Шарля выпить в кабачке бутылку пива (был август, стояли жаркие дни).

Усевшись напротив Шарля и облокотившись на стол, Родольф болтал и жевал сигару, а Шарль терялся в мечтах, глядя на того, кого она любила. Ему казалось, будто он видит что-то от нее. Это было изумительно. Он хотел бы быть этим человеком.

Родольф затыкал банальными фразами все паузы, в которые мог бы проскользнуть хоть намек; он не умолкая болтал о посевах, о скоте, об удобрениях. Шарль не слушал его; Родольф видел это и следил, как воспоминания отражались на лице врача; оно все больше краснело, ноздри раздувались, губы дрожали. Одно мгновение Шарль мрачно и яростно взглянул Родольфу прямо в глаза; тот осекся, словно испугавшись. Но вскоре несчастного охватило все то же грустное изнеможение.

— Я на вас не сержусь, — сказал он.

Родольф онемел. А Шарль, сжав голову руками, повторял погасшим голосом, с покорным выражением бесконечного горя:

— Нет, я на вас больше не сержусь!

И даже прибавил первое и последнее в своей жизни высокопарное слово:

— Во всем виноват рок!

Родольф, который сам направлял этот рок, нашел, что Бовари достаточно добродушен для человека в его положении, даже комичен и почти достоин презрения.

На другой день Шарль пошел в сад и сел на скамью в беседке. Солнечные лучи пробивались сквозь шпалеру винограда, листья вырисовывались тенью на песке, благоухал жасмин, небо было голубое, вокруг цветущих лилий жужжали жучки, и Шарль, как юноша, задыхался в смутном приливе любви, переполнявшей его измученное сердце.

В семь часов пришла Берта; она не видела отца с самого полудня.

Голова его была запрокинута и опиралась на стену, веки смежены, рот открыт, в руках он держал длинную прядь черных волос.

— Папа, обедать! — позвала девочка.

И, думая, что отец шутит с ней, тихонько толкнула его, — он свалился на землю. Шарль был мертв.

Через тридцать шесть часов, по просьбе аптекаря, явился г-н Каниве. Он вскрыл труп и не нашел ничего особенного.

Когда все было продано, осталось двенадцать франков семьдесят пять сантимов, на которые мадмуазель Бовари отправили к бабушке. Старушка умерла в том же году; дедушку Руо разбил паралич, и девочку взяла к себе тетка. Она очень бедна, и Берта зарабатывает себе пропитание на прядильной фабрике.

После смерти Бовари в Ионвиле сменилось три врача, но устроиться ни одному из них не удалось — так забивал их Омэ.

Клиентура у него огромная; власти щадят его, а общественное мнение ему покровительствует.

Недавно он получил орден Почетного легиона.

Комментарии

Америго Веспуччи (1451–1512) — итальянец, мореплаватель, именем которого названа Америка, открытая впервые Колумбом в 1492 году. В 1507 году было сделано предложение назвать открытые мореплавателем земли (он доплыл до Южной Америки) «страной Америго». Впоследствии это название распространили и на материк Северной Америки.

«Анахарсис» — «Путешествие младшего Анахарсиса по Греции» — произведение французского ученого и писателя, аббата Жан-Жака Бартелеми (1716–1795). Книга знакомила читателя с культурой, бытом и политическим строем древней Греции; переведена на ряд европейских языков, служила школьным пособием.

Архимед (около 287–212 до н.э.) — знаменитый математик и механик древней Греции, прославившийся многими открытиями и изобретениями; с его именем связан ряд легенд, отражающих сильное впечатление, которое ученый производил на своих современников; таково приписываемое ему восклицание: «Эврика!» («Нашел!») или фраза: «Дайте мне точку опоры, и я подниму землю».

«Аталия» — трагедия известного французского драматурга Жана Расина (1639–1699), содержащая тираноборческие тенденции.

Бакалавр — низшее ученое звание, которое во Франции присваивается окончившим среднюю школу и получающим право поступить в высшее учебное заведение.

Бауцен и Люцен — городки в Саксонии, где в 1813 году произошли сражения между армией Наполеона I и союзными войсками под командованием русского генерала П. Х. Витгенштейна.

Баярд Пьер дю Террайль (около 1476–1524) — французский полководец; славился храбростью, получил прозвище «рыцаря без страха и упрека» или «рыцаря Баярда».

Беарнец — прозвище французского короля Генриха IV (1553-1610); от Беарн — в прошлом провинции на юго-западе Франции.

«Бессмертные принципы восемьдесят девятого года» — принципы, провозглашенные в «Декларации прав человека и гражданина» в период Французской революции 1789–1794 гг.

Биша Мари Франсуа Ксавье (1771–1802) — французский врач, анатом и физиолог, автор «Всеобщей анатомии»; его труды имели значение для развития биологии и медицины.

«Бог честных людей» — песня французского демократического поэта Пьера Жана Беранже (1780–1857).

Бомбарда — один из ранних образцов артиллерийских орудий, ствол которого укладывался в деревянные колоды или срубы; применялся при осаде и обороне крепостей в XIV—XVI вв.

Боссюэ Жак Бенинь (1627–1704) — французский епископ и проповедник, поборник абсолютизма, автор сочинений на богословские темы.

Ботокуды — индейское племя, жившее в Восточной Бразилии; в период колонизации Бразилии жестоко преследовались и уничтожались европейцами.

Буль Андре Шарль (1642–1732) — знаменитый французский мастер художественной мебели.

Бюффон Жорж Луи Леклерк (1707-1788) — французский естествоиспытатель, автор «Естественной истории» и трудов в области геологии.

Варфоломеевская ночь. — Накануне дня св. Варфоломея, в ночь на 24 августа 1572 года, в Париже произошло массовое избиение протестантов (гугенотов) католиками. Расправа была организована матерью короля Карла IX, Екатериной Медичи, и католической партией. Варфоломеевская ночь вызвала новую войну между католиками и гугенотами.

19 вентоза IX года Республики (от латинского ventosus — ветреный) — шестой месяц республиканского календаря, установленного 21 сентября 1792 года, по которому летосчисление начиналось с «1-го года Свободы», года свержения королевской власти. Республиканский календарь был отменен в 1806 году, в период империи Наполеона I.

Веста — у древних римлян богиня домашнего очага. Культ Весты в рабовладельческом Риме призван был служить укреплению норм семейного права.

«Война богов» — «Война древних и новых богов» — поэма французского поэта Парни (1753-1814), отмеченная просветительским свободомыслием

Волан — игра, состоящая в перебрасывании ракеткой пробки, утыканной перьями, через сетку.

Вольтер Франсуа Мари Аруэ (1694-1778) — великий французский просветитель XVIII века; выступал против феодализма и церкви, мужественно защищал жертвы церковной реакции (дело

Каласа и другие). Человек разносторонне одаренный, Вольтер проявил себя как публицист, писатель, историк и философ.

Вретишница — монахиня нищенствующего ордена, члены которого из смирения носили мешкообразные рубища (вретища).

Генрих III (1551–1589) — французский король; правил в разгар религиозных войн между католиками и протестантами. Был убит католическим монахом Жаком Клеманом.

Генрих IV (1553–1610) — французский король, первый из династии Бурбонов. Вождь гугенотов в религиозных войнах, едва избежал смерти в Варфоломеевскую ночь. В 1593 году перешел на сторону католиков, однако Нантским эдиктом (1598 год) предоставил гугенотам политические права и свободу вероисповедания. Убит в 1610 году фанатиком — католиком Равальяком.

Гверилья — партизанская война; гверильясы — испанские партизаны, отличившиеся в войне с Наполеоном I.

Гольбах Поль Анри (1723–1789) — известный французский философ-материалист, участник «Энциклопедии», автор книги «Система природы» и антирелигиозных памфлетов.

Дагерротип — дагерротипия — первоначальный способ фотографирования, изобретенный в 30-е годы XIX века в Париже художником Дагерром и Ньепсом; основан на светочувствительности иодистого серебра.

Д'Аламбер Жан Лерон (1717–1783) — французский просветитель, математик и философ. Работал вместе с Дидро над созданием «Энциклопедии наук, искусств и ремесел».

Декарт Рене (1596-1650) — выдающийся французский философ, физик, математик и физиолог. Религиозному догматизму и схоластике Декарт противопоставил силу человеческого разума, его способность к безграничному познанию природы.

Делиль Жак, аббат (1783-1813) — французский поэт и переводчик Вергилия и Мильтона.

Де Местр Жозеф Мари (1753-1821) — один из идеологов феодально-монархической контрреволюции во Франции, враг материализма и атеизма, поборник религиозного мракобесия.

Десятина — десятина церковная — десятая часть урожая и иных доходов, которая взималась церковью с населения; отменена революцией 1789-1794 гг.

Диоген из Синопа (около 404-323 до н.э.) — древнегреческий философ, представитель школы киников. Высшей нравственной задачей объявлял подавление страстей, сведение жизненных потребностей к минимуму. Диоген и образом своей жизни подчеркивал стремление вернуться к «естественному» состоянию.

Диоклетиан (около 245-313) — римский император; его деспотическое правление преследовало цель укрепить мощь Римской империи; в 305 году отказался от власти.

«Дух христианства» — произведение реакционного французского писателя Шатобриана (1768-1848), прославляющее католицизм.

Дюваль Венсен — французский врач-ортопедист, автор труда по операциям искривленной ступни.

Дюпюитриен Гийом (1777-1835) — французский хирург; разрабатывал методы лечения вывихов.

Дьепп — город во Франции, порт на берегу пролива Ламанш.

Жанна д'Арк (около 1412-1431) — народная героиня Франции, крестьянская девушка, возглавившая во время Столетней войны борьбу французского народа против английских захватчиков. Попала в плен, была обвинена в ереси и сожжена 30 мая 1431 года.

Жарнак — придворный французского короля Генриха II; убил противника на дуэли внезапным и ловким ударом.

Жирондисты — политическая партия периода французской революции 1789–1794 годов (по названию департамента Жиронда); выражали интересы крупной буржуазии, пытались задержать ход революции и скатились на позиции контрреволюции. В 1793 году жирондисты были отстранены от власти якобинцами; часть их казнена по приговору Революционного трибунала.

Игноратинцы (невежественные) — название, присвоенное себе в знак смирения одним из монашеских орденов, оказывавшим филантропическую помощь бедным.

Изор Клеманс (сер. XV в. — нач. XVI в.) — знатная дама, возродившая, согласно легенде, литературные состязания в Тулузе (Франция).

«Исповедание савойского викария» — эпизод из сочинения «Эмиль или о воспитании» французского просветителя Жан Жака Руссо (1712–1778).

Каватина — небольшой вокальный номер лирического характера.

Кальвинисты — последователи Жана Кальвина (1509-1564), основателя протестантского вероучения, возникшего в результате Реформации и выражавшего интересы буржуазии эпохи первоначального накопления капитала.

Кантарида — насекомое, из которого изготовляли медицинское средство.

Капуцинское аббатство — монастырь католического ордена капуцинов (от итальянского capuccio — капюшон рясы), основанного в XVI веке в Италии для борьбы с идеями Реформации.

Караибы — индейская народность Южной Америки. В результате колонизации испанцами и португальцами территории, населенной караибами, а также жестокой эксплуатации почти все караибские племена, за исключением немногих, в начале XX века вымерли.

Карл X (1757-1836) — граф д'Артуа, брат казненного короля Людовика XVI, глава контрреволюционной эмиграции во время революции 1789-1794 годов. Французский король в период Реставрации (с 1824 года), проводил крайне реакционную политику, был свергнут июльской революцией в 1830 году.

Кастелламаре. Кастелламаре-ди-Стабия — город и порт в Италии, на берегу Неаполитанского залива.

Каталепсия — оцепенение, неподвижность человека, вызванная нервно-психическим состоянием.

Кинкетка — лампа с двойным поддувалом и резервуаром для масла, расположенным сбоку.

Кипсек (английское Keepsake) — книга-альбом, иллюстрированная виньетками и гравюрами; была в большой моде в конце XVIII — начале XIX века.

Кларенс Георг, герцог (1449–1478) — брат английского короля Эдуарда IV. Будучи приговорен к казни за предательство, избрал смерть в бочке с вином — мальвазией.

Коллеж — название общественных и частных средних учебных заведений во Франции, Бельгии и Швейцарии.

Кошский — из провинции Ко в Нормандии.

Крестовые походы — проводимые под религиозными лозунгами захватнические экспедиции западноевропейских феодалов в XI—XIII веках в страны Ближнего Востока, Прибалтику и Восточную Европу.

Колизей (от латинского Colosseum — громадный) — выдающийся памятник древнеримской архитектуры, амфитеатр для народных зрелищ, вместимостью свыше 50 тысяч зрителей, построенный в 80-м году н.э.

Ла Вальер Луиза Франсуаза — герцогиня, фаворитка Людовика XIV.

Латинский квартал — один из старейших районов Парижа, где расположены многие учебные заведения; в нем проживали преимущественно студенты и малообеспеченные слои интеллигенции.

Лиар — французская старинная мелкая монета в четверть су (одна двадцатая франка).

Ливр — старинная французская денежная единица, употреблялась для обозначения дохода. В разное время ливр равнялся различным долям серебра. Чеканка серебряных ливров была прекращена с 1720 года.

Лойола Игнатий (1491-1556) — основатель наиболее реакционной организации католической церкви — ордена иезуитов, «братьев Иисуса». Имя Лойолы стало синонимом лицемерия и преступности, прикрываемых религиозным ханжеством.

Луидор — золотая монета достоинством в двадцать франков.

Льё — старинная мера длины, равная 4,445 метра.

Людовик IX (прозвище «Святой», 1215-1270) — французский король из династии Капетингов, возглавил два крестовых похода, провел ряд судебно-административных реформ, которые способствовали усилению королевской власти и преодолению феодальной раздробленности; судил под легендарным дубом в Венсене (близ Парижа) — старой резиденции французских королей.

Людовик XI (1423-1483) — французский король из династии Валуа, боролся с феодальной знатью в целях укрепления королевской власти и объединения Франции; его царствование создало предпосылки для формирования во Франции абсолютной монархии.

Людовик XIV (1638-1715) — французский король из династии Бурбонов, прозванный «король-солнце» за пышность придворной жизни. Полнота и произвол абсолютной королевской власти при Людовике XIV нашли выражение в словах, по преданию сказанных им: «Государство — это я».

Магнетизм — антинаучная теория Месмера (1733-1815) о наличии в человеке особой магнетической силы; наделенный этой силой способен излучать ее на других людей или испытывать ее воздействие со стороны других.

Мазаринады — политические памфлеты во Франции середины XVII века, направленные против абсолютизма; получили название по имени министра Мазарини (1602–1661), проводившего политику укрепления абсолютной монархии, жестокого подавления феодально-дворянской оппозиции (фронды) и недовольства народных масс.

«Майоран» — популярная народная песенка.

Макадамова мостовая — по имени Мак-Адама (1756–1836), который изобрел особый способ мощения улиц: поверх слоя крупных камней насыпаются слои мелкого щебня, которые утрамбовываются тяжелым катком.

Макиавелли Никколо ди Бернардо (1449–1527) — итальянский политический мыслитель и писатель, идеолог буржуазии, стремившейся к сильной и централизованной власти. В сочинении «Государь» нашел место его идеал монарха-диктатора и культ власти, основанной на грубой силе, вероломстве, аморальности и т.п., объединяемых обычно понятием «макиавеллизм».

Мальтус Томас Роберт (1766–1834) — английский реакционный буржуазный экономист; он видел причину перенаселения и нищеты трудящихся не в особенностях капитализма, а в вечных законах природы, в недостатке средств существования. Мальтус предлагал ограничить рост населения, оправдывал войны, эпидемии как средство сокращения численности населения. Взгляды Мальтуса и его сторонников известны под именем мальтузианства.

Мария Антуанетта (1755–1793) — французская королева, жена Людовика XVI, стояла в центре контрреволюционных заговоров и интриг во время революции 1789 года; была гильотинирована по приговору Революционного трибунала.

Менестрель — странствующий средневековый певец, музыкант; поэт, состоявший на службе при дворе феодального сеньора во Франции и Англии.

Минерва — древняя италийская богиня, считалась покровительницей ремесел, наук и искусств; ее отождествляли с древнегреческой богиней Афиной-Палладой.

Национальная гвардия — в период Июльской монархии Луи-Филиппа (1830–1848) буржуазная милиция для охраны страны от «внутренних врагов».

«Нельская башня» — пьеса известного французского писателя Александра Дюма-отца (1803–1870).

«Павел и Виргиния» — повесть французского писателя Бернардена де Сен-Пьера (1737–1814), посвященная сентиментально-идиллической любви двух молодых людей на лоне экзотической природы.

Парэ Амбруаз (1517–1590) — французский хирург, королевский врач.

Перистиль — крытая колоннада, окружающая двор, сад или площадь; в античной архитектуре — составная часть жилых и общественных зданий.

Помология — наука о сортах плодовых деревьев и кустарников, дающая их классификацию.

Помпадур, маркиза (1721–1764) — фаворитка французского короля Людовика XV. Существует понятие стиля, обозначенного ее именем.

Попилий — римский консул. По преданию, был послан к ассирийскому царю Антиоху IV Епифану потребовать вывода его войск из Египта; Попилий очертил вокруг царя круг, сказав, что тот не выйдет из этого круга, пока не даст ответа; царю пришлось согласиться на требование римского сената.

Прадон (1632-1698) — второстепенный французский писатель периода классицизма, который пытался соперничать со знаменитым драматургом Жаном Расином, написав, как и тот, «Федру».

Реставрация — период вторичного правления во Франции, после падения Наполеона I, династии Бурбонов (1814-1830). Реакционный режим Реставрации, представлявший интересы дворянства и клерикалов, был свергнут июльской революцией 1830 года.

Ритурнель — краткая музыкальная фраза в аккомпанементе, повторяющаяся как припев; находится в начале и в конце каждой строфы вокального произведения.

Ричард Львиное Сердце (1157-1199) — английский король из династии Плантагенетов, участник третьего крестового похода, вел беспрерывные войны, чуждые интересам Англии и истощавшие государственную казну.

Руссо Жан Жак (1712-1778) — выдающийся французский просветитель и политический мыслитель XVIII века, сыгравший большую роль в идеологической подготовке буржуазной революции 1789 года. В своих трактатах подверг критике современную ему цивилизацию, основанную на неравенстве и несправедливости («Общественный договор», «Рассуждение о происхождении и основаниях неравенства между людьми» и другие). Руссо — автор романа «Новая Элоиза», имевшего огромный успех.

Руссо Жан Батист (1670-1741) — французский поэт; автор од, эпиграмм и комедий.

Сарабанда — танец испанского происхождения в медленном темпе и музыка к этому танцу.

Сенека (4 год до н.э. — 65 год н.э.) — философ-стоик, воспитатель Нерона; был обвинен Нероном в заговоре, по приказу императора умертвил себя.

Сен-Жерменское предместье — аристократический квартал в Париже.

Скюдери Жорж де (1601-1667) — французский поэт и драматург, автор трагедий, комедий и пасторалей; главное произведение Скюдери — галантно-героическая поэма в десяти книгах «Аларих, или побежденный Рим».

Сестра его ***Мадлен де Скюдери*** (1607-1701) — автор весьма известных в свое время галантно-героических романов («Клелия», «Артамен или великий Кир» и др.).

Собор св. Петра — находится в Риме, один из самых пышных и больших католических храмов.

Сорель Агнесса (1409-1450) — фаворитка французского короля Карла VII.

Стюарт Мария (1542-1587) — дочь шотландского короля Якова V, жена французского короля Франциска II, после смерти которого в 1560 году вернулась в Шотландию и, связав себя с католической реакцией, вступила в борьбу с протестантами. После восстания вынуждена была бежать в Англию, где в течение восемнадцати лет находилась в заточении; обвиненная в заговоре против английской королевы Елизаветы, была казнена.

Сю Эжен (1804–1857) — автор популярных в свое время социальных романов «Парижские тайны», «Агасфер» и «Тайны народа».

Талейран Шарль Морис (1754–1838) — французский политический деятель, примкнул к революции 1789 года, затем стал на сторону Бурбонов; известен своей беспринципностью и неразборчивостью в средствах.

Тильбюри — легкий двухколесный экипаж с высоким сиденьем и кожаным верхом.

Урсулинки — католический женский монашеский орден св. Урсулы, основанный в XVI веке в Италии; получил распространение во Франция и в некоторых других странах.

Флеботомия — пускание крови.

Франклин Вениамин (1706–1790) — выдающийся американский ученый и политический деятель и публицист. Исследования Франклина в области политической экономии высоко ценил Маркс. Просветитель, один из образованнейших людей своего времени, Франклин выступал против расизма и рабовладельчества. Франклин был почетным членом Академии наук в Петербурге. Ломоносов, Радищев, Пушкин, Чернышевский и другие деятели русской культуры с большим уважением отзывались о великом сыне американского народа.

Фрейсину Дени (1765–1841) — французский католический проповедник.

Френология — реакционные измышления буржуазных антропологов о связи между наружной формой черепа и умственными и моральными качествами человека.

Цинциннат — римский консул (460 год до н.э.) и диктатор (458 год и 439 год до н.э.), известен был как человек, склонный к простой сельской жизни и земледельческому труду.

Эдилы — в древнем Риме лица, наблюдавшие за общественным порядком и публичными зданиями; в широком смысле — представители городской администрации.

Экю — старинная французская золотая и серебряная монета.

Элоиза — возлюбленная французского философа-схоластика Абеляра (1079–1142), перенесшего вместе с нею много злоключений.

«Энциклопедия наук, искусств и ремесел» (1751–1780) — была создана усилиями великого французского просветителя Дени Дидро (1713–1784), сплотившего вокруг этого начинания выдающихся представителей науки и культуры Франции XVIII века. Энциклопедия имела отчетливо выраженную материалистическую и антифеодальную направленность; заключив в себе свод знаний в области естественных, социальных и технических наук, она стала выражением воинствующей просветительской мысли в ее борьбе против фанатизма и тирании.

Эпиталама — в древнегреческой поэзии свадебная песнь.

Янсенизм — распространившееся во Франции в XVII веке учение голландского богослова Янсения; представляло собой религиозно-моралистическое движение, направленное против иезуитов и связанной с ними придворной знати. Янсенизм был одной из форм складывавшейся буржуазной оппозиции дворянству.

ОГЛАВЛЕНИЕ